L'Éventreur de Pékin

Peter May

L'Éventreur de Pékin

Traduit de l'anglais (Écosse) par Ariane Bataille

ÉDITIONS
FRANCE
LOISIRS

Titre original : *Chinese Whispers*
publié par Hodder & Stoughton.

Édition du Club France Loisirs,
avec l'autorisation des Éditions du Rouergue.

Éditions France Loisirs,
123, boulevard de Grenelle, Paris
www.franceloisirs.com

ISBN : 2-7441-9205-8

À Tom et Lesley

« Celui qui a des yeux pour voir et des oreilles pour entendre peut se convaincre qu'aucun mortel n'est capable de garder un secret. Si ses lèvres sont muettes, il parle avec ses doigts, se trahit par tous les pores de la peau. »

Sigmund Freud, 1905

Remerciements

Je voudrais, comme toujours, remercier chaleureusement les personnes qui m'ont offert leur temps et leur compétence avec autant de générosité pendant mes recherches, et en particulier :

Dr John J. Palmatier, expert polygraphe ; Dr Lawrence A. Farwell, directeur du Brain Wave Science Human Brain Research Laboratory Inc. (inventeur de MERMER) ; Dr Steven C. Campman, médecin légiste, San Diego, Californie ; Dr Richard H. Ward, doyen du Centre de justice pénale de la Sam Houston State University, Texas ; Professeur Dai Yisheng, ex-directeur du Quatrième institut pour l'élaboration de la politique policière, Pékin ; Professeur Yu Hongsheng, Secrétaire général de la Commission de littérature policière, Pékin ; Professeur Yijun Pi, vice-directeur de l'Institut de sociologie légale et de la délinquance juvénile, université des Sciences politiques et de Droit de Chine ; William S. Laidlaw, consul, service des citoyens américains, ambassade des États-Unis, Pékin ; Guo Zheng, chef de division du Bureau de la sécurité publique de Pékin, division occidentale ; Wang Hua Lu, Chef de police, poste de police de Yuetan, Pékin ; Professeur Chen Jianhua, commissaire de police, Centre de recherche de la police scientifique, Pao Jü Hutong. Les extraits des rapports d'autopsie du Dr Thomas Bond sur Mary Jane Kelly sont reproduits avec l'autorisation de la Metropolitan Police Authority.

DIMANCHE

Prologue

Assise dans le hall, elle regarde passer les femmes occidentales. Pour cacher leur âge, elles se maquillent, se teignent les cheveux, mettent des vêtements de luxe et se perchent sur des talons assez pointus pour tuer. Elles possèdent tout ce qui la fait rêver : de l'argent, des hommes, la liberté. Mais jamais ses rêves ne se réaliseront. Car demain, elle sera morte.

Elle aperçoit son reflet. Il y a tellement de lumière ici, tellement de marbre, de verre, d'acier qui lui renvoient son image. Sa propre simplicité la choque ; malgré le voile de fond de teint, la balafre rouge de la bouche, l'ombre des paupières, les boucles des cheveux, elle se sent laide, vulgaire.

Elle remarque un homme appuyé au comptoir de la réception qui la déshabille des yeux et cherche à croiser son regard pour lui faire comprendre ce qu'il a en tête. Son impudeur la met mal à l'aise. Elle a de jolies jambes, longues et fines. Elle porte une jupe courte pour les montrer. Mais elle les décroise maintenant, et colle ses genoux l'un contre l'autre.

Une voix prononce son nom. Tout près. Douce. Elle se retourne, surprise. Il lui sourit. Il est plus âgé qu'elle ne l'imaginait, mais pas déplaisant. Et il est chinois ;

ça la rassure un peu. Elle saute sur ses pieds, en lui adressant un sourire éclatant.

Dehors, le froid de la nuit la saisit. Elle serre son blouson de cuir autour d'elle et glisse un bras sous le sien, en espérant qu'il fera plus chaud dans sa voiture.

Ils marchent pendant un bon moment. Il n'y a presque plus de circulation à cette heure-ci. Il lui parle comme s'il la connaissait depuis des années. Il est sympathique, mais elle aimerait bien qu'ils arrivent à sa voiture. L'horloge digitale du concessionnaire BMW de Pékin indique minuit moins le quart, et une température de moins deux degrés. Les grilles du métro sont fermées. Le trottoir est désert. Xiushuidong jie. La rue de la Soie. Un trou noir ouvert sur le marché vide.

À sa grande surprise, ils tournent dans la ruelle où l'obscurité les avale aussitôt. Elle hésite, mais il lui serre le bras. La peur la gagne. Elle veut savoir où ils vont. Où est sa voiture ? Il n'a pas de voiture, et il ne peut pas l'emmener chez lui. Ici, ils ne seront pas dérangés. Elle proteste. Il fait trop froid. Il lui promet de la réchauffer. Et peut-être que cent yuans de plus...

Elle se calme un peu et se laisse entraîner à contrecœur dans la ruelle.

Ses yeux s'habituent aux ténèbres. Elle préférerait se trouver ailleurs, même avec l'homme de l'hôtel. Au chaud dans une chambre.

Ils sont presque arrivés au bout de la ruelle quand il la pousse dans une embrasure de porte et la plaque contre le métal glacé. Elle sent son souffle sur son cou, ses lèvres sur sa peau ; elle se contracte en attendant l'inévitable. Mais il se recule et lui dit de se détendre. Il sort un paquet de cigarillos russes de la poche de son manteau, en allume un avec un briquet dont la flamme vacille dans le noir. Elle cherche ses cigarettes dans son sac. Il lui donne du feu. Elle frissonne toujours de froid, mais elle a moins peur. Il s'appuie contre le mur, parle des projets de démolition dans les quartiers nord de la ville, des nouveaux immeubles qui s'y construisent. Il souffle en l'air la fumée qu'il regarde flotter devant un panneau d'interdiction de fumer. Il lui demande où elle habite, si elle travaille. Elle lui parle du marché aux puces de Panjia yuan, de sa mère, sans se douter une seconde du mépris qu'il a pour elle. Elle lui trouve l'air gentil.

Elle finit sa cigarette ; il jette son cigarillo dans le noir. Des braises en jaillissent quand il touche le sol. Il avance d'un pas, glisse une main sous son blouson, cherche ses petits seins. Elle sent son haleine chaude sur son visage, l'odeur âcre du cigarillo. Sa main ne s'attarde pas longtemps sur son sein et remonte vers le cou ; ses doigts l'encerclent doucement pendant qu'il écrase ses lèvres sur les siennes. Elle réprime son dégoût. Elle ne peut pas respirer. Elle ne peut pas parler. Elle se demande ce qui lui arrive avant de comprendre que des doigts d'acier lui écrasent la trachée. Elle essaye de se libérer, mais il est beaucoup trop fort. Son visage toujours contre le sien, il la regarde se débattre tandis que la vie la quitte. Elle a les yeux écarquillés. Elle ne peut pas croire qu'elle va mourir. Pas comme ça. Pas ici. Pas maintenant. Des lumières éclatent dans ses yeux. Sa résistance faiblit. Trop vite. Trop facilement.

Son corps est un poids mort entre ses bras, incroyablement lourd une fois privé de vie. Il l'allonge à terre, la dispose avec soin sur les pavés. Il jette un coup d'œil à chaque extrémité de la ruelle ; il entend le garde de l'ambassade américaine taper des pieds au loin. Un frisson le parcourt à l'idée que quelqu'un se trouve à proximité. Cela renforce son sentiment de supériorité.

Accroupi à côté d'elle, il la regarde et effleure son visage du bout des doigts. Elle est encore chaude. Le sang est toujours oxygéné. Un petit sourire lui étire les lèvres quand il sort le couteau caché sous son manteau.

LUNDI

Chapitre I

1

Elle se réveilla en sursaut, le cœur battant, alertée par le cri qui traversait son rêve. Ses rêves ne l'entraînaient jamais très loin de la surface de sa conscience, stagnant toujours dans des eaux peu profondes où sons et lumières restaient perceptibles. Elle se redressa, respira à fond, scruta l'obscurité, distingua des formes dans les ombres, et des taches de lumière filtrant de la rue, à travers les arbres. Elle ne fermait jamais les rideaux. Ainsi, elle était sûre de voir plus vite ce qui l'entourait, sans avoir besoin d'allumer.

Ça recommençait. Un son faible, étouffé, d'un impact ravageur. Elle n'en revenait pas de cette sensibilité naturelle capable de détecter le plus petit bruit, même pendant le sommeil, de déclencher le réflexe qui l'avait réveillée et alertée. Il y eut un troisième cri, puis un quatrième, suivis d'un long gémissement et d'une série de sanglots ; son angoisse s'apaisa et céda la place à la résignation. Il fallait qu'elle se lève. Elle jeta un coup d'œil à la pendulette posée sur la table de nuit : 5 heures. Elle avait peu de chance de se rendormir.

Elle se glissa rapidement hors du lit, attrapa sa robe de chambre sur le dossier d'une chaise et l'enfila en frissonnant. Il n'y aurait pas de chauffage avant une heure ; jamais elle ne s'habituerait au fait de ne pas en avoir le contrôle. En ouvrant la porte, elle regarda par-dessus son épaule la forme recroquevillée de Li Yan ; il ronflait doucement. Elle se demanda pourquoi la Nature n'avait pas doté les pères de la même sensibilité.

Li Jon Campbell était couché sur le dos. Il s'était découvert, le froid l'avait réveillé. Et maintenant, évidemment, il avait faim. Margaret abaissa le côté du berceau pour prendre son fils dans ses bras, tout en ramassant la couverture dont elle l'enveloppa. Dans un mois, ils fêteraient son premier anniversaire. Il était déjà grand. Et aussi vilain que son père, avait-elle déclaré à Li. Avec ses épais cheveux noirs et ses superbes yeux bridés en amande, il ressemblait à n'importe quel bébé chinois. Margaret se demandait ce qu'il avait hérité d'elle en dehors de ses surprenants iris bleus. C'était étrange ; elle avait lu quelque part que le gène des yeux bleus était le plus faible, qu'il aurait complètement disparu de la race humaine dans quelques centaines d'années. Li Jon faisait de son mieux pour rétablir l'équilibre.

Elle le berça en murmurant des mots doux, et l'emmena dans la cuisine où elle prépara un biberon. Les pleurs du bébé se calmèrent ; il lui attrapa le nez, le serra de toutes ses forces comme si sa vie en dépendait, et ne le lâcha que lorsqu'elle se laissa tomber dans un fauteuil du salon et lui glissa entre les lèvres la tétine en caoutchouc qu'il mâchouilla avant de la sucer avec avidité. Margaret profita de cet instant, comme toujours, pour savourer cet îlot de paix au milieu de la turbulence de son univers instable.

À vrai dire, elle avait cessé depuis longtemps d'analyser sa situation. Ce n'était pas un choix délibéré. Plutôt un processus d'élimination. Toute sa vie tournait maintenant autour de Li Jon, à l'exclusion de toute autre chose, ou presque. Elle ne pouvait pas se permettre de s'appesantir sur son statut semi-légal – elle partageait, sans y avoir été autorisée, l'appartement de fonction fourni par la police municipale de Pékin au père de son enfant. Elle survivait, de prolongation de visa en prolongation de visa, sans oser penser à ce qu'elle ferait si on le lui refusait un jour. Elle n'avait pas de véritables revenus personnels en dehors de l'argent que lui rapportaient les quelques conférences données à l'université de la Sécurité publique. Elle n'avait pas approché une table d'autopsie ni manié un bistouri depuis presque un an. Elle ne se reconnaissait pas. Elle n'était plus que l'ombre d'elle-même. Un fantôme.

Li Jon s'était rendormi quand elle le coucha dans son berceau, s'assurant cette fois qu'il était bien bordé, au chaud. Elle-même était gelée. Elle se dépêcha de retourner au lit, laissant tomber au passage sa robe de chambre sur la chaise, et se glissa entre les draps qui, eux aussi, s'étaient refroidis. Frissonnante, elle se rapprocha de Li Yan dont le dos, les fesses et les cuisses irradiaient de la chaleur. Elle sentit sa peau brûler contre la sienne. Li grogna en essayant d'instinct de s'écarter de cette source de froid. Elle se colla contre lui.

— Qu'est-ce que tu fais ? marmonna-t-il encore endormi.

— Ah, tu n'es pas mort. Ni sourd. Ni *complètement*

insensible, murmura-t-elle d'une voix qui lui sembla résonner incroyablement fort dans le noir.

— Quoi ?

Il se tourna à moitié vers elle, somnolent, les paupières lourdes, émergeant d'un sommeil très profond.

Elle glissa une main froide en travers de sa cuisse et eut la surprise de trouver son sexe en pleine érection.

— À quoi rêvais-tu donc ? demanda-t-elle.

— Je rêvais que je faisais l'amour avec toi, murmura-t-il.

— Mouais, admettons.

Il se retourna complètement pour lui faire face.

— Ça fait un moment.

— Oui.

Elle le serra contre elle et sourit.

— Mais je vois que tout fonctionne normalement.

— On devrait peut-être faire un essai pour vérifier.

— Peut-être bien. Ça risquerait même de nous donner un peu plus de chaleur que le chauffage central.

— Juste un peu plus...

Il frotta son nez sur la peau froide de son cou et la sentit frémir. Puis il fit glisser ses lèvres sur son sein et les ouvrit sur la pointe dressée, durcie à la fois par le froid et le désir. Il lui donna des petits coups de langue, la mordit jusqu'à ce qu'elle gémisse, puis descendit sa main le long de son ventre à la recherche de sa douce toison blonde. Il sentit la longue zébrure verticale de sa cicatrice, encore très laide. Très éloignée d'une minicicatrice esthétique. Il savait qu'elle en était gênée. Il chercha ses lèvres et la chaleur de sa bouche, se coucha entre ses jambes écartées, puis la laissa le guider à l'intérieur d'elle. Il sentit un long frémissement la parcourir comme un profond soupir, et son téléphone portable se mit à jouer l'*Ode à la joie* de Beethoven.

— Nom de Dieu, siffla-t-il dans le noir.

Immédiatement, il la sentit se relâcher sous lui. Elle avait cessé depuis longtemps de lui demander de ne pas répondre au téléphone, se résignant à accepter son sort. L'espace d'une seconde, il fut tenté de laisser son répondeur prendre le message. Mais Margaret s'était déjà retournée ; le charme était rompu, l'instant perdu. Il s'empara brusquement du portable posé sur sa table de nuit.

— *Wei ?*

Margaret écouta d'un air sombre le bref échange qui se déroula en mandarin. Une modulation bizarre à quatre tons qu'elle n'avait jamais vraiment tenté d'apprendre. Et pourtant, elle savait que c'était une langue que son fils parlerait, et elle ne voulait surtout pas qu'une partie de son fils lui échappe. Elle lui enseignerait l'anglais, bien sûr. Elle parlerait toujours anglais avec lui. Mais elle savait d'expérience, après ces années passées avec Li, qu'il y aurait toujours en lui quelque chose de chinois, hors de sa portée.

Li raccrocha, laissa tomber le téléphone sur la table, et roula sur le dos, sans parler, les yeux fixés au plafond. Il y eut un long silence. Leur passion n'avait pas été assouvie, mais elle s'était évanouie. Finalement, il annonça :

— Encore une.

Margaret sentit son estomac se serrer.

— Une autre mutilation ?

Il hocha la tête. Elle eut mal pour lui. Elle savait à quel point ces meurtres le troublaient. C'était toujours pire avec les tueurs en série. Plus on mettait de temps à les attraper, plus ils faisaient de victimes. Des jeunes femmes dans le cas présent. De jeunes prostituées au visage juvénile essayant de vivoter dans cette nouvelle Chine gouvernée par l'argent. Chaque nouveau meurtre était comme une accusation, un constat d'échec. L'échec de Li, qui finissait par se sentir coupable, responsable de chacune de ces morts. Comme s'il avait tué lui-même. Comme maintenant.

2

La rue Zhengyi était déserte. Les feuilles mortes craquaient sous les roues de son vélo. Droit devant lui, il voyait les lumières vives de l'avenue Changan où circulaient déjà les premiers bus emmenant les ouvriers vers les usines, les premiers camions transportant les productions des rizières du Nord vers le Sud, les premières voitures privées des employés de bureau préférant partir en avance pour éviter les embouteillages de l'heure de pointe. Là où, autrefois, les allées cyclables étaient encombrées de banlieusards matinaux ne roulaient plus que quelques individus courageux bravant le froid. Le nombre des propriétaires d'automobile grimpait en flèche. Les transports en commun s'étaient incroyablement améliorés : nouveaux bus, nouvelle ligne de métro, tramway. La bicyclette, autrefois mode de transport le plus répandu, était en voie de disparition. Dépassée.

Enfin, c'était ce que pensait la municipalité. Elle avait publié un décret demandant à tous les postes de police de répondre en moins de douze minutes aux appels, un décret pratiquement impossible à respecter avec les bouchons qui bloquaient la capitale du matin au soir. Certains policiers avaient suggéré l'utilisation de scooters, mais les autorités municipales avaient refusé de les immatriculer. Et, après coup, elles leur avaient également refusé la permission de se rendre sur les lieux d'intervention à bicyclette. Le retour au vélo, disaient-elles, serait une attitude rétrograde. C'était ça, la *nouvelle* Chine. Les voitures de police restaient coincées dans les embouteillages, et le temps de réponse moyen de la police dépassait en général les trente minutes.

Li n'accordait qu'une saine indifférence aux décrets. S'il devait aller plus vite à vélo, il prenait son vélo, comme il le faisait depuis bientôt vingt ans. Maintenant qu'il était chef de section, il avait une voiture à sa disposition, mais il préférait malgré tout se rendre à son bureau sur deux roues. Et personne n'allait interdire au patron de la brigade criminelle de Pékin d'utiliser son vélo s'il en avait envie. Ce matin-là, pourtant, frigorifié par le vent d'est qui balayait l'avenue Changan et transperçait sa veste matelassée, il aurait peut-être préféré rouler au volant d'une Santana chauffée. Mais jamais il ne l'avouerait. Surtout pas à lui-même.

La tête dans les épaules, il pédala vers l'est, vers le cœur du quartier sélect de Jianguomen, et passa devant une partie des anciens murs de la ville restaurée et éclairée en bleu. Il regarda, au sud, les illuminations du nouveau bâtiment de la mairie, en évitant soigneusement de penser à la scène qui l'attendait. Ils lui avaient dit que c'était la quatrième. Or, malgré son expérience et son imagination, les trois précédentes l'avaient pris au dépourvu.

Une demi-douzaine de véhicules de police, moteurs au ralenti, étaient stationnés sur le trottoir, à l'entrée du Marché de la soie ; les fumées des pots d'échappement s'élevaient doucement dans l'air froid du petit matin. Il y avait une camionnette de la police scientifique de Pao Jü Hutong, et la voiture du Dr Wang, le médecin légiste, garée à côté du fourgon mortuaire de la morgue. Wang avait dû rouler à tombeau ouvert pour arriver avant Li, alors qu'il venait de la banlieue nord-ouest où se trouvaient les nouvelles installations du centre médico-légal. Encore une idée géniale de la municipalité. Le temps d'y aller et d'en revenir, il fallait presque la journée entière pour assister à une autopsie.

L'activité de la police avait attiré une foule de badauds : des habitants du quartier, des gens qui se rendaient à leur travail. Ils étaient déjà plus d'une centaine et leur nombre ne cessait de grossir. Même une température de plusieurs degrés au-dessous de zéro ne pouvait freiner la curiosité des Chinois. Une vingtaine de policiers en uniforme les obligeaient à rester derrière un ruban noir et jaune qui claquait au vent. Li vit l'écran digital rouge de la tour de l'horloge afficher moins six degrés. Il brandit sa carte marron de la Sécurité publique en poussant son vélo au milieu des badauds. Un policier à l'air frigorifié, le visage rouge, le salua et souleva le ruban. Li vit les projecteurs du photographe braqués sur l'endroit où le corps avait été découvert, deux cents mètres plus loin. Un groupe d'inspecteurs et de techniciens de la police scientifique rassemblés autour tapaient des pieds pour se réchauffer. Ils s'écartèrent devant Li, dévoilant une scène qui semblait avoir été arrangée pour produire un effet des plus dramatiques.

Accroupi à côté du corps, Wang Xing procédait à un examen minutieux, ses doigts gantés de latex déjà collants de sang. Il tourna vers Li un visage livide. Pour une fois, il n'avait rien à dire.

La fille était couchée sur le dos, la tête tournée sur l'épaule gauche, révélant une entaille de quinze centimètres en travers de la gorge. Le sang avait formé autour de sa tête un halo macabre. Son visage avait été si sauvagement tailladé qu'il serait presque impossible de l'identifier visuellement. Son blouson de cuir noir était ouvert sur un chemisier taché de sang. Le haut du chemisier était déboutonné mais ne paraissait pas avoir été touché. Les bras de la fille reposaient de chaque côté du corps, paumes tournées vers le ciel. Sa jambe gauche était alignée dans le prolongement de son corps, la droite repliée. Sa jupe avait été déchirée et retroussée de façon à exposer son ventre, ouvert du sternum au pubis. Les intestins étaient sortis et étalés sur l'épaule droite, un morceau de cinquante centimètres complètement arraché, placé entre le corps et le bras gauche. Ce qui frappa Li, en dehors de l'horreur extrême de la scène, fut l'impression que ce corps avait été soigneusement et délibérément disposé de la sorte. Il sentit son estomac se soulever et se détourna. Si seulement il n'avait pas arrêté de fumer. Comme s'il devinait ses pensées, un homme lui tendit un paquet de cigarettes. Il leva les yeux et reconnut le visage sombre de l'inspecteur Wu mâchant mécaniquement son éternel chewing-gum. Li l'écarta d'un geste et sortit du cercle de lumière. L'image de la fille morte s'était incrustée sur ses rétines ; il ne pouvait pas s'en débarrasser. Elle devait avoir dix-neuf ou vingt ans. Une gamine. Devinant à côté de lui la présence de Wu qui soufflait sa fumée dans la lumière, il demanda :

— Qui l'a trouvée ?

— Un ouvrier qui rentrait chez lui à bicyclette et croyait avoir pris un raccourci, répondit Wu à voix basse, comme s'il avait peur de déranger la morte.

Li s'en étonna ; Wu n'avait pas l'habitude de faire preuve d'une telle sensibilité.

Il fronça les sourcils.

— Il ne savait pas que la rue était fermée à l'autre bout ?

Wu haussa les épaules.

— Apparemment, non. Il a failli lui rouler dessus. On voit les traces de ses pneus dans le sang. On l'a emmené à l'hôpital en état de choc.

— Tu as pris sa déposition ?

— Zhao est parti avec lui.

Il tira sur sa cigarette et ajouta :

— On a aussi entendu le planton de garde de l'ambassade. Il était de service toute la nuit.

Li regarda l'autre bout de l'allée. Il devait être à une centaine de mètres. Peut-être moins.

— Et alors ?

— Rien entendu.

Li secoua la tête. La fille était encore là. Chaque fois qu'il clignait des yeux. Chaque fois qu'il les fermait. Il respira à fond.

— On sait qui c'est ?

— On a trouvé sa carte d'identité dans son sac, avec environ deux cents yuans. Elle s'appelle Guo Huan. Dix-huit ans. Habite le quartier de Dongcheng, pas très loin de la Section n° 1.

Il sortit avec précaution un sachet de sa poche et le tendit vers la lumière, de façon que Li puisse le voir.

— On a aussi trouvé ça...

Coincé entre les parois du plastique transparent se trouvait ce qui ressemblait à une coupure de journal, ou de magazine. Li la prit, l'orienta vers la lumière des projecteurs du photographe, et vit qu'il s'agissait de deux lignes extraites des colonnes des petites annonces personnelles d'un guide des sorties à Pékin : « Chinoise jeune et jolie cherche homme idéal. Je suis mince, cultivée, et travaille dans les antiquités. Contactez-moi par e-mail. Ou par téléphone. » Une offre à peine déguisée de prostituée cherchant des clients. Il y avait une adresse e-mail et un numéro de portable. Wu souffla la fumée par le nez comme un dragon.

— Il se fout de notre gueule, ce mec, chef. Il faut l'attraper.

— Ce n'est pas parce qu'il se fout de notre gueule mais parce qu'il tue des filles qu'il faut l'attraper, répliqua Li d'un ton cassant.

Il retourna vers le corps. Le Dr Wang s'en écartait tout en se débarrassant de ses gants pleins de sang qu'il jeta dans un sac en plastique. À son habitude, il avait une cigarette non allumée coincée entre les lèvres. Il se pencha vers la flamme du briquet que Wu lui tendait ; quand il aspira sa première bouffée, Li vit ses mains trembler.

En général, Wang lançait toujours une remarque spirituelle ou une allusion littéraire après avoir examiné un cadavre sur le lieu d'un crime. Sa façon personnelle de tenir le coup. Mais ce matin-là, il se contenta de dire :

— Merde.

Li rassembla ses forces.

— Vous voulez m'en parler ?

— Je n'ai jamais rien vu de pareil, dit Wang d'une voix étranglée. Et pourtant, j'en ai vu des merdes, vous savez.

— Comme nous tous.

Les yeux noirs de Wang brûlaient d'une intensité curieuse.

— Ce type est fou. Cent pour cent fou à lier.

Il ficha sa cigarette entre ses lèvres et aspira violemment la fumée.

— Même schéma que les autres. Étranglée. Je ne peux pas dire avant l'autopsie si elle était morte quand il lui a tranché la gorge. Certainement inconsciente, et allongée par terre. Il devait être agenouillé sur sa droite, pour couper de gauche à droite de façon que le sang de la carotide gauche jaillisse loin de lui. Quant au visage...

Il secoua la tête et tira une autre bouffée de sa cigarette.

— ... Elle était morte quand il a fait ça. Et l'intérieur...

Il regarda Li dans les yeux.

— Épouvantable. D'après ce que j'ai pu voir, ce n'est pas seulement la matrice qu'il a enlevée cette fois. Il y a aussi un rein.

— Vol d'organe ? demanda Wu.

Le médecin légiste secoua la tête.

— Sûrement pas. Pas comme ça. Il n'a pas été enlevé chirurgicalement. L'utérus et le rein ont été tous les deux arrachés. Il s'y connaît peut-être en anatomie, mais ce n'est certainement pas un médecin. C'est un boucher.

— Peut-être bien, fit Li.

— Oui, peut-être. Pourtant, même un boucher manierait le couteau avec plus de soin. C'est un geste effréné. Sauvage.

— Vous êtes sûr qu'il s'agit du même meurtrier ? demanda Li.

— Absolument, affirma Wang, abandonnant pour une fois sa réticence habituelle à s'engager.

Il plongea la main dans la poche de sa veste et en tira un sachet en plastique transparent. Quand il le leva dans la lumière, Li vit un bout de cigarillo russe d'un centimètre de long.

— Si nous en tirons un échantillon d'ADN aussi bon que sur les autres, nous en aurons la preuve.

3

À l'horizon, le soleil commençait à se refléter sur les fenêtres des tours de bureaux et d'appartements. Au fur et à mesure qu'il prenait de la hauteur, le ciel se colorait en bleu. Un ciel terriblement clair, sans brume ni pollution, teinté à l'est d'un soupçon d'orange pâle et de jaune. Vers l'ouest, un croissant de lune argenté disparaissait derrière les montagnes violettes. Li pédalait lentement en direction du nord, des volutes de buée voltigeant autour de sa tête.

Partout surgissaient, des décombres de la ville ancienne, des immeubles en construction entourés d'échafaudages habillés de vert. Les grues arpentaient le ciel, les pelleteuses et les marteaux piqueurs emplissaient l'air matinal de leurs rugissements. La plupart des marchands des rues devant lesquels il avait l'habitude de passer depuis des années avaient disparu : les vendeurs de beignets chauds, de patates douces grillées sur des braseros et de *jian bing*, la vieille dame régalant les chauffeurs de taxi avec sa soupe. De nouveaux trottoirs avaient été posés, de nouveaux arbres plantés. Tout le long de Dongzhimen, à l'est de la Section n° 1, des immeubles d'appartements bordaient la rue là où, un an plus tôt, des équipes d'ouvriers munis en tout et pour tout de marteaux avaient commencé à démolir les murs des vieilles *siheyuan* [1], typiques de Pékin depuis des siècles. C'était plus propre, plus neuf, et la vie du Pékinois moyen s'était sans aucun doute très vite améliorée. Mais Li regrettait la ville ancienne. Tous ces changements le perturbaient.

Heureusement, Mei Yuan se tenait toujours au coin de Dongzhimen où elle confectionnait depuis des années ses *jian bing*, sur la cuisine ambulante accrochée à sa bicyclette. Les travaux de démolition et de construction l'avaient obligée à déménager de l'autre côté du carrefour de Dongzhimen et Chaoyangmen. Elle s'était ensuite vu refuser le droit de revenir à sa place par les propriétaires d'un nouveau restaurant – un endroit gigantesque avec fenêtres panoramiques, auvents de tuiles rouges débordant sur le trottoir, lanternes rouges rutilantes volant au vent. Les marchands ambulants n'ont plus leur place ici, avaient-ils dit. Ils l'accusaient en plus de faire fuir leurs clients. Elle devait trouver un autre endroit pour vendre ses crêpes paysannes. Alors, Li leur avait rendu visite. Tout en buvant la bière que le propriétaire s'était empressé de lui offrir, il avait simplement fait remarquer que Mei Yuan possédait une licence l'autorisant à vendre ses *jian*

1. Cour entourée de bâtiments.

bing là où elle le voulait, et que, d'autre part, les policiers de la Section n° 1 du Département des enquêtes criminelles de la police municipale de Pékin, juste en face, aimaient acheter leurs *jian bing* à Mei Yuan – précisément à cet endroit ; le restaurant avait donc tout intérêt à réviser son attitude. Ce qu'il avait fait.

Li vit la vapeur monter du toit de tôle ondulée qui abritait la plaque de cuisson, la pâte à crêpe et les bols de sauces et d'épices. Un couple âgé était en train de payer quand il arriva à sa hauteur. Il appuya son vélo contre le mur du restaurant et les regarda mordre goulûment dans leurs crêpes chaudes savoureuses tout en s'éloignant vers la rue des Fantômes, avec ses milliers de lanternes accrochées dans les arbres, où la nouvelle jeunesse dorée passait la nuit, jusqu'au matin, dans les restaurants et les cafés. Mei Yuan tourna vers lui un visage rouge, souriant.

— Tu as mangé ? demanda-t-elle, selon la façon traditionnelle de se dire bonjour à Pékin.

— J'ai mangé, répondit-il.

— Bon. Tu veux une *jian bing* ?

— Bien sûr.

Elle versa une louche de pâte crémeuse sur la plaque et l'étala en un cercle parfait.

— Tu es en avance, ce matin.

— Une urgence.

Détectant quelque chose dans sa voix, elle lui lança un rapide coup d'œil, mais ne dit rien. Elle savait que s'il voulait parler, il le ferait. Elle cassa un œuf sur la crêpe, l'étala, et le saupoudra de graines avant de badigeonner le tout de sauces épicées appétissantes. Elle avait les doigts rougis et irrités par le froid.

Li l'observa pendant qu'elle travaillait ; les cheveux

tirés en chignon sous son bonnet blanc, une veste matelassée bleue, un pantalon de jogging, un sweater, des baskets. Son manteau de coton blanc, beaucoup trop petit, était ouvert. Ses crêpes ne lui rapportaient presque rien, et elle se faisait un peu d'argent supplémentaire en gardant Li Jon, le bébé de Li et Margaret. Li et Mei Yuan avaient tous deux perdu un proche pendant la Révolution culturelle. Lui, sa mère. Elle, son fils. Li aurait fait n'importe quoi pour la vieille dame. Et Mei Yuan aurait fait n'importe quoi pour lui.

Elle ne changeait pas. Son visage lisse et rond n'avait pas de rides, sauf quand elle souriait, ce qui arrivait souvent. Quelles qu'aient été ses souffrances passées, et elles étaient nombreuses, elle les taisait – arrachée à ses études universitaires, forcée de travailler dans les champs comme une paysanne, un bébé perdu, un mari disparu depuis longtemps.

— Qu'est-ce que tu lis ? demanda-t-il en tirant le livre coincé derrière sa selle.

— Une histoire magnifique. Le triomphe de l'humanité sur l'ignorance.

— *To Kill A Mockingbird*[1], lut-il en anglais.

— L'auteur se met complètement dans la tête de la petite fille, dit Mei Yuan.

Li vit à l'expression de son visage qu'elle était transportée ailleurs, de l'autre côté du monde qu'elle ne verrait jamais. Sa façon de s'évader d'une vie qui ne lui offrait rien d'autre.

— Elle a dû se rendre sur place[2] pour réussir à décrire les choses de cette façon.

1. « Ne tirez pas sur l'oiseau moqueur », de Harper Lee.
2. En Alabama.

Elle déposa un carré de blanc d'œuf frit sur la crêpe, la plia en quatre, puis l'enveloppa adroitement dans un sac en papier brun. Li laissa tomber quelques billets dans une boîte de conserve et mordit dans la crêpe. Épicée, savoureuse, chaude. Il ne pouvait imaginer une vie qui ne commencerait pas chaque jour par une *jian bing.*

— J'ai une devinette pour toi, dit-il.

— J'espère qu'elle est plus difficile que la dernière.

Il lui jeta un regard en coin.

— Deux mineurs. L'un est le père du fils de l'autre. Comment est-ce possible ?

Elle rejeta la tête en arrière en riant. Un délicieux rire communicatif qui le fit sourire aussi, mais un peu jaune.

— Quoi ? Qu'est-ce qu'il y a ?

Un groupe de cyclistes se retourna pour les regarder, se demandant ce qu'il y avait de si amusant.

— Tu n'es pas sérieux ?

— C'est vraiment si facile ? Dire que j'ai passé des heures à essayer de m'imaginer que l'un était peut-être le père et l'autre le beau-père...

— Oh, Li Yan, non ! Il est évident qu'il s'agit d'un mari et de sa femme.

— Oui, c'est ça. Je ne l'ai pas vu tout de suite, c'est tout.

Il l'avait trouvée sur un site Internet spécialisé dans les devinettes. Mais aucune n'avait la classe de celles que Mei Yuan lui concoctait.

— J'en ai une pour toi, dit-elle.

— J'en étais sûr.

Il engloutit une autre bouchée de sa crêpe fumante et attendit avec une certaine appréhension.

Elle le regarda mâcher sa *jian bing* pendant un moment en réfléchissant au problème qu'elle allait lui soumettre.

— Deux sourds-muets plantent du riz dans une rizière, loin de leur village de la province du Hunan. Il leur faut une heure pour aller d'un bout à l'autre de la rizière. Ils viennent de finir de déjeuner. L'un porte les légumes, l'autre la boisson. Par signes, ils décident de se retrouver de nouveau pour partager légumes et boisson quand ils auront fini de planter toute la rizière. Ils ont encore dix rangs à planter chacun. Quand il a fini, l'homme aux légumes ne voit plus son ami ; il attend un peu, puis, pensant que ce dernier est rentré au village, il les mange. Le lendemain matin, son ami, furieux, le réveille en le secouant et l'accuse de l'avoir abandonné et d'avoir gardé les légumes pour lui. Mais l'homme aux légumes répond qu'il a mangé parce que l'autre était parti avec la boisson et l'avait abandonné. L'homme à la boisson prétend qu'il n'a pas quitté la rizière ! Ils disent tous les deux la vérité. Comment est-ce possible ?

Li grogna.

— Oh, Mei Yuan, je te dis deux phrases, et toi, tu me racontes un roman. Trop de détails.

— Ah, fit Mei Yuan avec un grand sourire, c'est dans le détail qu'on trouve le diable.

Il éluda la question d'un geste de la main.

— Je ne vais même pas y penser pour l'instant.

— Tu as des choses plus importantes en tête ?

Le visage de Li s'assombrit comme si un nuage y avait jeté une ombre. Il ferma les yeux ; l'image de la fille n'avait pas disparu.

— Oui, en effet.

Elle savait qu'elle s'était aventurée sur un terrain miné. Elle préféra prendre la chose à la légère.

— Peut-être que ce soir tu auras le temps d'y penser.

Li fronça les sourcils.

— Ce soir ?

— Avant d'aller au palais du Peuple. Je ne suis jamais entrée dans le palais du Peuple. Si je n'avais pas eu de baby-sitting, je serais allée te voir.

— Le palais du Peuple, marmonna Li.

Il avait complètement oublié que c'était ce soir. Comment avait-il pu oublier ? Il allait pourtant occuper le devant de la scène. Rien que d'y penser, il en avait des boutons. Le ministère de la Sécurité publique tenait beaucoup à améliorer l'image de la police ; avec les médias qui parlaient de plus en plus des affaires criminelles, Li était devenu l'un des officiers supérieurs les plus en vue du public. Encore jeune – moins de quarante ans –, grand, athlétique, et séduisant même s'il n'était pas vraiment beau, il avait été jugé parfait pour les affiches de propagande. Des chargés de relations publiques du ministère avaient pondu l'idée d'une récompense pour la lutte contre le crime remise en grande pompe au palais du Peuple. Les objections de Li avaient été rejetées d'emblée. On l'avait convoqué au bureau du commissaire divisionnaire de la ville pour lui faire comprendre qu'il n'avait pas le choix. Lorsque la nouvelle s'était répandue, il avait naturellement eu droit aux plaisanteries de ses subalternes de la Section n° 1. Mais il s'était aussi rendu compte que certains officiers supérieurs du quartier général de la police, parmi lesquels, il le savait, il comptait des ennemis, étaient jaloux de lui. Son moral en avait pris un coup.

— J'ai d'autres énigmes à résoudre aujourd'hui, Mei Yuan. Pourquoi tu ne la poses pas à Margaret ?

— Ha ! Elle est bien trop vive. Elle est plus maligne que toi.

Li jeta le papier brun dans la poubelle.

— Merci pour ton vote de confiance, dit-il en enfourchant son vélo.

— De rien. Peut-être que je vais lui dire tout de même quand je la verrai au parc.

Li descendit du trottoir.

— Elle ne fera pas de *tai qi* aujourd'hui, Mei Yuan. Elle doit aller au bureau des visas pour faire renouveler le sien.

— Encore ? Tu n'as donc aucune influence ? demanda-t-elle en haussant les sourcils.

Li grogna.

— Tu sais bien que les autorités voient notre relation d'un mauvais œil. Un policier sexy vivant dans le péché avec une diablesse étrangère. Ça ne correspond pas vraiment à l'image de l'affiche de propagande. Ce n'est toléré que parce que tout le monde fait semblant de ne pas être au courant. De plus, la police de l'immigration a ses propres lois.

Il se faufila dans la circulation, dans un concert de klaxons, et cria par-dessus son épaule :

— À ce soir !

4

Le nouveau bureau des visas se trouvait en face du pont Dongzhimen du Deuxième périphérique. C'était trop loin pour que Margaret s'y rende à bicyclette avec Li Jon attaché devant le guidon, sur son siège de bébé. La vie était plus simple quand le bureau des visas était encore dans son vieil immeuble croulant de briques grises à l'est de la Cité interdite, à cinq minutes de l'appartement. Maintenant, il avait été transféré dans une double monstruosité géante de pierre, de verre et d'acier, à vingt-cinq minutes en taxi, les jours où la circulation était fluide.

Le chauffeur s'arrêta sous la rampe d'accès et se plongea dans la lecture de son *Quotidien de la jeunesse de Pékin*, laissant tourner le compteur pendant que Margaret se débrouillait pour sortir la poussette du coffre. Le temps qu'elle parvienne à traverser les quatre voies de l'avenue et à franchir une porte en verre tournante qui refusait de tourner, elle était déjà de très mauvaise humeur. Et comme les guichets se trouvaient au premier étage, elle dut prendre un escalator – très pratique avec une poussette.

Le hall plein de monde résonnait d'un brouhaha de voix qui se répercutaient sur le marbre du sol et des murs ; des files d'attente s'allongeaient devant tous les guichets. Margaret fit la queue pendant dix minutes avant d'obtenir un formulaire, puis se dirigea vers la rangée de bureaux où elle put s'asseoir pour le remplir. Li Jon ne se montrait pas très coopératif. Elle l'avait nourri et changé avant de partir, mais il y avait quelque chose qui le perturbait ; il était grognon, n'arrêtait pas de se plaindre. Malgré tout l'amour qu'elle lui portait, elle avait du mal à supporter ses accès de mauvaise humeur. Elle était sûre qu'un jour elle pourrait enfin avoir une conversation intelligente avec lui, lui demander ce qui n'allait pas. Mais en attendant, elle devait se contenter de jouer au jeu des devinettes : colique, dents, ventre, faim, couche sale ? Elle serra les dents et remplit son formulaire.

Il y avait un nombre inhabituel de gens devant le guichet des étrangers ; elle dut attendre son tour près de vingt minutes en pensant au compteur du taxi qui égrenait chaque seconde. Une jeune femme glaciale en uniforme noir de la police, impeccable, les cheveux sévèrement tirés en arrière au-dessus d'un visage grêlé, lui demanda son passeport. Elle l'examina longuement, puis se pencha sur le formulaire de demande de prolongation de six mois. Margaret commençait à s'impatienter. Li Jon ronchonnait toujours dans sa poussette, à côté d'elle. Finalement, la fille poussa le formulaire vers elle et le frappa avec la pointe de son stylo.

— Non. Vous écrivez adresse ici.

Margaret se rebiffa, le cœur battant :

— Mais j'ai mis mon adresse.

Elle avait donné son adresse officielle, celle de son appartement à l'université de la Sécurité publique – un appartement qu'elle n'avait pas occupé depuis presque un an.

— Non. Vous avez écrit au mauvais endroit.

Margaret regarda à nouveau le formulaire et vit que, dans sa hâte, elle avait rempli la case réservée à une adresse précédente.

— Merde, marmonna-t-elle entre ses dents.

Elle commença à la rayer et à la réécrire dans la bonne case. Mais la fille tira brusquement le formulaire qu'elle déchira.

— Non, non, non. Vous remplissez nouveau formulaire.

Margaret lui jeta un regard noir, et contint à grand-peine sa colère et le commentaire acerbe qui lui démangeait la langue. La nouvelle Chine était toujours minée par la bureaucratie de l'ancienne Chine, et ses bureaucrates toujours aussi intraitables.

— Alors, pouvez-vous me donner un autre formulaire, s'il vous plaît ? dit-elle d'un ton crispé.

— Formulaires à l'autre guichet, dit la fille flic en désignant le bout du hall où Margaret avait déjà fait la queue. Suivant, continua-t-elle.

Et le suivant la poussa pour passer. Un grand et gros Américain chauve en costume d'homme d'affaires.

Margaret ne bougea pas d'un pouce.

— Non mais, attendez une minute ! J'ai déjà fait la queue pour obtenir un formulaire. Je l'ai rempli. Vous l'avez déchiré. Je veux que vous m'en donniez un autre que je puisse remplir ici, tout de suite.

Elle regarda la file des visages antipathiques qui s'allongeait derrière elle.

— Et ces gens n'ont qu'à attendre.

La fille secoua la tête et rendit son passeport à Margaret.

— Pas de formulaire ici.

— Mais, bon Dieu, madame, allez chercher un formulaire, dit le gros Américain. Regardez les choses en face. Vous êtes en Chine.

Comme s'il percevait sa tension, Li Jon se mit à pleurer. Margaret sentit son sang bouillir dans ses veines. Elle attrapa les poignées de la poussette, fit demi-tour et traversa le hall. Elle ne supportait pas de s'avouer vaincue. Il lui fallut encore attendre une quinzaine de minutes avant de se retrouver au guichet des prolongations de visa, glissant son nouveau formulaire fraîchement rempli vers la flic glaciale qui fit comme si elle ne l'avait jamais vue.

— Passeport.

Margaret faillit le lui jeter à la figure. La fille l'étudia à nouveau sous toutes les coutures, avec la même minutie que la première fois. Puis elle éplucha soigneusement le formulaire, paragraphe par paragraphe. Impassible, Margaret la regarda entrer les informations dans un ordinateur, tamponner le papier en plusieurs endroits, et pousser vers elle un reçu, avec son passeport.

— Visa là-bas, dit-elle en montrant un jeune homme en uniforme assis un peu plus loin au même comptoir.

Tous les gens qui avaient fait la queue derrière Margaret attendaient maintenant au guichet de délivrance des visas.

Margaret se pencha par-dessus le comptoir et dit :

— Pattes de poulet.

— Pardon ? fit la fille, surprise.

— J'ai entendu dire que c'était bon pour la peau. Vous devriez essayez.

Et elle partit avec Li Jon vers l'autre file d'attente. C'était mesquin, puéril, mais ça faisait du bien.

Pendant qu'elle faisait la queue, Margaret vit miss Pattes de poulet à la vilaine peau se lever pour aller murmurer quelque chose à l'oreille du policier qui délivrait les visas. Le jeune homme parcourut rapidement la file du regard, s'arrêta un instant sur Margaret, hocha la tête et se pencha sur son ordinateur. La fille retourna à sa place. Margaret se sentit mal à l'aise. Quand elle arriva finalement au guichet, le flic ne la regarda même pas. Il prit son reçu et son passeport, tapota sur son clavier comme pour entrer des informations dans son ordinateur, puis prit dans un casier une mince feuille de papier à en-tête sur laquelle il gribouilla quelque chose, la tamponna à l'encre rouge, et la tendit à Margaret.

— Revenez dans deux jours pour passeport, dit-il.

— Quoi ?

Elle n'en croyait pas ses oreilles.

— Deux jours. Suivant.

— On ne m'a jamais gardé mon passeport.

Le policier croisa son regard pour la première fois. Un regard froid, impénétrable.

— Vous voulez visa, vous revenez dans deux jours. O.K. ?

Et il prit le passeport de la personne suivante.

Margaret comprit qu'elle était battue. Elle jeta un coup d'œil vers miss Pattes de poulet qui souriait d'un air satisfait.

5

Assis dans un nuage de fumée de cigarettes et de vapeur de thé vert, les inspecteurs de la Section n° 1 avaient gardé manteau et chapeau pour assister à la réunion. Certains portaient même des gants. Le chauffage était encore en panne.

Sur l'un des murs s'étalaient les photos prises sur les quatre scènes de crime. Quatre jeunes femmes étranglées et sauvagement mutilées. Chacune plus sauvagement que la précédente. Le soleil tombant en biais dans la pièce jetait un peu de lumière froide sur cet endroit sombre. L'humeur aussi était sombre : Wu leur donnait les détails du dernier assassinat. Li l'observait d'un air pensif. Même promu au grade d'officier supérieur, Wu se préoccupait toujours autant de son image : un éternel chewing-gum dans la bouche et, dans la poche-poitrine de son blouson, une éternelle paire de lunettes noires qu'il faisait jaillir d'une main au premier rayon de soleil. Pour l'instant, il les portait repoussées sur le front. Depuis des années, il arborait fièrement quelques poils au-dessus de la lèvre supérieure ; le jour où sa fille avait rapporté de l'école une rédaction sur son père intitulée « Il se laisse pousser la moustache », il avait été très vexé, mais n'en avait pas moins propagé l'anecdote. Son uniforme personnel se composait de chaussures de base-ball, de jeans délavés, d'un blouson en cuir, et il gardait les cheveux juste assez longs pour pouvoir les rabattre sur sa tonsure. Il était divorcé depuis cinq ans.

Wu montrait la photo des restes déchiquetés d'un cigarillo russe dans un sachet en plastique.

— C'est comme une carte de visite, dit-il. Il en laisse un à chaque fois. Ce n'est pas accidentel. Il sait que nous le trouverons. Comme s'il voulait nous dire : voici mon ADN, vous avez mon code, mais vous ne m'aurez jamais. Ce salaud se fout de notre gueule.

— Pourquoi le ferait-il ?

La question venait de l'un des plus jeunes inspecteurs de la section, Sang Chunlin. Grand, vêtu d'un pantalon noir, de chaussures noires et d'une veste noire, lui aussi avait un penchant pour les lunettes de soleil à l'américaine. Ses cheveux noirs épais, coupés court sur la nuque et les côtés, étaient longs sur le dessus de la tête et rejetés en arrière. Tout le monde l'appelait Elvis.

— Si on savait pourquoi il fait tout ça, il serait plus facile à pincer, dit Wu.

— En tout cas, ce n'est pas le sexe qui le motive. Il

n'a eu aucun rapport sexuel avec elles, hein ? On n'a trouvé aucune trace de sperme nulle part.

C'était l'inspecteur Zhao qui venait de parler.

— Pour celle-là, nous n'en savons encore rien, dit Wu. Attendons d'avoir reçu le rapport de l'autopsie et du labo. De toute façon, qui sait comment il prend son pied ? Il emporte des morceaux des filles à chaque fois.

Qian fit une entrée discrète dans la pièce et se glissa sur une chaise. Cela ne lui ressemblait pas d'arriver en retard. Li se doutait qu'il avait une bonne raison. Il adressa un signe de tête muet à son adjoint. Qian était un peu plus âgé que lui. C'était un homme pondéré, fiable, un bûcheur. Li avait persuadé ses supérieurs du quartier général de le nommer au poste d'adjoint pour l'aider à diriger la section. Il leur avait affirmé que Qian serait très capable, que cela le libérerait un peu et lui permettrait de participer plus activement aux enquêtes. Il avait eu raison. Leur association marchait à merveille.

Les autres inspecteurs étaient maintenant engagés dans une discussion animée sur le mobile, un thème récent. Le travail traditionnel de la police chinoise se basait, en effet, sur la collecte méticuleuse et laborieuse des preuves aboutissant à l'inculpation et à la condamnation. Alors seulement, le mobile devenait évident. À la différence de l'Occident où les policiers considéraient le mobile comme point de départ de l'enquête. Mais tout était en train de changer en Chine. Et Li avait joué un rôle actif dans l'évolution des méthodes de la Section n° 1.

Tout en demeurant convaincu de la nécessité de ces réunions auxquelles tous les inspecteurs assistaient, pour passer les indices en revue, discuter les cas dans leurs moindres détails, il se rendait compte que le temps consacré à ces réunions était un luxe qu'ils ne pouvaient plus s'offrir. Le taux de criminalité augmentait au même rythme affolant que le chômage, et il était impossible de suivre à la trace la population flottante des travailleurs migrants se déplaçant de ville en ville. Ils devaient trouver le moyen de prendre des mesures plus rapides et plus efficaces contre le crime. Ils avaient profité des nouvelles technologies pour installer leur propre système automatique d'identification des empreintes digitales au quartier général de la police scientifique de Pao Jü Hutong. Des ordinateurs portables de la taille d'une mallette y étaient à leur disposition. Ils pouvaient relever des empreintes dans un lieu isolé et les envoyer, par téléphone fixe ou portable, pour comparaison. Ils utilisaient un logiciel du nom d'AutoCAD pour reproduire des scènes de crime en trois dimensions à partir de photographies et de mesures. Ils avaient maintenant accès à des données de balistique informatisées englobant toute la Chine. Et le nouveau centre médico-légal installé au nord de la ville bénéficiait des derniers équipements de laboratoire permettant des analyses hautement sophistiquées. Mais c'était en première ligne – au niveau des enquêteurs – que la réforme était le plus urgente, et Li avait institué un système de répartition des tâches en déléguant deux inspecteurs sur chaque cas.

Ça marchait bien. Mais cette affaire ne ressemblait pas aux autres. Il fallait davantage d'hommes dessus. En dehors de leurs propres tâches, tous les inspecteurs de la section avaient été appelés à s'atteler sur ce cas qui menaçait de devenir la pire histoire de meurtres en série depuis l'avènement de la République populaire en 1949.

Li regarda une fois de plus les photos affichées au mur. Un catalogue grotesque d'actes barbares. Il ne pouvait s'empêcher de s'interroger sur le mobile de ces crimes. Ils avaient quelque chose de très froid, très contrôlé. Le Dr Wang avait employé le mot « frénétique » pour le dernier, et pourtant le tueur avait pris le temps de placer un morceau d'intestin à côté du corps et d'étaler soigneusement les entrailles sur une épaule. Dans le cas précédent, il avait disposé le contenu du sac de la fille sur le sol, autour des pieds. Un comportement vraiment étrange.

Toutes les victimes étaient des prostituées. Toutes avaient été tuées dans le quartier de Jianguomen, une partie de la ville où le personnel des ambassades étrangères et les touristes des hôtels cinq étoiles attiraient un type de call-girls d'un niveau un peu plus élevé que la moyenne. Toutes avaient été étranglées, même si ce n'était pas toujours la cause de la mort. Toutes avaient été tuées en fin de semaine. La première victime, Shen Danhua, vingt-trois ans, avait été découverte dans une impasse, derrière le *Magasin de l'Amitié*, à quelques mètres de l'avenue Jianguomenwai. Son visage et sa tête étaient si enflés et déformés par la strangulation que l'identification par ses proches avait posé un problème. Elle avait été poignardée trente-neuf fois.

Trois semaines s'étaient écoulées entre le premier et le deuxième meurtre. La seconde victime avait été trouvée au petit matin sur un chantier de construction, derrière le China World Trade Center, par des ouvriers qui venaient travailler. Li regarda le mur de photos. Ils avaient épinglé un portrait de chaque fille pour ne pas oublier qu'il s'agissait de personnes, pas seulement de victimes. Il était beaucoup trop facile de se désensibiliser, de commencer à voir les cadavres comme de la viande morte plutôt que comme des êtres humains. La seconde victime, Wang Jia, était d'une beauté exceptionnelle. Sur la photo que ses parents avaient donnée à la police, elle adressait un sourire radieux au photographe. C'était un sourire qui les hantait tous, un rappel de leur échec. Elle avait été étranglée, puis égorgée en deux fois, de gauche à droite, l'un des coups ayant tranché les carotides, la trachée, l'œsophage et la moelle épinière. Son assassin lui avait ouvert le ventre, des côtes jusqu'au côté droit du bassin, à gauche de l'estomac, puis poignardé les parties intimes avec la pointe de son couteau. Le médecin légiste avait conclu à une attaque sauvage et violente.

Huit jours plus tard, le troisième meurtre avait ébranlé la section. La victime, Lin Leman, légèrement plus âgée, presque trente ans, avait été trouvée dans un passage, derrière les boutiques des marchands de fourrure russes, en face du parc Ritan. Comme les autres, elle avait été étranglée et égorgée. Le ventre avait été complètement ouvert, les intestins tranchés et posés sur l'épaule. L'utérus, la partie supérieure du vagin et les deux tiers postérieurs de la vessie avaient été enlevés ; il n'en restait aucune trace sur les lieux du crime. La seule conclusion possible était que l'assassin les avait emportés avec lui.

Pour aggraver la nature bizarre de ce meurtre, le contenu du sac de la victime avait été étalé par terre autour de ses pieds. Un peigne, un paquet de cigarettes, un briquet, une enveloppe déchirée portant un timbre oblitéré quelques jours plus tôt. D'après le Dr Wang, ces objets n'avaient pas atterri là par hasard. Il était persuadé que le tueur avait fouillé le sac et délibérément arrangé ce qu'il avait trouvé aux pieds du cadavre. Mais il n'avait aucune explication à fournir.

Personne ne comprenait non plus pourquoi le tueur laissait le bout d'un cigarillo russe à côté de chaque corps. De toute évidence, il fumait avant de commettre ses crimes. S'attarder à fumer après coup aurait été une invite à se faire prendre. Mais il devait savoir que la police trouverait les mégots. Et si c'était un homme tant soit peu instruit, il savait qu'on pouvait détecter son ADN dans ses traces de salive. Cela revenait à apposer un autographe, une signature sur son œuvre, afin de ne laisser aucun doute sur son auteur.

La discussion des inspecteurs avait dévié du mobile au *modus operandi.* Wu décrivait la méthode de l'assassin.

— Il les étouffe jusqu'à ce qu'elles tombent dans les pommes. Ensuite, il les allonge par terre, sur le dos, et s'agenouille à leur droite. Il se penche sur le corps et coupe la gorge de gauche à droite. Regardez les images...

Il agita la main vers le mur des horreurs.

— On voit que le sang se rassemble toujours du côté gauche de la tête, jamais sur le devant du corps, ce qu'il ferait si la fille était debout. Dans certains cas, les éclaboussures sur le sol montrent que le sang a jailli de la carotide gauche. La victime était encore en vie après la strangulation, le sang encore sous pression.

Il fit une pause pour allumer une cigarette.

— En fait, il fait attention à ne pas recevoir de sang sur lui. Puis, une fois qu'elles sont mortes, il commence à les découper.

Li prit la parole pour la première fois.

— Le problème, c'est que nous savons ce qu'il fait, comment il le fait. Mais nous ignorons pourquoi, et qui il est. Nous n'en avons pas la moindre idée. Il faut absolument que nous puissions esquisser un portrait de cet homme. Est-il instruit ? Exerce-t-il une profession ? Quel âge a-t-il ? Est-il marié ? A-t-il des problèmes sexuels ou psychologiques ? Il ne tue que le week-end. Est-ce que cela veut dire que son travail ou des obligations familiales l'empêchent d'agir pendant la semaine ?

Il se souvenait du conseil de son oncle Yifu : *La réponse réside toujours dans le détail.* Et les paroles prononcées par Mei Yuan le matin même lui revinrent en mémoire : *C'est dans le détail qu'on trouve le diable.*

— Il est malin, continua Li. Toutes ces filles passent des annonces dans les colonnes personnelles des magazines. Elles ont toutes donné leur adresse e-mail et leur numéro de portable. Mais il ne leur a jamais envoyé d'e-mail. On les aurait trouvés sur leur ordinateur, on aurait pu remonter jusqu'à lui. Il le sait. Et il sait qu'on peut vérifier les enregistrements des appels sur portable. C'est pourquoi les seuls que nous ayons proviennent toujours de téléphones publics. Chaque fois, il nous devance d'un pas.

Ils n'avaient pas un seul témoin. Li était certain que le tueur n'avait pas choisi Jianguomen par hasard. C'était un quartier d'hôtels quatre et cinq étoiles, de restaurants, de bars. Il était fréquenté par une population de passage, personnel des ambassades et touristes. L'assassin avait probablement rencontré ses victimes dans le hall d'un hôtel où les gens vont et viennent à toute heure. Les filles devaient se sentir en sécurité dans un lieu public ; personne ne pouvait remarquer un couple qui s'y donnait rendez-vous pour sortir. Après, elles étaient tellement défigurées que, le temps que la police obtienne des photos et les fasse circuler dans les hôtels, la personne qui aurait pu les reconnaître avait toutes les chances d'avoir déjà quitté l'hôtel.

— On continue à contrôler l'ADN de tous les délinquants sexuels connus, dit Zhao en haussant les épaules. Rien pour l'instant.

Une opération lente et laborieuse qui ne les mènerait sans doute nulle part, mais qui devait être faite.

— Je peux vous lire quelque chose ?

Toutes les têtes se tournèrent vers Qian, un peu gêné, tenant à la main un livre qu'il venait de sortir de son sac. Li vit plusieurs bandes de papier de couleur en dépasser.

— Par la barbe de Confucius ! J'ignorais que tu savais lire, s'écria Wu. Tu suis des cours d'alphabétisation ?

La pièce entière explosa de rire.

Mais Qian ne riait pas. Son attitude avait quelque chose d'étrange ; il était pâle, comme si tout son sang s'était retiré de son visage. Les rires se calmèrent très vite.

— Vas-y, Qian, dit Li.

Qian feuilleta le livre jusqu'à sa première marque.

— Je me demandais juste si ça ne ressemblait pas à quelque chose d'autre, dit-il.

Il trouva l'endroit et commença à lire. La fumée des cigarettes continua à s'élever vers le plafond dans le plus profond silence.

« Il y avait vingt-deux coups de poignard dans le tronc. Le poumon gauche était perforé en cinq endroits, et le poumon droit en deux endroits, mais à part cela les poumons étaient parfaitement sains. Le cœur était assez gras et perforé en un endroit, mais à part cela il n'y avait rien dans le cœur qui puisse causer la mort, malgré un peu de sang dans le péricarde. Le foie était sain, mais perforé en cinq endroits, la rate était parfaitement saine, et perforée en deux endroits ; les deux reins étaient parfaitement sains ; l'estomac était aussi parfaitement sain, mais perforé en six endroits ; les intestins étaient sains, ainsi que les autres organes. La partie inférieure du corps était perforée en un endroit, la blessure mesurant cinq centimètres de long sur un centimètre de profondeur. Il y avait une quantité de sang entre les jambes, qui étaient écartées. Hémorragie et saignement ont entraîné la mort. »

Toujours dans le plus grand silence, Qian feuilleta les pages jusqu'à la marque suivante, et se remit à lire.

« Sa gorge avait été tranchée de gauche à droite, deux coupures nettes sur le côté gauche, la trachée, l'œsophage et la moelle épinière ayant été sectionnés ; une meurtrissure apparemment causée par un pouce appuyé sur la mâchoire inférieure droite, une autre sur la joue gauche ; l'abdomen avait été ouvert à partir du milieu des dernières côtes le long du côté droit, à gauche de l'estomac, la blessure était béante ; l'épiploon, ou revêtement de l'estomac, était aussi coupé en plusieurs endroits, et il y avait deux petits coups de poignard sur les parties intimes ; apparemment faits avec un couteau à la lame solide ; supposé avoir été fait par une personne gauchère ; la mort fut presque instantanée. »

Quelqu'un murmura « merde » entre ses dents. Tout le monde l'entendit. Il y eut encore un bruissement de pages, et Qian attaqua le troisième passage.

« L'examen du corps a montré que la gorge était

entaillée profondément, entaille aux bords déchiquetés. Enlevés, mais attachés au corps, et placés sur l'épaule droite, se trouvaient une partie de la paroi intestinale, l'intestin grêle entier et ses attaches. Deux autres portions de la paroi intestinale et du pubis étaient placées au-dessus de l'épaule gauche au milieu d'une grande quantité de sang. Manquaient les parties suivantes : la partie de la paroi intestinale incluant le nombril, la matrice, la partie supérieure du vagin et la majeure partie de la vessie. »

— Au nom du ciel, dit Wu, on dirait le rapport du médecin légiste sur les trois premiers meurtres.

Li avait sauté sur ses pieds.

— Mais qu'est-ce que tu nous lis, bon Dieu ?

Qian referma lentement le livre.

— Wu a raison, dit-il. Ce sont des extraits de rapports de police et d'autopsie. Vieux de cent quinze ans.

Tous les yeux étaient fixés sur lui, chaque inspecteur s'efforçant de comprendre ce qu'il disait.

— Hier, j'ai lu la critique d'un livre publié pour la première fois en Chine. Même à travers la critique j'ai été frappé par certaines similitudes. Ce matin, je me suis précipité pour l'acheter. Et très rapidement, j'ai compris que ce n'était pas une simple coïncidence.

Il leva le livre.

— *Les meurtres de Jack l'éventreur*, dit-il. Le premier tueur en série attesté au monde. Il a probablement tué sept femmes dans les rues de Londres, en Angleterre, à l'automne 1888. Et quelqu'un reproduit exactement ces meurtres, ici même, à Pékin, cent quinze ans plus tard.

Li sentit ses cheveux se dresser sur sa tête.

Chapitre II

1

L'odeur d'une autopsie est une odeur obsédante. Il fallait en général plusieurs heures à Li pour la chasser de ses narines. Le sang et la pourriture, les relents des aliments en décomposition dans l'estomac, la puanteur des matières fécales des intestins ouverts, l'effluve presque sucré de l'os calciné sous la scie qui mord le crâne. Aujourd'hui, il y faisait à peine attention. Le corps mutilé de Guo Huan gisait sur la table, vidé de ses organes, cage thoracique grande ouverte ; les derniers fluides corporels gouttaient lentement dans les rigoles de drainage. Il faisait assez froid dans la salle ; son haleine s'échappait de sa bouche en petits nuages, mais le froid qui lui glaçait les os n'avait rien à voir avec la température ambiante.

Lorsque Li était arrivé avec Wu, le Dr Wang en avait fini avec le corps ; il découpait le cerveau. Un travail de routine. Il avait déjà examiné les organes que le tueur avait laissés. Il ne tarderait pas à dicter ses observations, et ses assistants reconstitueraient le corps du mieux qu'ils le pourraient, en le cousant avec de la grosse ficelle, avant de le remettre à la morgue pour le conserver au froid. La cause de la mort ne faisait aucun doute.

Li regarda les traits horriblement lacérés de la jeune fille. Son nez était presque sectionné.

— Vous ne pouvez rien pour le visage ? demanda-t-il.

Wang releva la tête et haussa un sourcil.

— Pourquoi ?

— Elle va devoir être identifiée officiellement.

Il refusait d'imaginer le choc des parents devant leur enfant dans un tel état.

— Pas grand-chose, affirma Wang en découpant un autre morceau de cerveau.

Li s'était débarrassé de sa veste matelassée mais n'avait pas passé, en arrivant, la tenue de protection réglementaire. Il portait, à la place, un long et lourd manteau qui lui tombait largement au-dessous des genoux et dont il avait remonté le col contre le froid. Il souleva le rabat d'une de ses grandes poches pour en sortir le livre de Qian.

— Avant que vous ne dictiez vos observations, j'aimerais vous lire quelque chose, dit-il.

Wang lui lança un regard curieux.

— Littéraire ? Sorti de la bibliothèque de votre oncle ?

— Encore plus vieux que ça.

Li ouvrit le livre à une page qu'il avait cornée et commença à lire.

« La gorge était coupée sur quinze à dix-sept centimètres. Une coupure superficielle débutait à environ trois centimètres au-dessous du lobe et environ six centimètres au-dessous et à l'arrière de l'oreille gauche, et s'étendait en travers de la gorge pour s'arrêter à sept centimètres du lobe de l'oreille droite. Le grand muscle de la gorge était coupé sur le côté gauche. Les grands vaisseaux du côté gauche du cou étaient tranchés. Le larynx était tranché sous les cordes vocales. Toutes les structures profondes étaient tranchées jusqu'à l'os, le couteau ayant laissé une marque sur les cartilages intervertébraux. »

Il leva les yeux et croisa le regard du légiste qui le fixait, bouche ouverte.

— Vous allez gober une mouche, fit Wu.

Wang referma brusquement la bouche.

— Vous m'avez fait espionner.

— Attendez, dit Li en levant un doigt.

Et il reprit sa lecture.

« La peau était rétractée autour de l'entaille de l'abdomen, mais les vaisseaux n'étaient pas coagulés. Il n'y avait pas non plus de saignement significatif. J'en ai tiré la conclusion que la coupure avait été faite après la mort, et qu'il n'y avait pas beaucoup de sang sur le meurtrier. La coupure avait été faite par quelqu'un placé sur le côté droit du corps, à genoux, plus bas que le milieu du corps. Les intestins avaient été détachés en grande partie du mésentère. Environ soixante centimètres de colon étaient enlevés. Le sigmoïde était invaginé dans le rectum. (Là, je saute un petit passage, s'interrompit-il). Le péritoine était découpé sur le côté gauche, et le rein gauche soigneusement sorti et prélevé. L'artère rénale gauche était tranchée. Je dirais que quelqu'un connaissant l'emplacement du rein avait dû faire ça. La membrane recouvrant l'utérus était découpée. La matrice était découpée horizontalement, laissant un bout de deux centimètres. Le reste de la matrice était enlevé avec quelques ligaments. Le vagin et le col de l'utérus n'étaient pas touchés. »

Il referma le livre.

— C'est ça ? C'est ce que vous avez trouvé à l'autopsie ?

— Qu'est-ce que c'est que ce bordel ?

Wang ne jurait presque jamais. Ce qui rendait ses paroles encore plus choquantes quand il le faisait.

— Quelqu'un d'autre a regardé le corps avant moi ?

Li lui agita le livre sous le nez.

— Cette autopsie a été pratiquée par un médecin anglais, le Dr Frederick Gordon Brown. Je viens de vous lire des extraits de sa déposition, faite à Londres en 1888, au cours de l'enquête sur le meurtre d'une prostituée de quarante-six ans nommée Catharine Eddows.

Wang secoua la tête avec incrédulité.

— C'est impossible.

— Jack l'éventreur, dit Wu. Ce nom ne vous dit probablement rien. Mais quelqu'un le connaît, et ce quelqu'un copie ses crimes.

Wang resta un moment perdu dans ses réflexions.

— Oh, si, j'ai entendu parler de lui, finit-il par dire. J'ai assisté à une conférence sur l'Éventreur donnée par un expert en la matière.

Il secoua la tête comme pour essayer de s'éclaircir les idées.

— Je n'avais pas fait le rapprochement. C'est drôle comme des détails peuvent vous échapper. Et pourtant, depuis le début j'ai cette curieuse sensation de *déjà vu* avec ces filles. Bien sûr, il n'était pas entré dans de tels détails.

— Qui ? demanda Li.

— Je n'arrive pas à me souvenir de son nom. Un policier anglais à la retraite qui avait écrit un livre sur le sujet. Il était venu d'Angleterre avec une délégation de juges et d'avocats pour une série de séminaires d'une semaine supposés faciliter la compréhension du système judiciaire anglais.

— Ça remonte à quand ?

— Environ deux ans.

Li fronça les sourcils.

— Je ne m'en souviens pas.

— Tu devais être aux États-Unis à l'époque, dit Wu.

Li baissa les yeux sur le livre qu'il tenait à la main.

— Il ne s'appelait pas Thomas Dowman, ce policier anglais à la retraite ?

Wang haussa les épaules.

— Peut-être bien.

— Alors, voici son livre.

Li le laissa tomber sur la table.

— Traduit en chinois.

Wu le prit et le feuilleta à la recherche d'autres détails.

— Là-dedans, il décrit la découverte de la troisième victime, avec le contenu de ses poches disposé par terre autour de ses pieds, dit Li.

Wang ferma les yeux. Il pensait soudain à des choses presque trop horribles à envisager.

— Il y a quelque chose dont je me souviens très précisément, dit-il.

Li attendit qu'il continue, mais Wang mit un moment à parler.

— C'est de pire en pire.

— Qu'est-ce que vous voulez dire ?

— Les mutilations. Sa prochaine victime.

Il regarda la fille sur la table.

— Après celle-ci. Vous n'auriez pas envie de lire ce qu'il lui a fait, encore moins de le voir. Il faut attraper ce tueur, chef, avant qu'il ne recommence.

Li sentit l'écrasant fardeau de la responsabilité peser sur ses épaules. Par où commencer ? Ils n'avaient pas la moindre piste.

— Votre médecin légiste anglais n'avait qu'en partie raison, dit Wang.

— Que voulez-vous dire ?

— Que disait-il ? « Il n'y avait pas beaucoup de sang sur le meurtrier »? D'accord, la plupart des mutilations ont été faites après la mort. Mais on ne peut pas taillader quelqu'un comme ça, retirer un rein et un utérus sans avoir du sang sur soi. Et même beaucoup.

— Donc, à moins qu'il ne vive seul, quelqu'un sait qui il est, dit Li. Parce qu'il revient couvert de sang.

Wang inclina la tête.

2

Dans le parking, assis au volant de sa Santana, Li ouvrit son ordinateur portable sur ses genoux. Il brancha son téléphone portable et le connecta sur le numéro de la base de données de la police enregistré en mémoire. Sur le siège du passager, Wu continuait à feuilleter dans tous les sens le livre de Dowman sur Jack l'éventreur. Soudain, il s'arrêta et regarda Li.

— Tu sais, je ne vois pas pourquoi quelqu'un couvrirait un mec qui commet des horreurs pareilles.

Li haussa les épaules et tapa les informations nécessaires dans les cases vides.

— L'histoire des tueurs en série est remplie de femmes amoureuses fermant les yeux. Épouses, maîtresses, mères. Elles nient plus qu'elles ne cachent. Même confrontées aux preuves, elles refusent d'admettre la réalité, à elles-mêmes en premier.

Il enfonça la touche Retour ; quelques instants plus tard, une page apparut avec les caractéristiques signalétiques de Guo Huan. Un dossier et une photo de chaque habitant de Pékin étaient disponibles sur cette base de données. Guo Huan vivait avec sa mère et son grand-père, son père était mort. Il y avait sa photo en haut et à droite de l'écran. Une photo en noir et blanc de qualité assez médiocre. Li ne savait pas si elle était vraiment ressemblante. Mais c'était toujours mieux que rien. Il nota son adresse, referma son ordinateur, et téléphona à Qian.

— Est-ce que la famille de Huan a déjà été prévenue ? demanda-t-il.

— La police de quartier vient d'envoyer quelqu'un, répondit Qian.

— Bon. J'y vais avec Wu. Pendant ce temps-là, fais faire des tirages de la photo de la base de données et fais-la circuler dans tous les hôtels de Jianguomen. Je verrai si je peux en obtenir une meilleure de la famille. Quelqu'un l'a forcément vue quelque part avec le tueur. Il faut trouver ce quelqu'un. Il nous faut un témoin.

Il raccrocha et tourna la clé de contact.

La circulation était exceptionnellement fluide sur le Troisième périphérique. Ils le prirent en direction de l'est et dépassèrent des alignements de nouveaux immeubles d'habitation, de centres commerciaux et de bâtiments officiels revêtus de pierre, singeant le style classique de l'architecture traditionnelle européenne. Le soleil bas aveugla Li quand il tourna sur Andingmenwai Dajie. Wu n'avait pas levé le nez de son livre.

— Incroyable. C'est comme s'il voulait le copier point par point. Jack l'éventreur ne tuait que le week-end. Tous les meurtres ont eu lieu dans le même quartier de Londres, Whitechapel. Toutes les victimes étaient des prostituées. Elles ont toutes été étranglées et égorgées. Jusqu'aux mutilations.

Il secoua la tête.

— C'est étrange, mais...

Li lui lança un regard en coin :

— Quoi ?

— Catharine Eddows n'était pas la quatrième victime de l'Éventreur. Tu sais, comme Guo Huan. Il a tué quelqu'un d'autre un peu plus tôt au cours de la même nuit. Une fille surnommée *Long Liz.* Elizabeth Stride.

Le nom anglais sonnait bizarrement dans sa bouche.

— Il l'a étranglée et lui a coupé la gorge. Mais c'est tout. Comme s'il avait été interrompu avant de pouvoir continuer le massacre. Alors il est parti à la recherche de quelqu'un d'autre, et il a trouvé Eddows. Et s'il y avait eu un autre meurtre cette nuit, une fille qu'on n'aurait pas encore trouvée ?

Li sentit son cœur se serrer. Il n'avait vraiment pas envie d'y penser.

— S'il y a une autre victime, elle sera découverte d'ici peu. Avec un peu de chance, notre homme aura jugé qu'un boulot interrompu ne valait pas le coup d'être copié. Espérons-le.

Il lui vint soudain une idée.

— Depuis quand ce livre est-il en vente, Wu ?

Wu haussa les épaules.

— Sais pas.

Il feuilleta les premières pages.

— Publié pour la première fois en Chine cette année. Il est peut-être en vente depuis plusieurs mois.

— Sauf que Qian a dit qu'il avait lu une critique dans le journal d'hier. On ne fait pas la critique d'un livre sorti depuis des mois. Trouve-moi sa date de parution.

Wu se fit une note.

— Combien de femmes l'Éventreur a-t-il tuées en tout ? demanda encore Li.

Wu secoua la tête.

— Ils n'ont pas l'air trop sûrs. Au moins cinq. Peut-être huit.

— Donc, si notre homme s'en tient au scénario original, on peut s'attendre à quatre autres meurtres.

Wu hocha gravement la tête.

— Le pire de tout, c'est que l'Éventreur n'a jamais été pris.

Guo Huan vivait avec sa mère dans une petite maison de deux pièces occupant l'un des côtés d'une *siheyuan* proche du temple de Confucius, à Yonghegong. Dans un *hutong* délabré, un portail en ruine ouvrait sur un étroit passage encombré par deux vieux fauteuils, un poste de télévision cassé, la carcasse rouillée d'une bicyclette depuis longtemps hors d'usage et, à l'autre bout, par une rangée de briquettes de charbon soigneusement empilées. Les toits de tuiles grises de ces anciennes habitations pékinoises surplombaient la cour. De la mousse et des mauvaises herbes poussaient dans les lézardes ; la cour elle-même était presque entièrement bouchée par un gros sophora qui avait perdu la plupart de ses feuilles. Des oiseaux enfermés dans des cages suspendues à ses branches se mirent à piailler et à pousser des cris quand Li et Wu émergèrent du passage en faisant craquer les feuilles mortes sous leurs semelles. Toute la zone était condamnée à la démolition dans les six mois à venir.

La lumière du soleil s'infiltrait en biais dans la cour et se reflétait sur les vitres crasseuses de la maison des Guo. Li frappa plusieurs fois ; personne ne répondit. Il s'abrita les yeux avec la main pour essayer de regarder à l'intérieur, mais il ne semblait y avoir personne.

— Qu'est-ce que vous voulez ?

Li et Wu se retournèrent au son de cette voix criarde à l'accent typiquement pékinois, avec ses *r* ajoutés à la fin des mots. Une femme, coiffée d'un chapeau en laine foncé et vêtue d'une vieille veste Mao bleue enfilée pardessus une longue blouse, les interpellait depuis l'entrée du petit appartement situé de l'autre côté de la cour.

— Sécurité publique, dit Li. Nous cherchons Mme Gao.

— Vous ne vous passez jamais l'information, vous autres ? lança-t-elle d'une voix chargée de mépris. Quelqu'un de chez vous est déjà passé il y a une heure.

Elle les regarda de la tête aux pieds.

— Il était en uniforme, lui.

— Savez-vous où elle est ? demanda Wu.

— Elle est pas là.

— Ça, nous le voyons, répliqua Wu en maîtrisant son impatience. Savez-vous où nous pouvons la trouver ?

— Panjiayuan. Elle vend des antiquités là-bas, avec

sa fille. Pfff ! Des antiquités ! Ha ! Des vieilleries, oui. Qu'est-ce que vous lui voulez ?

— Ça ne vous regarde pas, dit Li.

En sortant du *hutong*, ils l'entendirent crier :

— Vous pouvez vous la coller au cul, votre Sécurité publique !

Wu et Li échangèrent un regard, puis un sourire.

— Et le respect dû aux forces de l'ordre, alors ?

Le marché de Panjiayuan s'étendait derrière des murs gris et bas, dans une rue bordée d'arbres, juste à côté du Troisième périphérique est. Une grande partie de l'espace hébergeait un marché aux puces le dimanche, mais restait vide pendant la semaine. Un marché de fruits et légumes très actif s'était installé en plein air à l'extrémité ouest de l'enclos. Coincés entre les deux, des stands proposaient des peintures traditionnelles et des antiquités, sous une lumière maussade filtrée par le toit en plastique. Quand Li et Wu pénétrèrent en voiture dans l'enceinte, un homme affalé à l'arrière de son tricycle dormait sous un dais à rayures, juste en face de l'entrée. Une bannière accrochée en travers d'un mur disait : « Réunissez un trésor et faites-vous des amis dans le monde entier ». Ce que Li traduisit par : Réunissez vos vieilleries et fourguez-les aux touristes. Certains des bâtiments les plus anciens bordant le mur extérieur du marché avaient été restaurés dans leur splendeur d'origine. Au loin, des immeubles de vingt étages poussaient comme des mauvaises herbes dans cette partie du sud-ouest de la ville. Boutiques vides, appartements vides, seulement peuplés par les fantômes de ceux dont les maisons avaient été rasées pour leur laisser la place.

Li et Wu déambulèrent entre les stands, surveillés par

des vendeurs au regard suspicieux assis à côté de leur Thermos de thé vert ou occupés à jouer aux cartes autour de tables pliantes. Il était évident que les deux hommes n'étaient ni des touristes ni des Chinois ordinaires. Ce qui ne pouvait signifier qu'une chose, qu'ils étaient flics. Au bout de l'une des allées, un groupe de touristes admirait un artiste en train de dessiner une scène de l'ancienne Chine au crayon et à l'encre. À côté de lui, un groupe d'hommes et de femmes chaudement vêtus jouaient à la Grande Muraille sur une table en fer rouillée. Li interrompit la partie en leur montrant sa carte.

— Je cherche Mme Guo. Elle vend des antiquités.

L'un des joueurs montra d'un signe de tête l'allée la plus éloignée, sans dire un mot.

— Sympathiques, ces marchands, grommela Wu.

Ils dépassèrent un bouddha brillant au ventre rebondi, un cochon en bois à l'air goguenard dressé sur ses pattes de derrière et une rangée de guerriers en bronze impassibles. Ils tournèrent dans la dernière allée qui s'étendait sur une soixantaine de mètres, dans une semi-obscurité. Il y avait des stands, des boutiques minuscules, et des tables débordant de camelote : théières, marteaux de porte, figurines en armure, boîtes en marqueterie, montres à l'effigie de Mao. Des vitrines remplies de porcelaines traditionnelles et de gravures sur bois. Deux adolescentes étaient assises à côté d'une collection de pavillons de gramophone étincelants. L'une d'elles, pas encore assez expérimentée pour reconnaître un policier en civil, les apostropha :

— Jetez un coup d'œil, jetez un coup d'œil.

— Mme Guo, fit Wu d'un ton sec.

L'autre fit un signe vers une boutique, deux portes plus loin.

— La police est déjà là, dit-elle en prenant un air de conspirateur.

— Merci pour le tuyau, dit Li.

Trois personnes se serraient autour d'une table en bois dans la boutique minuscule encombrée d'objets : une femme aux longs cheveux noirs d'une quarantaine d'années, un très vieil homme coiffé d'un chapeau à large bord, noyé dans un lourd manteau deux fois trop grand pour lui, et un jeune policier de quartier. Les étagères débordaient de vases en porcelaine bleue, sous des douzaines de cloches suspendues par des chaînes au plafond. Le jeune policier parut soulagé de voir arriver Li et Wu. Le vieil homme avait les yeux dans le vague et la goutte au nez. La femme avait les yeux rouges, les joues marbrées de traces de larmes. Li perçut une lueur d'espoir dans son regard quand elle les vit, comme s'ils pouvaient lui annoncer qu'il s'agissait d'une terrible erreur, que Huan était vivante, en bonne santé. Il en eut mal pour elle.

— Je suis le commissaire Li Yan, madame Guo. L'inspecteur Wu et moi-même enquêtons sur la mort de votre fille.

Et il sut que son espoir, quel qu'il fût, venait de s'évanouir.

— L'agent m'a dit qu'elle avait été assassinée.

— Malheureusement, c'est vrai.

— On l'a trouvée au Marché de la soie, hein ? demanda l'agent. Taillée en pièces, apparemment.

La pauvre femme hoqueta de désespoir, les yeux brouillés de larmes.

— Vous pouvez partir maintenant, dit Li, très sèchement, au jeune agent.

— Ça va, chef. Ils ont dit que je devais rester ici pour apporter mon soutien. Ça fait partie du boulot.

La mère se tourna vers Li.

— Qu'est-ce qu'elle faisait dans un endroit pareil la nuit, seule avec un homme ?

— Vous pourriez vous en douter, fit l'agent avec une moue de désapprobation.

— Fais-le sortir d'ici, ordonna Li en se tournant vers Wu.

Wu empoigna l'agent par le bras et l'éjecta de son siège avant qu'il n'ait le temps de se rebiffer.

Mme Guo regarda Li d'un air consterné, les joues luisantes de larmes.

— Qu'est-ce qu'il veut dire ?

Li secoua la tête et s'assit à la place de l'agent.

— Il n'en sait rien lui-même. Ces policiers de quartier ne sont que des commis. Ils ne connaissent rien à rien.

À ce moment-là, ils entendirent, dans l'allée, des éclats de voix suivis d'un bruit de vaisselle cassée. Li regarda le vieil homme qui n'avait pas bougé depuis leur arrivée.

— Il va bien ?

— Qui sait ? C'est mon père. Il est comme ça depuis qu'il a eu une attaque, il y a dix ans. Et que fait l'État pour lui ? Rien. Je dois payer ses médicaments. Je dois le soigner à la maison. Moi et Huan. Avec une chambre pour trois. C'est pour ça qu'elle travaillait la nuit. Nous avons besoin d'argent.

— Où travaillait-elle ?

Elle haussa les épaules.

— Dans différents endroits. Surtout des bars. Elle disait qu'il y avait toujours du travail dans la rue des Bars, à Sanlitun.

Elle avait le visage décomposé.

— C'est vrai ? Elle a été... découpée ?

Li hocha la tête. Il ne pouvait pas le lui cacher. Elle aurait à identifier le corps.

— J'en ai bien peur.

Il se demanda si la mère de Guo Huan croyait réellement que sa fille travaillait dans des bars de Sanlitun les nuits où elle sortait toute seule. Mais du moment qu'elle rapportait de l'argent, elle préférait peut-être fermer les yeux.

Wu réapparut sur le seuil de la porte et adressa un signe de tête imperceptible à Li.

— Est-ce qu'elle vous a jamais parlé de quelqu'un qu'elle rencontrait ? Est-ce qu'elle a jamais mentionné un nom, un rendez-vous ?

La mère leva les mains en signe d'impuissance.

— On ne se parlait pas beaucoup. Elle a quitté l'école il y a quatre ans ; depuis, on travaillait ensemble à la boutique.

Elle jeta un coup d'œil à son père.

— Avec lui.

Elle marqua une pause, confrontée à quelque souvenir intime pénible.

— On n'avait plus rien à se dire depuis longtemps.

Li hocha la tête et attendit un peu avant de poursuivre.

— Madame Guo, j'aurais besoin de votre autorisation pour qu'une équipe de la police scientifique aille chez vous fouiller les affaires de votre fille.

La mère se redressa soudain, choquée à cette idée.

— Non, je ne crois pas que j'aimerais ça. Oh, et puis, quelle différence maintenant, après tout ? Elle est morte.

Avec beaucoup de patience, Li continua.

— Elle aurait pu connaître son assassin, madame Guo. Dans ce cas, nous pourrions trouver un indice de son identité dans ses affaires.

Il se tut avant d'ajouter :

— Elle n'était pas sa première victime. Nous voulons l'arrêter avant qu'il ne recommence.

Mme Guo retomba dans son désespoir et dit d'un air profondément malheureux :

— Évidemment.

— Et si vous avez une photo récente de votre fille, cela nous aiderait beaucoup.

Elle tendit la main vers un placard dont elle sortit une boîte à chaussures attachée par un ruban rose. Elle la posa soigneusement sur la table, défit le ruban, souleva le couvercle. Elle était pleine de photos.

— Ça fait longtemps que je veux les ranger dans un album.

Elle regarda autour d'elle.

— Je passe mes journées ici à ne rien faire. Plus on a de temps, moins on en fait.

Elle commença à sortir les photos et à les étaler devant elle. Il y avait des photos de groupe, prises en des temps plus heureux ; on voyait un homme au bras de Mme Guo, son mari sans doute. Il y avait des photos d'une petite fille souriant de toutes ses dents devant l'objectif, des épreuves bon marché dont les couleurs avaient passé. Guo Huan en uniforme d'école – survêtement bleu et casquette jaune. Guo Huan avec les cheveux courts, Guo Huan avec les cheveux longs. Toutes semblaient avoir été prises des années plus tôt. Sa mère les manipulait avec une sorte de vénération, chacune étant chargée de son propre souvenir. Puis elle tira une bande de quatre clichés sur lesquels Guo Huan paraissait beaucoup plus âgée. Elle la tendit à Li :

— Celles-ci datent d'un mois ou deux. Prises dans un photomaton.

Li les examina de près. Le sourire était gêné, et les quatre clichés pratiquement identiques. Guo Huan avait les cheveux sur les épaules et un joli visage maquillé pour l'occasion. Li ne l'aurait jamais reconnue ; il émanait d'elle une telle fraîcheur, une telle absence de cynisme, un tel appétit de vivre.

— Puis-je les prendre ? Je promets de vous les rendre.

La mère hocha la tête. Il remit les photos à Wu.

— Je suis désolé, madame Guo, mais nous aurons besoin de vous pour l'identification officielle du corps.

Un vent de panique traversa son visage.

— Oh, non. Je ne pourrai pas.

— Y a-t-il quelqu'un d'autre ?

Elle réfléchit un instant, puis son visage s'affaissa et elle secoua la tête.

— Quand ?

— J'enverrai une voiture vous chercher dans une heure.

Li jeta un coup d'œil au vieil homme.

— Et lui ?

— Quelqu'un s'en occupera, dit-elle.

Li vit sa lèvre inférieure se mettre à trembler tandis qu'elle essayait de refouler ses larmes. Mais celles-ci jaillirent pourtant : de grosses larmes silencieuses qui roulèrent sur ses joues en laissant des traces humides.

— On a le droit de n'avoir qu'un seul enfant.

Elle respira à fond.

— Et je suis trop vieille pour recommencer.

Elle regarda son père. Li fut presque sûr de lire du ressentiment dans ses yeux.

— Il ne me reste que lui.

En remontant l'allée sombre des antiquités, Wu dit à Li :

— Ce putain de flic de quartier ne voulait pas partir. Ça s'est terminé par une bagarre. Et un vase cassé.

— Dépose une plainte.

— Ça ne vaut pas la peine de gaspiller du papier pour ça, grogna Wu.

Mais si Wu était prêt à oublier, le flic de quartier, lui, ne l'était pas. Il les attendait dehors, excité comme un pou. Dès qu'il les aperçut, il courut après eux.

— Hé, fit-il en attrapant Li par le bras, votre inspecteur m'a agressé.

Il n'avait pas plus tôt dit ça qu'il se retrouva plaqué au mur, un bras en travers de la gorge.

— Estime-toi heureux que je ne te torde pas le cou, siffla Li. Tu devais être absent le jour où on vous a enseigné la sensibilité à l'école des flics.

Il le relâcha.

— Ne t'approche plus de cette femme, tu m'entends ?

L'incident n'avait duré que quelques secondes, mais une foule s'était déjà rassemblée. C'était la première fois qu'un policier en uniforme se faisait malmener ; ceux qui en étaient les témoins en profitaient. L'agent réajusta son manteau et plongea en avant, avec le plus de dignité possible, pour récupérer sa casquette.

— Vous n'allez pas vous en tirer comme ça, cria-t-il.

Puis il se retourna vers la foule qu'il fusilla du regard.

— Qu'est-ce que vous foutez là, putain ?

Le conducteur de trishaw dormait toujours sous son dais à rayures quand Li et Wu ressortirent par l'entrée principale. Wu mastiquait furieusement son chewing-gum.

— Je ne sais pas ce que tu en penses, mais, moi, je meurs de faim.

Il regarda sa montre.

— Si on s'arrêtait quelque part pour manger un morceau ?

— Je n'ai jamais faim après une autopsie, soupira Li. Mais on m'attend pour déjeuner ; il va bien falloir que je retrouve un peu d'appétit.

— Tu as de la chance. Qui t'invite ?

— Un Américain, un expert en détecteur de mensonge à l'académie chinoise des Sciences. Il fait une démonstration cet après-midi, pour les huiles du ministère de la Sécurité publique.

Wu ne parut pas très impressionné.

— Une démonstration de polygraphe ?

— Non, dit Li. Un nouveau système, le MERMER.

Wu fit la grimace.

— MERMER ? Qu'est-ce que c'est que cette bête ?

— Une sorte de système infaillible qui permettrait de détecter dans le cerveau des choses qu'on voudrait cacher. Enfin, c'est ce qu'on dit.

Il adressa un sourire ironique à Wu.

— Encore une chance que ta femme ne sache pas s'en servir.

Wu éclata de rire.

— Nous aurions divorcé depuis longtemps.

3

Le restaurant *Mo Guo Huo Guo* se trouvait à quelques mètres de Pufang Lu, à l'ombre de la tour cylindrique du Conservatoire central de musique. Sa spécialité était la fondue aux champignons des provinces du Sichuan et du Yunnan. Margaret attendait sur les marches, au soleil, avec Li Jon dans les bras. L'expert américain en détecteur de mensonges souhaitait la rencontrer. Il avait épousé une Chinoise qui travaillait dans la police et pensait que leurs deux couples pouvaient avoir beaucoup de choses en commun. Elle regarda la Santana s'arrêter sous les arbres dont les dernières feuilles bruissaient dans le vent frais. Li en descendit ; Wu se glissa derrière le volant et repartit.

Margaret observa le père de son enfant traverser le trottoir. Il avait de l'allure dans son long manteau – grand, large d'épaules, les cheveux noirs coupés en brosse plate sur le dessus de la tête. Le pli de son pantalon était encore bien marqué, même s'il était un peu froissé autour du genou, et sa chemise blanche impeccable. Margaret s'étonna d'être toujours autant attirée par lui, après toutes ces années. Son cœur se serra un peu en repensant à sa frustration du matin, quand la sonnerie du téléphone avait coupé net leur élan. Elle perçut sur le visage de Li une lassitude qui, elle le savait, était davantage due à la teneur de cet appel qu'au manque de sommeil.

Il sourit, se pencha pour l'embrasser et passa la main dans les cheveux noirs de plus en plus épais de son fils.

— Tu attends depuis longtemps ?

— J'arrive à l'instant.

— Ils sont probablement déjà là. On ferait mieux d'entrer.

Il n'avait pas envie de parler de l'urgence du matin, et elle savait qu'il ne fallait pas poser de questions.

Le restaurant avait la forme d'un tambour, comme sa grande voisine, la tour du Conservatoire central. Les salles à manger étaient réparties sur trois niveaux, avec des salons privés sur le pourtour des deuxième et troisième étages. Une jolie serveuse en jupe et veste rouges les guida vers un escalier circulaire puis le long d'un corridor à colonnes entourant la salle à manger du deuxième. L'Américain et sa femme les attendaient dans un salon privé. Ils se levèrent à leur entrée. Au centre de la table était encastrée une grosse marmite sur un anneau de brûleurs à gaz invisibles. De la vapeur s'élevait du bouillon. Venant de l'obscurité du couloir, Li et Margaret furent éblouis par le soleil qui inondait la pièce.

L'expert, un homme d'une quarantaine d'années, était grand et mince avec une crinière de cheveux grisonnants. Il portait un costume marron informe et une chemise à carreaux au col ouvert.

— Hé, ça aveugle, hein ? dit-il avec un grand sourire en les voyant s'abriter les yeux avec la main. Mais je fais meilleure impression quand on ne me voit pas.

Il serra chaleureusement la main de Li.

— Content de vous revoir, Li Yan. Vous ne connaissez pas Chi Lyang, n'est-ce pas ?

— Non.

Li serra la main d'une Chinoise menue, jolie, d'une trentaine d'années. Ses longs cheveux noirs étaient rassemblés en queue-de-cheval. Elle portait un jean, des baskets et une chemise blanche.

— *Ni hao*, dit-il.

— Salut, répondit-elle en souriant.

L'Américain se tourna vers Margaret, main tendue.

— Vous devez être Margaret. Je m'appelle Bill Hart. J'ai *beaucoup* entendu parler de vous, Margaret.

— En mal, sûrement.

Il haussa une épaule.

— Plutôt. Mais bon sang, avec une telle réputation, vous valez sûrement la peine d'être connue.

Margaret leva un sourcil.

— J'espère ne pas vous décevoir, alors.

Il sourit de toutes ses dents.

— Vous avez intérêt.

— Je vous présente Chi Lyang, ajouta-t-il en se tournant vers sa femme.

Margaret lui serra la main.

— Ne croyez pas tout ce qu'on dit sur moi. Depuis que je suis mère de famille, j'ai laissé tomber l'agressivité.

Lyang sourit, l'œil pétillant.

— Eh bien, depuis que je suis mariée, j'ai laissé tomber la police. Mais un peu d'agressivité de temps en temps n'est pas pour me déplaire.

— Et Dieu sait si elle peut être agressive, dit Hart.

— On devrait bien s'entendre, alors.

Lyang caressa le menton de Li Jon qui la regarda du coin de l'œil.

— Comme il est beau.

— J'espère que sa présence ne vous ennuie pas. Je n'ai trouvé personne pour le garder.

— Si j'avais su, j'aurais amené Ling. Elle a quinze mois.

— Li Jon aura un an le mois prochain.

— Eh bien, je vois que vous ne manquerez pas de sujets de conversation, plaisanta Hart.

Il débita du chinois à toute allure à une serveuse qui disparut et revint presque aussitôt avec une chaise haute pour Li Jon.

Tous quatre s'installèrent autour de la table ; les serveuses en rouge apportèrent un grand plateau chargé d'assiettes contenant différentes sortes de champignons coupés en tranches, qu'elles disposèrent sur une desserte. Hart commanda de la bière ; une autre serveuse apporta un gros poulet noir, cuit, qu'elle plongea avec précaution dans le liquide bouillonnant au centre de la table.

— Vous avez déjà mangé du poulet noir ? demanda Hart à Margaret.

Elle secoua la tête.

— Ça a le goût du poulet, mais c'est noir.

— Dans la médecine traditionnelle chinoise, on utilise le poulet noir pour soigner les maladies féminines, dit Lyang.

— Ah ! Voilà pourquoi je n'ai aucune maladie féminine, s'exclama Hart.

Margaret sourit.

— Mmmmm. Ça a l'air appétissant.

— Vous parlez parfaitement anglais, dit Li à Lyang.

Elle inclina légèrement la tête.

— J'étais interprète au Conseil des affaires d'État. Russe et anglais. Avant de travailler à la Sécurité publique.

— Et si elle n'était pas devenue flic, je ne l'aurais jamais rencontrée, observa Hart.

— Et si nous ne nous étions pas rencontrés, je serais encore flic, répliqua-t-elle.

Il n'y avait pas d'animosité dans sa voix, mais Margaret y décela une tension sous-jacente. Elle était bien placée pour savoir que les autorités n'autorisaient pas les policiers à se marier avec des étrangers. Si vous vouliez vous marier, vous deviez quitter votre fonction. Elle jeta un coup d'œil à Li qui évita son regard.

— Nous nous sommes rencontrés à Boston, pendant une conférence, continua Hart. Lyang avait suivi une formation en détection de mensonge à l'université de la Sécurité publique, ici, à Pékin. Elle était en voyage d'échange pour voir comment font les Américains.

— Et, évidemment, les Américains font mieux, dit Margaret. Nous faisons toujours tout mieux, n'est-ce pas ?

Hart sourit avec indulgence à son sarcasme.

— Nous faisons différemment. Et nous avons beaucoup plus d'expérience. Les Chinois ont commencé à utiliser le polygraphe il y a une dizaine d'années seulement ; ils ne l'ont employé que dans huit mille cas. Alors qu'aux États-Unis, nous l'utilisons depuis soixante-dix ans, et presque tous les employés du gouvernement doivent passer un test pour obtenir leur poste. Je crois que nous en connaissons un peu plus sur le sujet.

Margaret haussa les épaules.

— Qu'est-ce qu'il y a à connaître ? C'est juste un paquet de fils électriques et de capteurs qui lisent le rythme cardiaque, la respiration, la transpiration. C'est l'opérateur qui détecte le mensonge, pas la machine. C'est de la psychologie. On n'y voit que du feu.

Hart partit d'un rire communicatif.

— Vous avez raison, bien sûr, Margaret. C'est pourquoi l'expérience est si importante.

— Alors comment peut-on se tromper aussi souvent ?

— Margaret..., fit Li, comme pour la mettre en garde.

Mais Hart ne se formalisait pas.

— Détendez-vous, Li Yan, je m'amuse. J'aime bien me bagarrer avec quelqu'un qui a des arguments.

Il se retourna vers Margaret.

— En fait, nous avons un taux de réussite très élevé. Au moins quatre-vingt-dix pour cent.

Cela n'impressionna guère Margaret.

— Ce n'est pas ce que dit l'OTA [1]. Vous connaissez ?

— Oui, bien sûr. C'est une branche du gouvernement fédéral américain qui analyse et évalue la technologie actuelle.

— Et selon laquelle le taux de réussite du détecteur de mensonge ne dépasse pas cinquante pour cent. Bon sang, je peux *deviner* et avoir raison une fois sur deux.

Lyang était aux anges.

— Tu t'amuses toujours autant, Bill ?

Mais Margaret n'avait pas terminé.

— J'ai lu quelque part qu'entre un et quatre millions de citoyens des États-Unis sont soumis chaque année au polygraphe. Même en supposant que vous ayez quatre-vingt-dix pour cent de réussite, ça fait quand même un sacré paquet d'erreurs. Des gens qui risquent de perdre leur emploi, ou de ne pas en obtenir, des gens stigmatisés comme menteurs à cause de tests inexacts. Ce n'est pas de la science, Bill, c'est du vaudou.

---

1. Office of Technology Assessment : bureau d'évaluation technologique.

Hart n'avait pas cessé de sourire. Il regardait Margaret avec une sorte d'admiration.

— Juste ciel, Margaret, ils avaient raison. J'adorerais vous asseoir sur la chaise et vous brancher. Vous coincer sur mon terrain.

— D'accord, dit Margaret à la surprise générale.

— Quoi, vous accepteriez de vous livrer à un test ?

— Si vous me laissez vous autopsier.

Les autres éclatèrent de rire. Margaret sourit pour la première fois.

— Je suis sûre que j'en saurai plus sur vous en une heure et demie que vous n'en saurez jamais sur moi.

Hart hocha la tête, sans cesser de sourire, reconnaissant sa défaite.

— D'accord. J'abandonne. Mangeons.

La serveuse apporta les champignons à table et commença à les faire cuire dans le bouillon, avec le poulet. Lyang montra à Margaret comment préparer son mélange de pâte de sésame, ail et piment, pour y tremper les champignons cuits avant de les manger. Margaret les trouva absolument délicieux, chacun ayant un goût et une texture différents. Une serveuse découpa le poulet dans la marmite, puis le servit dans des bols individuels. Il fondait dans la bouche.

— En réalité, dit Hart en faisant descendre les champignons avec une gorgée de bière, je ne suis pas favorable à l'utilisation du polygraphe sur les employés ou les candidats à un job. À mon avis, ce n'est utile que sur les criminels. Là où il marche le mieux, c'est quand les suspects croient que la machine va les coincer. Vous ne pouvez pas vous imaginer comme ils sont prompts à avouer.

Il versa une cuillerée de bouillon dans son bol et le but comme du potage.

— Vous savez, les Chinois ont inventé, il y a trois mille ans, une méthode de détection de mensonge assez efficace.

— Ah bon ? s'étonna Li.

— Mais oui, dit Lyang. Partant du principe que si vous mentez vous sécrétez moins de salive, les Chinois de l'Antiquité donnaient au suspect une bouchée de riz à mâcher et lui demandaient de la recracher. S'il avait peur du test, le riz lui collait à la langue et au palais parce qu'il avait la bouche sèche. S'il était innocent, il le recrachait sans problème.

— Les Indiens en avaient une encore meilleure, ajouta Hart. Ils enduisaient la queue d'un âne de noir de fumée et enfermaient l'animal dans une pièce obscure. Ensuite, ils faisaient entrer le suspect dans cette pièce en lui demandant de tirer la queue de l'âne magique qui pourrait ainsi savoir s'il disait ou non la vérité. Quand le suspect ressortait de la pièce, il suffisait d'examiner ses mains. Si elles ne portaient aucune trace de noir de fumée, c'est qu'il n'avait pas tiré la queue de l'âne. Pourquoi ? Parce qu'il avait peur d'être découvert.

— Presque aussi scientifique que le polygraphe, dit Margaret.

— Si c'est la science qui vous impressionne, dommage que vous n'assistiez pas à la démonstration du MERMER cet après-midi, dit Lyang.

Margaret regarda Li.

— Et pourquoi ne suis-je pas invitée ?

— Parce que c'est une démonstration réservée aux huiles du ministère de la Sécurité publique, Margaret. Le vice-ministre y sera en personne.

— Nous essayons d'obtenir des fonds pour la recherche, expliqua Hart.

— Ne vous inquiétez pas, je ne suis pas invitée non plus, dit Lyang. Les maris n'aiment pas voir leurs femmes prises en flagrant délit de mensonge.

Hart leva les mains en signe de protestation.

— Je ne participe pas à cette démonstration. Je la mets juste en place pour Lynn.

— Qui est Lynn ? demanda Li.

— Le professeur Lynn Pan. Une Chinoise américaine qui a été l'élève du Dr Lawrence Farwell, l'inventeur du système. Elle est venue vivre et travailler en Chine l'année dernière, financée par l'Académie chinoise, pour mettre au point une version chinoise du MERMER.

— Mais qu'est-ce que c'est exactement, ce MERMER ? demanda Margaret, intriguée.

— C'est un acronyme pour : *Memory and Encoding Related Multifaceted Electroencephalographic Responses*[1].

— Désolée, qu'est-ce que ça veut dire ?

— L'électro-encéphalographie est un moyen non invasif pour mesurer l'activité cérébrale électrique, expliqua Hart.

Lyang eut un geste dédaigneux de la main.

— C'est un scientifique, dit-elle à Margaret, il ne sait pas expliquer. En termes simples, cela veut dire qu'on vous colle des électrodes sur la tête et qu'on utilise un ordinateur pour mesurer les réponses électriques de

1. Mémoire et encodage liés aux réponses électro-encéphalographiques à facettes multiples.

votre cerveau à certains stimuli. Une photo de votre enfant, par exemple. Vous le reconnaissez, votre cerveau donne une réponse électrique involontaire. Preuve que vous connaissez cet enfant. Ils vous montrent la photo d'un autre enfant, vous ne réagissez pas. Preuve que vous n'avez jamais vu cet enfant.

Hart précisa :

— Ce système peut servir à déceler une reconnaissance inavouable dans le cerveau d'un criminel. On a fait des tests aux États-Unis sur le personnel du FBI et de la CIA.

Il sourit avant d'ajouter :

— Puisque vous vous intéressez tant aux pourcentages, Margaret, vous serez contente de savoir qu'il obtient à ce jour un taux de réussite de cent pour cent.

— Mais il va vous mettre au chômage.

— Oh, j'en doute. Le MERMER a des applications très spécifiques, très étroites. Il exige un équipement coûteux et une préparation méticuleuse.

Il consulta sa montre.

— À propos, il ne faut pas arriver en retard.

Il fit signe à la serveuse de lui apporter l'addition ; une armée de jeunes filles se précipita au vestiaire pour chercher leurs manteaux.

En se levant de table, Lyang demanda :

— Vous êtes occupée cet après-midi, Margaret ?

Margaret se mit à rire.

— Ces temps-ci, je ne suis jamais très occupée, Lyang.

— Je vais me faire faire un massage des pieds, un peu plus tard. Pourquoi ne viendriez-vous pas avec moi ?

— Un massage des pieds ?

Margaret avait vu des enseignes surgir un peu partout dans la ville. C'était la dernière mode. Mais ça semblait un peu décadent.

— C'est la méthode de relaxation la plus fabuleuse que je connaisse.

— Ce n'est pas vraiment facile de se relaxer avec un bébé de onze mois exigeant votre attention vingt-quatre heures sur vingt-quatre.

— C'est justement pourquoi l'endroit où je vais est si bien. Il a une crèche. Vous pourrez oublier le bébé pendant une heure et demie. Venez, faites-vous plaisir.

— Vas-y, dit Li. Apprends comment on fait, et tu t'exerceras sur moi, après.

Au moment où une serveuse lui tendait son manteau, le livre de Qian glissa d'une poche et tomba par terre.

Lyang se pencha pour le ramasser et haussa les sourcils en lisant le titre : *The Murders of Jack the Ripper.*

Hart se mit à rire.

— Ça alors, Li ! Vous devez étudier les crimes non résolus ?

— J'espère que non, dit Li avec un sourire contraint.

— Jack l'éventreur ? fit Margaret en lui jetant un regard curieux.

Li soupira. Il était obligé de donner une explication.

— Tu connais, je suppose ?

— Évidemment. Ses crimes en font probablement le premier cas attesté de crimes en série au monde.

Elle haussa les épaules.

— Je ne suis pas experte sur le sujet, mais je pense que peu de gens n'ont jamais entendu parler de Jack l'éventreur. C'est un peu comme le croque-mitaine.

— Il y a eu une série de meurtres particulièrement horribles en ville ces dernières semaines, expliqua Li à l'attention de Hart. Nous pensons que le meurtrier reproduit les crimes de l'Éventreur.

— Qui, à Pékin, les connaîtrait suffisamment en détail pour pouvoir les reproduire ? demanda Margaret, soudain très intéressée.

Li montra le livre.

— Quelqu'un qui l'a lu.

Margaret prit le livre et regarda les caractères chinois avec un sentiment de frustration.

— Si seulement je m'étais donné la peine d'apprendre le chinois.

— Ce n'est qu'une traduction, dit Li. Tu devrais trouver la version anglaise originale sur Internet.

— Intérêt professionnel en éveil ? demanda Hart.

— Sûr. N'auriez-vous pas aimé pouvoir brancher quelques-uns des suspects et les embobiner avec vos petits trucs ?

Il sourit.

— Si vous aviez fait les autopsies, Margaret, je suis persuadé que vous m'auriez donné des munitions pour les faire avouer.

Il se retourna vers Li.

— Vous devriez peut-être faire travailler Margaret avec vous sur cette affaire, Li Yan.

— J'ai laissé tomber, se contenta de dire Margaret.

Elle souleva Li Jon de sa chaise et sortit du salon.

Chapitre III

1

L'académie chinoise des Sciences occupait, en face du parc Yuyuantan, un bâtiment de six étages flanqué de part et d'autre du ministère des Finances et de l'Institut chinois de sismologie. Hart monta sur le trottoir et gara sa voiture au pied des marches menant aux portes en verre. Une bannière blanche accrochée juste au-dessus annonçait en caractères gras : « Présidium des étudiants chinois ». Un drapeau chinois claquant au vent jetait son ombre sur le toit de tuiles vertes qui abritait l'entrée.

Au cinquième étage, cinq des plus hauts fonctionnaires du ministère de la Sécurité publique attendaient dans une grande salle de réception, en discutant, fumant et buvant du thé vert. Des stores verticaux protégeaient la pièce du soleil. L'un des murs était couvert d'une fresque représentant la scène paisible d'un jardin chinois à l'ancienne. Tous, à l'exception de Li, étaient en uniforme ; il se rendit compte immédiatement qu'il n'avait pas respecté l'étiquette.

— Je vous laisse. Bonne chance, dit Hart en disparaissant.

La conversation animée retomba pour faire place à un silence de plomb. Tous les occupants de la pièce fixèrent le nouveau venu. Le procureur général, Meng Yongli, très droit dans son fauteuil, son couvre-chef posé à côté de lui sur une chaise, dit d'un ton lourd de désapprobation :

— Toujours aussi ponctuel, Li.

— Vous auriez pu prendre le temps de vous mettre en uniforme, chef de section Li. Nous représentons le ministre, fit remarquer le vice-ministre de la Sécurité publique, Wei Peng.

C'était un petit homme trapu qui ressemblait à une grenouille et adorait user de son pouvoir.

— Laissez-le tranquille, dit le sous-préfet de police, Cao Xu, si détendu qu'il en avait presque l'air liquéfié.

Il avait lancé sa casquette sur la table basse, en face de lui, et s'était affalé dans son fauteuil, une jambe sur l'accoudoir. Cet homme, autrefois destiné aux plus hautes fonctions, avait été le génial prédécesseur de Li à la tête de la Section n° 1. Il allait accéder au poste de préfet de police quand une erreur du passé l'avait rattrapé et condamné à rester sous-préfet. Sa progression sur l'échelle de la hiérarchie étant terminée, il n'avait plus besoin de lécher les bottes de ses supérieurs. Ce qui faisait de lui une sorte de franc-tireur. Il aspira longuement une bouffée de sa cigarette.

— Le chef de section Li est débordé de travail avec ces meurtres, n'est-ce pas, chef ?

— Notre héros a-t-il enfin résolu l'affaire ? demanda, d'un ton sarcastique, le préfet de police de Pékin, Zhu Gan, employant à dessein le mot « héros ».

C'était un homme grand, mince, portant des lunettes sans monture à travers lesquelles il regardait Li avec une antipathie non dissimulée. Il ne faisait pas partie de ses supporters et lui avait clairement fait comprendre qu'il n'approuvait pas la cérémonie prévue le soir même au palais du Peuple. Il y voyait, avait-il dit, un dangereux retour au culte de la personnalité. Li l'aurait peut-être approuvé, s'il y avait été autorisé. Mais Zhu avait aussitôt ajouté que, la décision émanant du ministre lui-même, il n'était pas en position d'élever la moindre objection.

— Où en est-on, Li ?

La silhouette frêle de l'homme âgé coincé entre le procureur général et le vice-ministre ne reflétait d'aucune façon sa position. Directeur général du Département politique, Yan Bo était un homme de poids. Li le connaissait de vue, mais ne lui avait jamais parlé.

Il regarda ces hommes qui attendaient une réponse de lui. Il sentait que ce n'était pas le moment de leur faire part de ce qu'il savait sur la volonté du meurtrier de copier les crimes de Jack l'éventreur. Ni de leur expliquer qu'il ne s'était pas changé parce qu'il avait été retenu par un déjeuner.

— Je viens d'interroger la mère de la victime, déclara-t-il.

Ce qui n'était pas complètement faux. Il se demanda si le polygraphe de Hart l'aurait démasqué.

— C'est la quatrième, n'est-ce pas ? demanda le sous-préfet Cao en aspirant une autre bouffée de sa cigarette.

— Exact, répondit Li. Et probablement le pire exemple de mutilation que j'aie jamais vu. Il ne lui a pas seulement lacéré le visage, il l'a éventrée, il a emporté l'utérus et le rein gauche.

Ses paroles firent naître devant leurs yeux des images

que, sitôt après déjeuner, ils auraient sans doute préféré ignorer. Un grand silence les accueillit.

— Vous auriez pu vous passer de moi cet après-midi, ajouta-t-il.

— Je suis sûr que votre équipe peut se passer de vous quelques heures, chef de section Li, dit le préfet Zhu d'un ton dédaigneux.

Une porte s'ouvrit ; une jolie jeune femme d'une trentaine d'années apparut, les bras chargés de dossiers. Elle avait les cheveux courts, hérissés au sommet du crâne, et portait un costume d'homme – Armani, pensa Li – noir à petites rayures, sur un chemisier blanc au col ouvert. Elle leur adressa un sourire éclatant.

— Messieurs, je suis contente que vous ayez pu venir cet après-midi. Je m'appelle Lynn Pan, et j'ai quelque chose à vous montrer.

Elle avait les traits d'une Chinoise, mais tout le reste chez elle était américain. Même son chinois à l'accent prononcé. Li sentit instantanément le taux de testostérone s'élever dans la pièce. Elle n'avait prononcé qu'une vingtaine de mots, et les plus hauts fonctionnaires du ministère lui mangeaient déjà dans la main. Ils bondirent sur leurs pieds.

Lynn Pan posa ses dossiers pour faire le tour de l'assistance et serrer la main de chacun, offrant sa carte de visite avec un sourire charmeur, acceptant les leurs en retour. Elle termina par Li. Il se demanda si c'était un effet de son imagination, mais il lui sembla qu'elle lui retenait la main un peu plus longtemps, que son regard le fixait avec un peu plus de chaleur. Elle avait des yeux d'un brun profond éclairés par une lumière intérieure ; il sentit ses jambes flageoler.

— Asseyez-vous, messieurs, je vous en prie.

Chacun se rassit à sa place, autour de la pièce ; la jeune femme tira à elle un fauteuil de bureau sur roulettes et s'installa de façon que tout le monde la voie. Elle promena son regard sur les visages qui l'entouraient ; les cinq hommes retinrent presque leur souffle en attendant qu'elle parle. Finalement, elle dit :

— Vous savez, chaque criminel emporte avec lui quelque chose de la scène de son crime. Vous voyez ce que c'est ?

Au bout d'un moment, Li répondit :

— Le souvenir de ce qui s'est passé.

Le professeur Pan lui adressa un sourire radieux.

— Vous avez absolument raison, chef de section Li.

Il se sentit premier de la classe ; la maîtresse se souvenait même de son nom.

— C'est comme un enregistrement vidéo dans sa tête ; rien ne peut l'effacer.

Elle regarda les autres.

— En général, nous fouillons la scène d'un crime à la recherche des traces que le criminel a laissées derrière lui. Empreintes digitales. ADN. Fibres. Tout ce qui peut servir à l'identifier. Et si on ne trouve rien ? Eh bien, si l'on a un suspcct, on peut toujours regarder dans sa tête. Parce que s'il est coupable, la scène du crime aura laissé une empreinte indélébile sur son cerveau. Impossible, direz-vous.

Elle lança à nouveau son sourire charmeur.

— Plus maintenant. Parce que MERMER nous le permet – pénétrer l'esprit de quelqu'un, voir ce qu'il sait, repasser cette vidéo, lire cette empreinte indélébile.

Elle marqua un temps d'arrêt.

— Nous lui avons donné le nom d' « empreinte cérébrale », et nous possédons la technologie adéquate.

Ça sonnait bien, pensa Li. Empreinte cérébrale. Il ne s'agissait plus de recueillir des indices laissés par le criminel, mais de lire l'empreinte que le crime avait laissée dans son cerveau.

— Bon, je ne serai pas trop technique, continua le professeur Pan, car il s'agit d'une science très complexe. Mais voilà, en substance, le processus : si l'on vous montre quelque chose que vous connaissez, votre cerveau produit une réponse unique. Même si vous niez reconnaître cette chose. La réponse de votre cerveau sera toujours la même. Vous n'avez aucun contrôle dessus. Savez-vous pourquoi ?

Ils attendirent tous, impatients de connaître la réponse.

— Nous pouvons lire cette réponse. Nous vous fixons des électrodes sur la tête, absolument inoffensives, nous les connectons à notre ordinateur, et nous savons ce que vous connaissez ou ne connaissez pas.

Elle eut un geste désinvolte de la main vers le plafond.

— Ce qui est aussi important pour l'innocent que pour le coupable. Car nous pouvons ainsi vous innocenter ou vous inculper.

Elle se leva, joignit les mains et parut un moment transportée ailleurs. Elle se mit à marcher lentement autour de la pièce comme si elle s'adressait à des étudiants dans une salle de cours.

— Nous appelons cette réponse électrique unique MERMER. C'est un acronyme. Ça ne marche pas en chinois, ce n'est pas la peine que j'essaye de l'expliquer. C'est son nom, point. J'ai étudié MERMER aux côtés de son inventeur qui a été mon professeur aux États-Unis. Le Dr Larry Farwell. Un homme très intelligent. Assez intelligent pour reconnaître que j'étais assez douée pour être formée. Et maintenant, me voici, de retour au pays de mes ancêtres pour mettre au point une version exclusivement chinoise de ce procédé qui pourrait révolutionner les méthodes d'enquêtes criminelles en République populaire de Chine. Chaque test passé jusqu'à aujourd'hui a réussi à cent pour cent.

Elle pivota afin de leur faire face.

— Mais je ne veux pas que vous me croyiez simplement sur parole. Je veux vous le prouver. Parce que nous avons besoin de votre soutien pour obtenir le financement qui rendra ce procédé disponible dans chaque département d'enquêtes criminelles du pays.

C'était une présentation très brillante et convaincante qui avait duré moins de dix minutes. Pas un seul des représentants supérieurs de la loi n'aurait mis sa parole en doute.

— Je vais vous démontrer l'efficacité de MERMER en vous soumettant à un test que j'ai mis au point pour travailler avec mes étudiants, dit-elle. Mon assistante et une équipe d'étudiants de troisième cycle vont vous y préparer. Nous allons vous séparer en deux groupes de trois. Un groupe va être briefé sur un crime particulier, l'autre non. Je ne saurai pas qui est dans quel groupe. Mais après, quand je vous testerai, votre cerveau me fournira la réponse. Et je n'aurai pas besoin de vous poser une seule question. Tout ce que vous aurez à faire se résumera à regarder des photos sur un écran d'ordinateur pendant que j'observerai la réponse de votre cerveau. La raison pour laquelle ce test est infaillible ?

Elle ouvrit les mains et sourit comme si cela allait de soi.

— Votre cerveau ne peut tout simplement pas mentir.

2

Li était assis sur un tabouret dans une pièce sombre, en compagnie du procureur général Meng et du préfet Zhu. Un store occultait la fenêtre ; la seule lumière de la pièce émanait d'une lampe de bureau qui éclairait une série de photographies étalées sur un comptoir. C'étaient des épreuves en couleurs, de huit centimètres sur dix, d'une scène de crime particulièrement sanglante. La plupart des crimes semblaient malheureusement trop familiers à Li. Celui-ci n'était pas différent. Deux femmes et un jeune homme nus étendus côte à côte sur un lit de fortune, dans des positions variées. Les couvertures étaient imbibées de sang, les corps ensanglantés, les blessures béantes comme des trous noirs, comme autant d'insectes sombres grouillant sur eux. Li reconnut des coups de couteau. Il y avait un gros plan de l'homme. L'arrière de sa tête manquait ; une balle tirée de face l'avait sans doute arrachée en ressortant du crâne. Mais il était allongé sur le ventre, il était donc impossible de voir son front.

La pièce avait été photographiée sous toutes les coutures. C'était une chambre à coucher. Les tiroirs étaient sortis des commodes, leur contenu répandu par terre. Il y avait des rideaux à la fenêtre, l'un d'eux arraché à l'extrémité de la tringle, un bout de son ourlet coincé dans la main de l'une des femmes.

Au-delà du cercle de lumière, se déplaçant avec légèreté à la périphérie de leur champ de vision, une étudiante de Lynn Pan étalait d'autres photos devant eux.

— Je veux que chacun de vous s'imagine qu'il est

le meurtrier, dit-elle, et que c'est la scène que vous avez laissée derrière vous.

D'autres photographies.

— Voici la maison. Vous voyez, c'est un petit logement de banlieue.

Une rangée de petites maisons sans caractère à l'ombre d'une rangée d'arbres.

— Vous voyez quelque chose dans l'allée. Quelque chose que vous avez emporté et laissé tomber.

Elle posa une autre photo devant eux ; ils virent une chemise blanche déchirée, tachée de sang. La jeune fille se pencha pour prendre un grand sac en plastique transparent renfermant la chemise blanche ensanglantée.

— C'est une scène de crime réelle ? demanda le procureur Meng en regardant la chemise avec dégoût.

Voilà longtemps qu'il n'avait plus été mêlé directement à une enquête.

— Tout ça est donc vrai ?

— Bien sûr, dit l'assistante. Nous n'aurions pas les moyens d'organiser une telle mise en scène.

Elle souleva un autre sachet transparent qu'elle posa sur le comptoir. Il contenait un couteau de chasse avec un manche en corne.

— Et voici l'arme utilisée. Vous pouvez la prendre en main si vous voulez.

Li souleva le sachet et en retira soigneusement l'arme. Il fit courir la lame avec précaution sur ses doigts. Elle était très affûtée. Le couteau était lourd mais bien équilibré. Pas un couteau bon marché. Une arme de chasseur chevronné. Côté manche, la lame était dentelée sur cinq centimètres. Il leva les yeux et surprit le préfet Zhu en train de l'observer.

— Que cela ne vous donne pas de mauvaises idées, Li, dit-il.

Li sourit, fit sauter le couteau dans sa paume et le tendit au préfet, manche en avant. Le premier flic de Pékin prit l'arme qu'il examina soigneusement en la maniant avec l'assurance d'un habitué.

— On dirait que vous êtes né avec un couteau comme celui-là entre les mains, préfet Zhu.

Le préfet le regarda, surpris.

— C'est si évident ?

Li haussa les épaules. Il n'était pas certain de comprendre ce que le préfet voulait dire.

— Vous avez l'air à l'aise avec, c'est tout.

Le préfet sourit. Ce qui était rare.

— Ça remonte loin, dit-il. Au Xinjiang, où j'ai grandi, mon père chassait le cerf dans la forêt. Mes premiers souvenirs sont des souvenirs de chasse avec lui. Nous n'avions pas de fusils, bien sûr. Nous posions des pièges, avec du sel pour appât, et nous tuions les animaux en leur tranchant la gorge. Mon père m'a appris à étriper un cerf en moins de dix minutes. On mangeait bien.

Pendant tout le temps qu'il parla, il ne cessa de retourner le couteau entre ses mains, en le regardant presque avec affection.

— Je croyais que c'était pour leurs bois qu'on tuait les cerfs dans le Nord-Ouest. À cause d'une superstition sur leur pouvoir de guérison.

— Vous venez du Sichuan, n'est-ce pas ?

Li hocha la tête.

— Les pandas. Une espèce protégée. Vous n'aviez probablement pas grand-chose à chasser au Sichuan.

— Je n'ai jamais beaucoup aimé tuer quoi que ce soit, dit Li. Même pour manger.

Le préfet n'ignora pas la critique implicite.

— Vous préférez que les autres se chargent du sale boulot, sans doute.

— Puis-je le voir ? intervint le procureur général, agacé par leur échange d'amabilités.

À la différence du préfet, il le prit avec beaucoup de précaution, du bout des doigts, avant de le reposer sur le comptoir.

L'étudiante posa encore quelques photos devant eux.

— Voici le véhicule que vous avez utilisé pour vous rendre chez les victimes, dit-elle.

C'était une vieille voiture japonaise bleue, défoncée. Les photos de l'intérieur montraient des traces de sang séché sur les sièges, le tableau de bord et le volant. Une autre montrait en gros plan la plaque d'immatriculation, révélant que le véhicule venait de Nanchang, dans la province du Jiangxi.

— C'est la ville où vous avez commis les meurtres, dit l'étudiante en étalant d'autres clichés de ce qui devait être la place principale de Nanchang, un endroit où Li n'était jamais allé.

Il y avait une photo de la rivière Gan traversant une ville apparemment industrielle, très rénovée. Elle ne ressemblait pas aux villes qu'on cite dans les guides touristiques.

— Et voici les gants que vous portiez. On les a trouvés dans le coffre de votre voiture.

Elle posa sur le comptoir une paire de gants en coton blanc, tachés de sang, dans leur sachet transparent.

— Vous pouvez les sortir, si vous voulez.

Mais aucun d'eux ne releva l'offre.

Li regarda à nouveau les photos de la scène du crime. Elle paraissait irréelle. Le sang et la mort cadrés dans l'objectif d'un photographe, illuminés par ses projecteurs, comme mis en scène pour l'enquête. Rien ne ressemblait moins à un être humain qu'un cadavre. Il pensa que c'était cette impression d'irréalité qui masquait à chacun l'horreur de la vérité, que nous étions tous mortels.

L'étudiante avait fini de les briefer sur le crime, elle se recula.

— Si vous voulez, vous pouvez revoir les photos et réexaminer les pièces à conviction.

Mais ils en avaient assez. Quand elle remonta le store, le soleil de l'après-midi inonda la pièce. Ils clignèrent des yeux, revenant brusquement de Nanchang à Pékin.

La fille sourit nerveusement. Elle n'avait pas l'habitude de se trouver en pareille compagnie, et se sentait un peu mal à l'aise maintenant qu'elle était exposée en pleine lumière.

— Le professeur Pan va vous montrer des images sur un écran d'ordinateur. Certaines de ces images vous évoqueront quelque chose. D'autres, non. Certaines auront un rapport avec le crime que vous avez « commis », d'autres, non. Certaines vous seront familières, bien que n'ayant aucun rapport avec le crime. Le professeur Pan vous expliquera exactement ce qu'elle attend de vous quand vous entrerez dans la salle des ordinateurs.

Elle regarda Li.

— À vous d'abord, chef de section Li.

C'était une pièce carrée, anonyme, sans fenêtre. Une porte donnait sur le couloir, une autre sur une petite salle de cours. Les murs couleur crème paraissaient n'avoir pas vu un pinceau depuis longtemps. Le sol était recouvert de carrés de moquette grise. Il y avait deux bureaux à angle droit disposés au centre de la pièce. Le plus grand supportait un moniteur posé sur un ordinateur, tous deux connectés à un portable. Chacun était également relié à un autre processeur posé sur le petit bureau. Des câbles jaillissant de partout étaient soigneusement enroulés sur le sol. Un plafonnier diffusait sa lumière uniquement sur les deux bureaux, laissant le reste de la pièce dans la pénombre.

Lynn Pan apporta sa propre lumière avec elle ; elle semblait rayonner en accueillant Li dans la pièce. Il remarqua la manière dont elle le touchait, une main sur l'épaule ou sur le bras, pour le guider vers le siège placé devant le petit bureau. Elle s'assit elle-même sur le bord du bureau en le regardant droit dans les yeux, les jambes tendues, croisées devant elle, son mollet frôlant le sien. Li éprouva pour la première fois une légère gêne. Mais cette impression ne dura pas longtemps. Devant son regard et son sourire fixés sur lui, il se sentit à nouveau flageoler.

— J'ai entendu dire que c'était un grand jour pour vous, aujourd'hui.

Il fronça les sourcils, pas très sûr de ce qu'elle voulait dire.

— La récompense pour la lutte contre le crime, au palais du Peuple.

Li rougit, mais elle fit comme si elle ne remarquait rien.

— J'aurais adoré y aller, dit-elle. Si j'avais été invitée. Je ne suis jamais entrée à l'intérieur du palais du Peuple.

— Je vous invite.

— Ouah ! Invitée par le lauréat.

Li chercha une trace de sarcasme dans ses yeux et sa voix, mais n'en trouva aucune. Elle avait cette franchise et cette innocence communes à la plupart des Américains qu'il avait rencontrés. À l'exception de Margaret, que son cynisme et son sens de l'ironie démarquaient nettement de ses compatriotes.

— Hé, écoutez, si je peux me dégager à temps, je viendrai.

Elle lui adressa un sourire radieux.

— Mais je dois d'abord vous faire passer le test. Vous convaincre que je vaux la peine d'être soutenue. D'accord ?

Elle se leva, soudain très affairée, et prit sur le bureau un casque d'apparence primitive d'où pendait un faisceau de fils évoquant un peu une tresse chinoise. Il se composait d'un large bandeau bleu en tissu élastique qui s'adaptait sur le front et l'arrière du crâne. Une autre bande de tissu, fixée à chaque bout par du Velcro, partait du front pour rejoindre la nuque. Des électrodes, chacune portant son propre petit carré de Velcro, pouvaient être déplacées sur la surface intérieure des bandeaux.

— Pour optimiser la disposition des électrodes, expliqua Pan. Tout le monde n'a pas la même forme de crâne.

Elle passa quelques instants à adapter le casque sur la tête de Li, plus grosse que la moyenne, ses petits seins tendant le chemisier juste à la hauteur de ses yeux. Il essaya d'éviter de les regarder. Mais il sentait son parfum, la chaleur de son corps, et il y avait quelque chose d'irrésistiblement intime dans la manière dont ses mains se déplaçaient sur ses cheveux, lui touchaient le visage et le cou. Une peau douce et chaude contre la sienne.

Tout en travaillant, elle lui parlait.

— Quand j'aurai fini de l'installer, je vous donnerai une liste de neuf éléments que nous appelons des *cibles.* Au début, cela ne vous évoquera rien. Je vous expliquerai ensuite en détail. Cette liste décrit des choses diverses : un couteau, un monument de votre ville natale, votre immeuble. Puis je vous montrerai une série de photographies sur l'écran de votre ordinateur, et quand vous verrez une image correspondant à un élément de la liste des *cibles*, vous devrez cliquer sur le bouton gauche de la souris.

Elle se pencha au-dessus lui, pour attraper la souris.

— Regardez-la. Je ne sais pas si vous avez ou non l'habitude des ordinateurs.

— Si, si.

Li plaça la main sur la souris. Elle était divisée au bout en deux parties indépendantes l'une de l'autre.

— Le côté gauche pour tout ce qui est sur la liste des *cibles.* Et le côté droit pour tout le reste. Donc vous cliquez chaque fois que vous voyez une image.

Li haussa les épaules.

— Ça paraît simple.

Et il ajouta en souriant :

— Comment savez-vous où j'habite ?

— Nous avons fait notre travail, monsieur Li.

— Si vous vouliez mon adresse, vous n'aviez qu'à me la demander.

— Peut-être, mais je ne suis pas certaine que votre compagne aurait apprécié. Elle est américaine, n'est-ce pas ?

Li haussa les sourcils.

— Effectivement, vous avez bien fait votre travail.

— Pour chacun de vous. Désolée de vous décevoir, dit-elle avec un petit sourire contrit, tout en se reculant.

Elle finit d'arranger le bandeau, puis se glissa derrière l'autre bureau et ouvrit un dossier beige portant le nom de Li. Elle se pencha en avant pour lui remettre sa liste de *cibles*, se rassit à son ordinateur, et lança le premier test. Li regarda la liste. Comme l'avait dit Pan, elle décrivait neuf éléments : « un couteau au manche orné de pierres ; le corps d'un homme rejeté sur une plage ; une robe de femme tachée de sang ; une paire de gants en cuir ; une voiture rouge à laquelle manque une aile avant ; votre immeuble ; la statue de Mao Zedong devant le bâtiment du gouvernement provincial de votre ville natale ; la photo d'une scène de crime dans laquelle deux corps carbonisés sont méconnaissables ; la plaque d'immatriculation de votre voiture de fonction. »

Li relut la liste deux fois. Il n'avait aucune idée de ce qu'elle signifiait, ni de la raison pour laquelle on allait lui montrer ces choses. Pan leva les yeux de son ordinateur, placé de façon qu'elle puisse voir Li de profil pendant qu'il regardait son moniteur.

— Prêt ? demanda-t-elle.

— Je crois, dit Li. Cliquer à gauche pour tout ce qui est sur la liste, à droite pour le reste.

— C'est ça.

Puis, comme si le bouton charme avait été brusquement tourné, elle devint une autre femme. Froide, concentrée, impersonnelle.

— Au risque de vous en faire prendre conscience, je vais vous demander d'éviter le plus possible de cligner des yeux pendant que je vous montre ces images. D'accord ?

— D'accord.

— Concentrez-vous sur l'écran. Les images n'apparaîtront que pendant trois dixièmes de seconde, vous devez donc y porter toute votre attention. Il y aura trois secondes d'intervalle entre chaque image, mais essayez de répondre immédiatement avec la souris. Vous verrez un total de cinquante-quatre images. Cela prendra approximativement trois minutes. Nous ferons une pause, puis nous recommencerons.

Li se sentit inexplicablement tendu à l'avance, et dut se forcer à relâcher sa main crispée sur la souris. Il jeta un coup d'œil à la liste, de peur d'avoir oublié un élément.

— Les yeux sur l'écran, s'il vous plaît.

Ses yeux revinrent immédiatement à l'écran, et le défilement commença. Il était si rapide qu'il avait du mal à penser consciemment aux images qu'il voyait. La voiture rouge à l'aile manquante, la chemise ensanglantée sur la scène du crime, un couteau suisse, un immeuble qui ne lui évoquait rien. Il vit l'une des photos du crime que l'étudiante leur avait montrées, et le gros plan de l'homme dont l'arrière du crâne avait disparu. Il vit une Nissan grise qu'il ne reconnut pas, la statue de Mao de sa ville natale, l'arme qu'il avait tenue une demi-heure plus tôt. Il y avait les images d'une hache, d'une plaque d'immatriculation qu'il ne connaissait pas, d'une robe tachée de sang, de l'immeuble rose et blanc bizarrement familier dans lequel il habitait, rue Zhengyi.

Puis ce fut terminé. Pan lui souriait, le bouton charme avait été de nouveau tourné.

— Détendez-vous, Li Yan, dit-elle avec familiarité.

Il cligna des yeux et s'appuya au dossier de sa chaise. La concentration que le test avait exigée de lui l'avait fatigué. Comme si elle devinait ses pensées, Pan demanda :

— C'est fatiguant, n'est-ce pas ?

Il hocha la tête.

— Et maintenant, vous allez me dire comment ça marche ?

— Pas encore. Nous n'avons pas fini. Je vais vous montrer une fois de plus les mêmes images, mais pas dans le même ordre. L'ordinateur va les randomiser. Mais vous devrez procéder exactement de la même façon. À gauche pour les *cibles*, à droite pour le reste. O.K. ? Vous êtes prêt ?

En réalité, elle lui repassa encore deux fois la même série d'images avant de lui annoncer avec son sourire le plus doux que c'était terminé. Puis elle fit le tour du bureau et lui ôta son casque.

— Combien de temps vous faut-il pour déterminer si j'appartiens au groupe qui a été briefé sur le crime ? demanda Li.

— Je le sais déjà, répondit-elle d'un ton neutre.

— Ah bon, racontez-moi.

— Pas encore, dit-elle avec un sourire impénétrable. Je me réserve pour le final.

Elle prit sa liste de *cibles* et la rangea dans son dossier.

— Mais je vais vous dire exactement ce que je vous ai fait subir. Et pourquoi.

Elle reprit sa position, assise sur le bureau, jambes tendues devant elle, bras croisés.

— C'est juste un programme de démonstration qui

consiste à vous montrer cinquante-quatre images. Neuf d'entre elles sont des *sondes*. C'est-à-dire qu'elles ont un lien spécifique avec le crime sur lequel trois d'entre vous ont été briefés. Des images que vous devez reconnaître instantanément si vous êtes l'un de ces trois. Neuf autres sont les *cibles* dont je vous ai donné la liste. Chaque *cible* correspond à une *sonde*. Par exemple, votre immeuble correspond à la maison où le crime a eu lieu. Vous reconnaissez votre immeuble ; si vous faites partie du groupe briefé, vous reconnaissez la maison du crime. Votre cerveau émet dans les deux cas le même signal de reconnaissance, le même MERMER.

— Et les trente-six autres ?

— *Non pertinentes*. C'est ainsi que nous les appelons, parce que c'est ce qu'elles sont. Non pertinentes. Bien qu'une fois encore, un certain nombre d'entre elles correspondent aux *sondes*. De sorte que vous voyez votre immeuble, la maison du crime, et un autre immeuble qui ne signifie rien pour vous.

La logique du système commençait à se dessiner.

— O.K., dit Li. Vous utilisez mon immeuble comme repère. Vous savez qu'il m'est familier. Si vous obtenez la même interprétation avec la maison du crime, vous savez que j'ai été briefé. Mais si la maison du crime et l'appartement *non pertinent* donnent la même interprétation, différente de celle de mon immeuble, vous savez que je n'ai pas été briefé.

Elle hocha la tête en haussant les épaules.

— C'est quelque chose comme ça. Je dirais que la détermination de la culpabilité ou de l'innocence consiste à comparer les réponses *sondes* aux réponses *cibles* qui contiennent un MERMER, et aux réponses *non pertinentes* qui n'en contiennent pas.

Li mesurait les implications de tout cela.

— C'est extraordinaire. Si ça marche.

— Oh, ça marche.

— Vous pourriez savoir sans l'ombre d'un doute qu'un suspect connaît un élément que seul le coupable peut connaître. Et vous pourriez instantanément innocenter un suspect si vous pouvez démontrer qu'il ne connaît aucun élément spécifique au crime ou à la scène du crime.

— Ce qui a déjà été fait. Aux États-Unis. Le Dr Farwell a démontré devant une cour d'appel qu'un homme ayant purgé une peine de prison de vingt-deux ans pour meurtre n'avait aucun détail de la scène du crime enregistré dans son cerveau, alors que les détails de son alibi s'y trouvaient. Et le juge a déclaré cette preuve recevable.

Elle eut un petit rire.

— Ce n'est pas comme le polygraphe dinosaure de ce pauvre Bill Hart. Pas une seule cour, à ma connaissance, ne l'accepte comme preuve.

— Le polygraphe ne vaut pas grand-chose à vos yeux, hein ?

— Non. Dans un test classique, le seul but est de troubler le sujet émotionnellement et psychologiquement. Donc, même s'il est innocent, et dit la vérité, il est soumis à une épreuve terriblement invasive et stressante. Je ne pense pas qu'on puisse dire la même chose du MERMER, n'est-ce pas ?

— Pas du tout, approuva Li.

— Le problème avec le polygraphe, c'est que ce n'est pas de la science. C'est de la manipulation psychologique.

Li souffla entre ses lèvres.

— Vous vous entendriez à merveille avec Margaret.

Pan inclina la tête.

— Margaret... Campbell ?

Li hocha la tête.

— Sacré personnalité, paraît-il. J'aimerais bien faire sa connaissance.

— Si vous pouvez vous libérer ce soir, vous la verrez.

Il se leva, sa haute taille lui redonnant l'autorité que Lynn Pan lui avait volée pendant le test. Mais cela n'avait pas l'air de la gêner. La chaleur et le pétillement de son regard ne laissaient aucun doute sur son désir de flirter.

— Je ferai l'impossible pour être là, dit-elle.

Elle tendit la main pour serrer celle de Li et la retint pendant qu'elle disait :

— Ce fut un réel plaisir, chef de section Li.

3

Margaret regarda une mère soulever son enfant dans ses bras pour l'installer sur le siège en bronze du cyclo-pousse. La petite fille, noyée dans une veste matelassée rouge, ses longs cheveux noirs retenus par un bandeau rouge vif, devait avoir trois ans. Des milliers de petits derrières avaient, avant le sien, poli le siège d'une couleur dorée étincelante. Le reste de la sculpture grandeur nature était terne, y compris le conducteur du cyclo-pousse au crâne chauve et à la longue natte. Un flash éclata dans le soleil de l'après-midi. À quelques mètres de là, un homme d'âge moyen rabattait d'un air gêné ses cheveux sur le côté en posant pour sa femme devant un couple de musiciens en bronze. Un car de touristes bleu à moitié vide passa à proximité ; le guide aboyait l'histoire de la rue Wangfujing dans son mégaphone. « Wangfujing doit son nom à un puits du quinzième siècle... » Personne ne l'écoutait.

La rue commerçante la plus connue de Pékin était devenue méconnaissable, depuis le jour où Li Yan lui avait donné rendez-vous pour la première fois, devant la librairie des langues étrangères, il y avait plus de cinq ans. D'énormes centres commerciaux tout neufs en marbre rose avaient surgi des gravats. Des écrans de télévision géants diffusaient des feuilletons populaires. Des foules de Chinois riches, la nouvelle bourgeoisie, flânaient dans le quartier piétonnier en léchant les vitrines des boutiques de luxe, avides de dépenser leur fortune toute neuve. Au coin de Wangfujing et Dongan-men, devant la librairie, un vieil homme sur un tricycle, coiffé d'une casquette en drap et vêtu d'une veste en coton bleu foncé, s'était arrêté pour verser d'une grosse bouilloire fumante de l'eau chaude dans les tasses de thé vert des jeunes agents de la circulation frigorifiés. Ils s'étaient regroupés autour de lui comme des enfants, en riant, jacassant et se poussant, pendant que la circulation se bloquait au carrefour.

Margaret sourit. Beaucoup de choses avaient changé en Chine depuis cinq ans, mais le caractère des Chinois était resté le même. Il y avait quelque chose d'irrésistiblement sympathique chez eux – sauf quand on voulait faire renouveler un visa. Le souvenir de cette horrible matinée assombrit son humeur. Elle fit basculer la poussette de Li Jon sur les roues arrière pour gravir les deux marches conduisant aux portes ouvertes de la librairie, et se faufila entre les lourdes bandes de plastique verticales qui empêchaient la chaleur de s'échapper. Un chauffage au plafond leur souffla de l'air chaud sur la tête. Margaret tourna à droite où elle savait trouver le rayon des livres en anglais. Des rangées d'étagères entre des piliers de marbre gris offraient des livres sur toutes les facettes des langues et cultures étrangères à une population de plus en plus instruite, avide de satisfaire un nouvel appétit de connaissance du monde qui s'étendait au-delà de l'empire du Milieu. Les gens parlaient à voix basse sur un ton déférent, tout le contraire de la cacophonie de la rue.

Margaret trouva ce qu'elle cherchait sur une étagère du mur du fond. Il y avait, côte à côte, deux exemplaires anglais de l'ouvrage de Thomas Dowman, *The Murders of Jack the Ripper*. Elle en prit un et chercha un vendeur qui lui donna une fiche en échange du livre. Elle repéra ensuite une caisse ouverte à l'autre bout de la librairie, alla payer, et revint avec son reçu pour récupérer son bien. C'était fastidieux, mais c'était la méthode chinoise, il fallait s'y habituer. C'était aussi, pensa-t-elle, un moyen efficace de faire baisser les chiffres du chômage.

Dehors, le car bleu revenait, le guide hurlant toujours dans son mégaphone. « Avant la libération, en 1949, Wangfujing s'appelait Morrison... » Personne ne l'écoutait. Un nouveau groupe posait à côté des statues en bronze. Margaret avança jusqu'au carrefour où les agents avaient repris leur faction, et fit signe à un taxi tout en cherchant dans sa poche l'adresse que Chi Lyang lui avait notée après le déjeuner.

Le Club de Massage Aveugle des Doigts de Jade était situé au vingt-cinquième étage d'un nouveau centre commercial du quartier de Chaoyang, à l'est du Troisième périphérique, juste au sud du Centre Lufthansa. Lyang l'attendait à la réception.

— Tout est arrangé, dit-elle en faisant un signe de tête à l'une des deux Chinoises assises derrière le bureau.

Celle-ci vint aussitôt délester Margaret de Li Jon et de la poussette. D'un œil inquiet, Margaret regarda son fils disparaître derrière des portes battantes.

— Détendez-vous. Laissez-vous aller. Cet endroit est fait pour ça. Une petite récréation. Profitez-en.

— Je ne sais même plus à quand remonte la dernière.

— Alors vous la méritez largement.

L'autre fille de la réception les conduisit dans un long couloir étroit à la moquette épaisse. Des ouvertures sans porte donnaient sur les salons de massage. L'endroit baignait dans un silence brisé de temps à autre par un murmure de voix lointaines. Certaines pièces étaient vides. Dans les autres, des femmes enveloppées de draps de bain, allongées sur des tables de massage, poussaient de petits gémissements pendant que des filles en combinaison blanche manipulaient avec énergie leur chair tendre.

— Ne vous inquiétez pas, il n'y a que des femmes, dit Lyang en voyant l'expression étonnée de Margaret.

— Pourquoi Club de massage aveugle ?

— Parce que toutes les masseuses sont aveugles.

— Évidemment, j'aurais pu m'en douter, dit Margaret en riant.

— C'est un bon travail pour les aveugles, uniquement basé sur le toucher. Je suis vraiment heureuse de leur apporter mon soutien. Imaginez, rien ne peut distraire une masseuse aveugle. Toute son attention est concentrée sur vous et les reliefs de votre corps qu'elle travaille avec ses doigts.

— Je croyais que c'était un massage des pieds.

— Aujourd'hui, oui. Mais vous devriez essayer un massage complet une autre fois. On en ressort avec une sensation de bien-être fantastique qui dure toute la journée.

Elles pénétrèrent dans une pièce équipée de deux fauteuils inclinables, d'une table basse et de deux tabourets. La fille de la réception les invita à s'asseoir ; elles s'installèrent confortablement dans les fauteuils et ôtèrent chaussures et chaussettes. Quelques instants plus tard, les deux réceptionnistes revinrent avec des petits tonneaux en bois doublés de plastique, remplis d'eau chaude aromatisée. Des herbes parfumées flottaient à la surface ; leur arôme s'élevait dans la pièce avec la vapeur d'eau. Un tonnelet fut placé devant chaque fauteuil ; Lyang et Margaret y glissèrent leurs pieds. L'eau était si chaude que Margaret faillit les retirer aussitôt, mais la brûlure s'apaisa vite et elle commença à se relaxer.

— Elles vont nous laisser tremper pendant une vingtaine de minutes.

Une autre fille apporta des tasses de thé au jasmin ; Margaret en but une gorgée et se laissa aller. Une vague de fatigue la submergea. Elle ferma les yeux en se souvenant du cri du bébé qui l'avait réveillée à 5 heures du matin. Pendant une heure et demie, elle allait pouvoir débrancher son système d'alarme naturel. Sans ouvrir les yeux, elle demanda :

— Qu'est-ce qui vous a poussée à abandonner votre job pour Bill Hart ?

— Oh, je ne l'ai pas abandonné pour lui. Mais pour moi.

Margaret plissa le front.

— Comment ça ?

— Je suis tombée amoureuse. Que faire ? C'était lui ou mon boulot.

— Et ça ne vous a pas contrariée ?

— Si, bien sûr. Mais je n'en ai pas voulu à Bill. J'en ai voulu à ce règlement stupide qui interdit aux flics d'épouser des étrangers. De toute façon, lui aussi a laissé tomber un boulot bien payé aux États-Unis pour venir travailler en Chine, pour le dixième de son salaire. Ça me réconforte. Ça prouve qu'il m'aime.

— Vous n'aviez pas envie de vivre aux États-Unis ?

— Pas vraiment. Je suis chez moi, en Chine. D'ailleurs, Bill voulait venir vivre ici. Il n'en revient pas que nous ayons une civilisation vieille de cinq mille ans.

— Évidemment, il vient d'un pays où, en deux cents ans, nous n'avons rien produit de plus excitant que le hamburger.

Lyang éclata de rire.

— J'ai l'impression de l'entendre parler.

— Alors, que faites-vous de vos journées ?

— Je travaille toujours.

Margaret en resta interloquée.

— À quoi ?

— À l'Académie. À mi-temps. Je travaille le matin

comme assistante de Bill. Je sais que vous ne pensez pas beaucoup de bien du polygraphe...

— Je mentirais si je disais le contraire, l'interrompit Margaret.

— Et nous le saurions, dit Lyang.

Elles se mirent à rire.

— À vrai dire, Bill est plus un scientifique qu'un praticien. L'Académie l'emploie pour mettre au point quelque chose de mieux adapté aux Chinois. Elle l'a chargé de persuader Lynn Pan de venir travailler en Chine à la version chinoise du MERMER.

Elle hésita et jeta un regard en coin à Margaret.

— Vous ne travaillez pas du tout ?

— De temps en temps, je donne une conférence à l'université de la Sécurité publique.

— Mais pas de médecine légale ?

Margaret secoua la tête.

— Le ministère n'a pas particulièrement envie que des Américains pratiquent des autopsies sur des Chinois. Je pense qu'il craint que cela ne déplaise à ses propres légistes.

— Bill m'a pourtant dit que vous aviez déjà pratiqué des autopsies pour nous.

— Dans des circonstances spéciales. Et puis, quand le bébé est né, les choses ont changé.

— Comment ça ?

— Eh bien, d'abord, Li Yan et moi ne sommes pas mariés.

— Bien sûr.

— Mais nous vivons ensemble.

— Justement, j'allais vous le demander, dit Lyang en se redressant.

Margaret agita un doigt dans sa direction.

— Voilà, vous ne posez pas de questions. C'est l'attitude adoptée par le ministère. Ils ne demandent rien, nous ne disons rien, ils ne savent rien. Officiellement. Comme ça, ça passe – tant que nous ne nous marions pas.

Lyang fit entendre un petit sifflement.

— Et Li Yan n'a jamais envisagé de laisser tomber son boulot ?

— Je ne le lui demanderais pas. C'est une part de lui-même. Autant lui demander de se couper une jambe.

Elle soupira.

— Résultat, il ne peut plus demander l'autorisation de m'utiliser pour pratiquer une autopsie sur un cas particulier. Quel que soit le cas particulier.

— Donc, vous menez une vie de loisir, de plaisir, de mère et d'épouse... enfin, presque épouse ?

Margaret se mit à rire.

— Non, le terme approprié serait « végétative ».

— Que faites-vous toute la journée ?

— Oh, je reste à la maison et je m'occupe de notre fils. Je fais un peu de ménage, un peu de cuisine. Je ne sais jamais à quel moment Li Yan va rentrer ou être appelé à l'extérieur. Je n'ai pas d'amis à Pékin, donc je ne vais nulle part...

Elle secoua la tête, à la limite du désespoir.

— Vous voyez, le genre de félicité domestique à laquelle aspire toute Américaine moyenne.

Elle se redressa et se tourna vers Lyang. Cela lui faisait du bien de parler, de pouvoir exprimer ce qu'elle avait sur le cœur. Voilà longtemps qu'elle n'avait eu personne d'autre que Li sur qui s'épancher.

— C'est comme si j'avais arrêté de vivre, Lyang. Comme si toute ma vie avait été aspirée par mon bébé, comme si mon seul avenir était de vivre par procuration à travers lui.

— Nom de Dieu, Margaret...

Lyang avait vite appris l'argot avec son mari.

— ... On dirait que vous avez sacrément besoin de quelques cadavres à découper.

Margaret éclata de rire.

— Exactement. Ce serait une excellente thérapie. Vous ne pouvez pas savoir comme l'odeur d'un intestin ouvert me manque..., et le bruit mou d'un cerveau jaillissant d'une boîte crânienne.

— Hmmmm. Je vois.

Les réceptionnistes jetèrent un regard étonné aux deux femmes, écroulées de rire sur leurs fauteuils inclinables, quand elles vinrent reprendre les tonnelets. Elles réapparurent un instant plus tard pour leur sécher les pieds qu'elles posèrent délicatement sur les tabourets recouverts d'une serviette. La fille qui s'occupait de Lyang était très jeune, peut-être dix-neuf ou vingt ans. Elle avait des yeux étrangement pâles, presque gris, immobiles sous ses paupières bridées. La masseuse de Margaret était plus âgée, une trentaine d'années ; ses yeux sombres semblaient constamment en mouvement. Toutes deux étaient menues dans leur combinaison blanche, et quand celle de Margaret commença à lui masser les pieds, avec une crème légèrement parfumée dont elle s'était enduit les doigts, Margaret fut étonnée de leur vigueur.

— Bien sûr, vous savez pourquoi les Occidentaux aiment les femmes asiatiques, dit Lyang d'une voix malicieuse.

— Pourquoi ? demanda Margaret sans ouvrir les yeux.

— Parce qu'elles ont de petites mains.

Margaret sourit et fronça les sourcils en même temps.

— Et alors... ?

— Ils ont l'impression d'avoir une plus grosse queue.

Une fois de plus, elles éclatèrent de rire et virent l'incompréhension se peindre sur le visage des masseuses. Un massage des pieds était supposé être relaxant, thérapeutique, mais pas amusant.

— C'est pour ça que je suis tombée amoureuse de Li Yan, dit-elle.

Lyang fronça les sourcils, s'attendant à une blague, mais ne sachant pas laquelle.

— Pourquoi ?

— Parce qu'il me donne l'impression d'avoir des mains beaucoup plus petites.

Leur rire bruyant était complètement incongru dans l'atmosphère feutrée du *Club de Massage Aveugle des Doigts de Jade.* La masseuse de Margaret trouva un point douloureux sur la plante de son pied et le pressa fortement avec son pouce. Margaret en eut la respiration coupée. Mais elle éprouva un étrange plaisir à ressentir cette douleur. Elle se rallongea dans son fauteuil et succomba à la fois à la douleur et au plaisir, pendant que la fille lui torturait les orteils, la voûte plantaire, le talon. Elle connaissait tous les muscles, pouvait se les représenter au fur et à mesure que les doigts agiles les cherchaient et les faisaient rouler autour des os délicats du pied. C'était délicieusement relaxant.

Au bout d'un long silence, Lyang lui dit :

— Qu'est-ce que vous avez fait pour Li Jon ?

— C'est-à-dire ?

— Sa nationalité.

— Eh bien, il a les deux, bien sûr. Chinoise et américaine.

— Vous l'avez enregistré à l'ambassade ?

— Oui.

La procédure avait été complexe. Pour les Américains, avait dit le consul des États-Unis à Margaret, tout enfant né d'un parent américain, n'importe où dans le monde, était citoyen des États-Unis dès sa naissance. Les Chinois partaient du même principe pour leurs citoyens vivant à l'étranger, mais autorisaient les couples mixtes, résidant légalement en Chine, à choisir la nationalité de leur enfant après sa naissance. Margaret avait voulu enregistrer Li Jon à l'ambassade des États-Unis. Li tenait à ce qu'il reste chinois. Ils s'étaient presque brouillés à cause de ça. Finalement, Margaret avait persuadé Li que les Chinois ne lui refuseraient jamais sa nationalité tant qu'ils étaient en Chine. Mais elle voulait que Li Jon soit officiellement enregistré en tant que citoyen des États-Unis pour éviter tout problème si jamais ils décidaient de l'emmener aux États-Unis. Elle était donc allée à l'ambassade où elle avait eu un entretien avec un consul très sympathique qui avait lancé toute une série de vérifications sur Li et Margaret, avant de délivrer à Li Jon une déclaration consulaire de naissance à l'étranger – qui lui tenait lieu de passeport pendant ses cinq premières années et le rendait officiellement citoyen des États-Unis.

— Vous avez eu cette déclaration machin chose ? demanda Lyang.

— Oui.

— Bill aussi a insisté pour Ling. C'est aussi une citoyenne à part entière de la Bannière étoilée. Ça m'est resté un peu en travers de la gorge d'avoir à l'enregistrer comme une « étrangère » à la police locale. En plus, ça coûte cher.

Elle eut soudain une idée.

— Hé, comment avez-vous fait alors que vous deux n'êtes pas... ben, mariés ? Et que vous ne vivez même pas officiellement ensemble ?

— C'était trop compliqué. Officiellement, j'habite toujours un appartement fourni par l'université de la Sécurité publique. Il dépend du district ouest dc la police de Pékin. En réalité, nous partageons l'appartement de fonction de Li, dans le district du centre. Trop difficile à expliquer.

— Les complications sans fin de la vie en Chine, fit Lyang. Vous savez, vous et Li devriez venir dîner à la maison un soir. Nous avons beaucoup de choses en commun, tous les quatre.

— J'aimerais beaucoup. Ce serait sympa de sortir un peu pour changer. Où habitez-vous ?

— Ah ! C'était la seule exigence de Bill – si nous allions vivre en Chine, ce ne serait pas dans un appartement délabré dont le gouvernement contrôle le chauffage. Sa première femme est morte dans un accident de voiture ; il s'est retrouvé perdu, tout seul dans sa grande maison de Boston. Quand nous nous sommes mariés, il l'a vendue et acheté l'un de ces fabuleux appartements modernes du quartier des affaires. Vous savez, un de ces immeubles construits pour les étrangers. Nous habitons dans un ensemble baptisé « Maison internationale de la musique ». C'est idiot, les deux immeubles ont une sorte d'énorme couvercle de piano de concert sur le toit.

Elle parut un peu gênée.

— On ne peut pas les rater. Mais il y a un club de

gym avec piscine et tennis, et un magnifique jardin privé qui sera génial pour Ling en été.

Margaret ressentit une pointe de jalousie. Non qu'elle aspirât à ce style de vie, mais ce qu'elle entendait lui semblait beaucoup plus attirant que l'appartement spartiate de Li avec ses chambres minuscules et son chauffage impossible. Elle retomba dans une réalité dont elle s'était brièvement échappée pour un monde de rire et de liberté, loin des responsabilités maternelles. Elle avait oublié ce que c'était de mener sa vie à son gré, et elle n'était pas certaine qu'une amitié avec Lyang fût idéale. Cela pourrait même être très déstabilisant.

4

Li se retrouva dans la salle de réception en compagnie du procureur Meng, du sous-préfet Cao, du vice-ministre Wei Peng et du directeur général Yan Bo, dans un silence guindé. Ils étaient revenus un à un de leur test MERMER, fatigués, rouges, curieusement gênés. Ils avaient échangé des propos décousus, mais personne n'avait parlé du test. Tous, à l'exception de Li, fumaient. Exaspéré, il finit par se lever pour remonter le store et ouvrir la fenêtre. À l'ouest, au-delà du parc Yuyuantan où il jouait parfois aux échecs avec son oncle, la tour de la télévision en forme de minaret reflétait le soleil de l'après-midi. Il avait l'impression d'avoir passé la journée entière à l'Académie alors qu'il n'y était que depuis un peu plus de deux heures. Mais il commençait à s'impatienter ; il avait hâte de retourner à son enquête.

La porte s'ouvrit derrière lui et le préfet Zhu, le dernier à subir le test, entra d'un air dégagé. Il souriait ; comme les autres, il était un peu rouge.

— Quelle femme charmante, dit-il en ajustant ses lunettes sur son nez.

— Arrêtez de rêver, préfet, lança son adjoint.

Nonchalamment allongé dans son fauteuil, Cao regardait son supérieur avec un regard entendu en soufflant la fumée du coin de la bouche.

— C'est votre soutien qui l'intéresse, pas votre corps.

Li se dit alors qu'elle avait probablement fait le même numéro à chacun, et convaincu chacun, par sa chaleur, son contact, son regard, d'avoir éveillé quelque chose en elle. Li sourit intérieurement. Ça avait marché. Il observa les visages qui l'entouraient et comprit que tous pensaient la même chose. Lorsque la porte s'ouvrit à nouveau, le professeur Pan entra d'un pas vif, une liasse de papiers à la main. Dès qu'elle pénétra dans la pièce, Li sentit qu'il y avait un problème. Son attitude avait manifestement changé. Ses épaules s'étaient légèrement affaissées, son visage avait soudain pâli, ses traits paraissaient tirés. Elle souriait toujours, mais son sourire était figé, faux ; elle semblait avoir du mal à les regarder dans les yeux.

— Je suis désolée de vous retenir, messieurs, dit-elle.

Ses yeux balayèrent rapidement le tour de la pièce. Li leur trouva une expression étrange. Proche de la confusion. Il n'y lisait plus aucune assurance bien qu'elle fît l'effort de sauver les apparences. Il se demanda si les tests s'étaient mal passés. Si elle était incapable d'identifier les trois « criminels ».

— Les tests sont concluants. Préfet Zhu, procureur Meng, chef de section Li. Je crois que mes conclusions sont suffisantes pour vous déclarer tous trois coupables de meurtre devant un tribunal.

Il y eut une explosion d'applaudissements. Li regarda ses collègues cobayes. Si l'un d'eux avait remarqué un changement chez miss Pan, cela ne se voyait pas.

— Félicitations, professeur, dit le procureur général Meng. Nous sommes tous très impressionnés.

Li se demanda un instant si ce n'était pas juste un coup de bluff très sophistiqué.

— Comment pouvons-nous être sûrs que vous ne connaissiez pas les noms des trois personnes briefées ?

Elle tourna vers lui un regard blessé. Mais avant même qu'elle ait eu le temps de répondre, le sous-préfet Cao s'écria :

— Ne soyez pas ridicule, Li. Elle sait bien que nous ne tarderions pas à le découvrir.

Sans rien dire, Pan soutint le regard de Li un peu plus longtemps qu'elle n'aurait dû, et il y surprit quelque chose. Quelque chose de déconcertant. Quelque chose comme de la peur, ou un appel au secours.

Le vice-ministre prit la parole :

— Je pense pouvoir déclarer au nom de tout le monde, ici présent, que je vous crois et que vous pouvez compter sur notre soutien pour votre projet.

Il regarda autour de lui comme pour défier quiconque oserait le contredire.

Pan détacha son regard de Li et se força à sourire.

— C'est très flatteur, vice-ministre Wei. Je vous suis

très reconnaissante de votre patience. Je sais que ça été long.

— Pas du tout, professeur, dit le préfet Zhu. Je crois que nous avons tous apprécié l'expérience. Une récréation bienvenue dans la routine du bureau.

Elle hocha la tête et consulta sa montre.

— Eh bien, je ne vous retiendrai pas plus longtemps, messieurs. Merci beaucoup d'être venus.

Elle fit un petit salut, se détourna, et se hâta de sortir de la pièce. Li vit son sourire s'effacer quand elle franchit la porte.

— Alors, comment ça s'est passé ? insista Bill Hart lorsqu'ils redescendirent ensemble les escaliers.

— Oh, je crois qu'elle va obtenir son financement.

— J'en étais sûr, dit Hart avec un grand sourire. Qu'est-ce que vous en avez pensé ?

— Je suis très impressionné, dut reconnaître Li. Si MERMER est aussi fiable que cela sur le terrain, ça peut révolutionner les enquêtes criminelles.

— Bien entendu, il faut l'utiliser avec certaines précautions. Réfléchissez un peu. Vous êtes le policier qui enquête. Vous faites un examen détaillé de la scène du crime, donc votre cerveau contient les mêmes informations que celui du tueur. Pouvons-nous être certains de savoir lesquelles, et qui est qui ?

Li hocha la tête.

— Juste. Et je suppose qu'un enquêteur devrait faire très attention de ne pas fournir accidentellement au suspect des informations qui pourraient le cataloguer comme suspect au test MERMER.

— Absolument, dit Hart. Si ce système est utilisé sur

le terrain, alors les règles devront être très soigneusement définies et appliquées. Autrement, ça pourrait donner lieu à des abus.

— Des policiers corrompus pourraient, par exemple, contaminer délibérément l'esprit d'un suspect avec des informations qui apparaîtraient au MERMER ?

Hart sourit d'un air entendu.

— En admettant qu'un policier de la République populaire soit capable d'une chose pareille.

— Ou un policier des États-Unis, renchérit Li.

— Grands dieux ! s'exclama Hart avec un geste d'horreur feinte.

Ils se mirent à rire, mais Hart redevint vite sérieux.

— Si Lynn obtient son financement, il y a de fortes chances pour que le mien soit supprimé.

— Pourquoi ?

— Merde, Li Yan, Margaret a raison. Comparé au MERMER, le polygraphe est un dinosaure. Et il est à peu près inutile entre des mains non qualifiées. Elle n'a pas tort de dire que c'est l'opérateur, le véritable détecteur de mensonge. Il faut d'ailleurs une formation complexe et une bonne dose d'expérience pour bien s'en servir.

Il soupira.

— Il n'a pas vraiment convaincu vos supérieurs du ministère. Ils n'y voient sans doute qu'une matraque psychologique extrêmement chère.

Puis il ajouta en riant :

— Et Dieu sait qu'une matraque est moins chère et aussi efficace.

— Et aussi irrecevable par la cour que le polygraphe. Que se passera-t-il si votre financement est annulé ?

— Je serai obligé de rentrer aux États-Unis pour chercher du travail.

— Et Lyang ? Ça lui plairait ?

Hart fit la grimace.

— Je ne lui ai encore rien dit. Pas la peine de l'inquiéter à l'avance. Mais, non, ça ne lui plairait pas.

Ils arrivaient dans le hall. Hart serra la main de Li.

— Merci d'être venu. Et, dites, pourquoi ne viendriez-vous pas dîner avec Margaret, un soir ? J'ai l'impression qu'elle et Lyang devraient s'entendre.

— Je le lui dirai.

— Eh bien, pourquoi pas ce soir ?

Li haussa les épaules d'un air désolé.

— J'ai un rendez-vous que je ne peux pas remettre, dit-il avec un sourire un peu gêné.

Hart se rappela soudain.

— Oh, c'est vrai, votre récompense au palais du Peuple. J'ai lu ça dans le journal, l'autre jour. Vous devez être très fier.

Li se força à sourire.

— Bien sûr.

Au moment où il poussait la porte, Hart le rappela :

— N'oubliez pas de demander à Margaret pour le dîner !

Li fit un signe de la main et sortit dans le froid de l'après-midi. Il remonta le col de son manteau, puis tourna vers le sud, dans l'avenue Fuxingmenwai. Un coup de klaxon, provenant de l'autre côté de la rue, attira son attention ; il vit une grosse limousine noire du ministère faire demi-tour pour s'arrêter à côté de lui. Une portière s'ouvrit ; en se penchant, il aperçut le préfet Zhu et le sous-préfet Cao assis à l'arrière.

— Montez, Li, dit le préfet.

Li monta devant, à côté du chauffeur en uniforme.

— Vous êtes venu en voiture ? demanda le préfet.

Li secoua la tête.

— Au nom du ciel, Li, vous n'êtes quand même pas venu à vélo ? demanda Cao d'un air légèrement méprisant.

— Non, sous-préfet Cao.

Le préfet tapota l'épaule du chauffeur.

— Section n° 1, dit-il.

Puis, s'adressant à Li :

— On vous raccompagne. Parlez-nous de l'Éventreur de Pékin.

La surprise qu'il lut sur le visage de Li fit sourire le préfet.

— Ne prenez pas cet air choqué, Li. La Section n° 1 a peu de secrets pour moi.

— Pourquoi n'en avez-vous pas parlé là-haut ? demanda Cao.

— Je pensais que ce n'était pas le moment. Pas devant le vice-ministre et le procureur général, répondit Li.

— Alors, dites-nous ce qui vous fait croire que ces crimes sont les répliques de ceux de Jack l'éventreur ? demanda le préfet.

Li sortit le livre de sa poche et le tendit vers le fond de la voiture.

— Tout juste publié en Chine. Une traduction de la version originale anglaise. Il détaille tous les meurtres attribués à l'Éventreur. Les meurtres de Pékin en sont la copie conforme, dans les moindres détails.

— Comme ? s'enquit Cao.

— Comme le contenu du sac disposé autour des pieds de la victime numéro trois..., le prélèvement de l'utérus et d'une partie du vagin et de la vessie. Comme le rein gauche et la matrice manquant sur la victime numéro quatre. Et des douzaines d'autres, jusqu'au nombre de coups de couteau sur la victime numéro un.

Le préfet continuait à examiner le livre.

— Et puis, continua Li, il y a le fait que notre meurtrier ne tue que le week-end, et que toutes les victimes aient été trouvées dans le même quartier de la ville.

Le préfet passa le livre à Cao, en disant :

— C'est *lui.*

Li fronça les sourcils.

— Qui, *lui* ?

— Thomas Dowman, dit Cao. L'auteur du livre. Nous l'avons rencontré quand il est venu à Pékin il y a deux ans.

— J'ai entendu dire qu'il avait donné une conférence sur l'Éventreur, dit Li.

— C'est exact, dit le préfet. Le sous-préfet Cao et moi-même y avons assisté. Presque tous les hauts fonctionnaires du ministère étaient présents. Un fascinant portrait d'un meurtrier énigmatique. M. Dowman connaît son sujet.

— Quelqu'un d'autre également, dit Li.

Le préfet se pencha en avant, en agrippant le dossier du siège de Li.

— N'ébruitons surtout rien pour l'instant, Li. Nous ne voulons pas que la presse ait vent de tout ça.

— C'est difficile.

— Il y a des journalistes dans cette ville qui ne savent pas où s'arrêter, dit Cao d'un ton menaçant. Avec les Jeux olympiques de 2008, le gouvernement... y a été un peu trop fort, disons, pour montrer au monde que nous sommes devenus une société ouverte. Il y a, dans les médias, des gens qui en profitent.

— Et ce n'est pas seulement à cause de la panique que cela pourrait semer, ajouta le préfet Zhu. Ce serait déjà un gros problème. Rappelez-vous la façon dont la presse a couvert l'histoire du sniper de Washington l'année dernière ; la capitale américaine en était presque paralysée.

— C'est une affaire de politique, Li, dit Cao. Imaginez les remous que provoquerait une histoire pareille dans le monde entier. Pas exactement l'image que le gouvernement veut donner de Pékin à la veille des Jeux olympiques.

— Donc, on n'ébruite rien pour l'instant, chef de section Li, dit le préfet.

Il alluma une cigarette et souffla la fumée vers l'avant de la limousine.

— Je veux un rapport détaillé de l'enquête sur mon bureau. Chaque jour. Je n'ai pas l'intention de diriger une police qui autorise un cinglé à reproduire les crimes de Jack l'éventreur du premier jusqu'au dernier.

Il marqua une pause avant d'ajouter :

— Attrapez-le, chef de section Li, avant qu'il ne tue encore.

Comme si Li avait besoin qu'on le lui dise.

Chapitre IV

1

Le dernier étage de la Section n° 1 résonnait du cliquetis des claviers d'ordinateur. Des bruits de voix et de la fumée s'échappaient par la porte ouverte de la salle des inspecteurs.

— Wu ! Qian ! cria Li en passant devant.

Sans attendre de réponse, il s'engouffra, à gauche, dans son propre bureau, et avisa le monceau de paperasses déposées sur sa table. Une véritable avalanche de papier, les rapports de tous les inspecteurs travaillant sur l'affaire, les rapports de la police scientifique et du médecin légiste sur chaque meurtre, les rapports du quartier général sur toutes sortes de problèmes internes qui ne l'intéressaient absolument pas. Le courrier du jour, qu'il n'avait pas encore eu le temps d'ouvrir, était empilé dans une corbeille en treillis métallique. Il suspendit son manteau au portemanteau et se laissa tomber dans son fauteuil en fermant les yeux. Il ne supportait pas la vue d'un bureau en pagaille. Il avait l'impression d'avoir le même chaos dans la tête.

— Chef ?

La voix de Qian le força à ouvrir les yeux. Il se redressa. Wu était là, lui aussi.

— Qian, le préfet a demandé un rapport quotidien sur les progrès de l'enquête des meurtres de l'Éventreur. Je veux que tu t'en occupes.

Il vit les épaules de Qian s'affaisser.

— Oui, chef.

— J'ai vérifié la date de publication du livre sur Jack l'éventreur, dit Wu. Ça fait moins d'une semaine qu'il est en librairie.

Li tendit une main vers le courrier et commença à ouvrir distraitement les enveloppes, en répartissant leur contenu entre la corbeille à papier et le dessus de son bureau.

— Ce n'est donc pas la publication du livre qui a donné au tueur l'idée des crimes puisque le premier remonte à cinq semaines.

Il réfléchit un instant avant d'ajouter :

— Regarde si tu peux trouver le numéro de téléphone ou l'adresse e-mail de l'auteur. Ce serait peut-être utile de lui parler.

— O.K., chef.

Li froissa quelques circulaires ministérielles et les balança dans la corbeille.

— Ah, autre chose.

Il lança à ses deux inspecteurs un regard qu'ils connaissaient bien.

— Quelqu'un d'ici communique des infos au quartier général. En particulier au bureau du préfet.

— Quoi, quelqu'un de chez nous ? s'écria Qian, choqué.

— Quelqu'un de chez nous, Qian. Je ne sais pas qui. Je ne veux pas le savoir. Mais ça vaut peut-être le coup de répandre le bruit que si jamais je le découvre, il peut dire adieu à sa carrière, et à ses testicules. Je suis le seul à décider si des informations peuvent ou non sortir de ces murs. C'est clair ?

— Comme de l'eau de roche, chef, dit Qian.

Li ouvrit l'enveloppe qu'il tenait et en retira une lettre manuscrite. Presque immédiatement, il la laissa tomber sur son bureau et se redressa pour l'étudier attentivement.

— Qu'est-ce que c'est ? demanda Wu.

— Fais monter quelqu'un de l'Identité judiciaire, dit Li, très calmement. Tout de suite !

Il y avait quelque chose d'impératif dans son ton. Wu retourna aussitôt dans la salle des inspecteurs pour téléphoner.

Qian se rapprocha du bureau de son patron.

— Qu'est-ce que c'est ?

— Une lettre de notre tueur.

L'unique feuille de papier à lettre était pliée en deux et couverte de grands caractères gribouillés à l'encre rouge.

« Cher Chef,

Je suis après les putains et je ne laisserai pas de les déchirer avant d'être pris. Beau travail que le dernier. Je ne donnai pas à la dame le temps d'un cri. J'aime mon travail et je veux recommencer. Vous aurez encore d'autres nouvelles de moi avec mes petits jeux amusants. Je gardai une partie de la substance rouge du dernier travail dans une bouteille afin d'écrire avec, mais elle est changée épaisse comme la colle et je ne peux pas l'employer. L'encre rouge est bien aussi, j'espère ha ha. Le prochain travail sera couper les oreilles de la dame pour envoyer aux chefs de la police pour rire. Mon couteau est si beau et affûté, j'ai envie de me mettre au travail immédiatement si j'ai l'occasion. Bonne chance.

Salutations sincères

L'Éventreur de Pékin

(Ne m'en voulez pas d'utiliser un pseudonyme »)

En dehors de l'encre rouge et du style étrange, ce fut la signature qui frappa Li. L'Éventreur de Pékin. C'est ainsi que le préfet l'avait appelé, une demi-heure plus tôt.

— On dirait une traduction d'une autre langue, dit Elvis.

Une photocopie de la lettre à la main, il fronçait les sourcils à la lecture de cette phraséologie bizarre.

— Personne n'écrirait le chinois comme ça.

— Sauf un étranger, dit Qian.

Ce qui souleva un murmure de spéculations autour de la table. La salle de réunion était pleine à craquer. Tous les inspecteurs en service s'y étaient entassés, chacun avec une photocopie couleur de la lettre. C'était nouveau. Personne, dans la section, ne se souvenait d'une lettre envoyée par un meurtrier au policier chargé de l'enquête. Étant donné que de telles affaires n'étaient pas couvertes par les médias, en général, l'assassin ne pouvait pas savoir qui s'occupait de l'enquête avant d'être pris. Mais là, l'enveloppe était adressée personnellement au chef de section Li.

Perplexe, celui-ci retourna la photocopie entre ses doigts. L'Identité judiciaire avait rapidement confirmé que l'original ne portait pas d'autres empreintes digitales que les siennes. Il s'agissait d'un papier à lettre ordinaire. Le tampon était celui du centre de Pékin. Elle avait été postée le matin même et distribuée l'après-midi. Le meurtrier l'avait écrite à peine quelques heures après avoir commis son dernier crime. Cela rendait ses meurtres encore plus froids, plus calculés – en contraste absolu avec le verdict de Wang les qualifiant de frénétiques. Ils savaient maintenant que ces assassinats n'avaient rien de frénétique. C'étaient des répliques scrupuleuses de la folie d'un autre homme. Mais quel genre d'individu était-il donc pour organiser ses meurtres avec une telle minutie, pour tuer une fille de sang-froid, et la découper en obéissant à un schéma vieux de cent quinze ans ?

— L'encre rouge a une signification quelconque, à votre avis ? demanda Elvis. Il dit que c'est pour remplacer le sang de sa victime, mais...

Il laissa sa question en suspens. Dans la culture chinoise, l'encre rouge sur une lettre symbolisait la fin d'une relation. C'était l'une des raisons pour lesquelles Li avait demandé des photocopies couleurs, afin que, si jamais la couleur avait un sens, on ne passe pas à côté. Mais personne dans la salle n'avait la moindre idée de ce qu'elle pouvait signifier. La fin d'une relation avec qui ? La victime ? Cela voulait-il dire qu'il la connaissait, ou qu'elle le connaissait ?

Li jeta un coup d'œil à Wu qui avait ramassé le livre sur la table cinq minutes plus tôt et n'avait toujours pas levé le nez.

— J'espère que nous ne te dérangeons pas, Wu, dit-il.

Wu releva la tête. Li s'attendait à une riposte vive, or Wu était blême. Choqué.

— Je ne pense pas que l'encre rouge veuille dire quoi que ce soit, dit-il à la ronde.

Il posa le livre ouvert sur la table.

— Écoutez ça.

Il écrasa sa cigarette et commença à lire :

« Cher Patron, Je suis après les putains et je ne laisserai pas de les déchirer avant d'être pris... »

Il leva les yeux et comprit qu'il n'avait pas besoin d'aller plus loin.

— La police chargée de l'enquête sur les meurtres de Whitechapel a eu cette lettre par une agence de presse qui l'avait reçue le 27 septembre 1888. Elle est presque identique à celle que tu as reçue aujourd'hui. Sauf qu'elle est adressée à un *Cher Patron*, et signée *Jack l'éventreur.* Voilà d'où vient le pseudo.

Li tendit la main. Wu poussa le livre vers lui.

— L'auteur n'a pas l'air sûr qu'elle soit de la main du tueur. Il pense plutôt à un petit malin de journaliste qui aurait voulu ajouter du piment à l'histoire.

— Mais la nôtre vient sûrement du tueur, dit Qian. Car personne, en dehors de la police, n'est au courant de ces meurtres.

— Qui que ce soit, il connaît mon nom, dit Li. Et il connaît l'adresse de la section.

Ce qui mettait d'emblée hors de cause la majeure partie de la population de Pékin. La Section n° 1 était cachée dans un obscur *hutong* du nord-est de la ville. Un bâtiment en briques, anonyme, en face de la Fédération chinoise des Chinois d'outre-mer de retour en Chine. Elle ne se faisait pas remarquer. Hormis un petit noyau de criminels, peu de gens connaissaient son existence.

— Oh, chef, presque toute la Chine vous connaît aujourd'hui, dit Elvis tout en mâchonnant une allumette d'un air absent, et en jouant avec ses lunettes de soleil inutiles. Vous êtes dans tous les journaux, avec la récompense de ce soir. Vous êtes un héros.

Ce qui fit rire toute l'assistance. Sauf Li.

— Demande à quelqu'un de lire le livre de la première à la dernière page et de faire un résumé des détails pertinents. Fais-le photocopier et circuler. Puisqu'Elvis n'est pas invité à la cérémonie de ce soir, il pourrait s'en charger.

— Oooh, chef...

— C'est comme si c'était fait, dit Qian avec un grand sourire.

— Et procure-toi d'autres exemplaires du livre. Une douzaine. Que tous ceux qui sont sur l'affaire le lisent.

— Ça y est, je sais qui est le tueur, fit Wu. C'est l'auteur. Il cherche à en faire un best-seller en obligeant tous les flics à acheter son livre.

Même Li sourit cette fois. Quand les rires se furent calmés, il déclara :

— Si le tueur colle au scénario de son mentor, nous devrions être capables de prévoir ce qu'il va faire. D'après le livre, Jack l'éventreur a attendu six semaines avant de frapper à nouveau, ce qui nous laisserait le temps de souffler un peu. Ça, c'est la bonne nouvelle.

Il feuilleta quelques pages et s'arrêta.

— La mauvaise nouvelle, c'est que la victime suivante, une femme du nom de Mary Jane Kelly, a été si horriblement mutilée qu'elle n'avait presque plus rien d'humain.

Un silence épais s'abattit sur la pièce. Le regard de Li

erra un instant sur les photos des filles mortes. Guo Huan les avait rejointes – un agrandissement de l'un des clichés donnés par sa mère. La scène du crime était affichée au-dessous. En couleurs. Avec beaucoup trop de rouge.

— Je ne veux pas d'autre fille sur ce mur, dit-il.

2

Le soleil tombait rapidement à l'ouest, captant toutes les particules de pollution dans sa lumière rose, à l'horizon, et les teintant en orange sous le bleu du ciel de plus en plus foncé. Li se gara sur le trottoir, devant l'entrée principale du parc Yuyuantan. Des lanternes rouges se balançaient paresseusement dans la brise qui mollissait. Un individu louche en costume foncé, cigarette au creux de la main, faisait le maximum pour impressionner une jolie fille appuyée contre les grilles. Elle était habillée tout en blanc – manteau blanc, bottines blanches, sac blanc sagement tenu à deux mains devant elle. Ça avait l'air de marcher : elle le regardait avec adoration, sans se rendre compte qu'il n'arrêtait pas de lancer des coups d'œil à droite et à gauche. Il repéra tout de suite la voiture de Li et la surveilla d'un œil suspicieux. En le voyant regarder la plaque d'immatriculation, Li comprit qu'il avait repéré le caractère *jing* suivi du *0* caractéristique de la police – détail que seul un habitué de la police peut connaître. Li avait envie de conseiller à la fille de rentrer chez elle, qu'elle n'avait rien à faire avec ce type. Mais ça ne le regardait pas.

Il contourna la barrière, à l'entrée des jardins extérieurs au parc. C'était ici que les vieux venaient jouer aux cartes, aux échecs, aux dominos. En été, il y avait l'ombre des arbres. En hiver, il y avait la chaleur des camarades. Et ils économisaient les deux yuans du droit d'entrée. Un sentier surplombé par des arbres noueux aux branches dénudées et bordé de bicyclettes conduisait au jardin principal où une statue en pierre blanche veillait sur les hommes en habits sombres, serrés autour de leurs jeux. Derrière les arbres, le grondement de la circulation n'était plus qu'un bruit confus. Une femme aux cheveux courts, en veste rouge, chantait des airs de l'Opéra de Pékin accompagnée par un vieillard ratatiné qui poussait son archet sur les deux cordes d'un antique *erhu.* Le ciel du soir se reflétait sur les eaux du canal coulant au sud du lac Yuyuan, des eaux recouvertes en hiver d'une épaisse couche de glace qui attirait des patineurs de toute la ville. Les derniers rayons dorés du soleil réchauffaient un vieil homme à la chevelure d'argent qui pratiquait le *tai qi* tout en contemplant la surface de l'eau.

Un peu partout étaient éparpillés des groupes d'hommes rassemblés autour des bancs où l'on jouait. Dai Yi disputait une partie d'échecs au milieu de l'un de ces groupes. L'oncle de Li, Yifu, l'appelait *Lao Dai* – Vieux Dai – bien qu'il fût un peu plus jeune que lui. C'était un homme petit, trapu, au visage rond et souriant. Il portait une casquette de base-ball à la visière immense sur son crâne complètement chauve. Ses yeux ronds souriaient toujours, même quand le reste de son visage arborait une mine grave. Il était absorbé par le jeu, tout comme la demi-douzaine de spectateurs qui l'entourait. Son adversaire portait un vieux chapeau roussâtre à bord étroit au-dessus d'un visage lugubre profondément ridé. Sa main gauche était tellement crispée autour de son paquet de cigarettes qu'il en avait les articulations blanches. Manifestement, Lao Dai était en train de gagner. L'homme aux cigarettes cherchait désespérément une solution pour échapper à l'échec et mat. Finalement, il poussa un jeton de bois marqué du caractère rouge du cheval, et cria *Jiang !*, ce qui était un geste de pur défi car Lao Dai le mangea avec son canon et déclara *Jiang si le !* Échec et mat. Il y eut un soupir collectif quand Lao Dai se redressa et que les deux adversaires échangèrent une rapide poignée de main. L'homme aux cigarettes jeta celle qu'il avait à la bouche pour en allumer une autre. Il y eut un bref échange d'au revoir, puis le groupe se dispersa. Le soleil disparaissait à toute vitesse maintenant ; il commençait à faire plus froid. C'était le moment de boire et manger quelque chose.

— La vie n'est plus drôle du tout, dit Lao Dai en ramassant les pions qu'il rangea dans leur boîte avec le tapis de jeu brodé.

Li s'étonna que le vieil homme se soit aperçu de son arrivée.

— C'est assommant de gagner tout le temps.

— Aussi assommant que quand vous perdiez tout le temps contre mon oncle ?

Le vieil homme sourit et leva enfin les yeux vers Li.

— Ah, quand on perd toujours, on peut toujours espérer gagner un jour. Mais quand on gagne toujours, on ne peut qu'espérer perdre un jour. Il vaut mieux gagner de temps en temps et perdre de temps en temps. Ton oncle disait toujours : *Dix mille choses s'harmonisent en combinant les forces positives et négatives.*

Le vieil homme scruta le visage de Li.

— Je le vois en toi, ce soir. Je ne l'y avais jamais vu avant.

— J'aimerais qu'il soit plus présent en moi. Je saurais mieux ce que je dois faire.

— Ah, tu es encore jeune. Comment pourrais-tu toujours savoir ce que tu dois faire ? La sagesse vient avec l'âge.

Li se souvint d'une autre des phrases de son oncle : *C'est le vieux gingembre qui a le meilleur goût.*

Le sourire de Lao Dai s'élargit, pourtant empreint d'une touche de tristesse.

— Difficile de croire que cela fait cinq ans qu'il est mort. Il ne se passe pas un jour sans que je pense à lui.

Li hocha la tête. Il n'avait pas envie de se lancer dans une discussion sur son oncle. Les souvenirs qu'elle ferait resurgir seraient trop pénibles.

— Je suis venu voir si vous aviez besoin d'un taxi pour vous conduire au palais du Peuple ce soir.

Le vieil homme écarta cette idée d'un geste de la main.

— Non, non, bien sûr que non. J'irai à bicyclette.

Il se leva en prenant sa précieuse boîte.

— Accompagne-moi jusqu'au métro.

La distance était trop grande, et la circulation trop dangereuse, de chez lui au parc, pour qu'il fasse tout le trajet à vélo. Avec le métro et le bus, il mettait une heure. Et il venait tous les jours.

Ils empruntèrent le sentier longeant le canal. Le vieillard pratiquait toujours le *tai qi.* Lao Dai avançait à petits pas en traînant les pieds et semblait constamment sur le point de perdre l'équilibre. Au-dessus d'eux, le ciel variait du jaune pâle au bleu le plus foncé. Un croissant de lune se levait à l'horizon, et les derniers rayons du soleil, maintenant invisible, se reflétaient sur les fenêtres des tours.

— Qu'est-ce qui te tracasse ?

— Qu'est-ce qui vous fait dire ça ?

Le vieil homme secoua la tête.

— Répondre à une question par une question est une dérobade. Ton oncle ne pouvait jamais me cacher ses soucis. Raison pour laquelle il ne croisait jamais mon regard pendant une partie d'échecs. Il aurait fait un très mauvais joueur de poker.

Lao Dai s'arrêta et posa la main sur le bras de Li.

— Je ne remplacerai jamais Yifu. Je n'essaierais même pas. Mais je le connaissais bien et je sais qu'il t'aurait conseillé de venir me voir si tu avais un problème.

Li se sentait embarrassé et ému en même temps. Il aurait aimé serrer le vieil homme dans ses bras, mais ce n'était pas une habitude chinoise. Dai et Yifu avaient travaillé ensemble pendant de nombreuses années au Département des enquêtes criminelles de la police municipale de Pékin, Yifu ayant été élevé à de hautes fonctions avant son départ en retraite. Sans jamais atteindre les mêmes hauteurs vertigineuses, Dai avait quand même été chef de section. C'était un homme bon, intelligent, très honnête. Veufs tous les deux, les deux amis étaient devenus inséparables après la retraite. La mort de Yifu avait laissé un grand vide dans la vie de Dai ; et comme il n'avait pas d'enfant, Li était en quelque sorte son plus proche parent.

— Je suis responsable des meurtres de jeunes femmes, finit par dire Li.

Lao Dai fit entendre un petit gloussement.

— Tu les tues toi-même, j'imagine ?

— Je ne réussis pas à attraper l'homme qui les tue. Plus je tarde, plus il en tue.

Lao Dai soupira.

— Il est plus facile de transporter un récipient vide qu'un récipient plein. Si tu emplis ton esprit de culpabilité pour les actions d'un autre, tu ne laisseras pas assez de place à la lucidité dont tu as besoin pour l'attraper.

Il se remit en marche.

— Tu ferais mieux de me raconter.

Li s'exécuta. Il lui raconta tout, de la première à la dernière victime, de la découverte du livre sur Jack l'éventreur à la lettre du tueur. Dai écouta sans faire de commentaire. Puis, le regard absent, l'air préoccupé, il finit par dire :

— Tu as un ennemi, Li Yan.

— Que voulez-vous dire ? demanda Li, interloqué.

— Cet homme ne tue pas ces filles uniquement par plaisir. Il s'oblige à suivre un programme. Il poursuit donc un but au-delà de l'acte lui-même. Tu dois t'interroger sur ce but. S'il ne connaît ni les filles ni leurs familles, qu'ont-elles d'autre en commun ?

Li réfléchit un moment, puis comprit le raisonnement du vieil homme.

— La police.

— Plus particulièrement...

— Moi ?

— C'est à toi qu'il a écrit, n'est-ce pas ?

Il regarda Li avec sympathie.

— En faisant de toi un héros, on a fait de toi une cible, Li Yan. Si quelques personnes seulement te connaissaient avant, aujourd'hui, tout le monde sait qui tu es.

Li se souvint des paroles d'Elvis pendant la réunion :

Vous êtes dans tous les journaux avec la récompense de ce soir. Vous êtes un héros.

Dai ajouta :

— Ton anonymat faisait ta force, ta célébrité fait ta faiblesse. Yifu aurait été fier de toi ce soir, mais il se serait aussi opposé de toutes ses forces à cette récompense.

— Mais quelle motivation... ?

Lao Dai leva une main pour l'arrêter.

— Jalousie, vengeance, et autres bas instincts. Mais tu ne peux pas le savoir, Li Yan. Tu ne peux pas savoir qui ou pourquoi, pas encore. C'est un bond trop grand. Rappelle-toi le Grand Bond en avant de Mao, qui ne fut en réalité qu'une grande dégringolade. Ta connaissance est ta force. Avance à petits pas et conserve ton équilibre. Celui qui se tient sur la pointe des pieds n'est pas stable. Celui qui fait de longues enjambées ne tiendra pas le rythme.

Li se rendit compte que c'était une philosophie que Lao Dai avait appliquée à sa propre vie, et non pas une simple métaphore. Dai sourit.

— Tu sais ce que Yifu aurait dit ?

— La réponse réside dans le détail, répondit Li en hochant la tête.

Ils avaient atteint les marches de la station de métro de Muxidi. Lao Dai s'arrêta, et répéta, en enfonçant son index dans la poitrine de Li :

— Un pas à la fois, Li Yan. Un petit pas à la fois.

Puis il lui tapota le bras.

— À ce soir. Je serai les yeux et les oreilles de Yifu. Je serai sa fierté.

Puis il se détourna pour gagner lentement l'escalator, à petits pas.

3

Li Jon s'était endormi. Margaret alluma une lampe, à côté du fauteuil. Absorbée par son livre, elle ne s'était pas rendu compte qu'elle ne voyait plus rien à la lumière mourante du jour. Elle était à la fois fascinée et horrifiée. Toutes les autopsies qu'elle avait pratiquées pendant de nombreuses années l'avaient amenée à croire qu'elle avait été témoin de tout ce dont l'homme, ou la femme, était capable. Mais en lisant les notes médicales du Dr Thomas Bond sur l'autopsie de la plus mutilée des victimes de Jack l'éventreur, la malheureuse Mary Jane Kelly, elle prit conscience qu'il n'y avait peut-être pas de limite, qu'il y aurait toujours des horreurs pires qu'elle ne pouvait les imaginer.

Les notes du Dr Bond, prises sur la scène du crime et pendant l'autopsie, n'avaient été découvertes qu'en 1987. Margaret était fascinée par la similitude, d'un point de vue procédural, de ses descriptions avec celles qu'elle aurait pu faire elle-même un siècle plus tard.

Il décrivait le crime dans des termes froids dépourvus d'émotion.

« Le corps était allongé nu au milieu du lit, les épaules à plat, mais l'axe du corps incliné vers le côté gauche du lit. La tête était tournée sur la joue gauche. Le bras gauche était près du corps avec l'avant-bras plié à angle droit reposant sur l'abdomen ; le bras droit était légèrement écarté du corps et reposait sur le matelas, le coude replié, l'avant-bras à plat et les doigts serrés. Les jambes étaient écartées, la cuisse gauche à angle droit avec le tronc et la droite formant un angle obtus avec le pubis.

Toute la surface de l'abdomen et des cuisses était enlevée et la cavité abdominale vidée de ses viscères. Les seins étaient découpés, les bras mutilés par plusieurs blessures aux bords déchiquetés, et le visage tailladé de façon à être méconnaissable, et les tissus du cou tranchés jusqu'à l'os. Les viscères ont été trouvés en plusieurs endroits, c'est-à-dire : l'utérus et les reins, avec un sein, sous la tête, l'autre sein près du pied droit, le foie entre les pieds, les intestins à droite du corps, et la rate à gauche du corps.

Les lambeaux de peau enlevés sur l'abdomen et les cuisses étaient sur une table.

Le coin supérieur droit du drap était imbibé de sang, et il y avait sur le sol, en dessous, une flaque de sang d'environ soixante centimètres carrés. Le mur à droite du lit et à hauteur du cou était éclaboussé du sang qui l'avait atteint en de nombreux endroits distincts. »

Ses notes d'autopsie étaient encore plus effrayantes. Les détails de la bestialité de Jack l'éventreur donnaient froid dans le dos.

« Le visage était entaillé dans tous les sens, le nez, les joues, les sourcils, et les oreilles en partie enlevés. Les lèvres étaient blêmes et coupées de plusieurs incisions descendant obliquement vers le menton.

Les deux seins étaient enlevés par des incisions plus ou moins circulaires, les muscles descendant sur les côtes restant attachés aux seins. Les intercostaux entre les 4e, 5e et 6e côtes étaient découpés, et le contenu du thorax visible à travers les ouvertures.

La peau et les tissus de l'abdomen depuis l'arcade costale jusqu'au pubis étaient enlevés en trois larges lambeaux. La cuisse droite était dénudée jusqu'à l'os, le lambeau de peau incluant les organes génitaux externes et une partie de la fesse droite. La cuisse gauche était dépouillée de sa peau et de ses muscles jusqu'au genou.

Le mollet gauche montrait une longue entaille à travers la peau et les tissus jusqu'aux muscles profonds, partant du genou et s'arrêtant à douze centimètres de la cheville.

Les deux bras et avant-bras portaient des blessures étendues et déchiquetées.

Le pouce droit montrait une petite incision superficielle d'environ deux centimètres et demi de long, avec extravasation de sang dans la peau, et il y avait plusieurs écorchures sur le dos de la main et de l'avant-bras montrant la même chose.

L'ouverture du thorax révélait que le poumon droit adhérait à peine par d'anciennes adhérences solides. La partie inférieure du poumon était déchirée.

Le poumon gauche était intact ; il adhérait au sommet et il y avait quelques adhérences sur le côté. Il y avait dans les substances du poumon plusieurs nodules de consolidation.

Le péricarde était ouvert en bas, et le cœur absent. »

Margaret se représentait le tout, et bizarrement, elle en était plus affectée que si elle avait pratiqué l'autopsie elle-même. Le fait de mettre en œuvre ses compétences professionnelles masquait en quelque sorte l'horreur humaine de tout cela.

L'Éventreur avait pris le cœur de Mary Jane. Il n'était pas sur le lieu du crime et n'avait jamais été retrouvé. Margaret savait que des parties du corps d'au moins deux victimes chinoises manquaient. Elle n'était pas suffisamment au courant de tous ces cas pour établir des comparaisons directes avec les victimes de Jack l'éventreur. Mais elle savait que le crime pékinois équivalent à celui de Mary Jane Kelly n'avait pas encore été commis, et elle tremblait à l'idée qu'un tel destin attende une pauvre Chinoise innocente. Un être humain, plein d'espoirs et d'aspirations, destiné à finir sous la lame d'un fou. À moins que Li ne puisse l'en empêcher. Elle se rendit compte à quel point il devait être sous pression et se sentit vraiment frustrée de ne pas pouvoir l'aider.

Li quitta l'avenue Changan pour tourner vers le sud, dans la rue Zhenghyi, que bordait à droite le haut mur de briques grises cachant à la vue du public le ministère de la Sécurité de l'État et le ministère de la Sécurité publique, là où se trouvait autrefois l'ambassade britannique. Des vitrines brillaient dans le noir sous les arbres, exposant uniformes et attirail policiers derrière leurs vitres. Battes et casquettes de base-ball, gaz lacrymogènes, matraques. Et des livres sur tous les sujets imaginables, des procédures policières à la pornographie dans l'art. Il passa devant le restaurant shanghaïen où il dinaît parfois avec Margaret, à deux pas de leur appartement, et pénétra dans l'enceinte gardée par un policier armé. Il se gara devant l'immeuble réservé aux officiers supérieurs et jeta un coup d'œil à leur véranda éclairée, au septième étage.

Dans le hall, il s'arrêta pour vider la boîte à lettres : des factures, des circulaires qu'il glissa dans la poche de sa veste en entrant dans l'ascenseur vide. La porte se referma bruyamment, et la cage de métal gravit lentement les sept étages avec un bruit de ferraille. Il essaya de faire le vide dans sa tête, comme le lui avait conseillé le vieux Dai, mais trop de choses ne demandaient qu'à l'envahir de nouveau. Les meurtres, la cérémonie de la récompense et, bizarrement, la devinette de Mei Yuan. Il essaya de s'en souvenir. Un truc à propos de sourds muets dans une rizière. Mais il était incapable de se concentrer ; il lui semblait qu'il s'était écoulé une éternité depuis le matin. Était-ce ce matin qu'on l'avait appelé pour le meurtre de Guo Huan ?

Les portes de l'ascenseur s'ouvrirent. Il glissa sa clé dans la serrure de l'appartement où il trouva Margaret assise les jambes repliées sous elle, plongée dans un livre. Le reste de l'appartement était dans le noir. Il alluma le plafonnier qui projeta une pauvre lueur jaune ; elle cligna des yeux.

— Salut, dit-il.

Il se pencha pour l'embrasser sur la joue, comme n'importe quel mari rentrant chez lui après une journée de bureau. Elle l'attendait, comme n'importe quelle femme au foyer lisant des romans policiers pour passer le temps.

— Qu'est-ce que tu lis ?

— Ton bouquin sur Jack l'éventreur.

Il fronça les sourcils.

— En anglais ?

— En quoi d'autre ? s'exclama-t-elle en riant. Je l'ai trouvé à la librairie des langues étrangères de Wangfujing.

Il entendit un signal d'alarme se déclencher quelque part dans sa tête.

— Il est sorti depuis quand ?

Elle feuilleta les pages pour revenir au début du livre.

— Dix-huit mois environ.

— Donc, il était disponible ici, en anglais, depuis pas mal de temps.

— Sûrement. Il y en avait encore deux exemplaires en rayon.

Elle voyait les rouages de son cerveau tourner à toute vitesse.

— Pourquoi ? C'est important ?

— Possible. La traduction chinoise n'est sortie que la semaine dernière. Donc, si le tueur prend ce livre comme modèle, c'est quelqu'un qui lit l'anglais.

— Ou un étranger, dit Margaret.

Li se rappela alors la réflexion d'Elvis sur le contenu de la lettre de l'Éventreur : *Personne n'écrirait le chinois comme ça.* Et celle de Qian : *Sauf si c'est un étranger.*

Mais il était évident que ce chinois bizarre était une traduction de l'anglais archaïque du XIXe siècle. Le tueur avait recopié la traduction du livre. Li se raidit à cette pensée. C'était impossible. S'il travaillait à partir de la version originale, il aurait fait la traduction lui-même. Alors, comment se faisait-il que sa lettre corresponde exactement à la traduction de l'édition chinoise ? Deux traductions ne pouvaient pas être absolument identiques. Il sortit son téléphone portable et composa un numéro.

— Que se passe-t-il ? demanda Margaret.

Mais il se contenta de lever un doigt pour lui imposer le silence.

— Elvis, c'est le chef. Va chez l'éditeur chinois du livre sur l'Éventreur et demande qui l'a traduit. Essaye d'avoir le maximum de renseignements sur lui.

— Chef, il y a quelques mots sur le traducteur en

page de garde. C'est une traductrice. Elle vit à Hong Kong.

Il marqua une pause avant d'ajouter :

— Vous voulez toujours que j'aille chez l'éditeur ?

— Non, non. Oublie.

Il referma son téléphone. Le tueur ne pouvait pas être une femme. Et Hong Kong était un peu loin.

Margaret ne l'avait pas quitté des yeux.

— Alors, tu me racontes ?

— Cet après-midi, j'ai reçu une lettre du tueur. Mot pour mot, la lettre de Jack l'éventreur. Mais en chinois, bien sûr. Au caractère près, c'était la même traduction que dans l'édition chinoise du livre sur Jack l'éventreur.

Margaret saisit aussitôt le problème.

— Donc, tu te dis, s'il travaille à partir de l'édition anglaise, comment a-t-il pu produire la même traduction que celle de l'édition chinoise ?

— Exact.

— C'est simple.

— Vraiment ?

— Bien sûr. Il n'a envoyé la lettre qu'aujourd'hui ? Ou hier ?

Li hocha la tête.

— Si l'édition chinoise est en vente depuis une semaine...

Elle n'eut pas besoin de terminer sa phrase.

— Je n'arrive même plus à aligner deux idées l'une derrière l'autre, soupira-t-il.

Pourquoi n'y avait-il pas pensé ? Aveuglé par la culpabilité et le stress, il n'arrivait plus à déceler la logique dans le détail. Le vieux Dai avait raison. *Il est plus facile de transporter un récipient vide qu'un récipient plein. Si tu emplis ton esprit de culpabilité pour les actions d'un autre, tu ne laisseras pas assez de place à la lucidité dont tu as besoin pour l'attraper.*

La voix de Margaret, chargée de sympathie, le fit sursauter.

— Li Yan, tu dois être au palais du Peuple dans moins d'une heure.

— Merde ! fit-il en regardant sa montre. J'ai juste le temps de prendre une douche et de me changer.

Il se précipita vers la salle de bains tout en se déshabillant. Margaret le suivit en ramassant ses vêtements.

— À quelle heure vient Mei Yuan ? demanda-t-il par-dessus son épaule.

— Elle sera là à temps.

Il entra dans la douche, sous un jet d'eau bouillante. Margaret resta à le regarder à travers la vitre embuée. C'était un homme athlétique, grand pour un Chinois, plus de un mètre quatre-vingts, avec des épaules larges et des hanches étroites. Il avait des cuisses et des mollets de nageur. En voyant l'eau chaude ruisseler sur ses muscles puissants, elle eut envie de se glisser dans la douche pour faire l'amour avec lui sur-le-champ, tout en sachant que Mei Yuan devait arriver d'un moment à l'autre, et que Li Jon dormait de l'autre côté de la cloison. Un instant volé. Un sentiment d'urgence, comme toujours quand ils faisaient l'amour. Mais elle savait qu'il ne serait pas dans les mêmes dispositions. Elle resta là, avec ses vêtements à la main, à regarder sa silhouette devenir floue dans la vapeur de l'eau chaude.

— Tu es là ? cria-t-il, les yeux fermés pour se protéger du shampooing.

— Oui.

— Qu'est-ce que tu as appris de ce livre ?

— Que les flics londoniens du XIXe siècle étaient incompétents, ou bien stupides.

— Pourquoi ?

— Ils ont laissé des gens nettoyer le sang et retirer des preuves des lieux des crimes, Li Yan. Les assistants de la morgue ont lavé les corps avant que les légistes ne pratiquent les autopsies. Des indices littéralement jetés aux égouts.

Elle avait été horrifiée par ce qu'elle avait lu.

— Après la nuit du double meurtre, ils ont trouvé un graffiti tracé à la craie sur un mur, à côté d'un bout de jupe ensanglanté appartenant à l'une des victimes. Avant qu'on n'ait pu le photographier, le préfet de police a insisté pour l'effacer.

— Quoi ! Pourquoi ?

Li n'en croyait pas ses oreilles.

— Bonne question, dit Margaret. J'aurais adoré la lui poser.

— Mais il devait avoir une bonne raison.

— Oh, il a avancé une raison, mais elle n'était pas bonne. Il a dit qu'il craignait que le graffiti ne déclenche une émeute antisémite.

— Pourquoi ?

— Apparemment, Jack l'éventreur avait fait allusion aux Juifs, comme si un Juif pouvait être responsable des assassinats. Il y avait une importante communauté d'émigrés juifs dans l'East End de Londres à cette époque, et le préfet prétendait redouter que les gens du quartier ne se retournent contre eux.

— Mais c'est absurde ! Si c'était vraiment un problème, ils n'avaient qu'à le dissimuler sous la protection de la police jusqu'à ce qu'on l'ait examiné et photographié.

— Peut-être. Je suis bien de ton avis. Mais, apparemment, cela ne lui est pas venu à l'idée. Et pour un homme qui a finalement perdu son poste parce qu'il n'a pas réussi à attraper Jack l'éventreur, détruire ce qui aurait pu être un indice crucial est une attitude vraiment bizarre.

Li ferma les robinets, ouvrit la porte de la douche, et apparut nu, dégoulinant d'eau.

— Et il était préfet ?

— Sir Charles Warren. Préfet de la police métropolitaine.

Elle lui jeta un regard lascif et prit son sexe dans sa main, le sentant aussitôt se gonfler de sang.

— Si on ne devait pas être partis dans vingt minutes...

Elle serra plus fort et le vit tressaillir.

— Ce serait trop beau.

Il referma ses mains autour du visage de Margaret et l'embrassa doucement sur la bouche, glissant sa langue entre ses lèvres à la recherche de la sienne. Li Jon se mit à pleurer dans la pièce voisine. Li Yan laissa retomber son front sur l'épaule de Margaret.

— Merde, fit-elle entre ses dents.

La sonnette de la porte retentit.

— Tu ferais mieux de t'habiller en vitesse. Je vais ouvrir à Mei Yuan, dit-elle en rendant ses vêtements à Li.

Puis elle lui cria, tandis qu'il traversait le couloir en sautillant vers leur chambre :

— Oh, au fait, nous dînons demain soir chez les Hart – si tu peux t'arracher à ton bureau pour une fois.

4

Le palais du Peuple avait connu dans ses murs quelques-uns des affrontements politiques les plus terribles de l'histoire de la Chine moderne. Construit par Mao dans les années cinquante, après la fondation de la République, il se dressait sur le côté ouest de la place Tiananmen, en face du musée de l'Histoire chinoise ; il avait été le témoin des événements sanglants de 1989, quand la révolte des étudiants avides de démocratie avait été écrasée par les chars de l'armée. Un événement qui avait catapulté l'empire du Milieu la tête la première dans un changement si radical qu'il avait abouti non pas à la démocratie mais à la croissance économique la plus rapide du monde.

C'était un édifice imposant, de trois cents mètres de long, avec une façade de trois étages soutenue par de hautes colonnes de marbre. Comme les autres bâtiments de la place, il était illuminé. Tout le centre de Pékin était illuminé, semblait-il, effaçant les étoiles qui brillaient au-delà des lumières de la ville, dans un ciel d'un noir limpide.

Il ne fallut pas plus d'un quart d'heure de marche à Li et Margaret pour atteindre le palais du Peuple depuis chez eux, par Qianmendong Dajie, puis à travers la place Tiananmen. En passant devant le mausolée de Mao, Margaret repensa à la fois où elle avait fait la queue pour voir le grand homme allongé, conservé dans son cercueil sous un dôme de verre ; elle en était revenue convaincue qu'il s'agissait d'une effigie en cire.

Elle tenait Li par le bras. Elle sentait sa chaleur et sa

force à travers l'épais manteau sous lequel il portait son uniforme. Il avait beaucoup d'allure. Elle était fière de lui, même si elle savait qu'il était opposé à cette récompense et redoutait la cérémonie.

Des files de voitures déposaient des gens au coin de Renminda Hutong Xilu où se trouvait l'entrée des jardins. Les hôtes d'honneur traversaient nonchalamment le vaste parvis et bavardaient par petits groupes sur les marches, sous les hauts piliers. Margaret sentit un petit frisson d'excitation la parcourir. Le palais du Peuple appartenait à l'Histoire et elle allait y entrer avec l'homme qui occuperait le centre de la scène de l'auditorium.

— Il y aura combien de personnes ?

Elle ne s'attendait pas à voir autant de voitures.

— Ce sera plein.

— C'est-à-dire ?

— Dix mille.

— Dix mille ! s'écria-t-elle incrédule. Mais qui ?

— Des invités, dit Li.

Margaret perçut une certaine tension dans sa voix.

— C'est un auditorium immense.

— Trois niveaux. Soixante mètres de large, soixante-dix mètres de long, quarante mètres de haut.

Des chiffres dont on lui avait rebattu les oreilles à l'école primaire.

— Et sans piliers.

Les yeux de la maîtresse brillaient d'émerveillement quand elle disait cela. Li doutait qu'elle l'ait jamais vu de ses propres yeux – elle n'était qu'une institutrice de campagne du Sichuan. Plus tard, il l'avait vue se faire battre à mort par les Gardes rouges.

Ils traversèrent le parvis. Li présenta sa carte au garde

qui le salua aussitôt et souleva la chaîne pour les laisser passer. Sur les marches, ils furent accueillis par le préfet Zhu et le sous-préfet Cao en train de fumer, debout dans l'air froid du soir. Chacun était accompagné de son épouse. Zhu jeta un coup d'œil à sa montre et dit :

— Vous êtes en retard. Ils vous attendent.

Il ne fit aucune présentation, ignora Margaret, et prit Li par le coude pour le conduire en haut des marches.

— Je te verrai après la cérémonie, cria Li à Margaret par-dessus son épaule.

Elle hocha la tête et sourit poliment au sous-préfet Cao et aux deux femmes.

— *Ni hao*, dit-elle avant de continuer vers l'entrée principale, suivie par leur silence et leurs regards.

À l'intérieur, elle dut mettre son sac sur le tapis d'un appareil de détection dans le genre de ceux des aéroports et passer sous un portique. Elle franchit une autre porte, se retrouva dans le hall principal, immense, tout en marbre, surplombé par une galerie qui en faisait le tour. Des escaliers y montaient de chaque côté. Des grandes portes doubles en bois, occupant sur deux niveaux tout le fond du hall central, menaient à l'auditorium. Il y avait déjà des milliers de gens qui s'y pressaient. L'écho de leurs voix se répercutait sur un plafond à peine visible derrière les énormes chandeliers qui projetaient leur lumière jaune sur cet océan de têtes noires. Margaret se sentit en même temps incongrue, anonyme et perdue, au milieu des regards curieux qu'attiraient ses cheveux blonds et ses yeux bleus. La plupart des invités ne s'attendaient pas à rencontrer une *yang-guizi* en pareille occasion. Quelqu'un la prit par le bras. Elle se retourna et se trouva face à une petite Chinoise qui lui souriait.

— Magret, dit Xinxin.

La nièce de Li, âgée de dix ans, lui arrivait presque à l'épaule. Bien que son anglais fût excellent, elle prononçait toujours le prénom de Margaret comme la première fois qu'elle l'avait rencontrée, quand elle était petite et ne parlait pas du tout anglais.

— Xinxin !

Margaret fut à la fois ravie et soulagée de la voir. Elle se pencha pour l'embrasser et la serrer dans ses bras.

— Où est ta mère ? Et ton grand-père ? demanda-t-elle en regardant autour d'elle.

En guise de réponse, Xinxin la tira par la main :

— Viens avec moi, Magret. On va à la réception donnée pour l'invité d'honneur.

Elle rayonnait de fierté et de plaisir à l'idée que c'était son oncle Yan, l'invité d'honneur.

L'enfant conduisit la jeune femme avec assurance à travers la foule, vers l'extrémité nord du hall, puis à l'étage. Elles foulèrent un épais tapis rouge, franchirent des portes ouvertes sur une pièce gigantesque, brillamment éclairée, où des chaises étaient disposées en cercle sous un mur décoré de grandes photographies aériennes de la Cité interdite.

— C'est la salle de Pékin. Il y a une salle par province dans le palais du Peuple. Même une pour Taiwan, pour quand elle reviendra à la Chine, dit la fillette avec un grand sourire, comme si elle en comprenait le sens politique.

Margaret lui rendit son sourire.

— Comment sais-tu tout ça, petite ?

— Je l'ai visité avec l'école. Toutes les écoles visitent le palais du Peuple.

Presque à l'opposé de la salle de Pékin, une énorme

porte menait à la salle de réception déjà encombrée de dignitaires – des hauts fonctionnaires de la police et des ministres du gouvernement, des visages que Margaret n'avait vus que dans les journaux et à la télévision. Elle reconnut aussi quelques visages familiers, des inspecteurs de la Section n° 1, Qian et Wu, et quelques autres dont elle ne pouvait se rappeler le nom. Des verres de champagne et de jus d'orange étaient alignés sur une longue table, au pied d'une fresque de six mètres de long représentant un paysage de montagne chinoise éclairé par un soleil levant. La plupart des invités buvaient du champagne.

Xiao Ling, la sœur de Li, et son père étaient debout, à l'écart, un peu gênés, un verre de jus d'orange à la main. Ils n'étaient pas à leur place et le savaient. Un professeur à la retraite vivant dans une maison de retraite du Sichuan et une ouvrière de l'usine de production des Jeeps pékinoises. Le père de Li avait fait le voyage spécialement pour voir son fils. Leur relation avait toujours été problématique, mais il ne pouvait pas rater un moment pareil. Pendant son séjour à Pékin, il habitait chez sa fille.

Xiao Ling serra la main de Margaret cérémonieusement. Elle ne parlait pas anglais, et n'avait jamais éprouvé beaucoup de sympathie pour Margaret. Ni Margaret pour le père de Li qui n'appréciait pas sa liaison avec son fils. Il aurait préféré qu'il ait un enfant avec une Chinoise. Lui aussi serra la main de Margaret.

— Je viendrai voir mon petit-fils demain, dit-il. Avec votre permission.

Comme si elle pouvait la lui refuser.

— Bien sûr.

— Dans l'après-midi, précisa-t-il.

— Magret, Magret, insista Xinxin. Tu veux boire ?

— Champagne, s'empressa de dire Margaret.

Elle avait besoin d'un verre.

Xinxin revint avec du champagne pour Margaret et du jus d'orange pour elle. Margaret en but rapidement deux gorgées et sentit les bulles transporter presque immédiatement l'alcool dans son sang. Avec quelques coupes, ça pourra aller, pensa-t-elle.

— Je vais peut-être m'autoriser un verre. Je n'ai pas si souvent l'occasion de boire du champagne, dit une voix.

Margaret sursauta. C'était Lao Dai, surgi derrière elle. Il portait une épaisse veste bleue sur un pull-over en laine, un pantalon large, des chaussures en cuir fatiguées et une casquette bleu marine enfoncée sur son crâne chauve. Elle avait fait sa connaissance seulement après la mort de Yifu ; ils s'étaient tout de suite très bien entendus. Lao Dai serra chaleureusement sa main entre les siennes et la retint un moment.

— Comment allez-vous, Margaret ?

Il parlait un anglais presque parfait.

— Je vais bien, monsieur Lao, dit-elle.

Puis, se tournant vers Xinxin :

— Xinxin, tu veux bien aller chercher un verre de champagne pour monsieur Lao ?

Xinxin s'éclipsa, heureuse d'avoir une occasion de courir, et Margaret se retourna vers le vieil homme.

— Et vous ?

— Oh, comme toujours, dit-il.

Il serra les mains de Xiao Ling et du père de Li, puis échangea avec eux quelques mots en chinois qui, à la surprise de Margaret, les firent beaucoup rire.

— Qu'est-ce qu'il y a de si drôle ? demanda-t-elle.

— Oh, rien. Je leur disais que je ne dois pas boire trop de champagne, sinon Li Yan sera obligé de m'arrêter pour ivresse au guidon de mon vélo.

Ses yeux brillaient de malice. Quand Xinxin revint avec le champagne, il leva son verre.

— À la vôtre.

Il but une longue gorgée, et mit sa main devant sa bouche pour lâcher un rot. Quelques invités lui lancèrent un regard réprobateur, mais Lao Dai se contenta de lever son verre dans leur direction en souriant de toutes ses dents cassées décolorées, et ils se détournèrent rapidement.

— Des gros bonnets pleins de suffisance, murmura-t-il à Margaret avec un air conspirateur. À mon époque, on réussissait selon ses mérites. Aujourd'hui, c'est tout lèche-cul et compagnie.

Il avala une autre rasade de champagne.

— Li Yan est un jade au milieu des cailloux.

Une salve d'applaudissements attira leur attention ; Margaret tendit le cou et vit Li Yan arriver en compagnie du ministre de la Sécurité publique, flanqué du vice-ministre et du préfet de police. Derrière suivaient le sous-préfet Cao et toutes les épouses. Margaret aurait dû se trouver parmi elles. Mais elle n'était pas mariée à Li Yan, et elle n'était pas chinoise. Elle aurait fait mauvais effet.

La foule s'ouvrit comme la mer Rouge pour laisser Li et son entourage accéder au champagne. Le ministre leva son verre et proposa ce que Margaret pensa être un toast. Elle entendit le nom de Li Yan et, avec les autres, leva son verre et le répéta. Le ministre fit ensuite un bref discours que tout le monde écouta attentivement.

— Qu'est-ce qu'il dit ? chuchota Margaret à l'oreille de Dai.

— Oh, les conneries habituelles.

Des applaudissements marquèrent la fin du discours ; le gratin et les invités d'honneur se dirigèrent vers l'auditorium. Lao Dai se retint au bras de Margaret pour se stabiliser, Xinxin lui prit la main, et tous trois suivirent la foule dans l'escalier jusqu'au parterre de l'auditorium où près de quatre mille personnes étaient déjà assises. Il y en avait encore trois mille au premier balcon, et plus de deux mille au deuxième.

La scène était immense, drapée de chaque côté de grands drapeaux rouges. Margaret, Dai et la famille de Li s'installèrent aux places réservées aux invités d'honneur et se retrouvèrent presque contre la scène. Les lumières baissèrent, une fanfare martiale éclata, et des images furent projetées sur un grand écran, caché jusque-là par un rideau. Une voix commenta les photos des policiers au travail : au bureau, en voiture, arrêtant des criminels, témoignant devant un tribunal. Un film d'archives aux images tremblotantes montra des policiers d'autrefois, en uniforme militaire vert, en train de s'entraîner devant un poste de police. Puis, sans transition, il présenta un commissariat moderne, équipé d'un gymnase et d'un terrain de basket, et des policiers très chics en uniforme noir acclamant une équipe de foot de la police. Suivirent quelques séquences d'actualité où l'on vit Li Yan sortant d'un immeuble imposant avec un homme menotté. Margaret reconnut l'ancien maire adjoint de Pékin arrêté par Li pour fraude et corruption. Une affaire qui avait fait la une des journaux. Le maire adjoint avait été inculpé et condamné à mort, ce qui signifiait une balle dans la nuque. Il attendait actuellement de passer en appel dans l'espoir de muer sa peine en détention à perpétuité.

La musique s'élevait et baissait, passant alternativement du militaire au classique. Elle s'arrêta aussi soudainement qu'elle avait commencé et tout le monde applaudit consciencieusement. Le rideau retomba, un officier en uniforme s'avança au milieu de la scène et prononça un discours assez bref.

— Encore des conneries, murmura Lao Dai à Margaret.

Puis le ministre de la Sécurité publique apparut sous un tonnerre d'applaudissements. Quand les applaudissements se calmèrent, il sortit une liasse de papiers d'une poche intérieure et s'embarqua dans un discours qui dura une quinzaine de minutes. Les Chinois adorent les discours. Margaret regarda Dai qui se contenta de secouer la tête.

— De pire en pire, dit-il.

Margaret jeta un coup d'œil autour d'elle ; des caméras de télévision placées stratégiquement autour de la salle enregistraient la cérémonie qui serait probablement diffusée sur l'une des chaînes de la Télévision centrale chinoise. Une phalange de photographes, de presse et officiels, s'étaient agglutinés devant la scène qu'ils mitraillaient. La plupart des invités devaient être des policiers accompagnés de leur famille, pensa-t-elle, et des gens employés directement ou indirectement par le ministère – une étrange fraternité que l'on retrouvait partout.

Le ministre termina son discours sous les applaudissements. Une table drapée de soie rouge apparue par magie (Margaret ne l'avait pas vu apporter) offrait à la vue de la salle un blason en bois aux couleurs rouge, bleu et or du ministère de la Sécurité publique. Le badge de la police. Le préfet de police de Pékin, Zhu, s'avança pour serrer la main du ministre et prit place à son tour devant le micro. Les verres de ses lunettes sans monture reflétaient la lumière et empêchaient de voir ses yeux, ce qui lui donnait une allure étrangement sinistre – il paraissait immense, filiforme et aveugle. Agitant une main vers le blason, il commença à parler.

Dai murmura :

— Il parle de Li.

Il écouta un peu, et dit :

— Il n'aime pas beaucoup notre jeune ami.

— Li ?

Dai hocha la tête.

— Il ne tarit pas d'éloges sur lui. Des éloges qui résonnent comme un tambour creux. Il ne dit que du bien de Li Yan. Sa voix est de miel, mais il a du vinaigre sur la langue.

Margaret regarda autour d'elle. Si les paroles du préfet Zhu faisaient le même effet sur les autres membres du public, cela ne se voyait pas. Le ministre rayonnait à côté du préfet, et Margaret se demanda si Lao Dai ne se faisait pas des idées. Pourtant, elle savait que c'était un homme intelligent, plein d'expérience, très perspicace. Elle en fut troublée.

— Je le connaissais quand il n'était qu'un bleu et moi chef de section. Je ne lui ai jamais fait confiance.

Il avait, en effet, un peu l'air d'une fouine, avec son front et son menton fuyants, pensa Margaret.

— Il est comme une manche à air. Vide au repos, plein de vent en mouvement, ricana Dai.

Zhu termina son discours, se tourna de côté et, avec un grand geste du bras en direction des coulisses, accueillit Li Yan. Quand celui-ci entra sur scène d'un pas vif et se dirigea vers la table où l'attendait sa récompense, toute la salle se leva pour l'acclamer, comme si elle obéissait à un ordre. Tout en se levant elle aussi, Margaret se demanda si c'était stipulé sur le carton d'invitation. Li reçut le blason des mains du ministre et serra la main des deux hommes sous une rafale de flashs. Les photos s'étaleraient dans les journaux le lendemain et sur les panneaux d'affichage de toute la ville.

Li s'approcha du micro, toussa un peu, mais s'exprima d'une voix claire et forte.

— Vous voulez savoir ce qu'il dit ? chuchota Dai.

Margaret secoua la tête. Elle lui avait fait répéter son discours, qu'elle l'avait persuadé de réduire à trois minutes au lieu des dix prévues. Elle le connaissait par cœur : l'acceptation de la récompense, non pour lui-même, mais au nom de ses collègues ; la nécessité pour la police chinoise d'avancer, d'épouser de nouvelles idées, de profiter des nouvelles technologies pour combattre la vague de criminalité croissante qui allait de pair avec la croissance de la prospérité.

Son discours fut salué par une autre *standing ovation.* Li et ses supérieurs sortirent de scène tandis que le rideau se baissait et que reprenait la musique martiale qui avait donné le coup d'envoi à la cérémonie.

— Dieu merci, c'est fini. Où est-ce qu'on mange ? demanda Margaret.

— Dans la salle du Sichuan, répondit Lao Dai avec un grand sourire.

La salle du Sichuan se trouvait au pied d'une volée de marches, au-delà de la salle de Taiwan, vide, abandonnée. Murs, colonnes, sol, tout était en marbre blanc, à l'exception d'une énorme tapisserie représentant une forêt du Sichuan. Des tables de banquet avaient été dressées sur un tapis chinois de couleur claire. Dix tables, dix convives par table. Seuls les invités spéciaux pouvaient dîner en compagnie des principaux invités d'honneur. Un orchestre folklorique du Sichuan composé de quatre musiciens jouait en sourdine à l'autre bout de la salle.

Lao Dai et la famille de Li Yan furent conduits à une table proche de la porte. À sa grande surprise, Margaret se retrouva assise à la même table que Li, avec le ministre, le vice-ministre, le préfet, le sous-préfet et leurs épouses. Elle se pencha pour lui demander en aparté :

— Comment as-tu fait ?

Le ministre répondit à sa place dans un anglais parfait.

— Il nous a dit que si vous n'étiez pas à notre table, il vous emmènerait dîner au McDonald's.

Il dit cela sans un sourire, mais Margaret lut dans ses yeux qu'il n'était pas si coincé qu'il en avait l'air.

Il y eut une cascade de rires gênés autour de la table.

— Personnellement, je préfère Tony's Roma, ou le Hard Rock Café, dit Margaret. Ils font de bons hamburgers. Mais j'imagine que je devrai me contenter du banquet.

Personne se semblait savoir exactement si c'était de l'humour ou de la grossièreté ; un silence embarrassé accueillit sa réplique. Li eut l'air gêné.

— C'est une blague, dit Margaret. J'adore la cuisine du Sichuan.

Elle agita la main devant sa bouche en soufflant.

— Très fort !

— Vous aimez la cuisine épicée, alors ? demanda le sous-préfet Cao d'une voix langoureuse.

— Absolument.

— Personnellement, je trouve que la cuisine du Sichuan manque un peu de subtilité et de sophistication. Tout ce piment n'est là que pour déguiser la médiocrité de la viande.

— Qu'aimez-vous, alors, sous-préfet Cao ? demanda le ministre.

— Il aime la fondue, dit sa femme.

C'était une petite femme maigre aux cheveux courts gris acier. Elle n'avait pas l'air à l'aise dans sa robe du soir.

— Ah oui. Inventée par les Mongols, n'est-ce pas ? dit Margaret. Ils faisaient bouillir de l'eau dans leurs casques sur un feu de bois pour y faire cuire les morceaux de mouton découpés sur la bête.

— Et alors ? fit le sous-préfet sur la défensive.

Le ministre se mit à rire.

— Je crois que miss Campbell sous-entend que la fondue n'est pas non plus le summum du raffinement culinaire.

Cao haussa les épaules avec dédain.

— C'est le comble de la part d'une Américaine. Son pays n'est pas vraiment réputé pour sa cuisine.

Il alluma une cigarette.

— Oh, je ne sais pas, dit Margaret d'un ton jovial. On trouve quand même beaucoup plus de McDonald's que de fondues mongoles autour du monde.

Même le préfet Zhu, silencieux jusque-là, se fendit d'un sourire.

— Un point pour elle, Cao.

Margaret le dévisagea, frappée par son air de fouine.

— Seuls les jeunes mangent des hamburgers en Chine, dit Cao. Avec l'âge vient la sagesse. Les gens mangent de la fondue depuis des milliers d'années. Dans cent ans, ils continueront à en manger. Mais je me demande combien il restera de restaurants McDonald's, alors.

— Vous n'avez pas une bonne opinion de la culture américaine, n'est-ce pas ? demanda Margaret.

— Éphémère et sans intérêt, répliqua Cao.

— C'est pour cette raison que vous fumez des cigarettes américaines ? demanda Margaret en montrant de la tête son paquet de Philip Morris posé sur la table. Pour rendre votre vie éphémère et sans intérêt ?

Un silence dangereux plana sur la table avant que le ministre ne s'esclaffe.

— Vous avez trouvé à qui parler, Cao.

Margaret croisa le regard de Li et se sentit transpercée par la réprobation glaciale qu'elle y lut. Se retournant aussitôt vers le sous-préfet, elle dit avec son plus charmant sourire :

— Je plaisantais, préfet Cao. J'adore la fondue mongole.

Puis elle regarda Li avec le même sourire, l'air de dire : *Tu vois, tu peux me sortir sans avoir à rougir.*

Au milieu du brouhaha des voix, par-dessus le bruit des plats servis aux dix tables de la salle du Sichuan, s'éleva soudain la sonnerie caractéristique d'un téléphone portable. Le vice-ministre Wei Peng exprima tout haut son mécontentement.

— Certaines personnes n'ont pas le sens des bienséances.

Mais trente secondes plus tard, l'individu manquant totalement du sens des bienséances se révéla être le chef de section adjoint Qian. Il était manifestement très embarrassé d'interrompre la discussion à la table de Li, mais néanmoins déterminé à le faire. Il avait le visage blême.

— Je vous prie de bien vouloir me pardonner de vous interrompre, monsieur le ministre, dit-il.

Puis, s'adressant à Li, il annonça :

— Je suis désolé, chef, il y a eu un autre meurtre.

Les paroles de Qian atteignirent Li de plein fouet, avec la violence d'un coup de poing à l'estomac.

— C'est impossible, dit-il.

Qian haussa les épaules.

— Une fille trouvée morte. Étranglée. Égorgée. Le Dr Wang a l'air de penser que c'est notre homme.

— Mais ce n'est pas comme ça que...

Li pensait que le tueur collerait au scénario de son mentor. Il en eut la nausée. Il avait relâché son attention, juste un moment. Et une fille était morte. Il se leva.

— Messieurs, mesdames. Excusez-moi, je dois partir.

— Ne soyez pas ridicule, Li, dit le préfet Zhu d'un ton sec. Vous avez toute une section d'inspecteurs pour s'en occuper. Vous ne pouvez pas quitter votre propre banquet.

Embarrassé, il jeta un coup d'œil au ministre. Mais le ministre resta muet.

C'est le sous-préfet Cao qui prit la parole.

— Laissez-le donc partir. Il n'a pas encore appris que l'art de déléguer est l'art de commander. Il croit que personne d'autre ne peut faire mieux que lui. C'est bien ça, Li, non ?

Li replia calmement sa serviette et la posa sur la table.

— Excusez-moi.

Sans ajouter un mot, il se dirigea avec Qian vers la porte où l'attendaient Wu et les autres. À la vue de l'invité d'honneur quittant le banquet, les conversations animées se transformèrent brusquement en murmures.

Margaret rompit le silence tendu qui s'était abattu sur la table.

— Eh bien, il faudrait peut-être trouver quelqu'un d'autre à qui porter un toast sinon nous ne boirons jamais.

Chapitre V

1

La porte de la Paix céleste et l'avenue Changan baignaient dans une lumière blanc, bleu, vert et rose. Le serpent rouge des feux arrière des voitures, bus et taxis scintillait à perte de vue. Qian baissa sa vitre, colla un gyrophare bleu sur le toit de la Jeep et coupa les six voies pour foncer vers l'ouest.

— Où vas-tu ? demanda Li en se tournant vers lui.

— On l'a trouvée au monument du Millénaire.

Assis à l'arrière, Wu et Sang ne disaient rien.

Li se sentit presque soulagé.

— Ce n'est pas l'Éventreur, alors.

Inconsciemment, il avait appelé le tueur de Pékin « l'Éventreur ».

— Pourquoi ?

— Parce que tous les autres meurtres ont été commis dans le même coin de Jianguomen. Tout comme Jack l'éventreur a tué toutes ses victimes dans le même coin de Londres.

Il savait que quelque chose clochait.

— En plus, on est lundi. Or, il ne tue que le weekend. Et il devait attendre six semaines avant d'en tuer une autre.

Wu se pencha en avant.

— Tout le reste colle pourtant. Étranglée, gorge coupée..., dit-il en mastiquant furieusement son chewing-gum. Moi non plus, je n'avais aucune envie de le quitter, ce banquet.

Ils quittèrent l'avenue Fuxing juste après la rue Sanlihe, pour prendre d'abord la direction du nord, puis, de nouveau, celle de l'ouest. Ils dépassèrent le ministère de la Défense nationale enclavé dans sa zone militaire interdite, et le musée militaire de la Révolution populaire chinoise surmonté de sa flèche à trois étages couronnée d'une étoile dans un cercle. Sur leur droite s'étendait le parc Yuyuantan, plongé dans le noir, et le canal qu'il avait longé quelques heures plus tôt avec Lao Dai en parlant des crimes. Ils n'étaient pas très loin de l'académie chinoise des Sciences.

Au-dessus de la porte du parc du Millénaire, une montre molle à la Dali leur apprit qu'il serait bientôt neuf heures et demie. Le monument du Millénaire était un énorme cadran solaire en pierre dressé au sommet d'un large escalier montant vers une terrasse circulaire. Le cadran jetait son ombre dans toutes les directions, au milieu des projecteurs qui éclairaient maintenant la scène du crime. La tige était orientée plein sud, dans l'alignement de Yangfangdian Lu, vers la masse étincelante de la gare de l'Ouest, à quelque deux kilomètres de là, au bout d'une avenue pleine de lumières. Un spectacle impressionnant. En poussant la grille, Li se dit que c'était la dernière vision qu'avait eue la pauvre fille. Des véhicules de police étaient garés dans tous les sens sur le trottoir. Un groupe d'agents en uniforme battait la semelle de l'autre côté de la grille en fumant. Comme ce n'était pas un quartier très habité, ni très fréquenté le soir, il n'y avait qu'une petite foule de curieux. Les agents saluèrent Li et les autres inspecteurs de la Section n° 1. Un jeune gardien en uniforme gris se trouvait parmi eux. Il avait le visage rougi par le vent glacé, sous sa casquette à visière noire. Il portait des bottes en cuir, un long manteau gris dont il avait remonté le col noir autour de ses joues, et un brassard rouge orné de caractères jaunes au bras gauche. Li s'arrêta pour lui demander :

— À quelle heure cet endroit ferme-t-il, normalement ?

— Vers 6 heures, chef. Ou dès qu'il fait nuit. Ça dépend à quelle heure le soleil se couche. On fait sortir les gens dès que la lumière baisse.

Il tapa des pieds par terre et frotta ses gants de cuir l'un contre l'autre pour se réchauffer les mains.

— À quelle heure avez-vous fermé les grilles ce soir ?

— Vers 5 heures et demie.

— Vous avez vérifié qu'il n'y avait plus personne à l'intérieur ?

— Non, chef. Les gens se dépêchent toujours de sortir quand on commence à fermer. Personne n'a envie de rester bloqué à l'intérieur.

Li regarda les grilles. Pas plus d'un mètre de haut. N'importe qui pouvait les franchir, que les portes soient verrouillées ou pas. Il hocha la tête.

— Où est le corps ?

— Là-haut, chef, derrière la tige du cadran, dit l'un des agents.

— Comment se fait-il que quelqu'un l'ait trouvé après la fermeture ?

— C'est moi, chef, dit le jeune gardien aux lèvres

presque bleues de froid. On fait des tournées. Toutes les heures.

— Pourquoi ?

— Il y a des objets de valeur dans le musée, chef.

— O.K. Continuez.

— Eh bien, je suis venu vérifier vers 8 heures, ce soir. C'est là que j'ai vu le sang.

Il agita la main vers une partie du parvis et de la grille entourée d'un ruban. Li s'en approcha, suivi du gardien.

— Au début, je n'étais pas sûr. J'ai pensé que c'était peut-être de la peinture. Je ne sais pas, moi, un acte de vandalisme. Mais j'ai vite compris que c'était du sang.

Il s'y reprit à plusieurs fois avant de sortir une cigarette de sa poche et de l'allumer sans quitter ses gants. Après coup, il en offrit une à Li qui secoua la tête.

Une traînée de sang partait du pied des marches, rejoignait la grille dont elle maculait le chrome, et se prolongeait sur le trottoir. Un individu couvert de sang l'avait manifestement escaladée. Li suivit la traînée des yeux ; elle s'arrêtait au bord de la chaussée, à quatre ou cinq mètres. Peut-être le tueur avait-il garé sa voiture à cet endroit. Après tout, il pouvait difficilement se balader dans la rue couvert de sang sans attirer l'attention.

— Vous dites que vous contrôlez le périmètre toutes les heures. Donc, à 7 heures, vous n'avez pas vu de sang ?

Le gardien hésita légèrement avant de répondre.

— Non, chef.

Li le regarda fixement.

— Pas de conneries, fiston. Il est important de déterminer l'heure de la mort.

Il marqua une pause, puis demanda :

— Vous n'avez pas fait de ronde à 7 heures, n'est-ce pas ?

Li vit presque le sang se retirer du visage du garçon.

— Non, chef.

Il haussa les épaules.

— Quand il fait aussi froid... eh bien, parfois... on la fait pas toutes les heures.

— Je me fiche des raisons, ce que je veux, c'est la vérité. Vous n'êtes pas passé ici entre la fermeture, à 5 heures et demie, et la ronde de 8 heures, c'est bien ça ?

Le garçon hocha la tête en évitant les yeux de Li.

— Oui, chef.

Donc la fille avait été tuée dans cet intervalle de deux heures et demie.

— Et vous avez suivi les traces de sang jusqu'en haut des marches ?

Le gardien hocha la tête, impatient de se rattraper.

— Oui, chef. Il y en avait beaucoup plus là-haut. Il m'a conduit droit sur elle. Elle était étendue derrière la base de la tige, à trois marches du sommet.

— Vous ne l'avez pas touchée ?

— Non, je ne l'ai pas touchée.

Le garçon parut frémir à cette idée.

— On voyait qu'elle avait la gorge tranchée. Il y avait une grande flaque de sang derrière sa tête. Dans le rayon de ma lampe torche, j'ai vu qu'il séchait déjà. Sûr qu'elle ne pouvait pas être encore en vie.

Li fit un signe de tête à Wu.

— Prends sa déposition. Tout ce qu'il peut se rappeler d'inhabituel avant la fermeture. S'il a remarqué quelqu'un en particulier.

Il hocha la tête en direction de Qian et Sang, et tous

trois commencèrent la longue ascension des marches. Sur leur gauche, des lumières se reflétaient sur les vitres du Centre de la télévision de la Chine centrale ; Li pensa qu'il ne leur faudrait pas longtemps avant de s'apercevoir qu'il y avait un meurtre en bas de chez eux. Aux États-Unis, la rue serait déjà bloquée par les camions de télé, les antennes paraboliques, les journalistes quémandant des infos. Il se demanda dans combien de temps la Chine en arriverait là. Ce n'était pas une perspective qui l'enchantait ; il s'étonnait de l'appétit apparemment sans limite des médias et du public pour les détails les plus sordides entourant les actes inhumains dont les hommes étaient capables. S'ils les voyaient de leurs propres yeux, ils en seraient peut-être un peu moins friands.

Aux deux tiers de l'escalier, l'entrée du musée était fermée par une grille. Lorsqu'ils atteignirent le cercle du cadran solaire, sous la longue tige dressée dans le ciel nocturne, les trois inspecteurs étaient hors d'haleine. Le peu de souffle qui leur restait s'échappait de leur bouche en petits nuages balayés par un vent violent, glacé, mordant. Des volées de marches s'élevaient encore de chaque côté du cercle pour mener au sommet, d'où on avait une vue extraordinaire sur la ville, et, à l'horizon, sur les monts Yanshan, Taihang, et de la Longévité céleste. La même tour de la télévision qu'il avait vue refléter le soleil, dans l'après-midi, depuis les fenêtres de l'académie chinoise des Sciences, n'était plus qu'une flèche d'argent sur le ciel noir.

Un groupe était rassemblé au pied de la tige. Des projecteurs sur pied vibraient bruyamment dans le vent. Le ruban entourant les traces de sang depuis le bas de l'escalier menaçait de se déchirer. Les hommes de la police scientifique, tels des fantômes dans leurs combinaisons blanches en Tyvek[1], passaient les marches au peigne fin à la recherche d'indices. Quelques hommes étaient accroupis autour du corps. Lorsque Li s'approcha avec ses deux acolytes, Elvis se redressa, complètement ébouriffé. Ils durent crier pour s'entendre par-dessus le hurlement du vent.

— Qui est-ce ?

— Sais pas, chef. On n'a pas encore bougé le corps. Et il n'y a pas de trace de sac à main. Le légiste est en train de l'examiner.

Son écharpe se plaqua sur sa bouche. Il l'écarta, et poursuivit.

— C'est la même méthode. Étranglée, mais pas morte quand on lui a tranché la gorge. Ce qui explique tout ce sang. De gauche à droite, comme toujours.

En se relevant derrière Elvis, le Dr Wang aperçut Li.

— Ah ! Le retour du héros. Je croyais que vous étiez pris par un banquet ce soir.

— Je n'ai plus faim.

— Vous m'étonnez. Bien que celui-ci soit un peu moins répugnant.

— Qu'est-ce qui vous fait penser que c'est le même tueur ?

— Oh ! je crois qu'il n'y a pas le moindre doute, chef. J'ai lu le billet que vous avez eu cet après-midi.

Il tourna brusquement la tête en direction du corps étendu derrière lui.

— Il lui a coupé les oreilles. Comme il avait dit.

Li n'en revenait pas.

---

1. Matière non tissée ayant l'apparence du papier.

— Vous plaisantez.

Wang haussa les épaules.

— Mais c'est tout ce qu'il a fait. Il lui a tranché la gorge sans toucher au reste du corps. Un petit changement : il en a mis partout cette fois. Il a tranché les deux carotides et le sang l'a éclaboussé de la tête aux pieds. Voyez vous-même.

Il s'écarta. Li avança d'un pas dans la lumière pour regarder le corps. La fille portait un long manteau sombre boutonné jusqu'au cou et des gants en cuir noir. Elle avait les mains posées de chaque côté du corps, paume vers le ciel, et les jambes repliées sous son manteau, l'une sur l'autre. Li distingua le bas d'un pantalon à fines rayures au-dessus de chaussures à gros talons. La blessure au cou était profonde, incurvée comme un grand sourire sinistre. La tête était inclinée sur la gauche et les cheveux courts laissaient voir, à droite, une entaille béante à l'emplacement de l'oreille. Li éprouva un choc qu'il mit plusieurs secondes à comprendre. Il tendit la main et se retint au bras de Qian.

— Ça ne va pas, chef ? cria ce dernier d'une voix inquiète.

Elle avait une telle vitalité, un tel charme, un tel charisme. Un sourire à faire tomber n'importe quel homme. Des yeux de biche au regard si pénétrant qu'il s'était senti presque nu devant elle.

— Il n'a pas respecté le scénario, dit Li, trop bas pour que Qian puisse l'entendre avec le vent.

— Quoi ?

— Ce n'est pas une prostituée, Qian.

— Vous la connaissez ? demanda Qian, médusé.

Li hocha la tête.

— Je l'ai rencontrée cet après-midi. C'est un professeur de l'académie chinoise des Sciences.

Il observa les traits fins maculés de sang. Les yeux sans regard, les lèvres légèrement écartées, la ligne délicate de la mâchoire jetant une ombre sur le trou sanglant de la tête. Les cheveux courts aux pointes enduites de gel ; il se souvint, avec un sentiment de culpabilité terrible, du dernier regard qu'elle lui avait lancé. Presque un appel au secours. Auquel il n'avait pas répondu.

Il se détourna, confus, honteux. Lynn Pan gisait morte derrière le monument du Millénaire, et il en était en partie responsable.

— Hé, chef...

C'était l'un des hommes en blanc de la police scientifique. Il tenait à la main un sachet de plastique transparent qu'il tenait fermement pour l'empêcher de claquer au vent.

— C'est lui, c'est sûr.

Li vit, à l'intérieur du sachet, le bout marron d'un cigarillo russe. Il examina les empreintes de pas dans le sang, leurs traces jusqu'au bas des marches. La force du sang jaillissant des artères tranchées avait dû surprendre le tueur. Il pensait peut-être qu'elle était déjà morte. Il avait dû en être aspergé. On aurait dit, en outre, qu'il avait perdu l'équilibre et piétiné le sang répandu autour de la tête. Peut-être avait-il eu plus de mal que prévu à découper les oreilles. Et pourtant, c'était tellement différent de la boucherie délibérée pratiquée avec sang-froid sur les autres victimes. Jusque-là, il avait obéi à un plan et à un scénario en hommage à son héros anglais du XIXe siècle.

Ça ne collait pas. La victime n'était pas une prostituée, elle ne correspondait à aucune des victimes de l'Éventreur. Elle avait été tuée de l'autre côté de la ville. En semaine. L'exécution avait été maladroite, presque bâclée. Et pourtant, il y avait la lettre. *Le prochain travail sera couper les oreilles.* Et le cigarillo russe.

Li regarda fixement le visage de la jeune femme ; il eut mal pour elle. Il se rappela le contact de ses doigts sur son cuir chevelu quand elle avait ajusté le casque pour le test MERMER, ses petits seins sous son chemisier, à quelques centimètres de sa figure. Son parfum doux, musqué. Et elle se retrouvait là, glacée, inanimée, déjà gagnée par la rigidité cadavérique.

Ne pouvant en supporter davantage, il se détourna et gravit les trois marches menant au sommet ; la ville s'étendait à ses pieds, treize millions de gens vaquant à leurs occupations sans savoir qu'une brebis du troupeau avait été tuée au pied du monument du Millénaire. Sans savoir qu'un monstre vivait parmi eux, était l'un d'eux. Comment l'auraient-ils reconnu ? Il n'avait ni cornes ni queue fourchue. Il leur ressemblait. Il avait peut-être une famille. Une femme, des enfants. Mais quelqu'un devait savoir qui il était. On ne peut pas rentrer chez soi après une orgie de tuerie sans ramener du sang. Quelqu'un savait qui était ce monstre. Quelqu'un l'avait regardé dans les yeux, quelqu'un partageait son secret monstrueux.

Le croissant de lune était plus haut maintenant. Malgré sa faible lueur, Li aperçut à l'horizon l'ombre ténue des montagnes à travers lesquelles la Grande Muraille suivait son chemin tortueux. Elle avait peut-être arrêté autrefois les hordes du Nord aux abois, mais au XXIe siècle, elle n'avait pas réussi à empêcher le mal de rôder la nuit dans les rues de Pékin. Le vent lui cinglait le visage, lui coupait la respiration, le froid lui mordait la peau ; il attribua au vent les larmes qui lui brouillaient la vue. S'écartant de la rampe chromée, il s'essuya la figure du dos de la main et se retrouva nez à nez avec son adjoint qui l'observait.

— J'ai besoin de boire un verre, Qian.

Ils redescendirent ensemble. Cinq mille ans d'histoire gravés dans le bronze s'étalaient à leurs pieds. Combien de vies étaient passées pendant tout ce temps ? Une de plus ou de moins, était-ce vraiment important ?

Oui, ça l'était.

Ils laissèrent Wu, Sang et Elvis prendre les dépositions sur place et démarrer l'enquête, puis Qian conduisit Li à Sanlitun Lu, plus communément appelé la rue des Bars. C'était là que la mère de Guo Huan croyait que sa fille travaillait comme barmaid. Une énorme chope à bière en plastique de cinq mètres de haut, débordante de mousse, se dressait au coin de Sanlitun et Gongren Tiyuchang Dong Lu. Ils arrivèrent dans une rue envahie de néons flamboyants. Des racoleurs en costume deux pièces battaient le pavé en essayant de persuader les passants que le bar qui les employait était le mieux de tous. Qian se gara le long du trottoir ; ils traversèrent la rue pour entrer au n° 66, au Lan Kwai Fang. Dans la vitrine, des publicités annonçaient qu'on y trouvait de la Budweiser et de la Carlsberg. Des arbres noueux poussaient sur le trottoir devant les fenêtres panoramiques donnant sur une salle obscure aux tables couvertes de nappes rouges. De nombreux bars et restaurants de Sanlitun étaient fréquentés par le personnel des ambassades, juste au bout de la rue – une foule européenne : Français, Belges, Suisses, Italiens, Espagnols. Mais la clientèle du Lan Kwai Fang était surtout chinoise.

La plupart des tables étaient occupées ; un brouhaha de voix et de musique emplissait la salle lorsque Li et Qian y pénétrèrent. Leur entrée fit aussitôt retomber les conversations ; toutes les têtes se tournèrent vers eux. Li avait oublié qu'ils étaient en uniforme sous leurs longs manteaux ouverts. Ils ôtèrent leur casquette, comme si cela les rendait moins visibles, et s'installèrent au bar, sur des tabourets. Le barman portait un pantalon noir et une chemise blanche au col ouvert et aux manches soigneusement repliées au-dessus du coude. Ses cheveux extrêmement bien coupés étaient plaqués en arrière. Il jeta d'abord un coup d'œil aux tables qui se vidaient et à la demi-douzaine de clients qui s'éclipsaient dans la nuit, avant de leur adresser un sourire nerveux.

— Deux bières, dit Li.

— C'est une blague ?

L'air perplexe, le barman continuait à sourire vaguement.

Li le regarda dans les yeux.

— J'ai l'air de plaisanter ?

Le barman haussa les épaules.

— Les flics ne viennent pas boire dans des endroits comme ici.

— Et où boivent-ils ? demanda Qian.

— Je n'en sais rien. Mais pas ici, en tout cas.

Il se pencha en avant.

— Écoutez, je ne vois pas d'inconvénient à vous servir, les mecs. Mais... vous savez, vous faites peur aux clients.

Il indiqua d'un signe de tête un autre couple qui prenait la porte.

Li commençait à s'impatienter.

— Écoute, fiston, si dans trente secondes je ne vois pas deux bières sur ce comptoir, tu vas voir ce qu'on en fait, de ta clientèle.

— Tout de suite, patron.

À la consternation du barman, Li et Qian emportèrent leurs verres à une table qui venait de se libérer près de la fenêtre. Il ne risquait pas de voir entrer de nouveaux clients tant que les deux flics resteraient assis derrière la vitre. Mais il ne dit rien.

Les deux hommes burent en silence. Li avala une longue gorgée jusqu'à ce qu'il sente l'alcool s'infiltrer dans son sang, puis, perdu dans de sombres pensées, il serra le verre entre ses mains.

— Quel putain de gâchis ! finit-il par dire.

— Elle avait fait une grosse impression sur toi, hein ?

— Elle était belle, Qian. Je ne veux pas dire juste physiquement. Elle avait quelque chose qui irradiait.

Il croisa le regard interrogateur de son adjoint et ajouta avec un sourire ironique :

— Sûr que si je n'avais pas déjà trouvé la femme de ma vie, j'aurais pu tomber amoureux d'elle. Quelle classe !

Il revit son profil éclaboussé de sang, la blessure, là où l'oreille avait été arrachée ; un flot de rage et de frustration l'envahit. *Tu as un ennemi, Li Yan*, avait dit Lao Dai. Li savait qu'il avait raison. Pour une raison inconnue, tout cela arrivait à cause de lui. Il frappa du poing sur la table. Les deux chopes tressautèrent et des têtes se tournèrent vers eux.

— Je vais mettre un terme à tout ça, Qian. Je ne vais pas le laisser recommencer.

Qian hocha la tête.

— On l'aura, chef.

— Ce que je ne comprends pas, c'est comment il a pu la faire monter là-haut. Dans le noir, après la fermeture. Enfin, merde, il n'a pas pu la forcer à venir.

— Suppose qu'il ait arrangé un rendez-vous. Suppose qu'elle soit arrivée avant la fermeture, qu'elle se soit cachée. Il pouvait facilement passer par-dessus les grilles une fois que les gardiens étaient partis.

— Mais pourquoi ? Pourquoi aurait-elle rencontré quelqu'un dans ces conditions ?

— La peur, peut-être, fit Qian en haussant les épaules.

— Peur de quoi ? Pas de lui. Elle ne serait pas venue si elle avait eu quelque chose à craindre de lui.

Mais il ne pouvait oublier son regard la dernière fois qu'il l'avait vue. Il n'en avait pas compris la signification, alors. Et maintenant, il se demandait si, en effet, elle n'avait pas peur. Mais peur de quoi ?

— Il a pris un risque énorme en la tuant en début de soirée plutôt qu'au petit matin, dit Qian. Je sais que ce n'était pas dans un endroit exposé, mais il y avait des gardiens dans le coin. Et une putain de station de télé de l'autre côté de la rue !

Il but une autre gorgée de bière.

— Et il a agi différemment cette fois. Le plus bizarre, c'est qu'il change tout d'un coup après s'être évertué à copier Jack l'éventreur.

— Les flics chinois s'imaginent que les tueurs en série ne changent jamais de méthode, probablement parce qu'on n'en voit pas beaucoup ici, dit Li en secouant la tête. Mais c'est une erreur. Quand j'étais aux États-Unis, j'ai étudié à fond les affaires des tueurs en série les plus célèbres du monde ; plusieurs ont modifié pas mal de choses d'un meurtre à l'autre. Passant de l'arme à feu à l'arme blanche, du couteau à la corde, de la corde au marteau. Des hommes aux femmes, ou vice versa. Et pour toutes sortes de raisons. Parfois délibérément, pour tromper la police, d'autres fois juste sur un coup de tête. Certains parce que c'était leur méthode de changer de méthode. On ne peut pas compter sur un tueur en série pour coller au scénario.

Et il prit soudain conscience que c'était exactement ce qu'il avait fait – attendre de l'Éventreur de Pékin qu'il colle au scénario original. Mais ce n'était pas un scénario. C'était l'histoire. Et on ne peut pas réécrire l'histoire. Alors pourquoi le tueur le faisait-il ?

Son téléphone portable se mit à jouer l'*Ode à la joie* dans sa poche. Il le sortit et l'ouvrit.

— *Wei ?*

— C'est moi, je suis à la maison. Comment ça s'est passé ?

Margaret semblait inquiète.

— Pas bien, dit Li. Il a changé de méthode.

Il respira à fond.

— Tu te souviens, au déjeuner, Bill Hart parlait d'une certaine Lynn Pan, la Chinoise américaine qui dirige le programme MERMER ?

— Oui.

— C'est elle, la victime.

Un silence incrédule accueillit ses paroles à l'autre bout de la ligne.

— Merde alors, murmura Margaret. Tu l'as vue cet après-midi.

— Ouais.

Li ressentit une pointe de remords en pensant aux sentiments que Pan avait éveillés en lui.

— Ça a dû être dur.
— Plutôt.
Après un long silence, elle demanda :
— C'est de la musique que j'entends ?
— Je suis avec Qian dans un bar, à Sanlitun.
— Il y a un rapport ?
— Non, on boit un verre.
Autre silence.
— J'ai passé une super soirée, moi aussi, dit-elle d'un ton acerbe. Avec tes amis du ministère. Ils ont parlé chinois pendant tout le dîner. Je suis restée dans mon coin, à sourire comme une imbécile chaque fois qu'on me regardait. J'en ai des crampes dans les joues.
Li entendit au loin des pleurs de bébé.
— Tu rentres quand ? demanda Margaret.
— Aucune idée.
— À demain, alors.
Et elle raccrocha.
Li avait senti le reproche dans sa voix et s'en voulut. Il ferma son téléphone, le fourra dans sa poche et termina son verre en se levant.
— On ferait mieux d'y aller.
Le barman poussa un soupir de soulagement en les voyant sortir. L'ai froid de l'extérieur leur fouetta le visage et leur brûla les poumons.
— Je ne savais pas qu'elle était américaine, dit Qian.
Li mit un moment à comprendre de qui il parlait.
— Ton anglais s'est amélioré, dit-il.
Qian haussa les épaules.
— J'ai pris des cours.
Li tomba des nues.
— Pourquoi ?

— On dirait que l'anglais est devenu indispensable aujourd'hui. La langue de l'avenir.

Li souffla entre ses lèvres.

— Qui sait ce que nous parlerons dans cent ans.

— Toi et moi continuerons à parler chinois avec nos ancêtres.

— Tu sais bien ce que je veux dire, fit Li en se forçant à sourire. On ne sait jamais. Si l'économie continue à s'envoler au même rythme, peut-être que le monde entier parlera chinois.

Ils traversèrent la rue en courant entre les voitures et s'engouffrèrent dans la Jeep.

— De toute façon, quelle différence ?

Qian le regarda sans comprendre.

— Qu'elle soit américaine, précisa Li.

— On ne pourra pas le cacher longtemps à la presse, répondit Qian en tournant la clé de contact.

MARDI

Chapitre VI

1

Elle avait un corps svelte, magnifique. Il fit glisser ses mains sur la douceur de ses courbes, suivit la ligne de ses hanches, caressa son ventre, remonta vers le renflement de ses seins. Il en sentit les pointes dressées contre ses paumes. Elle enroula ses jambes autour des siennes et se cambra lorsqu'il la pénétra. Ses cheveux dégageaient un parfum de pêche.

— Aide-moi, murmura-t-elle.

Puis il l'entendit dire :

— Je t'aime.

— Moi aussi, je t'aime.

— Aide-moi, répéta-t-elle.

Mais il était perdu à l'intérieur d'elle, dérivant sur une vague de désir, s'enfonçant de plus en plus loin.

— Aide-moi.

L'appel se fit plus fort, plus insistant. Une autre vague le submergea.

— Aide-moi ! hurla-t-elle.

Il ouvrit les yeux. Son sourire s'était effacé de son visage. Il y avait des trous noirs à la place de ses yeux et de ses oreilles, du sang sillonnait ses joues comme des balafres rouges. Il hurla à son tour, se rejeta en arrière, quelque chose lui frappa violemment la nuque.

— Ça va, chef ? demanda Wu, l'air inquiet.

La lampe de bureau gisait par terre, l'ampoule brisée en mille morceaux. Les premiers rayons du soleil pénétraient en oblique dans la pièce.

Li cligna des yeux, sans comprendre.

— Quoi... ?

Wu se pencha pour ramasser la lampe.

— Tu as dû faire un cauchemar. Toute la section t'a entendu crier. Tu es sûr que ça va ?

— Je me suis endormi ?

Li avait dû mal à le croire.

— Tu as piqué du nez vers 2 heures du mat. Personne n'a eu le courage de te réveiller.

— Merde.

Li se leva, un peu étourdi, et essaya de rajuster son uniforme. Son rêve l'avait secoué. Il lui avait laissé un sentiment de culpabilité et d'horreur. En regardant Wu, il comprit que lui aussi avait passé la nuit au bureau.

— Et vous autres ?

— Oh, on a dormi un peu à tour de rôle.

Il y avait, à chaque étage de la section, une chambre à trois lits ; les policiers retenus au-delà de leurs heures de service pouvaient au besoin y dormir.

— On en est où ?

— Prêts pour une réunion quand tu veux, chef. L'autopsie est prévue à 9 heures.

Li consulta sa montre. Il était 6 heures.

— J'ai besoin de prendre une douche et de me changer. Et de faire travailler mes méninges. Faisons la réunion après l'autopsie.

Wu hocha la tête. Il était déjà dans le couloir quand Li lui cria :

— Je n'ai pas vu la déposition du gardien.

Wu avait décidé de ramener ce dernier avec lui à la Section n° 1. Il avait en outre contacté et convoqué tous les membres du personnel du musée et de la boutique, de service à l'heure de la fermeture.

— Il ne se souvenait pas d'elle, dit Wu en passant la tête à la porte. J'ai sorti sa photo de l'ordinateur, mais elle ne lui disait rien. La seule chose qui l'a frappé, c'est une voiture garée dans la rue quand il a verrouillé la grille. À cinq ou six mètres de la porte.

Li revoyait dans sa tête les traces de sang s'arrêtant brusquement au bord du trottoir.

— Marque ? Couleur ? Quelqu'un à l'intérieur ?

Wu secoua la tête.

— La seule chose qui l'intéressait, c'était de rentrer au chaud pour fumer une cigarette et manger un morceau. D'après lui, elle était foncée. Une berline. Il ne sait pas s'il y avait quelqu'un dedans.

Li laissa échapper un grognement de frustration.

— Mais nous avons eu plus de chance avec la fille.

— Quelle fille ?

— Celle des tickets. Elle a tout de suite reconnu Pan. Se souvenait qu'elle parlait avec un drôle d'accent et qu'elle était très jolie. Elle aurait acheté un ticket vers 17 h 15. Ce qui est inhabituel parce que, apparemment, les gens n'achètent plus de ticket juste avant la fermeture. Elle avait déjà fait sa caisse.

Li s'imagina Pan traversant la chaussée, son long manteau battant ses mollets, son col relevé sur le cou. Elle avait dû grimper les marches jusqu'au sommet pendant que le soleil disparaissait derrière les montagnes.

Le coucher de soleil avait été superbe, la veille. De là-haut, ça devait être quelque chose. Les montagnes bleues sur le ciel rouge, les lumières s'allumant dans toute la ville. Qian avait raison. Elle s'était sans doute cachée au pied de la tige du cadran solaire en attendant la fermeture, en attendant l'homme qui lui ôterait la vie. Mais pourquoi ? Il prit son manteau.

— Je serai de retour dans deux heures.

Son vélo était toujours là où il l'avait laissé le matin précédent, enchaîné à la rampe qui menait autrefois à l'entrée principale du bâtiment. Cette porte ne servait plus depuis longtemps. Il sortit sur Dongzhimen Nanxiao Dajie et se dirigea vers le sud. Il dépassa le restaurant devant lequel Mei Yuan faisait ses crêpes. Elle n'était pas encore arrivée. Mais, malgré l'heure matinale, il y avait déjà beaucoup de cyclistes dans la rue. Li pédala sans se presser, boutonné jusqu'au cou pour se protéger du froid, laissant la ville glisser sur lui. Le vent glacé l'avait ranimé. Il ne pouvait chasser Lynn Pan de son esprit et le rêve dans lequel il avait fait l'amour avec elle. Mais la seule image qui se présentait à lui était celle de son corps froid et mort sous les projecteurs du photographe, au monument du Millénaire. Gorge tranchée. Oreilles découpées. Sang rouge sur la pierre jaune.

La piste cyclable de l'avenue Jianguomen était encombrée de travailleurs emmitouflés dans leurs vestes matelassées et leurs écharpes, équipés de gants, chapeaux, et masque blanc sur le nez, contre la pollution et le froid. Le flot des vélos avançait comme une rivière, à un rythme régulier ; de temps en temps, un étrange courant plus rapide en portait un qui dépassait tous les autres. Une fille pendue au téléphone zigzaguait au milieu de ses compagnons beaucoup plus calmes. Pédaler avec la foule donnait l'impression étrange d'appartenir à un tout. Ils dépassèrent la passerelle de Dongdan, puis le nouveau et gigantesque Oriental Plaza de Wanfujing. Arrivé à la hauteur du Grand Hôtel, Li quitta le flot, se jeta dans la circulation des voitures au péril de sa vie, et tourna à gauche dans la rue Zhengyi. Il l'avait fait des centaines de fois, mais c'était de plus en plus difficile. Au loin, il vit un escadron de policiers traverser l'avenue Changan au pas, comme tous les matins, pour lever le drapeau de la place Tiananmen.

La plupart des feuilles des arbres de la rue Zhengyi s'accrochaient encore aux branches. Celles qui tombaient étaient balayées chaque jour par des femmes en blouse bleue et masque blanc. Mais il était encore trop tôt pour les blouses bleues, et poussées par le vent, les feuilles tombées pendant la nuit raclaient le macadam. Li dépassa l'entrée de l'enceinte du ministère pour aller acheter les premières éditions des quotidiens au kiosque à journaux du bout de la rue. La marchande disparaissait sous des couches de vêtements superposés, une chapka en fourrure et une écharpe. Ses mains protégées par des mitaines serraient une Thermos de thé chaud. Elle adressa un grand sourire à Li.

— Comment allez-vous, aujourd'hui, monsieur Li ?

— Très bien, madame Ma.

Elle lui tendit son *Quotidien du peuple* et son *Quotidien de la jeunesse de Pékin*, pliés l'un dans l'autre, en échange de quelques pièces.

— Vous vous êtes levé de bonne heure, ce matin.

— Je ne me suis pas encore couché, dit-il en souriant.

— Ahhh. Bien sûr. Un autre meurtre.

Il lui jeta un regard étonné.
— Comment le savez-vous ?
— C'est dans le journal.
Li fronça les sourcils.
— C'est impossible.

Il jeta un coup d'œil au *Quotidien du peuple.* La première page était consacrée comme d'habitude à la propagande du parti : « L'illettrisme des adultes radicalement réduit », et « L'assainissement des eaux du Yangzi garanti ». Il y avait aussi un article sur de nouveaux investissements massifs dans les provinces de l'Ouest, et une photo du secrétaire adjoint du parti de la région autonome du Tibet répondant aux questions des journalistes lors d'une conférence de presse. Son cœur fit un bond quand il se vit en train de recevoir sa récompense des mains du ministre de la Sécurité publique. Que l'organe public du parti ne publie rien sur les meurtres ne l'étonnait pas. Mais le *Quotidien de la jeunesse de Pékin*, c'était autre chose. Indépendant du parti, de plus en plus culotté dans sa manière de couvrir la politique intérieure de la Chine, il commençait à avoir la réputation d'être à l'affût des histoires scabreuses. Mais quand même, de là à étaler une affaire criminelle dont aucun détail n'avait été encore divulgué. D'autant plus que le dernier meurtre datait seulement de la veille au soir. Il déplia la première page et reçut un coup de poing dans l'estomac. « L'Éventreur de Pékin revendique la victime n° 5. » Le titre occupait presque toute la moitié gauche de la une, en gros caractères rouges. Deux sous-titres l'accompagnaient, côte à côte, en caractères blancs sur fond rouge. « Un corps découvert au monument du Millénaire, gorge tranchée, oreilles arrachées » et « Quatre autres victimes mutilées déjà trouvées à Jianguomen ».

Au-dessous, une photo de Li pendant la cérémonie de la veille, avec la légende suivante : « Li Yan, le lauréat de la police de Pékin, mène l'enquête. »

— Ça vous donnerait la trouille de sortir le soir, dit la marchande de journaux. Il doit être complètement fou, cet Éventreur de Pékin, pour découper ces pauvres femmes et leur voler des organes.

Li leva les yeux du journal. Elle avait dû lire l'article de la première à la dernière ligne. Comme le ferait probablement la grande majorité des habitants de Pékin dans les heures à venir. De quoi semer la panique. Les médias étrangers allaient s'emparer de l'affaire. Les implications politiques seraient inimaginables. Comment était-il possible qu'ils aient eu vent de ces détails ?

Margaret donnait à manger à Li Jon dans le séjour quand il entra. Elle était encore en robe de chambre, le visage brouillé par le sommeil – ou le manque de sommeil. Il jeta le *Quotidien de la jeunesse de Pékin* sur la table basse, devant elle.

— Regarde ça !

Elle jeta un coup d'œil au journal.

— Je vois ta photo. C'est ce que tu veux me montrer ? Je devrais peut-être la découper pour la garder à côté de mon lit. Comme ça, je te verrais un peu plus.

Mais Li n'était pas d'humeur à supporter ses sarcasmes. Dans son agitation, il avait oublié qu'elle ne pouvait pas lire le gros titre.

— « L'Éventreur de Pékin revendique la victime n° 5 », lut-il à haute voix.

— Et alors ? C'est vrai, non ?

— Mais ce n'est pas ça, le problème ! s'écria-t-il

d'une voix exaspérée. Pas une seule personne étrangère à l'enquête ne connaît les détails imprimés ici.

— Il y a eu une fuite.

Li secoua la tête.

— Ce ne sont pas des choses qui arrivent en Chine.

— Maintenant, si, dit Margaret. Bienvenue dans le reste du monde.

Elle retira la tétine de la bouche de Jon et lui essuya les lèvres.

— Bonjour, au fait.

Li serra les poings.

— Ça va me retomber sur le dos, Margaret.

Il jura entre ses dents.

— Je vais prendre une douche.

Et il disparut en direction de la salle de bains.

— Ton fils te dit bonjour, lui aussi.

La porte de la salle de bains claqua en réponse. Au bout d'un moment, Margaret entendit l'eau couler, puis la porte de la douche se fermer brusquement. Le téléphone sonna. En général, elle ne répondait pas ; tous les appels étaient pour Li, et les gens qui appelaient ne parlaient que le chinois. Mais comme il était sous la douche, et malgré sa frustration d'avoir été abandonnée et reléguée au rang d'épouse et mère dévouée, elle décrocha.

— *Wei ?*

Une voix de femme parla en chinois.

— Je suis désolée, je ne comprends pas, dit Margaret. Ne quittez pas.

Elle souleva Jon dans ses bras et emporta le téléphone dans la salle de bains. L'uniforme et les sous-vêtements de Li gisaient en tas sur le sol, là où il les avait jetés.

Elle ouvrit la porte de la douche et sentit immédiatement la vapeur et les embruns de l'eau chaude sur son visage. Li était en train de se laver la tête. Elle lui tendit le téléphone.

— Tiens, c'est pour toi.

Il chercha les robinets à tâtons, ferma l'eau et, les yeux pleins de mousse, attrapa le combiné.

— Merde, Margaret, ça ne pouvait pas attendre ?

— Aucune idée, dit-elle en claquant la porte derrière elle.

Li tressaillit et approcha le téléphone de son oreille. Maintenant que l'eau chaude ne coulait plus, il faisait presque aussi froid dans la douche que dans le reste de l'appartement. Il se mit à frissonner.

— *Wei ?*

C'était la secrétaire du bureau du préfet, au quartier général de la police. Le préfet voulait le voir sans tarder. Li ferma les yeux et respira à fond pour se calmer. L'orage allait éclater. Juste au-dessus de sa tête.

Pendant qu'il s'habillait, Margaret avait fait cuire à la vapeur des brioches à la pâte de lotus et préparé du thé vert. Il apparut à la porte de la cuisine, l'air stressé, dans son long manteau. Il avait enfilé un pantalon et une chemise blanche bien repassés. Margaret le trouva superbe ; elle aimait toujours l'odeur qu'il dégageait quand il sortait de la douche. Mais ces temps-ci, il ne restait jamais assez longtemps à la maison pour qu'elle puisse en profiter.

— Il faut que j'y aille. Le préfet Zhu va me réduire en bouillie et me donner à manger aux poissons.

— Tu devrais prendre ton petit déjeuner avant. Pour que les poissons aient de quoi manger.

— Pas le temps. Je t'appellerai.

Et il partit.

— Tu te souviens qu'on dîne dehors, ce soir ? cria-t-elle.

Mais il avait déjà claqué la porte derrière lui. Elle ferma les yeux pour essayer de se calmer, se préparer au vide de la journée à venir – avant de se rappeler que le père de Li avait dit qu'il passerait, dans l'après-midi, voir son petit-fils. Elle aurait peut-être préféré une journée vide, après tout.

Le téléphone sonna à nouveau ; elle sursauta, faillit ne pas répondre, mais si c'était important, elle aurait encore le temps de rappeler Li du balcon. De toute façon, elle n'avait rien d'autre à faire. Elle décrocha :

— *Wei ?*

— Puis-je parler au Dr Campbell ? demanda une voix d'homme à l'accent américain.

S'entendre appeler Dr Campbell, non seulement en anglais, mais avec un accent américain de la côte est, lui fit une impression étrange.

— C'est moi, dit-elle.

2

Le quartier général de la police n'était qu'à deux pas de l'appartement de Li. L'entrée principale se trouvait sur l'avenue Qianmendong, mais Li prenait toujours celle de Jiaominxiang, par-derrière. L'ancienne entrée voûtée, située en face de la Cour suprême, avait été démolie pour construire un bâtiment neuf de style européen habillé de marbre, en harmonie avec l'immeuble en brique rouge qui avait abrité le quartier général de la police judiciaire, à l'est, et l'ancien siège de la Citibank transformé en musée de la Police, à l'ouest.

La chaussée était interdite à la circulation, les trottoirs, encombrés d'ouvriers poussant des brouettes et enfournant des pelletées de sable dans des bétonneuses. La Cour suprême avait été désossée avant rénovation. Des filets verts drapaient les immeubles de la résidence du ministère derrière laquelle d'autres ouvriers reconstruisaient et remaniaient la nouvelle Chine vingt-quatre heures sur vingt-quatre.

Li franchit les portes d'un pas rapide et monta dans l'ascenseur avec une douzaine d'autres personnes qui, il en était sûr, devaient entendre son cœur cogner contre ses côtes. Au cinquième étage, il longea le couloir couvert de moquette jusqu'au vaste salon d'accueil précédant le bureau du préfet. Une grande photo montrant le visage d'une femme policier, son arme pointée vers le plafond et pressée contre une joue, occupait tout un mur. Le reste de la pièce était dominé par la secrétaire du préfet, une femme imposante d'une cinquantaine d'années, qui achetait sûrement ses vêtements par correspondance aux États-Unis dans un magasin spécialisé en grandes tailles, car elle n'avait pas du tout le gabarit classique d'une Chinoise. Li la trouvait très intimidante. Elle n'était que secrétaire, mais le prestige et le pouvoir de son patron rejaillissaient sur elle, comme cela arrivait souvent avec les secrétaires. Et depuis que son patron avait été nommé premier flic de Pékin, son influence n'en était que plus grande.

Elle fusilla Li du regard.

— Vous êtes en retard.

Il était un peu plus de 7 heures. Elle avait dû arriver très tôt. On voyait qu'elle n'avait pas assez dormi.

— Je suis venu immédiatement.

— Il a dû partir. Le sous-préfet Cao va vous recevoir.

Li poussa en lui-même un soupir de soulagement. Cao n'avait pas aussi mauvais caractère que le préfet. Mais s'il s'attendait à une entrevue moins houleuse, il se trompait.

Cao se détourna de la fenêtre par laquelle il contemplait la circulation de l'avenue et ne lui laissa même pas le temps de souffler. Les bras croisés sur la poitrine, il tenait à la main un numéro du *Quotidien de la jeunesse de Pékin*. Il le jeta sur son bureau.

— Beau travail, chef de section Li.

— Je n'y suis pour rien, sous-préfet Cao.

— Si, vous y êtes pour quelque chose, Li ! C'est votre enquête. Et c'est votre portrait qui est en première page du journal. Or le préfet vous a prévenu lui-même, pas plus tard qu'hier, que rien de tout cela ne devait paraître dans la presse !

Li ne dit rien.

Cao brassa l'air d'un grand geste théâtral.

— Le ministre a failli avoir une attaque. C'est pourquoi je suis chargé de vous engueuler à la place du préfet. Le ministre l'a convoqué pour lui demander des explications à propos de ce...

Il ramassa le journal et le relança sur le bureau.

— ... ce tas de merde.

— Quelqu'un a parlé, tenta de dire Li.

— Évidemment, quelqu'un a parlé ! rugit Cao. Un policier. Quelqu'un sous vos ordres.

— Ou au-dessus, hasarda Li.

Cao fonça sur lui, la tête penchée, l'air menaçant, et déclara en baissant soudain la voix :

— Si j'étais vous, Li, je ne m'amuserais pas à dire ce genre de chose tout haut. Vous pourriez vous faire des ennemis. Et, croyez-moi, en ce moment, vous avez plutôt besoin d'amis.

Il saisit un paquet de cigarettes, en alluma une.

— Quelqu'un de votre section fait des siennes. Vous avez intérêt à trouver qui.

— C'est peut-être celui qui renseigne votre bureau en douce.

Cao se laissa tomber dans son fauteuil en fusillant Li du regard.

— Un conseil, Li. Faites attention où vous mettez les pieds.

Il tira longuement sur sa cigarette.

— Vous vous relâchez. Vous avez peut-être des admirateurs en haut lieu à cause d'une ou deux enquêtes de choc, mais ceux qui connaissent le métier savent que le travail de la police ne se résume pas à une poignée d'affaires prestigieuses susceptibles de se présenter au cours d'une carrière. C'est, au contraire, un travail quotidien fastidieux, l'obligation de résoudre toutes les affaires merdiques qu'on vous balance à la figure. C'est faire preuve de fermeté et d'efficacité. Administration, organisation, examen des détails, même si c'est ennuyeux et sans éclat. Diriger votre section exige de la discipline ; vos inférieurs doivent vous respecter, et même vous craindre, au besoin. Mais vous, vous préférez vous considérer comme l'un des leurs. Vous papillonnez d'affaire en affaire comme une espèce de Sherlock Holmes des temps modernes. Vous croyez pouvoir éviter toutes les procédures usuelles et résoudre les crimes grâce à votre flair et à votre imagination.

Il tira rageusement sur sa cigarette, frustré peut-être d'avoir passé toutes ces années à la Section n° 1, au poste de Li, pour se retrouver finalement sous-préfet, sans autre perspective d'avenir.

— Eh bien, ça ne marche pas comme ça, Li. Nous avons élaboré une méthode d'enquête criminelle dont les résultats ne s'obtiennent que par un travail acharné et un examen minutieux des détails.

Il abattit une main sur le journal.

— Étaler les détails des crimes les plus abominables de l'histoire de cette ville à la une d'un torchon comme celui-ci ne va certainement pas nous aider. Je vous suggère donc de colmater les fuites et d'en trouver le responsable. Parce que, sinon, c'est moi qui vais m'en charger. Et, croyez-moi, ça va barder !

3

Le soleil se levait dans une lumière froide et jaune au-dessus des nouveaux immeubles bordant Dongzhimen. Le vent glacé soufflait des plaines gelées du Nord, chargé de la promesse de températures au-dessous de zéro pour les semaines à venir.

Li observa les doigts rouges de Mei Yuan s'activer autour de la plaque chauffante tandis qu'elle lui préparait sa *jian bing*. Son visage aussi était rougi par le froid, desséché par le vent ; ses yeux larmoyaient comme si elle pleurait l'été passé, ou sa vie gâchée. Le soleil l'éclaira. Elle était radieuse dans la lumière du matin, sans aucune trace des douleurs qu'elle avait endurées. Elle supportait son sort avec dignité, avec le sourire.

Li, en revanche, était abattu. Comme écrasé par le poids du monde. Les paroles de Cao l'avaient piqué ; il se demandait si d'autres se faisaient la même idée de lui. Un flic désinvolte, avide de gloire, trop proche de ses subordonnés pour se faire respecter. Il prenait parfois des raccourcis, oui, mais jamais il ne négligeait le lent processus, pénible et ennuyeux à mourir, consistant à rassembler les éléments d'une affaire pièce par pièce. Il connaissait l'importance du détail. Son oncle lui en avait assez souvent rebattu les oreilles. Mais parfois on pouvait s'y enliser. Parfois, les détails étaient tellement nombreux qu'ils empêchaient de voir l'ensemble. Parfois, il fallait se fier à son instinct et y croire.

— Un *fen* pour savoir, dit Mei Yuan.

— Quoi ?

— À quoi tu penses.

— Ça ne vaut même pas un *fen*, Mei Yuan.

Elle enveloppa sa *jian bing* de papier brun et la lui tendit.

— J'ai lu le journal ce matin, à propos des meurtres.

— Tout les Pékinois l'ont lu, grommela Li d'un air lugubre.

Mei Yuan lui jeta un regard pénétrant.

— Nous n'aurions pas dû ?

— Non. Vous n'auriez pas dû. Il y a eu des fuites, et le journal aurait mieux fait de ne rien publier.

— D'où viennent les fuites ?

— Aucune idée.

— Pourquoi ne demandes-tu pas au rédacteur en chef du journal ?

— Oh, je crois que des gens beaucoup plus haut placés que moi vont lui poser la question, Mei Yuan.

Elle hocha la tête.

— Ce sont des crimes épouvantables, Li Yan. Ne penses-tu pas que les gens ont le droit de savoir ?

— Pourquoi ?

Il mordit dans sa *jian bing.*

— Savoir ne les protégera pas puisqu'ils ne savent pas qui est le tueur, Mei Yuan. Mais ça ne les empêchera pas d'avoir peur, de paniquer. Nous, nous serons envahis de dingues qui se prendront pour l'Éventreur, ou prétendront le connaître. Et nous perdrons des heures, des jours, peut-être des semaines, à faire le tri entre les fous et les conneries, à nous perdre dans des impasses, pendant que le tueur aura toute la liberté de tuer de nouveau. Et tous nos efforts pour l'attraper seront complètement noyés dans ce foutoir.

— Oui, je vois.

Il y avait de la sympathie dans les yeux de Mei Yuan quand elle lui sourit.

— Je ne t'envie pas, Li Yan. De devoir attraper cet homme. D'abord, tu dois trouver qui c'est. Ça ressemble à une devinette. Seulement, si tu ne trouves pas la réponse, quelqu'un mourra.

— Et tu sais comme je suis mauvais au jeu des devinettes.

— Peut-être parce que ce n'est pas une question de vie ou de mort, dit Mei Yuan. Pour moi, c'est facile parce que c'est un jeu. Mais attraper un assassin n'est pas un jeu. Si tu le rates, il tuera à nouveau. La simple peur de l'échec et les conséquences de cet échec suffiraient à me paralyser le cerveau.

— Bienvenue au club, ironisa Li.

— Mais tu *vas* l'attraper.

— Je le dois.

Le simple fait de se concentrer sur cette idée lui libéra l'esprit de tout ce qui l'encombrait depuis le matin. Que lui importait, après tout, d'où venaient les fuites ? C'était un autre problème, à résoudre un autre jour. Une diversion. Or il ne pouvait pas se permettre la moindre diversion. Le mal était fait. On ne pouvait pas revenir en arrière. Mei Yuan avait peut-être raison. Il avait du mal à résoudre ses énigmes parce que cela n'avait aucune importance. Mais que quelqu'un risque de mourir s'il n'attrapait pas le tueur, voilà qui changeait complètement la donne.

— Je suppose que tu n'auras pas eu le temps de réfléchir à ma dernière devinette, dit Mei Yuan.

Il sourit d'un air contrit.

— Je ne m'en souviens même pas en détail. Deux types dans une rizière, c'est ça ?

Il soupira.

— Je suis désolé.

— Si tu ne peux pas te souvenir des détails, ce n'est même pas la peine d'y penser. Je te l'ai dit, le diable est dans le détail.

Encore le détail. Toujours le détail. La réponse à tout était toujours dans le détail.

— Je n'ai pas le temps d'y penser maintenant, Mei Yuan. Pas avec ce tueur en liberté.

— Parfois, Li Yan, il est excellent de prendre le temps de s'ôter un problème de la tête pour se pencher sur un autre. Quand on revient au premier, il arrive qu'il ne semble plus aussi insoluble.

Li termina sa *jian bing* et sourit. Mei Yuan avait souvent raison.

— D'accord. Pose-la moi de nouveau.

— Deux sourds-muets plantent du riz dans une rizière au Hunan, loin de leur village. Il leur faut une heure pour aller d'un bout à l'autre de la rizière...

Elle lui énonça de nouveau l'énigme. Les deux hommes qui viennent de déjeuner, de partager boisson et nourriture, de se mettre d'accord pour se rencontrer et partager de nouveau leurs provisions quand ils auront fini de planter les dix rangs restants. Li l'écouta attentivement et commença à se rappeler. Quand celui qui porte la nourriture a fini, il ne voit son ami nulle part, pense qu'il est retourné au village, et mange ce qui reste.

— Donc il se réveille le lendemain matin, l'interrompit Li, secoué par son ami qui l'accuse de l'avoir laissé en plan et de s'être goinfré tout seul.

Mei Yuan hocha la tête.

— Mais l'homme à la nourriture dit qu'il a tout mangé parce que l'autre s'est sauvé pour boire tout seul. L'homme à la boisson persiste à dire qu'il n'a pas bougé ! Et ils disent tous les deux la vérité.

Li réfléchit un instant. Ils venaient de déjeuner, il leur restait dix rangs à planter. Ils étaient tous les deux sourds-muets, ne pouvaient communiquer que par signes. Ils prétendaient tous les deux être restés sur place une fois leur travail terminé, mais ils ne s'étaient pas vus.

— Ils ne sont pas aveugles ? demanda-t-il.

— S'ils étaient aveugles, comment pourraient-ils communiquer par signes ?

— Évidemment.

Li se sentit stupide. Ils ne peuvent ni se parler ni s'entendre. S'ils sont là tous les deux en fin de journée, pourquoi ne se voient-ils pas ? Pourquoi chacun pense-t-il que l'autre est parti ? Et soudain il comprit, et se sentit encore plus stupide.

— Oh, Mei Yuan, ce n'est pas juste !

— Qu'est-ce qui n'est pas juste ?

— Ils ont dû déjeuner aux alentours de midi. Il leur reste dix rangs à planter. S'il leur faut une heure pour aller d'un bout à l'autre de la rizière, ils finissent vers 10 heures du soir. Il fait nuit. C'est pour ça qu'ils ne peuvent pas se voir.

Mei Yuan sourit de toutes ses dents.

— Vraiment facile. Et, bien sûr, ils ne peuvent pas s'appeler puisqu'ils sont sourds-muets.

— Et si c'était la pleine lune ?

— C'est la saison des pluies, Li Yan, le ciel est couvert, dit-elle en haussant les épaules.

— Tu as toujours réponse à tout.

— Parce qu'il y en a toujours une.

Le visage de Li s'assombrit à la pensée du peu de réponses qu'il avait obtenues sur les meurtres de l'Éventreur.

— Oui. Il y a toujours une réponse. Mais on ne la connaît pas toujours.

Qian le repéra lorsqu'il passa devant la porte ouverte de la salle des inspecteurs. Il courut après lui dans le couloir et le rattrapa dans son bureau. Li contemplait la pagaille qui y régnait. La veille au soir il avait déblayé de sa table des piles de papiers qu'il avait entassées contre le mur, sous la fenêtre. Ce matin, elles avaient été remplacées par d'autres.

— Chef !

Il se retourna en entendant la voix de Qian.

— Je n'ai pas le temps, Qian, à moins que ce soit vraiment important. Il faut que je file à l'autre bout de la ville pour l'autopsie.

Il fit un signe de tête en direction du mur.

— Wu est à côté ?

— L'autopsie a été reportée, chef.

Li se figea sur place.

— Reportée par qui ?

— Ordre du quartier général. Il y a un quart d'heure.

Li se renfrogna.

— À quoi jouent-ils, bordel ?

Qian semblait presque avoir peur de lui dire.

— Lynn Pan était une citoyenne américaine.

— Et alors ?

— Alors, l'ambassade américaine a demandé qu'un médecin légiste de chez eux pratique l'autopsie. Ou, du moins, y assiste.

— Eh bien, la réponse est non. C'est une enquête en cours. Je ne vais pas laisser un putain de légiste américain qui ne connaît rien à l'affaire venir fourrer son nez dans notre cadavre.

Qian rassembla son courage.

— Ils se fichent pas mal de ce qu'on peut en penser, chef. Apparemment le ministre a déjà donné son accord. L'autorisation vient de tout en haut, et l'autopsie est reportée à 11 heures.

— Bordel de merde !

Li attrapa le téléphone et commença à enfoncer les touches.

— Chef...

Quelque chose, dans le ton de Qian, retint l'attention de Li malgré sa colère.

— Qu'est-ce qu'il y a, Qian ?

— Il y a du nouveau. Repousser l'autopsie de deux heures n'est peut-être pas une si mauvaise idée.

Li reposa lentement le combiné.

— Vas-y, dis-moi.

— Il y a eu un cambriolage la nuit dernière à l'académie chinoise des Sciences. Le bureau de Lynn Pan a été visité.

4

Le chef du service de sécurité, un ancien flic, l'attendait dans le hall. Il avait l'air nerveux. Un cambriolage dans son secteur pouvait lui valoir un aller simple pour le chômage. Il était grand, à peu près la taille de Li, et portait un uniforme gris avec un paquet d'étoiles et de galons qui ne voulaient rien dire. C'était juste pour impressionner. Il était encore tôt ; le personnel et les étudiants commençaient seulement à arriver. Il conduisit Li et Wu à son bureau, au bout d'un couloir du rez-de-chaussée.

— Écoutez, les gars, dit-il en essayant de faire marcher l'esprit de corps, je vous serais vraiment reconnaissant de rester discrets.

— Une femme a été assassinée, dit Li d'un ton sec. Dans ces conditions, il est difficile de rester discret. Que s'est-il passé ?

L'homme leva les sourcils.

— Justement. Je n'en sais rien. Les alarmes ne se sont pas déclenchées. Je n'ai trouvé aucun signe d'effraction nulle part.

Wu mâchait frénétiquement son chewing-gum en faisant tourner la branche de ses lunettes noires autour du petit doigt de sa main droite.

— Comment savez-vous qu'il y a eu un cambriolage, alors ?

— Parce que quelqu'un a forcé la serrure du bureau de Lynn Pan et fait une razzia. Ordinateurs, dossiers, tout ce qui pouvait être emporté a disparu. Du travail de pro.

— Ce n'est pas quelqu'un d'ici ?

— Je ne pense pas. S'il avait les clés des alarmes et des portes de l'immeuble, pourquoi n'aurait-il pas eu aussi celles des bureaux ?

— S'il a été assez malin pour s'introduire sans laisser de trace, pourquoi avoir fracturé une porte intérieure ? dit Wu.

— Parce qu'une fois qu'on est à l'intérieur du bâtiment, on ne risque plus de déclencher les alarmes. Le plus difficile est fait. Mais on ne peut plus dissimuler le fait qu'on a cambriolé tout un service, alors pourquoi se soucier d'une porte ?

Li n'avait pas l'air convaincu.

— Allons voir ça.

Des étudiants et des collaborateurs de Lynn Pan étaient rassemblés dans le couloir. La plupart d'entre eux venaient d'apprendre la nouvelle de sa mort ; ils étaient sous le choc. Les conversations étouffées cessèrent net quand Li, Wu et le garde sortirent de l'ascenseur.

— Que personne ne touche quoi que ce soit avant l'arrivée de la police scientifique, ordonna Li.

Il reconnut quelques visages dans le couloir : l'assistante de Lynn Pan, une femme plus âgée qui leur avait apporté du thé la veille et les avait escortés jusqu'à la salle des ordinateurs ; l'étudiante qui les avait briefés sur le « crime », pour le test MERMER. Il les salua d'un signe de tête en passant devant elles. Le garde leur montra, au fond du couloir, la double porte qui avait été forcée. Le bois avait éclaté autour de la serrure. Grossier, mais efficace. Au-delà des portes, la pièce où Li, le préfet Zhu, le vice-ministre Wei et les autres avaient attendu ne paraissait pas avoir été fouillée. Li jeta un coup d'œil par la fenêtre ; la tour de la télévision, éclairée par le soleil, avait l'air d'une pointe acérée sur le bleu du ciel. Il avait du mal à croire qu'il s'était tenu à la même fenêtre l'après-midi précédent. Lynn Pan, bien vivante alors, magnifique, éclatante de vie, leur avait donné la preuve de son extraordinaire compétence. Pourquoi avoir voulu la tuer ?

Un petit couloir desservait la salle des ordinateurs où la démonstration du MERMER avait eu lieu, le bureau de Lynn Pan, juste de l'autre côté du mur, deux salles de cours, un autre bureau occupé par l'assistante de Pan, et une petite salle des professeurs.

La salle des ordinateurs était entièrement vide, à part les deux tables et les deux chaises de bureau sur roulettes. Il ne restait que les câbles. Ils passèrent dans le bureau privé de Pan où Li reconnut l'odeur de son parfum.

— Allez chercher l'assistante de Pan, demanda-t-il.

Il ajouta :

— Je l'ai rencontrée hier, mais je ne me souviens pas de son nom.

— Professeur Hu, dit le gardien.

Pendant qu'ils l'attendaient, Li fit le tour de la pièce. Le dessus du bureau était entièrement nu. Les tiroirs avaient été tirés et vidés. Contre le mur du fond se dressait un meuble en bois laqué aux portes entrouvertes, vide lui aussi. Des plantes en pot étaient disposées un peu partout. L'une d'elles, qui devait sans doute se trouver sur le bureau, gisait brisée par terre, de la terre s'échappant sur la moquette usée. Des diplômes encadrés étaient accrochés aux murs, témoignant des études et des qualifications professionnelles de Pan. Il y avait une photo d'elle, avec une autre jeune femme, prise au cours d'une cérémonie de remise de diplôme ; toutes deux, coiffées d'une toque et vêtues d'une robe noire et cramoisie, se cramponnaient à leur diplôme en souriant à l'objectif. Ce n'était pas une photo très récente ; Pan avait l'air plus jeune, avec les cheveux longs et raides tombant sur les épaules. Mais son sourire était aussi radieux. Sur une autre, elle apparaissait aux côtés d'un jeune Américain aux cheveux foncés. Li lut la légende écrite à la main. « Avec le Dr Lawrence Farwell, juin 1999. » Elle avait déjà les cheveux courts. Ça lui allait bien.

— Jolie femme, hein ? dit Wu en regardant la photo.

— Oui, très jolie.

Li avait l'impression que les yeux de Pan le transperçaient, et il se souvint de l'étrange émotion qui les avait assombris au cours des derniers instants où il l'avait vue vivante. Ce qu'il avait pris pour un appel au secours. Si seulement il avait répondu à cet appel. Si seulement il était revenu lui parler avant de partir. Si seulement.

Le garde réapparut en compagnie du professeur Hu. Elle avait des cheveux ondulés, mi-longs, striés de gris. Âgée d'environ quarante-cinq ans, elle était grande pour une Chinoise, et terriblement maigre. Elle portait un tailleur gris avec un chemisier blanc et, noué autour du cou, un foulard aussi écarlate qu'une traînée de sang. Li en fut troublé. Elle avait les yeux rouges et gonflés.

— Professeur Hu, je suis désolé de vous rencontrer à nouveau dans ces circonstances. Je veux attraper celui qui a fait ça. Je veux attraper la personne qui a tué miss Pan. Et pour ça, j'ai besoin de votre aide.

— Je ne vois pas...

Li posa un doigt sur ses lèvres pour lui faire signe de se taire.

— Vous connaissez cet endroit mieux que personne, professeur. Je veux que nous le visitions ensemble, pièce par pièce, et que vous nous disiez ce qui manque.

Elle hocha la tête. Li lui fit enfiler une paire de gants en latex de façon qu'elle puisse ouvrir tiroirs et placards sans brouiller les indices, même s'il était persuadé que la police scientifique n'en trouverait aucun. C'était un travail de professionnel. Le chef de la sécurité avait raison.

Il leur fallut moins d'un quart d'heure pour faire le tour du service. Chaque tiroir, chaque placard ouvert racontait la même chose. Vide. Vide. Vide. Le moindre bout de papier, le moindre dossier, envolé. Même les corbeilles à papier étaient vides.

— On dirait qu'ils ne savaient pas ce qu'ils cherchaient et que c'est pour ça qu'ils ont tout pris, remarqua Wu.

— Pourquoi dis-tu ça ?

— Hé ! chef, on ne s'introduit pas par effraction dans un endroit pareil pour vider les corbeilles à papier. Il y a des gens payés pour ça.

Selon le professeur Hu, l'ordinateur portable et l'ordinateur de bureau de Pan avaient disparu tous les deux avec ses disques.

— C'est comme si on avait tout rangé pour un déménagement. Il ne reste que les meubles, dit-elle.

— Voyez-vous une raison pour laquelle quelqu'un voudrait voler vos dossiers ? demanda Li.

Elle secoua la tête.

— Personne. Le travail que nous faisons ici n'a rien d'exceptionnel. Il n'est pas secret. Il n'a même aucune valeur. D'un point de vue financier, j'entends.

— Et pouvez-vous imaginer une seule raison pour laquelle quelqu'un aurait voulu tuer miss Pan ?

Le professeur se mordit les lèvres pour s'empêcher de pleurer.

— Lynn était l'être humain le plus beau, le plus gentil, le plus prévenant que j'aie jamais connu, dit-elle d'une voix qu'elle avait du mal à maîtriser. Elle était la bonté personnifiée. Celui qui lui a pris la vie doit être rongé par le mal.

Ils revinrent à leur point de départ juste au moment où Fu Qiwei, officier supérieur de la police scientifique de Pao Jü Hutong, arrivait avec trois techniciens en identification criminelle – ceux qui, la veille au soir, avaient examiné la scène du crime, au monument du Millénaire. Fu était un homme rabougri, avec des yeux aussi noirs que des morceaux de charbon, et des cheveux clairsemés teints en noir ramenés sur le crâne. Il avait à peu près tout vu au cours de sa longue carrière.

Rien ne pouvait plus le choquer. Il avait développé un sens de l'humour acerbe, une sorte de bouclier, de carapace. Mais aujourd'hui, il ne souriait pas.

— Un lien ? demanda-t-il à Li.

Li inclina légèrement la tête.

— C'est ce qu'on va voir.

Se tournant vers Wu, il ajouta :

— Tu ferais mieux de rester ici. Commence à prendre les dépositions du personnel et des étudiants. Je vais jeter un coup d'œil à son appartement.

Il allait partir quand il eut une idée.

— Professeur ?

Le professeur Hu regardait par la fenêtre, celle devant laquelle Li s'était tenu la veille. Elle se retourna.

— Oui ?

— Pouvez-vous me dire à quelle heure miss Pan a quitté le bureau hier soir ?

— Un peu après 5 heures.

Juste le temps de se rendre à pied au monument du Millénaire pour acheter un ticket d'entrée avant la fermeture.

— Nous pensons qu'elle avait peut-être rendez-vous avec quelqu'un au monument. Vous ne savez pas qui, je suppose ?

Étonnée, le professeur Hu écarquilla les yeux.

— Mais bien sûr que si.

Le silence retomba soudain dans la pièce ; tous les yeux se tournèrent vers l'assistante de la morte.

— Qui ?

— Mais enfin, je ne vois pas pourquoi vous me le demandez. Vous le savez mieux que personne.

Li fronça les sourcils.

— Je ne comprends pas.

— C'est vous qu'elle devait rencontrer. J'ai pris moi-même la communication.

Li remarqua à peine le changement qui s'opéra dans la pièce. Tous les yeux étaient braqués sur lui. Il se sentit comme Alice au pays des merveilles en train de dégringoler dans le terrier obscur du lapin.

— Et qu'est-ce que j'ai dit ?

Le professeur Hu le regarda d'un air bizarre.

— Que vous deviez parler à miss Pan de toute urgence ; je vous l'ai passée. Elle est sortie de son bureau cinq minutes plus tard avec son manteau sur le dos. Elle avait une réunion prévue à 6 heures, hier soir, mais elle m'a demandé d'appeler tout le monde pour la repousser. Il s'était passé quelque chose d'important, et il fallait qu'elle vous parle.

— Je n'ai pas téléphoné.

Le professeur eut l'air dérouté.

— Qu'est-ce qui vous a fait croire que c'était moi ?

— Vous...

Elle s'arrêta pour se reprendre.

— L'interlocuteur a dit : « Ici le chef de section Li Yan. Nous nous sommes rencontrés cet après-midi. Il faut que je parle au professeur Pan de toute urgence. »

Quelqu'un qui savait où tu étais hier après-midi, chef, dit Wu. Ça se resserre.

Li réfléchit. Beaucoup de gens pouvaient savoir où il était. Impossible de tracer un cercle et d'affirmer que seuls ceux qui y sont enfermés le savaient. Il en eut la nausée. Pan croyait le retrouver. Elle était allée à la rencontre de sa mort en se fiant à lui. L'interlocuteur avait dû se montrer très persuasif. Mais quelle circonstance l'avait donc conduite à accepter un rendez-vous aussi étrange ? Il avait du mal à croire que quelqu'un ait pu se faire passer pour lui. Il se tourna vers le professeur Hu.

— N'y a-t-il pas quelque chose qui vous a frappée... quelque chose de bizarre ? Je veux dire, vous n'avez pas douté un instant que c'était moi ?

Elle haussa les épaules.

— Je ne vous ai vu que quelques minutes, hier après-midi. J'ai cru que c'était vous parce qu'on m'a dit que c'était vous. Je n'avais aucune raison d'en douter.

Et Pan non plus. Elle parlait le chinois comme une Chinoise, mais elle était américaine. Son expérience de la Chine était limitée. Elle ne pouvait pas percevoir les subtilités régionales d'un accent. Les paroles de Lao Dai lui revinrent aussitôt à l'esprit. *Tu as un ennemi, Li Yan.* Non seulement ce tueur envoyait des lettres à Li, exécutant sa promesse de couper les oreilles d'une femme, mais il se faisait passer pour lui. Il avait utilisé Li pour attirer Pan, innocente, confiante comme un agneau, dans un piège mortel. Il sentit la colère monter en lui.

— Envoyez une équipe à l'appartement de Pan, dit-il à Fu Qiwei. Elle n'a pas été choisie au hasard. Elle a été tuée pour une raison précise. Nous la découvrirons peut-être là-bas.

Le soleil inondait la cage d'escalier de l'académie chinoise des Sciences lorsque Li descendit à l'étage inférieur. Il eut la surprise de trouver Lyang dans le bureau de Hart.

— Margaret ne vous a pas dit que je travaillais ici le matin ? s'étonna-t-elle.

— Nous n'avons pas eu beaucoup d'occasions de nous parler depuis vingt-quatre heures.

Lyang hocha gravement la tête.

— J'ai vu le journal ce matin. C'est affreux, pauvre Lynn. C'était la personne la plus sympathique du monde.

— Bill est là ?

— Il est en train de faire passer un test au polygraphe. Une faveur pour quelqu'un de chez vous. Un type accusé d'agression sexuelle sur sa fille de treize ans ; il a accepté de passer le test pour prouver son innocence. Je vous emmène, si vous voulez.

En longeant un couloir de l'aile sud du quatrième étage, Lyang confia à Li :

— Bill n'en avait pas trop envie après ce qui est arrivé à Lynn. Ça l'a vraiment secoué. Vous savez que c'est lui qui l'a fait venir ici ?

Li hocha la tête.

— Il se sent responsable, soupira Lyang. Mais il avait promis aux gens de la Section n° 6, alors...

Sa voix se perdit dans un murmure ; elle frappa doucement à une porte et l'entrouvrit. Deux policiers de l'unité des interrogatoires de Pao Jü Hutong se retournèrent.

— On peut entrer ? chuchota-t-elle.

Li reconnut les deux personnes et les salua d'un signe de tête. Elles lui répondirent d'un geste de la main. La pièce était plongée dans l'obscurité, en dehors d'une lumière semblant provenir de la fenêtre d'une pièce adjacente. Li mit un moment à comprendre qu'il s'agissait en fait d'un miroir sans tain.

Deux caméras sur pied enregistraient la séance qui se déroulait dans l'autre pièce. Un homme d'âge moyen était assis dans un fauteuil, à côté d'un bureau sur lequel était posé un polygraphe ; les aiguilles, immobiles pour le moment, enregistreraient plus tard les réponses sur une bande de papier. L'homme avait les cheveux rejetés en arrière, assez longs dans le cou, le visage grêlé, et un semblant de moustache au-dessus de la lèvre supérieure. Il était assis perpendiculairement à la table, face à Hart qui, assis lui aussi, procédait aux interrogations préliminaires. Un moniteur placé près d'une caméra montrait l'interviewé, plein écran, la tête coupée par le bord supérieur de l'image, mais en gros plan dans un cartouche occupant le quart inférieur gauche de l'écran. Hart n'apparaissait pas sur la vidéo.

Les deux policiers de la Section n° 6 firent signe à Li de s'asseoir. L'un était une femme d'une cinquantaine d'années au visage rond, sympathique, qui avait la réputation d'être une interrogatrice redoutable et agressive. L'autre, un homme plus âgé au visage taillé dans le granit, avait le talent incroyable de gagner la confiance des gens qu'il interrogeait. L'antithèse absolue du couple stéréotypé gentil flic/méchant flic.

La femme se pencha vers Li et murmura d'une voix presque inaudible :

— Il sait s'y prendre. Le type était tellement nerveux en arrivant qu'il pouvait à peine parler. Maintenant, Hart en fait ce qu'il veut. Il a même du mal à l'empêcher de parler.

— Il va passer au test dans deux minutes, dit Lyang.

Ils entendirent la voix de Hart dans le moniteur, douce, rassurante, persuasive. Son chinois était presque parfait ; son accent américain la rendait légèrement soporifique.

— Bon, Jiang, je vous promets tout de suite une chose : pendant le test, je ne vous poserai pas d'autres questions que celles que je vais vous poser maintenant. Il n'y aura pas de surprise, pas de piège. Vous répondez par oui ou par non.

Jiang hocha la tête. La tension se lisait sur son visage. Il posa les avant-bras sur les accoudoirs de son siège, les mains bien à plat. Il déglutit deux ou trois fois, ouvrit et ferma la bouche comme pour décoller la langue du palais. Li se rappela le test du riz dont Hart et Lyang avaient parlé la veille.

Hart continua :

— Je vais commencer par ce qu'on appelle des questions de vérité. Ce sont des questions auxquelles vous et moi savons que vous répondrez oui. Il n'y a aucun doute sur la vérité de la réponse. Elles servent simplement à créer une image dont j'ai besoin.

Il marqua une pause, puis demanda :

— Vous vous appelez Jiang ?

— Oui.

— Vous êtes en ce moment à Pékin ?

— Oui.

— Et maintenant, les questions sur les raisons pour lesquelles vous êtes ici aujourd'hui.

Hart marqua une autre pause.

— Avez-vous mis votre pénis dans le vagin de Shimei ?

Li fut sidéré par la brusquerie de la question.

— Non, dit Jiang.

— Et comment qu'il l'a fait, le salaud ! siffla l'interrogatrice. Il était peut-être ivre, mais il l'a fait. Et il s'en souvient.

Hart poursuivit sur le même ton hypnotique.

— Vous souvenez-vous si vous avez mis votre pénis dans le vagin de Shimei ?

— Non.

— Dites-vous la vérité quand vous affirmez que vous n'avez pas mis votre pénis dans le vagin de Shimei ?

— Oui.

Hart remua ses papiers.

— Ensuite, quelques questions sur votre passé. Vous souvenez-vous avoir fait des choses dont vous avez honte ?

— Non.

— Vous souvenez-vous avoir eu des rapports sexuels inhabituels ?

Cette question parut embarrasser Jiang.

— Non, dit-il.

Puis il ajouta :

— Seulement avec ma femme.

Un sourire triste apparut fugitivement sur son visage.

Lyang murmura :

— Elle est partie avec le mari de sa sœur et l'a laissé élever l'enfant tout seul.

Hart insista :

— Vous souvenez-vous avoir commis un crime pour lequel vous n'avez pas été pris ?

— Non.

— J'ai encore une question qui englobe, en somme, tout le test. Avez-vous l'intention de répondre franchement à chaque question du test ?

— Oui.

— Et la dernière question, juste pour moi. Avez-vous peur que je vous pose une question que nous n'avons pas citée ?

— Non.

Hart se leva.

— Bon, c'est tout.

Il entreprit de brancher Jiang pour le test proprement dit – deux bandes d'électrodes attachées autour de la poitrine et de la taille pour contrôler le rythme cardiaque, un brassard au bras gauche pour mesurer la pression du sang, et des capteurs au bout de deux doigts de la main droite pour détecter la transpiration. Tout en travaillant, il dit :

— Jiang, il faut que vous gardiez les deux pieds collés au sol. Ne bougez pas. Ne parlez pas si ce n'est pas indispensable. Regardez droit devant vous et fermez les yeux. Pensez aux questions, pensez aux réponses, et essayez de répondre franchement.

Lorsqu'il eut fini de connecter Jiang au polygraphe, il contourna le bureau de façon à voir son sujet de profil.

— Parfois, des gens arrivent ici en se disant *je vais entuber ce connard.* S'ils le pensent, c'est qu'ils ont généralement entendu dire que, quand on leur pose une question, ils n'ont qu'à recroqueviller les doigts de pied, se mordre la langue ou appuyer sur une punaise cachée dans leur chaussure. Ils ont vraiment tort, Jiang. Car cette installation est si sensible que, si vous avez le moindre souffle au cœur, je le verrai immédiatement sur le graphique. Et quand les gens s'amusent à ce genre de choses, tout ce qu'ils réussissent à faire, c'est affoler ces aiguilles.

Il fit un geste vers les aiguilles en équilibre au-dessus du papier, prêtes à bouger.

— Quand je vois ça, je me demande forcément pourquoi ils essayent de m'embrouiller. Et la seule raison logique, Jiang ?

Jiang parut interloqué que Hart lui pose cette question. Il haussa les épaules et dit d'un air gêné :

— Ils essayent de cacher quelque chose.

— Ce sont des menteurs. Voilà ce qu'ils sont, dit Hart en repliant les mains devant lui sur le bureau.

Il laissa à Jiang le temps de réfléchir un peu, puis dit :

— Maintenant, ce que je vais faire, Jiang, c'est m'assurer que votre corps répond normalement. Choisissez un chiffre entre un et sept.

Jiang laissa échapper un petit rire tendu.

— Pas entre un et dix ?

— Non. Entre un et sept.

Après un silence, Hart demanda :

— Quel est votre chiffre ?

— Cinq.

— O.K. Maintenant, voilà ce que je vais faire : je vais énumérer tous les chiffres entre un et sept. Chaque fois que je vais vous demander si vous avez choisi ce chiffre, la seule réponse que je veux est : non. Même quand je vous poserai la question pour le chiffre cinq. De cette façon, j'ai un certain nombre de réponses franches et une réponse mensongère. Ce qui me permet d'ajuster les instruments à votre corps.

Lyang souriait.

— Croyez ça et vous croirez n'importe quoi, murmura-t-elle.

Mais tous les autres occupants de la pièce étaient fascinés par ce qui se passait de l'autre côté du miroir.

Hart mit le polygraphe en marche ; les aiguilles commencèrent à gratter d'avant en arrière le papier qui se déroulait sous elles, et il énuméra les chiffres dans le désordre. Lorsqu'il eut terminé, il éteignit le polygraphe et arracha le graphique.

— Excellent, dit-il. Ça me sidère toujours. Vraiment.

Il poussa le graphique vers Jiang.

— Pas besoin d'être un expert. Vous voyez la ligne verte ?

Jiang suivit le doigt de Hart et hocha la tête.

— Vous voyez comme elle change ? Vous voyez le point le plus haut sur le graphique ? Vous voyez ce qu'il y a dessous ?

Li dut reconnaître que Hart avait le sens de la mise en scène. Un vrai magicien.

Jiang tendit le cou pour voir ce qui était inscrit.

— C'est le chiffre cinq, dit-il.

Hart lui sourit.

— Voilà comment nous savons ce que vous savez. Et vous savez pourquoi les plumes ont réagi si violemment. Donc, si je vois ça, lorsque je poserai les vraies questions, on pourra découvrir le fin mot de cette histoire.

Jiang s'effondra sur son siège, l'air misérable. Il était vaincu, même avant d'avoir passé le test. Et il était vaincu parce qu'il était persuadé qu'il le serait.

Hart ralluma le polygraphe.

— O.K. on passe directement aux questions.

Il fit asseoir Jiang bien droit, les yeux fermés, les pieds à plat sur le sol, envoya de l'air dans le brassard, puis énonça les questions, comme il l'avait fait pendant le test préliminaire.

— Avez-vous mis votre pénis dans le vagin de Shimei ?

Il recommença encore deux fois, en changeant l'ordre des questions.

À la fin de la troisième série, Hart dit :

— Nous y voilà.

Jiang le regarda avec appréhension, mais Hart n'ajouta rien de plus. Il se leva, fit le tour du bureau pour débrancher Jiang du polygraphe, ramassa les graphiques, et se contenta de déclarer :

— Je reviens dans deux minutes.

Il sortit de la pièce, laissant Jiang tout seul. Jiang

resta un long moment les yeux dans le vide, avant de se cacher la tête dans les mains pour étouffer ses sanglots.

La porte de la salle d'observation s'ouvrit sur Hart qui sembla surpris d'y trouver Li.

— Li Yan ? Qu'est-ce que vous faites là ?

Li se leva pour lui serrer la main.

— Je me suis arrêté en passant pour vous parler de Lynn Pan.

Le visage de Hart s'assombrit.

— J'ai l'impression que tout est de ma faute. Si je ne l'avais pas recommandée... Bon sang !

Il leva les yeux au plafond et respira à fond pour contrôler son émotion.

— Je vous demande pardon. Mais c'est si dur de se dire qu'elle est morte.

Il regarda Li.

— Est-ce que vous... ? Vous avez été appelé sur la scène du crime ?

Li hocha la tête.

— Merde. Ça a dû être dur.

C'était exactement ce que Margaret avait dit. Li se demanda si c'était vraiment plus dur de s'occuper d'un meurtre quand on connaissait la victime. Bien sûr, l'émotion était décuplée, mais il éprouvait toujours des difficultés à voir dans un mort une personne qui avait été vivante. Ce n'était pas la confrontation avec la mort qui était difficile, c'était la perte d'un être vivant. Dans le cas présent, il avait à peine connu Lynn Pan. Et pourtant, il avait eu le sentiment de l'avoir perdue. Peut-être parce qu'elle débordait de vie.

Il haussa les épaules.

— C'est sûr. Je suppose que vous n'avez pas la

moindre idée de la raison pour laquelle on aurait voulu la tuer ?

Hart secoua la tête.

— C'est incompréhensible.

— Ni de la raison pour laquelle on aurait voulu voler ses ordinateurs, et tous ses dossiers ?

— J'ai entendu dire qu'il y avait eu un cambriolage. Tout a disparu ?

— Tout.

— Putain... Je ne peux rien pour vous. Dieu sait si j'aurais aimé.

— Autant vous le dire, puisque de toute façon vous l'apprendrez... commença Li.

Il jeta un coup d'œil à Lyang avant de poursuivre.

— Apparemment, elle croyait me rencontrer au monument du Millénaire, hier soir.

La consternation se lut sur le visage de Hart.

— Mais, pourquoi ?

— Parce qu'hier, après notre départ, quelqu'un se faisant passer pour moi lui a fixé, par téléphone, un rendez-vous clandestin.

— Pour quelle raison ?

Cette fois, c'était Lyang qui avait posé la question.

— Je n'en sais rien.

— Merde alors, ça fait froid dans le dos.

— Et sa vie privée ? Vous êtes au courant de quelque chose ? demanda Li.

— Rien du tout.

— Elle est venue dîner deux ou trois fois à la maison, dit Lyang.

— Ouais, mais on n'a jamais parlé que des gens qu'on connaissait aux États-Unis. Du boulot. Des trucs qu'on avait en commun.

— Et elle ne nous a jamais invités chez elle.

— En fait, sa vie privée était vraiment privée. Vous savez, pour une fille aussi extravertie, elle était très secrète. Si on s'avançait trop, vlan ! Comme un rideau de fer qui se baisse : attention, jusque-là, ça va, mais pas plus loin. Je ne sais rien de ses relations, de ce qu'elle faisait quand elle ne travaillait pas. Putain, je ne sais même pas si elle vivait seule.

Il poussa un soupir, puis regarda à travers le miroir sans tain.

— Comment va notre homme ?

— En train de s'apitoyer sur son propre sort, dit l'interrogatrice.

Hart jeta un coup d'œil à sa montre.

— Il mijote depuis assez longtemps. Il est temps de recueillir sa confession.

Puis, s'adressant à Li :

— À moins que vous ne vouliez me demander autre chose ?

— Pas pour l'instant.

— De toute façon, nous nous voyons ce soir, dit Lyang. Vous venez toujours dîner avec Margaret, n'est-ce pas ?

Li avait complètement oublié.

— Bien sûr, dit-il.

Hart lui serra le bras.

— À plus tard.

Et il repartit avec ses graphiques qu'il n'avait pas consultés une seule fois.

Li était pressé de partir, mais il avait envie de voir le résultat de l'entretien avec Jiang.

— Ça va durer longtemps ? demanda-t-il à Lyang.

— Je ne pense pas.

Il se rassit et observa Hart faire son entrée dans la salle du polygraphe, de l'autre côté du miroir sans tain. Jiang se redressa, presque en sursautant ; on devinait sa tension à la rigidité de son attitude. Hart s'assit en face de lui et posa les graphiques sur ses genoux. Il ne les avait toujours pas regardés.

— À partir de ces tests, je peux arriver à l'une de ces trois conclusions, Jiang, commença-t-il sur le même ton hypnotique. Je peux dire que le sujet dit la vérité. Je peux dire qu'un test n'est pas concluant, que je ne sais pas. Ou je peux dire que le sujet ne dit pas la vérité.

Jiang respira à fond, très attentif aux paroles de Hart. Il hochait la tête comme s'il pouvait obtenir son approbation en étant d'accord avec lui.

— Le problème, c'est que nous ne nous occupons pas ici d'un cas criminel. Vous n'êtes qu'un homme ordinaire, qui travaille dur pour élever sa famille, qui apporte sa contribution à la société. Il y a des criminels, qu'on m'amène des quartiers chics, qui ne contribuent à rien du tout, qui se contentent de vivre aux crochets de la société.

Hart se pencha en avant pour établir une atmosphère de confidentialité entre eux.

— Quand je regarde les graphiques, et d'après la conversation que j'ai eue avec vous aujourd'hui, je sais que vous n'êtes pas un criminel, ça, c'est sûr et certain. En fait, j'aurais plutôt tendance à penser que vous êtes un chic type. Mais la vie ne vous a pas fait de cadeaux.

Jiang hocha vigoureusement la tête.

— Le problème, c'est que tout ce que Shimei a dit est vrai. Et vous vous en souvenez. Mais vous n'arrivez pas à le dire. À comprendre pourquoi. Et moi, je comprends la peur et la gêne que vous éprouvez. C'est ça le gros problème, n'est-ce pas ?

Jiang hochait toujours la tête, d'un air misérable maintenant.

— Parce que vous vous souvenez de ce qui est arrivé ; mais si vous le dites à quelqu'un, comment pourriez-vous supporter cette image de vous-même, alors que vous n'êtes pas comme ça, normalement ?

— Non, je ne suis pas comme ça, murmura Jiang.

— Nous avons tous une image de nous-mêmes, Jiang. Nous croyons que le reste du monde nous voit sous cette image. On appelle ça l'ego. Et quand cette image est menacée, nous avons ce qu'on appelle un mécanisme de défense de l'ego qui, pour la protéger, refoule des choses à l'intérieur de notre subconscient et nous pousse à les nier – alors que, en réalité, nous savons bien qu'elles se sont produites. Mais c'était tellement contre nature pour nous, en situation normale, que nous ne savons absolument pas comment y faire face.

Jiang continuait à hocher la tête. Son désir de se confesser se voyait comme le nez au milieu de la figure. Son désir de dire la vérité à cet Américain sympathique à la voix douce puisque, après tout, c'était écrit sur le graphique.

Hart parlait toujours.

— Alors, nous nous retrouvons dans une situation très difficile, soumis à une pression terrible. On appelle ça l'anxiété. Et notre anxiété devient si grande qu'elle nous empêche de penser, d'exister.

Il se rapprocha encore et posa une main sur le genou de Jiang.

— Le problème, c'est que vous savez, et je sais, que ce qui s'est produit est probablement dû à l'alcool.

— Oui... chuchota Jiang.

— Vous vous sentiez seul. Après tout, votre femme

vous avait quitté. Depuis combien de temps ? Deux ans ? C'est long pour un homme, Jiang.

Jiang avait appuyé sa tête sur sa main gauche, les yeux cachés derrière sa paume, mais on voyait les larmes couler sur ses joues grêlées.

— C'est pour cela que vous l'avez fait, n'est-ce pas, Jiang ?

— Oui, avoua-t-il d'une voix inaudible.

— J'ai besoin que vous me disiez que vous avez mis votre pénis dans le vagin de Shimei, Jiang. Et toute cette anxiété s'envolera de vos épaules.

La brusquerie des paroles de Hart choqua Li une fois de plus, mais il savait que la formulation des mots était importante pour des raisons légales.

— Je l'ai fait, dit Jiang.

— Vous avez mis votre pénis dans le vagin de Shimei ?

— Oui.

— Entièrement ?

— Oui.

Et il se mit à pleurer sans se cacher.

Hart lui tapota doucement le genou. Il n'avait toujours pas jeté un coup d'œil aux graphiques.

5

L'appartement de Lynn Pan était situé dans une nouvelle résidence du quartier Haidian, non loin de l'Université de Pékin. Les immeubles de quatre étages, aux toits de tuiles rouges, avaient des murs blancs parsemés de petits balcons. C'était une résidence fermée, surveillée par un garde de la Sécurité de Pékin en uniforme gris. À l'intérieur, il y avait des parkings pour voitures et des abris à vélos. Mais il n'y avait pas un seul vélo. Li montra sa carte au garde qui leva la barrière en disant :

— Vos hommes sont déjà là.

Li hocha la tête et alla se garer devant l'immeuble de Pan. Il fut étonné d'y voir une voiture pie. D'habitude, la police scientifique se déplaçait en fourgon banalisé.

Dans le hall, une femme d'un certain âge, derrière une fenêtre grillagée, lui adressa un grand sourire édenté.

— Deuxième, dit-elle en levant un doigt quand il sortit sa carte.

Sur le palier du deuxième étage, la porte de l'appartement de Pan était grande ouverte ; il entendit des voix à l'intérieur. La serrure avait été forcée, l'appartement sens dessus dessous. Quatre portes donnaient sur l'entrée carrée au parquet ciré jonché de tapis colorés du Xinjiang. La première ouvrait sur une salle de bains, celle d'à côté sur une toute petite cuisine. La porte de droite menait à un salon dont la fenêtre donnait sur l'un des petits balcons qu'il avait vus d'en bas. La quatrième porte menait à l'arrière de l'appartement, à une chambre à coucher. Le contenu des tiroirs et des placards avait été renversé. Les portes de l'armoire étaient ouvertes. Les deux policiers en uniforme parurent surpris de voir Li.

— Mais qu'est-ce que vous foutez là ? leur demanda-t-il.

Il n'eut pas besoin de leur montrer sa carte ; ils l'avaient tout de suite reconnu.

— La concierge a appelé le poste de police pour le cambriolage, il y a une demi-heure environ. Ils nous ont prévenus par radio.

— Un cambriolage, répéta bêtement Li.

Ils le regardèrent comme s'il avait des cornes sur la tête.

— Ben, c'est pas pour ça que vous êtes ici ?

— Vous n'avez pas lu les journaux, ce matin ? La femme assassinée hier soir habitait ici.

— Merde, fit celui qui avait parlé le premier.

Soudain, il voyait l'appartement d'un autre œil.

— C'était dans le journal ? demanda l'autre, incrédule.

— J'espère que vous n'avez touché à rien.

— Non, chef.

— Vous avez parlé à la concierge ?

Ils acquiescèrent d'un signe de tête.

— Comment se fait-il que le cambriolage n'ait été signalé que ce matin ?

— Personne ne s'en est aperçu avant. C'est une voisine qui, en descendant l'escalier, a remarqué la porte légèrement entrebâillée. Puis elle a vu que la serrure avait été forcée et elle a prévenu la concierge. Qui nous a téléphoné.

— Et comment les cambrioleurs ont-ils pu entrer et sortir au nez et à la barbe du garde ?

— Ça me dépasse, chef. Le gars qui est dehors n'était pas de service. Il faut convoquer celui qui travaille de nuit.

— Vous n'avez plus rien à faire ici. Cet endroit relève d'une enquête criminelle et de la juridiction de la Section n° 1. Faites votre rapport et envoyez-le à mon bureau.

— Oui, chef, dirent-ils en le regardant.

— Vous pouvez partir.

— Oui, chef.

À contrecœur, les deux policiers remirent leurs casquettes et sortirent de l'appartement. Il les entendit maugréer entre leurs dents tout en descendant l'escalier.

Une fois seul, Li regarda autour de lui. L'appartement silencieux était rempli de son parfum et de sa présence. Sa personnalité se sentait partout, dans le choix des tableaux qu'elle avait accrochés aux murs – peintures chinoises originales achetées chez des antiquaires ; reproductions de tableaux narratifs signés d'un artiste nommé Vetriano ; photographies de villes pittoresques du sud de la France. Li se demanda ce qu'elles représentaient pour elle. Il la sentait, aussi, dans les rideaux de couleurs vives de chaque fenêtre, dans les éblouissants tapis du Xinjiang qui couvraient presque chaque centimètre carré de parquet, dans le dessus-de-lit noir imprimé de caractères chinois rouges et blancs, arraché et abandonné par terre.

Ses vêtements avaient été jetés pêle-mêle sur le lit. Tailleurs, jeans, vestes en cuir, sweaters, chemisiers. Une rangée de chaussures n'avait pas été touchée. Baskets, sandales, Doc Martens, chaussures de randonnée encore maculées de boue séchée, chaussures noires à talons plats. Deux Lynn Pan avaient été extirpées de cette armoire. L'une, publique, celle qui aimait les costumes masculins et les chaussures noires simples – bien que Li sût d'après leur brève rencontre que cette Lynn Pan n'avait jamais dissimulé sa féminité. Et puis il y avait l'autre, privée, décontractée, sans façons, celle qui aimait porter des jeans, des sweaters et des baskets, celle qui aimait marcher. Où ça ? Dans les collines de Badaling ? Dans les monts Yanshan ? Avec qui ? En solitaire ? Il n'y avait aucune trace d'une autre présence dans sa chambre.

La cuisine était petite, mais bien rangée. Les voleurs avaient ouvert les placards sans en déranger le contenu. Les produits secs et en conserve étaient soigneusement alignés sur les étagères, les produits frais, fruits et légumes, dans le réfrigérateur. Le congélateur contenait du blanc de poulet, du poisson, et du pain complet provenant sans doute de l'un des supermarchés étrangers. Elle aimait manger des aliments sains, et elle aimait manger chez elle.

Dans la salle de bains, savons, shampooings et produits de beauté étaient rangés sur des étagères – très peu de produits de maquillage, que ce soit là ou dans la chambre. Il se souvint qu'elle était à peine fardée l'après-midi où il l'avait rencontrée – un peu de brun sur les paupières, une touche de blush sur les joues, un soupçon de couleur sur les lèvres. Elle avait une belle peau et une ossature très fine. Tout maquillage aurait été superflu.

Une petite table et deux chaises étaient placées devant la fenêtre du séjour. Il y avait beaucoup de plantes en pot : des plantes vertes, un yucca, une superbe azalée en fleurs. L'air embaumait. Une bibliothèque occupait tout un mur. Des livres sur la Chine et les dialectes chinois ; des rangées de livres de cuisine avec des recettes du monde entier ; une encyclopédie en vingt-six volumes ; le dictionnaire encyclopédique Webster ; un dictionnaire de citations ; des tas de romans – Steinbeck, Hemingway, Greene, Rushdie,

Wolfe, et des douzaines d'autres dont Li n'avait jamais entendu parler. Il était évident qu'elle aimait lire.

Il y avait un canapé à deux places couvert de châles de soie, et un fauteuil disposé de façon à recevoir la meilleure lumière du jour. Manifestement l'endroit où elle s'asseyait pour lire. Un poste de télévision et un magnétoscope n'avaient pas été touchés, mais des câbles traînaient sur le sol à côté d'une table basse proche du fauteuil ; la table elle-même semblait étrangement nue.

Adossé au mur opposé à la fenêtre, un buffet avait été mis à sac. Tout son contenu était éparpillé sur le sol. CD, album de photos, papiers personnels. Li réussit à lire les titres de quelques CD sans se baisser pour les ramasser. Des fugues de Bach. *Water Music* de Haendel. *Sergeant Pepper's Lonely Hearts Club Band*, des Beatles. À côté du buffet, une chaîne stéréo avec un lecteur de CD Sony.

Il s'accroupit pour feuilleter l'album de photos. Il contenait surtout des photos de Pan et d'une amie, équipées de sacs à dos et de chaussures de marche, posant sur une colline, devant un paysage spectaculaire. Rougi par le froid, le visage de Pan affichait toujours le même sourire radieux. Les deux filles s'étaient manifestement prises elles-mêmes grâce au retardateur de l'appareil photo. Elles riaient aux éclats. Il y avait d'autres photos plus sérieuses, où elles apparaissaient chacune à leur tour, et plusieurs panoramas des plaines du nord de la Chine. Sur l'une d'elles, Li discerna le panache de pollution planant, au loin, au-dessus de Pékin.

L'autre fille lui parut étrangement familière. Et soudain, il la reconnut. C'était elle qui était avec Pan sur la photo de remise des diplômes, dans son bureau. Une vieille amie des États-Unis. Une fille quelconque, mais au joli sourire.

Soudain, il entendit une exclamation de surprise, puis un cri rauque. Une voix de femme. Il tourna la tête et se retrouva face à la fille quelconque au joli sourire. Elle se tenait sur le seuil de la porte. Elle ne souriait pas. Sa main se porta brusquement à sa bouche.

— Oh ! mon Dieu, qu'est-ce qui s'est passé ici ? Qui êtes-vous ?

Elle parlait anglais avec un fort accent californien.

Li se releva aussitôt.

— La concierge ne vous a pas prévenue ?

— Elle ne me parle jamais.

— Il y a eu un cambriolage.

— Ça, je le vois. Mais qui êtes-vous ?

— Chef de section Li Yan, Département des enquêtes criminelles de la police municipale de Pékin.

— Où est Lynn ? Elle est au courant ?

Li en eut la nausée. Évidemment, une Américaine à Pékin a peu de chance de lire le *Quotidien de la jeunesse de Pékin.* Il ne savait même pas si elle parlait ou lisait le chinois.

— Quelles sont vos relations avec miss Pan ?

— Nous sommes amies. Nous étions à l'université ensemble. Où est-elle ? dit-elle d'une voix paniquée.

— Je suis désolé de devoir vous l'annoncer, mais miss Pan a été assassinée hier soir.

Il ne savait pas quelle serait sa réaction, mais il ne s'attendait certainement pas au hurlement sauvage qui s'échappa de sa bouche, le transperça comme un coup de poignard et lui fit presque monter les larmes aux yeux. Il s'élança vers elle pour la soutenir et la guider jusqu'au canapé. Elle s'y effondra. Un poids mort. En dehors de ce hurlement, aucun son ne franchit ses lèvres. De grosses larmes silencieuses roulèrent sur ses joues. Elle serra les mains devant elles, les tordit avec une telle violence que ses articulations en devinrent blanches. Li s'assit à côté d'elle, lui sépara doucement les mains et en garda une entre les siennes.

— Voulez-vous un verre d'eau ou quelque chose ?

Elle secoua la tête. Elle repéra l'album de photos qu'il était en train de regarder et libéra sa main pour le prendre. Pendant qu'elle le feuilletait, Li fut témoin de la douleur que chaque image lui infligeait, chacune avec son souvenir particulier. Elle le referma brusquement d'un coup sec et se mit à trembler en silence. Li lui laissa le temps de se reprendre. Finalement, sans le regarder, elle dit :

— Bien sûr, vous ne la connaissiez pas.

— Je l'ai rencontrée hier après-midi pour la première fois. Juste quelques heures avant qu'elle ne soit tuée.

La fille se retourna vers lui. Elle l'examina à travers ses larmes, et il vit un sourire triste dans ses yeux.

— Et naturellement, vous êtes tombé amoureux d'elle.

Li se sentit rougir.

— C'est normal, dit-elle. Tout le monde tombe amoureux d'elle.

Puis elle se corrigea.

— Tombait amoureux d'elle. De Lynn. Je n'ai jamais vu personne qui ne soit pas fou d'elle au bout de cinq minutes.

— Ce qui rend encore plus difficile à comprendre la raison pour laquelle quelqu'un voulait la tuer, dit Li.

— Comment... ?

La fille osait à peine demander.

— Comment est-ce arrivé ?

Li poussa un grand soupir.

— Je ne crois pas...

— Je veux savoir ! insista la fille.

— Elle a été étranglée, puis égorgée.

— Oh, non !

Pendant un moment, Li crut que la fille allait vomir. Mais elle se maîtrisa.

— Savez-vous si elle avait une relation particulière ? Je veux dire, si elle voyait quelqu'un ?

La fille hocha la tête. Elle se tordait à nouveau les mains, les yeux baissés. Au bout d'un long silence, elle dit d'une voix à peine audible :

— Moi.

Li fronça les sourcils.

— Je ne comprends pas.

— Nous étions amantes. Depuis que nous nous sommes rencontrées à l'université. Il n'y a jamais eu personne d'autre.

Li se demandait s'il avait bien saisi ce que voulait dire la fille.

— Vous et elle... ? Elle était...

— Lesbienne ? termina la fille à sa place.

Elle secoua la tête.

— Je suppose que c'est comme ça que les gens nous appellent. Mais nous étions simplement deux personnes qui s'aimaient.

Elle se mordit la lèvre férocement pour s'empêcher de pleurer, et Li vit une goutte de sang perler sur sa peau.

— Quand on lui a offert ce boulot ici, il était évident que je viendrais avec elle. Je n'avais pas la moindre idée de ce que je ferais. Mais finalement, j'ai trouvé une place de professeur d'anglais dans une école privée, pas très loin de l'université.

Li n'en revenait pas. Il n'aurait jamais pu imaginer que Pan était gay. Cela ne s'était vraiment pas senti dans sa façon de flirter avec lui. Mais il se rappela comme elle les avait mis dans sa poche, la veille. Les six hauts fonctionnaires du ministère qui avaient passé le test MERMER étaient tous tombés amoureux d'elle. *Je n'ai jamais vu personne qui ne soit pas fou d'elle au bout de cinq minutes*, avait dit la fille. Suggérait-elle que le meurtrier puisse avoir été jaloux ? Rien ne laissait supposer qu'il connaissait les victimes précédentes. Mais s'il connaissait Pan, s'était épris d'elle, et avait découvert qu'elle était inaccessible... Un mobile ? Mais alors, pourquoi s'introduire dans son bureau pour voler tous ses dossiers ? Et qu'espérait-il trouver dans son appartement ? Li était sûr que le meurtre et les cambriolages étaient liés. Mais pour l'instant, il n'y comprenait rien.

Il n'avait pas encore réussi à se faire à l'idée que Pan était homosexuelle.

— Vous ne partagiez pas cet appartement avec elle.

Pour la première fois, la fille montra des signes d'inquiétude.

— Ça ne se fait pas ici, n'est-ce pas ? Officiellement ?

Li comprit.

— Vous n'avez rien à craindre de moi, dit-il.

— Nous avions décidé que ce serait plus sûr d'avoir des appartements séparés. C'est du moins ce que Lynn voulait. Elle a toujours aimé avoir son espace à elle. Un endroit où elle pouvait se retirer, être seule.

La tristesse qu'il lisait sur le visage de la fille était presque insupportable.

— Moi, j'aurais bien voulu partager chaque minute de ma vie avec elle.

Li entendit une voiture s'arrêter en bas de l'immeuble. Il se leva, s'approcha de la fenêtre. C'était le fourgon de la police scientifique de Pao Jü Hutong. La deuxième équipe de Fu Qiwei en descendit.

— Ce sont les techniciens de la police scientifique qui arrivent, dit-il. Avant qu'ils n'entrent ici et commencent à investir les lieux, pourriez-vous jeter un coup d'œil pour voir si quelque chose a disparu ?

Elle respira à fond et hocha la tête.

— Merci, dit Li. Essayez de ne toucher à rien.

Il l'aida à se relever et lui serra la main.

— Prenez votre temps. Je leur demanderai de rester dehors en attendant que vous ayez fini.

Il alla les accueillir sur le palier et leur demanda de laisser quelques minutes à la fille. Ils attendirent debout, sans parler, en fumant. Elle réapparut au bout d'une dizaine de minutes.

— Son ordinateur, dit-elle. Elle avait toujours un portable sur la table basse à côté du gros fauteuil. Il n'est plus là. Et je n'ai trouvé aucun disque nulle part.

Li fut content de sentir l'air froid sur son visage et dans ses poumons en ressortant de l'immeuble avec la fille, dans la lumière dorée de l'automne.

— Vous aurez besoin de quelqu'un pour identifier le corps ? demanda-t-elle.

— Oui. Mais vous n'avez pas besoin de vous inquiéter pour ça.

Il avait déjà pensé à Bill Hart, ou au professeur Hu.

— J'aimerais le faire, dit-elle.

Li ferma les yeux. Il revit la blessure béante du cou, les trous de chaque côté de la tête, là où les oreilles avaient été découpées.

— Je ne pense pas que ce soit une bonne idée.

— Je le veux, insista-t-elle. Une minute, elle est là. Toute ma vie. La minute d'après, elle est partie. Et je n'ai même pas la possibilité de lui dire au revoir ? Je veux la voir. C'est le moment ou jamais.

— D'accord.

Il ne servait à rien d'essayer de la dissuader. Il savait que les gens avaient souvent besoin de voir le corps. Une confirmation de la mort. Comme s'ils ne pouvaient pas y croire avant de l'avoir vu. Lui-même n'éprouvait pas ce besoin. Il avait vu assez de cadavres dans sa vie pour savoir que ce n'étaient que des enveloppes vides, que les personnes qui les avaient animés avaient disparu. Et qu'il valait mieux s'en souvenir telles qu'elles étaient avant. Il savait que la dernière vision que cette fille aurait de son amante serait une vision d'horreur qui s'incrusterait dans sa mémoire et l'accompagnerait jusqu'à son dernier jour. Et il eut de la peine pour les deux.

Chapitre VII

1

Li arriva au centre médico-légal un peu avant 11 heures. Il se gara à côté d'une Jeep de la Section n° 1 et aperçut Wu qui fumait devant la porte, en l'attendant.

— Salut, chef, fit Wu en repoussant ses lunettes noires sur son front et en jetant sa cigarette.

Ils pénétrèrent dans le hall et suivirent le couloir qui menait aux vestiaires.

— Tu as trouvé quelque chose, à l'Académie ?

— Rien du tout. J'ai parlé à tous ses étudiants et collaborateurs. Pas un qui ait dit un seul mot contre elle.

Je n'ai jamais vu personne qui ne soit pas fou d'elle au bout de cinq minutes.

— Apparemment, il n'y aurait aucune raison de vouloir lui voler ses ordinateurs et ses dossiers. Ce n'était même pas du matériel neuf. Ça vaut que dalle au marché noir. En plus, comme le dit le mec de la sécurité, c'est du travail de pro. Pourquoi voler du vieux matos ?

Li suspendit son manteau et enfila une blouse chirurgicale verte par-dessus sa chemise.

— Quand on le découvrira, on saura peut-être pourquoi on l'a tuée, dit-il en se couvrant la tête d'une charlotte.

— Quelqu'un s'est introduit dans son appartement pour voler son portable.

Wu était en train de passer des protections sur ses chaussures. Il haussa les sourcils.

— Tu persistes à penser que c'est l'Éventreur qui l'a tuée ? Je veux dire, le même qui a tué les autres ?

— Je sais que ça ne tient pas debout, Wu. Mais comment expliquer autrement la lettre promettant de couper les oreilles de la prochaine victime, et les oreilles coupées de Pan ? L'entaille sur sa gorge ? Et le bout de cigarillo russe ?

Il regarda Wu qui se contenta de hausser les épaules.

— Je ne sais pas, chef. Il y a tant d'incohérences. Peut-être... Peut-être que les autres crimes sont juste des écrans de fumée – pour nous embrouiller, pour masquer la véritable raison du meurtre du professeur Pan. Peut-être que tout tourne autour d'elle.

Li réfléchit un moment.

— Un putain d'écran de fumée, dit-il. Mais c'est une idée, Wu. C'est une idée.

Il enfila les protections sur ses chaussures. Le règlement des nouvelles installations. Chaque personne assistant à une autopsie devait mettre des vêtements de protection. Ils sortirent des masques en coton d'une armoire et les fourrèrent dans leurs poches, pour plus tard. Il avait été constaté que la poussière d'os respirée pendant le découpage du crâne avec une scie à oscillation pouvait transporter des particules virales, comme celles du sida. Aujourd'hui, personne ne prenait plus de risques. Bien qu'il fût peu probable qu'une femme ayant entretenu une relation aussi longue avec une autre femme pût avoir le sida.

Ils sortirent dans le couloir et se dirigèrent vers la salle d'autopsie.

— Le légiste américain est déjà arrivé ?

— Ouais.

Li sentit sa colère monter, comme le mercure dans un thermomètre.

— C'est de la folie, Wu. De la pure folie ! Où est Wang ?

— Dans la salle d'autopsie, chef. Ils la font ensemble.

— Bon. C'est toujours ça.

Il poussa les portes battantes.

— Il ne parle pas chinois, je suppose ?

— Je ne pense pas, chef.

Les deux médecins légistes leur tournaient le dos. Ils étaient en train d'examiner les photos prises sur la scène du crime.

— Vous parlez pas chinois, doctah ? demanda Wu dans son anglais hésitant.

Les médecins experts se retournèrent. Avec un sourire béat, Margaret répondit :

— Malheureusement, non. Je devrais, au bout de tant d'années, hein ?

Elle se régala de l'expression ahurie de Li, et encore plus de sa tentative immédiate de dissimuler sa surprise.

— J'ai entendu dire que tu n'étais pas ravi qu'un « putain de légiste américain » vienne foutre ton enquête en l'air.

— Où est Li Jon ?

Le sang de Margaret ne fit qu'un tour.

— Sous la table d'autopsie.

Li faillit se baisser pour regarder, mais se retint à temps.

— Mei Yuan s'en occupe, ajouta-t-elle d'un ton un peu aigre. Jusqu'à cet après-midi – ton père doit venir. On te verra peut-être ?

— J'en doute, répondit Li d'une voix tendue.

— Je lui dirai quand même que ça t'aurait fait plaisir de le voir, non ?

Elle se retourna vers les photographies.

— Bon... Maintenant que les problèmes domestiques sont réglés, nous pouvons passer aux choses sérieuses.

Les photos étaient étalées sur une table – récit violemment coloré du meurtre d'une femme. Ses vêtements tachés de sang, soigneusement découpés sur le corps afin d'éviter de les abîmer, avaient été disposés plus loin. Immaculée, la table d'autopsie en métal se dressait au milieu de la pièce sous des projecteurs qui seraient focalisés sur le cadavre, et un micro suspendu au plafond qui servirait à enregistrer les observations des légistes.

Par les vitres des portes battantes, à l'autre bout de la salle, Li vit les assistants ouvrir une armoire frigorifique à deux étages pouvant contenir jusqu'à quatre-vingts cadavres en même temps. Il entendit le bruit du tiroir qui s'ouvrait et le raclement du chariot sur lequel ils transféraient le poids mort de Lynn Pan.

— Je viens de passer une heure en compagnie du Dr Wang à lire ses rapports d'autopsie. Je pense être opérationnelle, dit Margaret.

Les doubles portes s'ouvrirent bruyamment devant les assistants qui poussaient le corps enfermé dans son sac blanc. Ils rangèrent le chariot le long de la table d'autopsie, baissèrent délicatement la fermeture à glissière, et basculèrent le corps étrangement pâle sur la surface en acier inoxydable. Un bloc de bois incurvé fut placé sous le cou pour soutenir la tête.

Li avait presque peur de regarder le cadavre. Il savait que ce n'était plus la Lynn Pan qu'il avait rencontrée la veille, mais il était difficile d'oublier sa forte personnalité. Il s'obligea à tourner la tête. Nue, elle paraissait aussi fragile qu'une petite fille, ses seins menus aplatis sur ses côtes, ses jambes légèrement écartées, ses pieds tournés en dehors comme ceux d'une danseuse. Vivante, elle lui avait paru beaucoup plus grande, plus forte. Elle n'était pas de taille à résister à son assassin. Des doigts de fer s'étaient refermés sur son cou délicat, l'avaient étouffée.

Margaret se détourna de la table.

— Mon Dieu, on dirait une enfant, dit-elle, surprise. Quel âge avait-elle ?

Wang consulta ses notes.

— Trente-trois ans, doctah.

Margaret se pencha sur le visage parfait, vit qu'il avait été très beau.

— Quel gâchis.

Elle leva les yeux. Li l'observait. Il lut le choc et l'empathie dans son regard. Le choc parce qu'il était difficile de ne pas éprouver un sentiment de perte quand quelque chose d'aussi beau était détruit. L'empathie parce qu'elle avait presque le même âge que Margaret, et qu'il était difficile, dans ces circonstances, de ne pas se sentir soi-même vulnérable. *Je n'ai jamais vu personne qui ne soit pas fou d'elle au bout de cinq minutes.* Peut-être que, même morte, elle possédait encore ce pouvoir.

Margaret respira à fond. C'était sa première autopsie depuis très longtemps. Elle avait cessé de voir les victimes qui passaient sur sa table comme des preuves à examiner en détail, des réceptacles d'indices pouvant conduire à la capture d'un assassin. Le retour s'avérait plus dur qu'elle ne l'avait imaginé. Ses défenses étaient retombées. Elle s'était adoucie en devenant mère, elle s'était laissée aller à redevenir humaine, ce qu'on ne peut pas se permettre quand son métier consiste à découper d'autres êtres humains.

Li savait que ce serait une épreuve. Il la regarda faire appel à tout son professionnalisme et commencer l'examen externe. On ne distinguait pas grand-chose d'elle sous le bonnet, les lunettes et le masque. Sa blouse et ses manchettes en plastique dissimulaient chaque centimètre carré de sa peau blanche, les gants de latex et le gantelet en maille protégeant la main qui ne coupait pas cachaient la beauté de ses longs doigts délicats. Quelque chose, dans son attitude, trahissait la tension qui l'habitait.

Les bras et les jambes de Lynn Pan montraient plusieurs contusions pourpres ; peut-être s'était-elle débattue.

— Aucune blessure de défense sur les mains ou les avant-bras, dit Margaret. Aucune coupure non plus, ce qui laisserait supposer qu'elle était au moins inconsciente quand on lui a coupé la gorge.

Il y avait autour du cou et de la mâchoire des contusions de la même couleur, provoquées par le pouce et le bout des doigts qui l'avaient bloquée contre la tige du cadran solaire, et étouffée. Un groupe de trois contusions circulaires d'environ un centimètre et demi de diamètre sur le côté gauche, une contusion plus grosse à droite, probablement faite par le pouce – suggérant que le tueur pouvait être droitier. Margaret était sûre qu'en examinant le cuir chevelu, elle trouverait une hémorragie subgaléale à l'endroit où la tête avait heurté le pied du monument.

— Ce type devrait se couper les ongles, dit-elle.

La gorge de Pan présentait des écorchures correspondant aux marques laissées par les ongles du tueur. Des petites abrasions en forme de croissant, entre 0,5 et 1 centimètre de long. Margaret releva la tête en fronçant légèrement les sourcils.

— On trouve d'habitude, sur les sujets qui se sont défendus contre une strangulation, des égratignures verticales dans la région supérieure du cou, à la base ou sur le côté des mâchoires ; ils se les font eux-mêmes en voulant se libérer.

— Elle portait des gants, doctah, dit Wang.

— Ah.

Cela lui avait échappé sur les photos. Elle était vraiment rouillée.

L'entaille de la gorge avait une apparence horrible. Elle partait de l'oreille gauche, à cinq centimètres sous le lobe qui aurait dû se trouver à cet endroit, et avait la forme d'un croissant aux bords déchiquetés, suivant la ligne de la mâchoire ; au passage, la trachée, les deux carotides, la veine jugulaire interne avaient été sectionnées, et le muscle et la chair ouverts jusqu'aux vertèbres. D'après Margaret, la blessure avait été provoquée par un couteau à lame pointue, aiguisée, d'une vingtaine de centimètres de long, planté et tiré de la gauche vers la droite de la gorge.

Elle examina ensuite le visage, souleva les paupières et observa les yeux.

— Il y a une hémorragie pétéchiale de la conjonctive et de la face. De minuscules vaisseaux sanguins éclatés. Provoqué par la pression quand le sang continue à affluer dans la tête par les artères mais ne peut plus se retirer.

Elle tourna la tête sur le côté droit pour examiner ce qui restait de l'oreille.

— Il s'est sûrement dépêché. C'est une amputation très grossière. Il a dû tirer l'oreille avec sa main libre et la découper d'un seul coup de couteau. La blessure n'est pas très nette.

Une partie de l'oreille restait attachée au crâne. À droite, la moitié du lobe pendait encore sur le côté de la tête, retenue par un petit lambeau de peau.

En examinant les cheveux et l'extérieur du cuir chevelu, elle sentit une faible odeur de shampooing. Un parfum doux et sucré de pêche qui rendait le cadavre trop humain, presque encore vivant. Elle recula d'un pas et fit un signe de tête au docteur Wang qui préleva du sang de la veine fémorale, en haut de la jambe gauche, pour l'examen de toxicologie.

Lorsque Wang donna le sang à un assistant puis souleva la paupière droite de Pan pour enfoncer une seringue dans le globe oculaire et en extraire un peu de fluide transparent et visqueux, Li regarda ailleurs. Ils allaient ensuite la retourner sur le ventre pour la suite de l'examen, puis la remettre sur le dos pour l'ouvrir ; ils découperaient les côtes délicates avec des cisailles, retireraient le cœur, les poumons, tous les autres organes, décalotteraient le sommet du crâne, enlèveraient le cerveau. Une routine monotone, déshumanisante, qui réduirait cette jeune femme autrefois dynamique en un amas de chair et d'os que l'on conserverait au congélateur pendant cinq ans peut-être, suivant le temps qu'il mettrait à attraper son assassin.

Margaret poursuivit l'autopsie avec détachement. Elle avait paru hésiter un peu au début, mais maintenant, elle était lancée. Tout était normal et sain chez Lynn Pan. Ses poumons, son foie, ses reins. Elle était dans une forme physique parfaite.

Résolu à ne trahir aucune émotion, Li regardait faire Margaret. Il ferma les yeux quand elle trancha les intestins dans la longueur, et essaya de ne pas se laisser impressionner par l'odeur. Lynn Pan avait été tuée pour une raison inconnue – sans aucun rapport avec les autres meurtres, bien qu'elle ait été apparemment tuée par la même main. Ses ordinateurs et ses dossiers avaient été volés, dans son bureau et chez elle. Elle savait, ou avait en sa possession, quelque chose..., une information peut-être, qui ne devait pas être divulguée. Donc le mobile du crime était différent, cette fois. Il ne s'agissait pas d'une réplique d'un meurtre de Jack l'éventreur. Pourtant, la méthode était la même. Et il y avait le cigarillo russe. Et la lettre promettant de couper les oreilles de la prochaine victime, une promesse que l'assassin de Lynn Pan avait tenue. Un lien irréfutable.

— Est-ce qu'on a prélevé la salive du cigarillo trouvé sur la scène du crime de Guo Huan ? demanda-t-il à Wang.

— En anglais, s'il te plaît, dit Margaret sans lever les yeux.

Li répéta la question en anglais.

— Oui, répondit Wang. Le labo confirme ce matin. Même ADN que les autres.

— Combien de temps faudra-t-il pour avoir les résultats du cigare trouvé près du corps de Pan ?

— Envoyé au labo hier soir.

— J'ai demandé qu'ils accélèrent les tests, dit Margaret. On devrait les avoir dans la journée.

— Qu'est-ce que tu vas mettre dans ton rapport aux Américains ?

— Une minute ! Je n'ai même pas terminé l'autopsie.

— Mais tu connais déjà la cause de la mort.

Elle soupira, peu désireuse de se prononcer si tôt.

— Sous réserve des résultats de toxicologie, je dirai à l'ambassade qu'elle est morte d'une perte de sang soudaine causée par le sectionnement des artères principales du cou. Elle a été étranglée, et était probablement inconsciente quand on lui a tranché la gorge.

— Penses-tu qu'elle a été tuée par la même personne qui a assassiné les autres ?

Elle regarda Wang.

— Qu'en pensez-vous, docteur ? C'est vous qui avez fait les autopsies.

Wang fit la grimace.

— Pas concluant. Elle a été étranglée comme les autres, oui. Gorge coupée, gauche à droite, comme les autres. Oui. Mais pas d'autre blessure. Pas comme les autres. Pas tuée à Jianguomen comme les autres. Et vous, doctah ?

— Je suis d'accord avec vous. Au point où nous en sommes, ce n'est pas concluant.

— Et la lettre ? Et les oreilles ? demanda Li.

— Des présomptions. Cela ne *prouve* rien. À toi de juger.

Elle s'interrompit dans son travail et le regarda.

— Le bout de cigarillo russe est la pièce capitale du

puzzle. Nous ne l'avons pas encore. *Si* le labo peut prélever de la salive et *si* l'ADN correspond, alors nous pourrons dire qu'il s'agit du même tueur. Sinon...

Elle souffla entre ses lèvres.

— ... Je dirais que tu cours droit à la méprise.

2

Li et Wu sortaient du bâtiment et se dirigeaient vers le parking quand le téléphone portable de Li se mit à sonner.

— Où es-tu, chef ? demanda Qian d'une voix étrangement tendue.

— Nous sortons de l'autopsie.

— Tu peux revenir ici dare-dare ?

— Bien sûr.

— Et amener Wang ?

— Pourquoi ?

— Il faut qu'on vérifie quelque chose. Je ne peux pas t'en parler au téléphone.

Li envoya Wu chercher Wang et, debout sur les marches, se perdit dans la contemplation des voitures fonçant sur l'autoroute de Badaling, au-delà d'une vaste zone où se dressaient autrefois des maisons qu'on avait écrasées en prévision de la rénovation du quartier. Il refusait de s'interroger sur ce que Qian voulait vérifier avec Wang. Tout semblait lui échapper dans cette affaire. Il y avait toujours un nouveau rebondissement – avant même qu'il n'ait eu le temps d'assimiler le précédent.

— Qu'est-ce qui se passe ?

Il se retourna et trouva Margaret, douchée et changée, à côté de lui.

— Je ne sais pas. Qian n'a pas voulu m'en parler au téléphone.

Il la trouva soudain très petite et vulnérable, avec ses cheveux mouillés peignés en arrière. Elle paraissait plus mince. Peut-être avait-elle perdu du poids, et il ne l'avait pas remarqué. Il fit glisser son pouce sur sa mâchoire et lui caressa la pommette. Sa peau était si pâle, parsemée de petites taches de rousseur sur le nez. Il se rappela les paroles de l'amante de Lynn Pan : *Une minute, elle est là. Toute ma vie. La minute d'après, elle est partie.* Et il comprit ce qu'il éprouverait si jamais il perdait Margaret. Cette idée le frappa comme un coup à l'estomac. Il était trop facile de ne pas faire assez de cas des gens qu'on aimait, et trop tard pour le regretter quand ils n'étaient plus là. Il savait que Margaret n'était pas heureuse, enchaînée à la maison, au bébé ; il ne s'en était tout simplement pas préoccupé. Sensibilisé par la mort de Lynn Pan, il la trouvait maintenant particulièrement fragile. Il ressentit le besoin de la tenir dans ses bras, de la protéger.

Margaret n'en revint pas quand il la serra contre lui à couper le souffle.

— Hé ! protesta-t-elle en riant et en se libérant. Pour qui tu te prends ? Pour l'Éventreur de Pékin ?

Mais il ne souriait pas. Il la fixait au fond des yeux.

— Je t'aime, Margaret.

Elle saisit toute l'intensité de son émotion.

— Moi aussi, je t'aime, dit-elle tranquillement.

— Je sais que tout ne va pas pour le mieux en ce

moment. Je sais. Mais... il faut d'abord que je résolve cette affaire. Après ça s'arrangera.

— Je ne vois pas très bien comment.

— Moi non plus. Mais il faut essayer.

Il lui serra les mains dans les siennes.

— Je ne peux rien te promettre, mais j'essaierai de passer voir mon père cet après-midi.

Elle eut un petit sourire triste.

— Je ne me fais pas d'illusions.

Ils se séparèrent quand le taxi de Margaret arriva. C'était une Mercedes. Li haussa les sourcils.

— On a les moyens ?

— Aucune importance. Ce sont ces bons vieux États d'Amérique qui payent la note.

Elle déposa un léger baiser sur les lèvres de Li et sauta à l'arrière de la voiture. Le taxi s'éloignait juste comme Wu sortait en compagnie du Dr Wang.

Il leur fallut quarante minutes pour revenir à la Section n° 1 au milieu de la circulation dense de l'heure du déjeuner et des bouchons du Troisième périphérique. Li gara la Jeep sur Beixingqiao Santiao, devant le restaurant qui faisait l'angle. En entendant le brouhaha des voix et en respirant les parfums des plats, il se rendit compte qu'il avait l'estomac vide, mais il n'avait pas envie de manger.

Ils entrèrent par le côté du bâtiment et grimpèrent les escaliers jusqu'au quatrième étage. Une légère odeur médicamenteuse flottait dans le couloir. Il faisait froid ; ils comprirent pourquoi en entrant dans la salle des inspecteurs : les fenêtres étaient grandes ouvertes. Les hommes, emmitouflés dans leurs manteaux, avaient même gardé leurs gants. Tout le monde fumait. Malgré le vent froid qui s'engouffrait par les fenêtres et la fumée qui remplissait la pièce, l'odeur, plus forte ici, avait un relent de pourriture.

Assis à l'un des bureaux, Qian parlait au téléphone. Dès qu'il vit Li, il raccrocha et sauta sur ses pieds.

— Par ici, chef.

Li, Wu et Wang le suivirent dans son bureau, sous le regard intéressé de tous les hommes présents. Là aussi, les fenêtres étaient grandes ouvertes. Sur la table débarrassée de son contenu trônait une boîte en carton de la taille d'une boîte à chaussures. Elle avait été enveloppée avec du papier brun et fermée par du ruban adhésif transparent. Quelqu'un avait déchiré l'emballage et ôté le couvercle. L'air empestait l'alcool et la viande oubliée pendant plus d'un mois dans le réfrigérateur.

— Au nom du ciel, Qian... fit Li en plissant les yeux et en soufflant. Qu'est-ce que c'est que cette merde... ?

— Elle t'était adressée, chef. Arrivée ce matin. Mais ça puait tellement que le responsable du courrier a pensé que je devrais l'ouvrir. Je regrette foutrement de l'avoir écouté.

Il était vert.

— Qu'est-ce que c'est ?

Li, Wu et le docteur Wang s'approchèrent prudemment de la boîte comme s'ils craignaient qu'une bête en jaillisse et leur saute à la figure. À l'intérieur, posée sur du papier froissé, se trouvait une chose organique brun-rouge enveloppée dans du plastique d'où suintait un liquide transparent. La puanteur était terrible. Wu se plaqua un mouchoir sur le nez et recula avec un haut-le-cœur. Li chancela quand Wang enfila des gants en latex pour la sortir de la boîte.

— C'est un rein. Un rein gauche. Ça se voit parce que la surrénale laissée au sommet est « grande ». Celle du rein droit est aplatie par le foie. Il a été coupé dans le sens de la longueur. Il reste encore un petit bout d'artère rénale, deux centimètres environ.

Habitué aux odeurs d'autopsie, il renifla l'organe.

— Conservé dans l'alcool. C'est pour ça qu'il est encore ferme et légèrement décoloré.

— Un rein humain ? demanda Li, horrifié à l'idée de ce que Wang allait certainement lui répondre.

— Oh oui ! Je vais avoir besoin de faire les comparaisons qui s'imposent bien sûr, mais je dirais, à vue de nez, que c'est le rein de Guo Huan. L'artère rénale mesure normalement sept centimètres et demi de long. De mémoire, il en restait cinq centimètres sur le cadavre.

Qian ouvrit le tiroir supérieur de son bureau et en sortit une chemise A4 en plastique. À l'intérieur était glissée une feuille dépliée. Il la remit à Li, puis se retira près de la fenêtre pour respirer un peu d'air frais. Li reconnut les caractères peu soignés, à l'encre rouge.

« Chef,

Je vous envoie la moitié du rein que j'ai pris sur une femme. Conservé pour vous. L'autre morceau, je l'ai frit et mangé. C'était très bon. Je vous enverrai le couteau plein de sang qui l'a découpé si vous attendez un peu.

Signé,

Attrapez-moi si vous pouvez. »

Li vit la chemise en plastique trembler dans sa main.

— Ça m'était adressé personnellement ?

— Oui, chef.

Il tendit la main.

— Donne-moi des gants.

Qian en sortit une paire de son bureau. Li les enfila, puis souleva avec précaution la boîte de son papier d'emballage. Il retourna le papier, l'aplatit sur le bureau, l'examina. L'adresse était écrite à la main sur une étiquette. Il y avait une douzaine de timbres, affranchis, datés de la veille. Le cercle d'encre rouge n'était pas parfait, mais on lisait très bien « 12.30 p.m. Poste centrale, Pékin ».

Li essaya de réfréner son excitation.

— Il vient de commettre sa première erreur. Le paquet était trop gros pour entrer dans une boîte à lettres. Il a été obligé de le faire peser à un guichet. Donc, quelqu'un l'a vu. Quelqu'un a vu son visage. Nous avons enfin un témoin !

— Hé ! chef, c'est pas ton vieux ?

Wu mastiquait son chewing-gum comme un possédé. Il en avait enfourné plusieurs tablettes à la fois pour se débarrasser du goût que lui avait laissé l'odeur persistante du rein. Une fois, au cours d'une autopsie, Wang lui avait expliqué que l'odeur enregistrée par les capteurs du nez était véhiculée sur des particules relâchées dans l'air par la chose qui dégageait l'odeur. Ce qui expliquait pourquoi une odeur particulièrement forte pouvait parfois laisser un goût dans la bouche. Wu avait trouvé ça répugnant. Il essayait de chasser les particules indésirables en stimulant sa production de salive avec du chewing-gum.

Li jeta un coup d'œil par la vitre du côté passager ; ils venaient de dépasser l'entrée latérale de l'enceinte du ministère, rue Zhengyi. Son appartement se trouvait à moins de deux cents mètres, de l'autre côté du mur.

Un taxi était arrêté le long du trottoir et le chauffeur aidait son père à descendre.

— Si.

M. Li senior venait rendre visite à son petit-fils. Li savait que Margaret ne s'étonnerait pas de son absence. Une fois de plus. Il faillit demander à Wu de s'arrêter, pour aller lui expliquer. Mais c'était inutile. Une excuse, même bonne, ne serait jamais qu'une excuse.

La poste centrale se trouvait comme par hasard juste au coin de la rue, au n° 7 de Qianmen Dajie. C'était un énorme bâtiment de douze étages occupant la moitié d'un pâté de maisons. Des rangées de fourgonnettes vertes étaient stationnées devant, dans un étroit parking séparé de l'avenue par un rideau d'arbres. Wu se gara devant l'entrée principale et brandit sa carte sous le nez du garde qui commençait à protester. En descendant de voiture, Li vit flotter au soleil l'alignement des drapeaux rouges plantés sur le toit du quartier général de la police – occupant l'autre moitié du pâté de maisons. Wu alluma une cigarette.

— Quel toupet ! Poster ce truc au pied du Q.G. Un vrai pied de nez. Comment il a signé sa lettre, déjà ? *Attrapez-moi si vous pouvez ?*

— Sûr qu'on l'attrapera, affirma Li d'un air farouche.

Mais au fond de lui-même, il se demandait combien d'autres jeunes femmes mourraient avant.

Le hall était plein de monde. Des files de gens attendaient devant chaque guichet, tout le long du comptoir. Les lumières et les voix se répercutaient sur le marbre du sol et des murs. Un des guichets vendait du papier, de la ficelle, du ruban adhésif et de la colle ; Li se demanda si le tueur n'aurait pas enveloppé son paquet ici même. Il balaya du regard le comptoir, sur toute sa longueur, comme s'il avait pu laisser derrière lui une trace de sa présence, une impression, un fantôme.

Les deux hommes se présentèrent au service de sécurité et demandèrent à voir le directeur de la poste. Celui-ci, un homme fringant en costume-cravate, les reçut dans son bureau. Wu donna un cou de coude à Li pour lui montrer du menton un exemplaire du *Quotidien de la jeunesse de Pékin* en évidence. Le directeur leur jeta un regard méfiant à travers ses lunettes à monture d'acier et leur offrit du thé. Li refusa ; il sortit une photocopie couleur de l'étiquette du paquet, avec ses timbres et ses tampons.

— L'un de vos employés a pris ce paquet avec cette adresse dessus, hier à 12 h 30, dit-il. Il ou elle l'a timbré, affranchi, et jeté dans le panier du courrier.

— Et alors ?

— Et alors, cet employé est sans doute la seule personne de notre connaissance à avoir vu « l'Éventreur de Pékin ».

Il avait calculé son effet en utilisant cette expression. Et il avait eu raison. Les yeux du directeur s'écarquillèrent, puis effleurèrent le journal posé sur son bureau.

— Il était ici ?

— C'est ce que nous pensons.

Li devinait, comme s'il les voyait, les rouages du cerveau du directeur s'activer à toute vitesse.

— Des milliers de personnes passent ici chaque jour. Je doute qu'un employé puisse se souvenir de quelqu'un en particulier.

Wu regardait un petit écran de télévision fixé en hauteur dans un angle de la pièce. On y voyait les images en noir et blanc du hall principal. Il s'arrêta soudain de mastiquer.

— Vous avez une télévision en circuit fermé ici ?

Le directeur leva les yeux vers l'écran, comprenant immédiatement le sens de la question.

— Nous avons deux caméras. Une de chaque côté du hall.

— Vous enregistrez tout ? demanda Li, n'osant pas croire qu'ils puissent posséder un enregistrement vidéo du tueur.

— Nous recyclons les bandes tous les sept jours.

— Celle d'hier nous suffit, dit Wu, les yeux brillants d'un soudain optimisme.

Le matériel d'enregistrement se trouvait dans le bureau du chef du service de la sécurité, qui retira sa casquette grise et se gratta la tête.

— Bien sûr, dit-il en réponse à la question de Li. On peut retrouver l'heure très vite, les bandes sont toutes horodatées.

— Alors, au travail, dit Wu.

L'homme fouilla dans un placard, en retira une bande VHS et l'inséra dans un lecteur. Il appuya sur un bouton, la bande se rembobina à partir de la fin. Elle s'était terminée à 19 heures. Li regarda défiler avec un sentiment croissant de déception les mouvements accélérés, comme dans un vieux film de Charlot devenu fou. Il regarda les deux autres moniteurs affichant en direct les images du hall principal.

— Vous n'avez que ces deux caméras ? demanda-t-il au directeur.

— Oui.

— Elles sont trop haut pour voir les visages. On ne voit que le sommet des têtes.

Le directeur haussa les épaules.

— Elles ne sont pas destinées à repérer les visages, juste à nous donner une vue d'ensemble.

Li sentit son optimisme se dégonfler. Quelle ironie de posséder un enregistrement du tueur sans pouvoir distinguer son visage.

Le compte à rebours de l'heure défilait à toute vitesse. L'image était floue.

— Arrêtez-la sur 12 h 15, demanda Wu. On regardera à partir de là.

Il fourra une autre tablette de chewing-gum dans sa bouche et alluma une autre cigarette.

La bande avait légèrement dépassé 12 h 15 quand le chef de la sécurité l'arrêta. L'image se précisa ; ils eurent une vue du hall prise par la caméra de gauche. La bande indiquait : 12h 13min 53s.

— Pouvez-vous faire la même chose avec la bande de la caméra de droite pendant que nous visionnons celle-ci ? demanda Li.

Le chef de la sécurité hocha la tête. Il trouva la bonne cassette et la rembobina dans un autre lecteur.

La première bande montrait une activité incessante : une femme poussant un landeau ; un groupe d'écolières postant des lettres ; des hommes d'affaires expédiant du courrier express ; des gens ordinaires se livrant à leurs activités ordinaires. Une trentaine de personnes au moins se déplaçaient en même temps. Peut-être davantage. La définition de l'image n'était pas très bonne, comme si la caméra filmait à travers un morceau de gaze. Soudain, Wu cria :

— Là !

Et il frappa l'écran du bout du doigt.

Li se pencha en avant. Il vit une silhouette en long manteau sombre, portant sous le bras un paquet de la taille d'une boîte à chaussure, traverser le rayon de lumière qui filtrait de l'entrée principale.

— Merde ! grommela-t-il entre ses dents. Il porte une casquette de base-ball. Il sait où sont les caméras.

Abrité par la longue visière, son visage était dans l'ombre, le col de son manteau relevé ; on ne voyait même pas s'il avait les cheveux courts ou longs. Il portait des gants, un pantalon foncé, des chaussures noires. Impossible de distinguer quoi que ce soit de lui.

Wu secoua la tête.

— Il nous fait marcher. Il savait qu'on visionnerait les bandes. Il savait qu'on serait furieux de l'avoir sous les yeux sans pouvoir le reconnaître. Putain ! C'est l'homme invisible, ce mec.

Ils le virent s'immobiliser au milieu du hall, comme s'il hésitait sur la file à prendre, puis se diriger vers un guichet, tout au bout, presque sous l'autre caméra. Son image était déformée ; il s'était placé le plus loin possible. Ils ne purent voir l'employé auquel il s'adressait. Après un bref échange, la vitre du guichet se souleva et le paquet traversa le comptoir. L'homme attendit qu'il soit pesé et affranchi avant de sortir un portefeuille de la poche de son manteau. Il paya en liquide. Il ne leva pas la tête une seule fois. Enfin, il fit demi-tour, se dirigea rapidement vers la porte, et disparut.

— Trouvez l'employé, et amenez-le ici tout de suite, ordonna Li au directeur.

L'employé se révéla être une femme replète d'âge moyen, sur la défensive. Elle n'avait rien fait de mal et ne semblait pas disposée à se montrer le moins du monde coopérative. Ils lui repassèrent la bande qu'elle regarda avec un ennui manifeste.

— Qu'est-ce que j'suis supposée vous jouer ? Mme Mémoire ? Je les regarde même pas. C'est déjà assez d'supporter leur haleine à travers le guichet.

— L'adresse sortait de l'ordinaire, dit Wu.

— Je regarde pas les adresses. Je pèse le paquet, je regarde le code postal, je fais le prix, j'affranchis, ils paient. Et au suivant.

— Vous ne nous aidez pas beaucoup, madame, dit Wu.

— Je suis pas payée pour vous aider, je suis payée pour faire mon boulot. Je le fais. Depuis des années. Si y en a qu'ont à se plaindre, c'est autre chose.

Elle les regarda d'un air de défi.

— Quelqu'un a quelque chose à me reprocher ?

— Avez-vous une idée de ce que contenait ce paquet ? lui demanda Li très calmement.

— Bien sûr que non. Qu'est-ce que ça peut m'faire ?

— Eh bien, cela pourrait vous aider à comprendre le danger que vous courez.

Pour la première fois, elle ne répliqua pas aussi vite et blêmit.

— Qu'est-ce que vous voulez dire ?

— Je crois que j'aurais dû vous expliquer tout de suite que le paquet que ce monsieur vous a remis contenait le rein d'une femme assassinée dimanche dernier.

La femme ouvrit des yeux ronds.

— Vous avez peut-être même entendu parler de lui. Dans le journal de ce matin. On l'appelle l'Éventreur de Pékin.

Le souffle coupé, elle porta la main à sa bouche.

— Auriez-vous lu l'article par hasard ?

Incapable de parler, elle hocha la tête.

— Eh bien, vous êtes la seule personne de notre connaissance à l'avoir vu.

Ses yeux s'agrandirent encore plus.

— Et si nous savons que vous l'avez vu, *lui* sait que vous l'avez vu. Je n'aimerais pas particulièrement me trouver à votre place demain quand il lira que nous avons interrogé un témoin, une employée de la poste centrale à qui il a remis le paquet lundi.

— Vous ne pouvez pas mettre ça dans le journal ! souffla-t-elle.

Li haussa les épaules.

— On ne sera peut-être pas obligé. Si on l'attrape avant. Mais nous avons besoin d'aide. Nous avons besoin d'une description. De tout ce dont vous pouvez vous rappeler. N'importe quoi.

Il marqua une pause et ajouta :

— Réfléchissez bien. Vous êtes peut-être en train de vivre le moment le plus important de votre vie.

Elle demanda à revoir la bande. Puis ils lui passèrent la seconde, mais le tueur était à moitié hors champ, on ne voyait que le sommet de son crâne. Il n'y avait pas un seul cheveu de visible.

L'employée bredouilla :

— Je sais pas, je sais pas. La visière lui cachait le visage. Et c'est vrai, je les regarde pas, jamais.

— Essayez de vous souvenir de quelque chose, n'importe quoi, répéta Li. Il était grand, petit ? Il était rasé ? Il portait des lunettes ?

— Oui, dit-elle avec empressement. Il avait des lunettes. Je m'en souviens. Comme des lunettes de soleil, mais pas aussi foncées. Vous savez, comme celles qui réagissent au soleil, mais les verres sont jamais vraiment noirs.

— Vous vous souvenez de leur forme ?

Elle secoua la tête.

— Réfléchissez. Elles avaient une grosse monture ? En or, en argent ? En acier, comme celles de votre patron ?

Elle tourna les yeux vers le directeur de la poste qui lui jeta un regard mauvais sans rien dire. Elle secoua la tête.

— Non, non. Je me souviens pas. Mais il était rasé. J'en suis sûre. S'il avait eu une barbe ou une moustache, je l'aurais remarqué.

— Et son accent ? demanda Li. Sa voix avait-elle quelque chose d'inhabituel ?

Il vit à son visage qu'elle se concentrait. Rien ne poussait mieux à la concentration que la peur et l'instinct de survie. Mais au grand désappointement de tous, elle ne se souvenait de rien.

Li regarda l'image. Il était là, en face d'eux. Ils pouvaient le toucher sur l'écran. Mais ils n'étaient pas plus avancés. Il se moquait d'eux, il les torturait. Il préparait soigneusement chacun de ses coups, anticipait chaque fois leur réaction de façon à toujours garder une longueur d'avance.

— Nous avons besoin de ces deux bandes, dit Wu au chef de la sécurité.

Celui-ci appuya sur un bouton et l'image se figea sur l'écran. Soudain, Li eut une idée.

— Prends la déposition de l'employée, dit-il à Wu.

Et, s'adressant au directeur :

— Venez en bas avec moi. Il me faut un mètre. J'ai quelques mesures à prendre.

3

Une demi-heure venait de s'écouler péniblement. Margaret et le père de Li avaient fait comme si Li devait arriver d'un moment à l'autre. Mais aucun des deux n'y croyait. Le vieil homme avait gardé son manteau et son chapeau, une toque en fourrure aux rabats relevés sur ses cheveux gris, et avait soigneusement plié ses gants. Il avait accepté une tasse de thé dont il avait bu deux gorgées avant de le laisser refroidir sur une table basse, à côté du canapé. Puis, pendant cinq minutes, il avait, sans conviction, fait sauter Li Jon sur ses genoux.

Margaret savait qu'il ne l'aimait pas. Qu'il aurait préféré une Chinoise à sa place. Encore une raison de plus d'en vouloir à son fils. Elle n'avait fait aucune tentative pour engager la conversation avec lui. Ni l'un ni l'autre ne trouvaient que cela en valait la peine.

Elle finit par se lever en disant :

— D'habitude, j'emmène Li Jon faire une promenade à cette heure-ci. Dans sa poussette. Vous pouvez vous joindre à nous, si vous voulez. Ou attendre Li Yan, si vous préférez.

Elle n'avait pas l'intention de rester là, dans une telle ambiance. Elle fut déçue de le voir se lever, presque avec enthousiasme, en saisissant ses gants.

— Je viens avec vous.

Des petites places avaient été aménagées tout au long des jardins séparant les deux voies de la rue Zhengyi. Des vieillards coiffés de casquettes de base-ball fumaient sur les bancs qui les bordaient. Une vieille femme aux cheveux gris acier coupés au carré, vêtue d'une veste matelassée mauve, regardait dans le vide. Toutes sortes de gens se promenaient – des couples bras dessus bras dessous, des mères et des enfants, des écolières en jogging rose.

Margaret se dirigea vers le nord d'un pas tranquille. Le vent agitait les feuilles des arbres. La poussette de Li Jon était bleue, décorée de petits carrés de couleurs. Une capote, rangée pour l'instant, pouvait se déplier vers l'avant s'il pleuvait. Un sac suspendu aux poignées et un plateau situé sous le siège contenaient des vêtements de rechange, des jouets, un biberon de lait chaud. Margaret faisait souvent cette promenade depuis quelques mois. Une occasion de s'échapper de l'appartement, de respirer l'air froid de l'automne après la chaleur suffocante de l'été. Tout en se dirigeant vers l'avenue Changan, elle se sentit agacée par la présence muette du père de Li à ses côtés.

— Pourquoi vous donnez-vous cette peine ? finit-elle par demander en se tournant vers lui.

Il continua à regarder droit devant lui. Il n'était pas stupide. Il savait bien ce qu'elle voulait dire.

— Parce que c'est ma famille, dit-il.

— Oui. C'est votre fils. Mais vous le traitez comme s'il était responsable de tous vos malheurs.

— Il doit supporter la responsabilité de ses défauts. Il n'a pas fait preuve de beaucoup de zèle dans ses responsabilités filiales.

— Peut-être n'avez-vous pas été un si bon père.

Il lui jeta un coup d'œil rapide.

— Vous étiez tellement obsédé par la mort de votre femme que vous en avez oublié que votre fils avait perdu sa mère. Si un garçon a jamais besoin de son père, c'est bien dans ces moments-là. Mais, non, vous n'avez vu que vous et votre douleur. Vous n'avez pas su tendre la main à un enfant qui souffrait autant que vous, sinon plus.

— Qu'en savez-vous ? demanda-t-il, sur la défensive.

— Je sais ce que Li m'a raconté. Ce qui s'est passé, ce qu'il a ressenti. Je sais des choses qu'il n'a probablement jamais confiées à personne. Et certainement pas à vous. Je sais qu'il n'est pas responsable de la Révolution culturelle. Il n'y est pour rien si sa mère a été persécutée parce que c'était une intellectuelle. Ce n'est pas lui qui a inventé les Gardes rouges. Il n'était même pas assez vieux pour en faire partie.

— Vous ne savez rien de ces choses. Vous êtes une Américaine.

— Je suis une Américaine qui vit depuis plus de cinq ans en Chine. J'ai parlé avec beaucoup de gens, j'ai écouté leurs histoires, lu un certain nombre de livres.

Elle ajouta, avec une certaine amertume :

— À vrai dire, depuis un an, je n'ai pas eu grand-chose d'autre à faire, à part élever votre petit-fils. Je pense en avoir appris un peu sur la Révolution culturelle, sur ce que ça signifie pour ceux qui lui ont survécu. Et ceux qui en sont morts.

Le vieil homme garda le silence pendant plusieurs minutes, le temps qu'ils arrivent au bout de la rue et tournent vers l'ouest pour emprunter le passage souterrain. Ils étaient dans l'obscurité du tunnel qui passe sous l'avenue Changan quand il dit :

— En Chine, on attache une grande valeur au fils parce qu'il est de son devoir de s'occuper de ses parents quand ils sont vieux. Lui, sa femme et ses enfants veillent sur ses parents quand ceux-ci ne peuvent plus se prendre en charge.

Sa voix résonnait contre les murs et le plafond.

— Ah oui, fit Margaret sans compassion. C'est pourquoi les orphelinats sont pleins de petites filles larguées par leurs parents, abandonnées dans la rue. Super système.

— Ce n'est pas moi qui ai inventé la politique de l'enfant unique, dit le père de Li sur un ton amer. Mais je remercie Dieu de m'avoir donné une fille avant qu'ils n'y pensent. Elle, au moins, prend au sérieux sa responsabilité envers son père.

Margaret se mordit la langue pour ne pas répondre. Xiao Ling, elle le savait, n'avait jamais été la fille dévouée qu'il prétendait.

— Mais Li Yan, lui, dès qu'il a pu, est parti vivre à Pékin avec son oncle Yifu pour devenir policier. Sans une seule pensée pour la famille qu'il laissait au Sichuan.

Ils émergèrent dans la lumière vive du soleil, sur le trottoir nord de l'avenue Changan. Un chemin ombragé menait à Tiananmen, derrière un rideau d'arbres dont les ombres se projetaient sur le haut mur de briques rouges délimitant les jardins extérieurs de la Cité interdite. Margaret tourna à droite, puis bifurqua brusquement à gauche dans les jardins. La colère qui bouillait en elle l'obligea à rompre le silence.

— C'est ça qui vous reste en travers de la gorge, hein ? Qu'il soit allé chez son oncle Yifu. Votre frère. Qui fut davantage un père pour lui que vous ne l'avez jamais été.

Elle se donna à peine le temps de reprendre sa respiration avant de continuer.

— Et épargnez-moi la connerie de la responsabilité

de Li Yan dans la mort de son oncle. Nous savons pertinemment tous les deux que c'est faux. Même s'il se sent encore coupable. Mais vous, vous ne ratez pas une occasion de jouer la carte de la culpabilité. De retourner le couteau dans la plaie. Parce que vous savez que ça marche à chaque fois. Je pense que vous prenez du plaisir à le voir souffrir.

C'était sorti. Elle avait tout dit ; il n'y avait plus moyen de revenir en arrière. Devant eux, l'ancien fossé traversait les jardins remodelés ; un grand pont cintré en marbre blanc l'enjambait un peu plus loin, à côté d'un pavillon au pied duquel l'eau dévalait sur des rochers. Au-delà, la porte de la Paix céleste se dressait dans le ciel. C'était un endroit abrité ; pas une ride ne venait troubler le reflet des saules sur l'eau. Les gens se promenaient le long des sentiers, des deux côtés du fossé, sans se presser, savourant la paix et le silence de cette oasis de tranquillité au cœur de la ville.

Margaret et le père de Li marchaient sans parler. Li Jon s'était endormi dans sa poussette, la tête inclinée sur le côté, inconscient de la tension entre sa mère et son grand-père. Margaret regarda son enfant. Ses joues rondes, rosies par le froid. Ses yeux bridés fermés, les paupières palpitant légèrement sous les mouvements rapides des yeux, animés par quelque rêve qu'elle ne connaîtrait jamais et dont il ne se souviendrait pas. Il lui vint brusquement à l'esprit que son fils partageait ses gènes avec ceux de son grand-père. Ces deux adultes, à couteaux tirés, se retrouvaient dans le corps de ce petit enfant. Elle regretta aussitôt la dureté de ses paroles et se retourna, avec une excuse déjà prête. Mais le choc qu'elle éprouva à la vue des larmes qui sillonnaient le visage du vieil homme l'arrêta net.

— Je ne voulais pas le faire souffrir, dit-il en regardant Margaret dans les yeux. C'est mon fils. L'enfant de sa mère. Je l'aime de tout mon cœur.

La confusion et la consternation submergèrent Margaret.

— Mais alors, pourquoi... ?

Il leva une main pour repousser la question et sortit de sa poche un mouchoir avec lequel il s'essuya la figure.

— Li Yan a peu de choses de moi, finit-il par dire. Je n'en vois pas beaucoup. Mais il est tout le portrait de sa mère. Je la retrouve en lui, dans tout ce qu'il fait. Dans ses yeux, dans son sourire, dans ses mains aux longs doigts. Dans son obstination, dans sa détermination.

Il s'arrêta pour reprendre son souffle, et de nouvelles larmes roulèrent sur ses joues.

— Il croit que je lui reproche sa mort.

Il secoua la tête.

— Jamais je ne la lui ai reprochée. Mais quand il est parti à Pékin, j'ai eu l'impression de la perdre à nouveau. Il était tout ce qui me restait d'elle, et il me l'a enlevé.

Il essaya de retenir ses larmes en clignant des yeux et posa une main sur la poignée de la poussette pour se stabiliser ; Margaret vit les taches brunes de la vieillesse sur sa peau parcheminée. Il lui parut soudain ratatiné, plus petit, noyé dans ce grand duffle-coat marron qui flottait autour de lui.

— Oh, mon Dieu, murmura-t-elle, comprenant pour la première fois que la douleur qu'il avait infligée à son fils n'était que le reflet de celle qu'il ressentait, mais qu'il n'avait jamais pu l'exprimer, surtout pas devant Li Yan. Pas de cette façon.

— Il faut le lui dire. Vous avez besoin de parler. Tous les deux.

— Je n'ai jamais parlé de ces choses à quiconque.

Il regarda Margaret.

— Pas plus que je n'ai versé de larmes en public.

Il respira à fond.

— Le taoïsme nous enseigne que l'agitation intérieure ruine la réflexion et la clarté de la vision. Dans cet état d'esprit, il est impossible d'agir avec lucidité. Donc la meilleure chose est de rester tranquille jusqu'à ce qu'on ait retrouvé son équilibre.

Il remua la tête tristement.

— Je n'ai jamais pris le temps de dépasser ma propre douleur. Jusqu'à maintenant. Jamais pris le temps de réfléchir et de retrouver mon équilibre.

Une sorte de sourire plissa son visage.

— Des mots durs peuvent parfois porter des vérités dures et faire réfléchir.

Margaret ne savait pas quoi dire. Elle posa une main sur la sienne et la trouva glacée.

— Vous devriez mettre vos gants, dit-elle.

Il se contenta de hocher la tête. Ils avaient atteint le pont.

— Pourriez-vous m'aider à porter la poussette ? Il se réveille toujours quand je la fais rouler sur les marches.

— Bien sûr.

Il s'essuya encore la figure, se moucha, et se pencha pour soulever le pied de la poussette. Et, ensemble, ils portèrent l'enfant qui les liait par-dessus l'arche du vieux pont.

— À vous de le pousser, dit-elle quand ils furent arrivés de l'autre côté du fossé.

Et, tout en marchant en silence vers le bassin où les carpes dorées nageaient autour d'une fontaine en bronze, elle glissa son bras sous le sien.

4

Pao Jü Hutong était un labyrinthe d'anciennes habitations pékinoises sur cour, d'étroites ruelles bordées de murs de briques grises, avec des minuscules boutiques derrière des vitres coulissantes. Des hommes âgés montés sur des tricycles circulaient sur la chaussée ombragée par de vieux arbres aux branches noueuses, des enfants rentraient de l'école par petits groupes de deux ou trois en traînant des cartables usés. Wu avança prudemment entre les véhicules stationnés, dépassa le haut bâtiment blanc du centre de détention où les interrogateurs de la Section n° 6 cuisinaient les suspects, et s'engagea dans l'entrée de l'Institut d'expertise scientifique. Le garde, blotti près d'un poêle, les reconnut à travers la vitre de sa guérite, et les grilles d'acier s'ouvrirent en grinçant pour les laisser passer. Il y avait, dans la cour, un minivan de la police, une Jeep noir et blanc, plus une demi-douzaine d'autres véhicules banalisés. Wu se gara. Li descendit en serrant dans ses mains les deux bandes vidéo du bureau de la poste centrale. Ils gravirent les marches, passèrent entre deux lanternes rouges qui se balançaient au vent et s'engouffrèrent dans le bâtiment.

L'ordinateur équipé du logiciel AutoCAD était installé dans une pièce sombre du deuxième étage. Li avait téléphoné ; on les attendait. Une assistante leur serra la main, prit les bandes, et les assura que le processus de numérisation ne prendrait pas plus de cinq minutes.

— Nous avons juste besoin de quelques photogrammes pour prélever des images, dit-elle.

Ils la suivirent dans la pièce adjacente, où elle introduisit la première cassette dans un lecteur et commença à faire défiler la bande.

— Voilà, c'est à partir de là, dit Li en tapant du doigt sur l'écran.

Il voulait les images du tueur les plus grandes et les plus nettes possible. L'assistante arrêta la bande. Leur homme venait juste de sortir du rayon de lumière. Elle la rembobina un peu, enfonça une touche sur une autre machine, et remit le lecteur en marche. Elle le laissa tourner trente secondes, puis éjecta la cassette et la remplaça par la deuxième. Ils répétèrent le même processus, sélectionnant les meilleures images de l'homme à la casquette de base-ball, avant que l'assistante n'appuie sur les boutons de toutes les machines, et que l'une d'elles crache un disque brillant argenté d'une douzaine de centimètres de diamètre.

Elle l'agita sous le nez de Li.

— Numérisé sur DVD. Vous avez les mesures ?

Li hocha la tête. Elle décrocha un téléphone interne et annonça à un dénommé Qin qu'ils étaient prêts.

Qin était un homme immense, presque aussi large que haut, aux cheveux noirs coupés en brosse et aux sourcils épais qui retombaient de chaque côté des yeux. Ses lunettes cerclées d'or adoucissaient un peu sa puissance formidable. Il avait joué un rôle clé dans la mise au point du logiciel AutoCAD. Il glissa le DVD dans l'ordinateur, tout en commençant à prélever des images prises simultanément par les deux caméras, il expliqua :

— Avant, on avait besoin de prendre des mesures tout autour de la scène d'un crime pour créer une image exacte en trois dimensions. Maintenant, une suffit pour avoir l'échelle de l'ensemble.

Il examina les images du tueur traversant le hall dans son long manteau, sa casquette de base-ball et, sous le bras, la boîte contenant le rein.

— Qu'est-ce que vous avez pris comme mesures ?

— La longueur du hall, la hauteur du comptoir, la largeur des guichets...

Qin l'interrompit.

— La largeur d'un guichet suffira.

Li posa la feuille portant les mesures sur la table de l'ordinateur. Qin tapa la largeur du guichet en centimètres.

— O.K. L'ordinateur fera le reste.

Il manipula adroitement sa souris et la flèche de l'écran plongea. Des menus se déroulèrent ; des options furent sélectionnées. L'écran se divisa en deux moitiés. La moitié gauche montra l'une des images du tueur en train de marcher. L'autre moitié resta vide. Qin déroula un autre menu, sélectionna l'une de ses options, et la moitié vide se remplit d'une image graphique en trois dimensions du hall de la poste, avec l'homme à la boîte en plein centre. En manipulant les options, Qin réussit à tourner autour de l'homme, en effectuant un balayage à trois cent soixante degrés. À intervalles réguliers, il pressait un bouton, et l'imprimante éjectait une sortie papier.

Fascinés, Li et Wu le regardaient faire. L'ordinateur

ne pouvait pas leur montrer le visage du tueur, mais il leur donnait une image exacte de sa carrure, de sa silhouette. Il avait l'air grand, large d'épaules, mais pas gros, et légèrement voûté. La forme de sa tête était cachée par la casquette de base-ball.

— Sidérant, fit Wu, bouche bée.

Jamais il n'avait assisté à une telle démonstration. Il en oubliait de mastiquer son chewing-gum.

— Pouvez-vous nous donner une idée de sa taille ?

— Je peux vous dire exactement combien il mesure, répondit Qin. Je peux même vous donner la pointure de ses chaussures.

Li se surprit en train de serrer les poings. Ils venaient de se rapprocher d'un pas. Un pas à la fois. Il fixa l'image sur l'écran sans ciller. Il était là. Devant eux. Il se croyait malin, mais même s'ils n'avaient pas encore assez de renseignements sur lui, ils en savaient beaucoup plus qu'il ne pouvait l'imaginer.

5

Li rentra chez lui en fin d'après-midi. Il rapportait un exemplaire du livre sur Jack l'éventreur et le résumé d'Elvis qu'il n'avait pas eu le temps de lire. Pendant la réunion, ils avaient discuté des nouveaux développements de l'affaire : le rein, la bande vidéo de la poste, l'analyse du tueur sur AutoCAD. Il y avait de nouvelles photos au mur. Le cadavre sanglant de Pan jouxtant la photo où on la voyait avec son amante le jour de la remise des diplômes. Ils discutèrent de sa sexualité, de l'autopsie. Lorsque Li avait distribué les sorties papier de l'image du tueur en trois dimensions, aperçu fascinant de leur proie, un silence inhabituel était retombé dans la pièce. Mais malgré tous les interrogatoires, les rapports d'autopsie, les photographies, les sorties papier – une véritable montagne, au bout de cinq meurtres –, ils n'étaient pas encore près de l'attraper. Avant de clore la réunion, Li avait demandé à la ronde si quelqu'un avait envie de confesser la divulgation de l'info sur l'Éventreur de Pékin au *Quotidien de la jeunesse de Pékin.* Bien entendu, personne n'avait bronché.

Installée dans son fauteuil habituel, Margaret lisait à la lumière du jour tombant, son livre incliné vers la fenêtre. Elle avait vraiment eu l'intention de parler à Li de son père quand il rentrerait, mais il arrivait plus tôt que prévu, et elle comprit à l'expression de son visage qu'il s'était passé quelque chose.

— Je suis désolé d'avoir raté mon père, dit-il en jetant son manteau sur le canapé et en se laissant tomber dans un fauteuil.

Margaret referma son livre.

— Que s'est-il passé ?

— Hier, c'était une lettre. Aujourd'hui, c'était la moitié d'un rein.

— Merde, alors ! À qui ?

— La fille trouvée lundi matin. Il faut vérifier l'ADN, mais Wang est pratiquement sûr. Il y avait un mot avec. Ignoble. Il prétend avoir mangé l'autre moitié.

Margaret fit la grimace.

— Je croyais que tu avais demandé à un policier de

lire le livre et de te faire la liste de tous les faits marquants ?

— Oui. Elvis l'a fait. Je crois qu'il y a passé la nuit.

— Il ne t'a pas dit que Jack l'éventreur avait envoyé la moitié d'un rein par la poste ?

Li secoua la tête.

— Il fait partie de l'équipe de nuit, je n'ai eu son résumé que cet après-midi. Personne n'a encore eu le temps d'y jeter un coup d'œil.

Margaret ramassa par terre l'exemplaire qu'elle avait acheté en anglais et le feuilleta.

— Le rein a été envoyé à un type qui dirigeait une espèce de milice patrouillant les rues à la recherche de l'Éventreur. Ah, c'est là... Il s'appelait Lusk. Directeur du groupe d'autodéfense de Mile End. « De l'enfer, Mister Lusk, Sor, je vous envoie la moitié du rein que j'ai pris sur une femme. Conservé pour vous. L'autre morceau je l'ai frit et mangé, c'était très bon. Je peux vous envoyer le couteau plein de sang qui l'a découpé si vous attendez un peu. Signé, Attrapez-moi si vous pouvez, Mister Lusk. »

Elle leva les yeux. Li avait blêmi.

— C'est presque mot pour mot la même lettre.

Il ferma les yeux et revit l'image du tueur, gravée à jamais dans sa mémoire.

— Je l'ai vu, Margaret.

Margaret se redressa brusquement.

— Comment ça, tu l'as vu ?

Il lui raconta la vidéo, le logiciel AutoCAD.

— Tiens...

Il ouvrit son dossier et lui tendit l'une des sorties papier avec une copie d'une image de la bande vidéo.

Elle les observa, fascinée.

— Si près... dit-elle, sans aller jusqu'au bout de sa phrase.

Elle mit les épreuves de côté et regarda Li. Il avait l'air épuisé, pâle, tendu.

— Tu ne veux pas boire quelque chose ? demanda-t-elle en se levant.

— Si.

Elle alla chercher une bière dans le réfrigérateur et se prépara une vodka tonic.

— Je crois que c'est une bonne chose que nous sortions ce soir, dit-elle depuis la cuisine. Tu as besoin d'un break.

— Je ne sais pas jusqu'à quel point ce sera un break. C'est Bill qui a fait venir Lynn Pan ici. Il en est malade.

— Ah, oui, c'est vrai.

Elle revint avec les boissons et lui tendit une bouteille de bière fraîche qu'il but avidement au goulot.

— Il faut qu'on parle de ton père, dit-elle.

Li avait fermé les yeux, essayant d'oublier tout autour de lui. Il n'avait vraiment pas envie d'entendre parler de son père. Comme pour le sauver, le téléphone sonna.

— C'est pour toi, dit Margaret.

Il secoua la tête.

— Je ne veux pas le savoir.

Margaret décrocha à contrecœur.

— *Wei ?*

Li ouvrit un œil pour la regarder pendant qu'elle écoutait. Elle glissa une main sur le combiné et chuchota :

— C'est Wang.

Puis, dans le téléphone :

— Je vais le chercher.

Mais elle ne bougea pas.

— Oh. D'accord.

Li la vit froncer les sourcils et prendre un air consterné. Il ouvrit l'autre œil.

— Qu'est-ce qu'il y a ?

Elle leva la main pour le faire taire.

— O.K. O.K. Je le lui dirai.

Elle raccrocha et leva vers lui un regard fixe, vitreux.

— Quoi ?

Il se redressa, la força à le regarder.

— Il vient d'avoir les résultats des tests ADN. Du cigarillo trouvé à côté du corps de Pan. Il est différent.

— C'est-à-dire ?

— Il est différent. Ce n'est pas le même ADN que sur les autres cigarillos.

Li s'était trompé. Margaret l'avait mis en garde le matin même ; ni l'un ni l'autre, cependant, ne croyaient que les ADN ne correspondraient pas.

— Comment est-ce possible ?

Margaret essaya consciencieusement de faire un effort d'imagination. Mais seule la raison la plus évidente lui venait à l'esprit.

— Elle a dû être tuée par quelqu'un d'autre.

Il secoua la tête.

— Ce n'est *pas* possible.

— Pourquoi pas ?

— Réfléchis une minute. Quelqu'un reproduit exactement les crimes de Jack l'éventreur. Toujours selon la même méthode. Strangulation, puis égorgement. Un cigarillo russe à moitié fumé à côté du corps. Nous recevons une lettre du tueur menaçant de couper les oreilles de la prochaine victime. C'est mot pour mot la copie de la première des lettres de Jack l'éventreur. La victime suivante est Pan. Elle est étranglée, égorgée. Un cigarillo russe est trouvé près du corps. Elle a les oreilles coupées. Il ne peut s'agir que du même tueur.

— Pas obligatoirement.

— Pourquoi ?

— Pense aux choses qui ne collent pas. Le fait que Pan ne soit pas une prostituée. Le fait qu'elle ait été tuée dans une autre partie de la ville. Le fait qu'elle n'ait pas été mutilée – à part les oreilles.

Li secoua énergiquement la tête en se soulevant de son fauteuil.

— Peu importe. Les choses qui ne collent pas ne comptent pas.

— Pourquoi pas ?

— Parce que seul le tueur des quatre premières victimes serait capable de reproduire les choses qui correspondent dans le cinquième.

Il écarta les mains et releva le menton, comme pour la défier de le contredire. Et il attendit.

Margaret lui lança un regard inquisiteur, puis déclara :

— Tu oublies une chose.

— Laquelle ?

— Le tueur n'est pas le seul à connaître sa méthode.

Il la fixa sans comprendre.

— Et qui d'autre ?

— Tous les policiers qui sont sur l'affaire.

Il était sur le point de rejeter l'idée d'emblée quand quelque chose l'arrêta. Un souvenir en train d'émerger du fin fond de sa mémoire essayait de remonter à la surface. Une conversation avec Bill Hart après la démonstration du MERMER à l'Académie : *Bien entendu, il faut l'utiliser avec certaines précautions,* avait dit Hart. *Réfléchissez un peu. Vous êtes le policier qui enquête. Vous faites un examen détaillé de la scène du crime, donc votre cerveau contient les mêmes informations que celui du tueur. Pouvons-nous être certains de savoir lesquelles, et qui est qui ?* Mais il n'arrivait pas à y croire.

— Tu ne penses pas sérieusement que quelqu'un de mon équipe a tué Lynn Pan ?

Margaret haussa les épaules.

— Il s'agit en tout cas de quelqu'un qui s'est servi des autres meurtres comme couverture ; de quelqu'un qui connaît assez de détails pour le rendre vraisemblable et semer la confusion dans ton enquête. Qui d'autre aurait accès à ces informations, sinon un flic ?

Dans la tête de Li, les idées se bousculaient comme des boules dans un tambour de loterie. Il ne voulait pas y croire, mais il ne trouvait aucun argument convaincant. Si l'ADN ne correspondait pas, c'était la seule réponse possible. Ce qui voulait dire qu'ils traquaient maintenant deux assassins. Et qu'il connaissait l'un des deux.

Pendant qu'il cherchait une autre solution, ses yeux tombèrent sur une pile de lettres et un petit paquet enveloppé dans du papier brun posés sur la table. Il ne les vit même pas. Il passait en revue tous les membres de son équipe, les techniciens de la police scientifique, du labo de pathologie, tous ceux qui avaient accès au type d'information permettant de mettre en scène la mort de Lynn Pan de façon à faire penser à un nouveau meurtre de l'Éventreur. Et soudain une idée horrible s'insinua dans son cerveau ; il se surprit en train de fixer le paquet sur la table et entendit son sang lui marteler les tempes.

— Putain, qu'est-ce que c'est que ça ?

Margaret se tourna vers la table.

— Le courrier. Je l'ai pris en revenant de l'autopsie.

Puis elle comprit.

— Oh, mon Dieu... murmura-t-elle.

Le paquet mesurait une douzaine de centimètres carrés ; il était enveloppé dans du papier brun, fermé par du ruban adhésif. Le nom et l'adresse de Li étaient écrits à la main, d'une écriture qui lui parut familière. Mais il n'y avait pas de timbres. Pas de tampons. Il avait été livré à domicile.

— Est-ce qu'on a des gants dans la maison ? demanda-t-il sans le quitter des yeux.

Margaret hocha la tête et courut à la cuisine. Elle revint une minute plus tard avec une paire de gants jetables en plastique transparent. Elle en gardait une boîte dans le placard au-dessus du plan de travail. Li les prit, les enfila, et souleva doucement un coin du ruban adhésif. Il le tira ensuite très délicatement, centimètre par centimètre, jusqu'à ce qu'il puisse ouvrir un côté du paquet. Il en retira une boîte en carton blanc uni attachée par un ruban rouge. Il dénoua le ruban, souleva le couvercle. À l'intérieur, nichées dans du coton taché de sang séché devenu marron, se trouvaient les oreilles de Lynn Pan. Margaret poussa un cri malgré elle. Li sentit sa nausée se muer en colère. Enfoncée sur le côté de la boîte, il y avait une lettre. Il la sortit avec précaution et la déplia. De l'encre rouge. La même écriture en pattes de mouche.

« Cher chef,

Une paire d'oreilles pour vous. Comme promis.

Sincèrement,

Jack »

Chapitre VIII

1

Un drapeau rouge claquait au vent sur la façade en carrelage blanc du poste de police, au coin de Fanggu Lu et Fangxing Lu. Le soleil descendait vers l'horizon, et le vent faisait de son mieux pour détacher les dernières feuilles récalcitrantes des sophoras. Les mains gantées à cause du froid, deux réparateurs de vélos installés sur le trottoir s'activaient autour du squelette d'une bicyclette posée à l'envers, leur dernier boulot de la journée. Li laissa sur sa gauche le centre sportif, avec ses terrains de basket, de foot, et ses courts de tennis recouverts d'un dôme. Au-delà, la circulation autour du grand centre commercial Feng Chung bourdonnait comme un essaim de mouches. Il gara sa voiture au bout de la rue et se dirigea vers l'immeuble de l'angle. Dans le jardin, une vendeuse de *jian bing* proposait ses crêpes pendant qu'une gardienne emmitouflée dans un manteau bleu, brassard rouge au bras et masque blanc sur le nez, faisait sa ronde à vélo, suivie par son ombre allongée projetée sur l'herbe.

Devant l'entrée, deux tricycles de transport de marchandises étaient garés sous un toit de tôle, et un drapeau chinois claquait comme un fouet. Li grimpa les deux marches du perron. Une autre volée de marches conduisait au hall de l'immeuble et à l'ascenseur. Une porte entrebâillée ouvrait sur l'escalier. À gauche, un couloir menait à une porte sur laquelle on pouvait lire en chinois et, curieusement, en anglais : « Centre d'activité des anciens officiers supérieurs ». Li frappa avant d'entrer. Un vieil homme, le nez chaussé d'une énorme paire de lunettes, lisait le *Quotidien de la jeunesse de Pékin* à côté d'un distributeur de bouteilles d'eau. Il leva un visage inexpressif, baissa les yeux sur son journal, puis les releva vers Li.

— *Ni hao*, dit ce dernier.

Le vieil homme hocha la tête en silence.

Un gros poste de télévision était posé sur un meuble, près d'un grand réfrigérateur qui avait connu des jours meilleurs. À l'autre bout de la pièce, les derniers rayons du soleil de la journée s'infiltraient par les fenêtres d'un balcon couvert. Deux hommes y jouaient aux échecs au milieu des plantes. D'une autre pièce provenaient des voix d'hommes en pleine discussion.

Le gouvernement mettait cet appartement à la disposition des officiers de police supérieurs retraités. Li se demanda si, lui aussi, finirait un jour dans un endroit comme celui-ci. Il tira une chaise et s'assit à la table des joueurs d'échecs. Pour une raison inconnue de Li, Lao Dai n'allait jamais au parc le mardi.

— Tu ne peux pas t'empêcher de faire la une des journaux, on dirait ? dit-il sans lever la tête.

— On dirait, répliqua Li.

Il marqua une pause.

— Dai, j'ai besoin de ton avis.

Le partenaire de Dai se leva aussitôt. Il avait un long

visage lugubre, et un gilet de laine ouvert sur une chemise tachée de jaune d'œuf.

— Pas de triche, hein, recommanda-t-il en s'en allant.

Lao Dai sourit.

— Comme si j'avais besoin de ça.

Mais son sourire s'effaça lorsqu'il demanda à Li :

— Tu as des ennuis ?

— Peut-être, soupira Li.

Dai se retourna vers l'échiquier.

— Je t'écoute.

— Je pense que la femme assassinée hier soir a pu être tuée par un policier.

Dai leva les yeux de l'échiquier et oublia totalement le jeu.

— Qu'est-ce qui te fait penser ça ?

Li lui raconta tout. Dai l'écouta en silence, en regardant par la fenêtre.

— Margaret a porté les oreilles au centre médico-légal pour avoir la confirmation qu'elles appartiennent bien à Lynn Pan, ajouta Li. Je crois que cela ne fait aucun doute. Une comparaison à l'œil nu suffit à s'en rendre compte. Mais il y aura un test ADN pour boucler le dossier.

— Et l'écriture ?

— J'ai demandé à un calligraphe de comparer les caractères du mot qui accompagnait les oreilles avec ceux du mot accompagnant le rein. La police scientifique compare les encres.

— Mais tu ne t'attends pas à une correspondance.

— Non.

Dai demeura un moment sans parler. Puis il finit par demander :

— Le paquet avec les oreilles n'avait ni timbre ni tampon ?

— Il a été livré par porteur.

— Donc, celui qui a mis le paquet dans ta boîte à lettres a accès à l'enceinte du ministère.

— Un flic, dit Li d'un ton catégorique.

Dai hocha la tête. Mais ce n'était pas en signe d'acquiescement.

— Ça me laisse perplexe.

— Pourquoi ? Qu'est-ce qui te laisse perplexe ?

— Si ce policier était au courant des meurtres précédents et voulait te faire croire que miss Pan avait été tuée par la même main, pourquoi aurait-il laissé sa salive sur le cigare ? Car il savait, obligatoirement, qu'un test ADN démontrerait le contraire.

Il regarda Li dans les yeux.

— Une négligence bizarre de sa part, tu ne trouves pas ?

2

Li roulait sur le Troisième périphérique en direction du nord. Il faisait nuit maintenant ; le ruban des feux des voitures s'étendait au loin devant lui, dans la brume. La ville se noyait dans sa propre lumière, avec ses immeubles illuminés dressés contre le noir du ciel, et ses milliers de fenêtres brillant comme des étoiles. En arrivant chez Dai, il était certain de rechercher deux meurtriers. Tous les deux en liberté quelque part. L'un, tangible – Li l'avait vu, sans savoir qui il était. L'autre, un fantôme, une idée née du résultat inattendu d'un test ADN, une nébuleuse d'incohérences – un policier, quelqu'un qu'il connaissait, peut-être un membre de son équipe. Comme d'habitude, Dai l'avait poussé à s'interroger sur tout. *De mon temps, il n'y avait pas de tests ADN,* avait-il dit. *On peut ramasser une graine de sésame et passer à côté d'un melon.* Mais s'agissant du meurtre de Pan, malgré toute son envie de ne pas y croire, il ne pouvait mettre en doute la logique de Margaret concluant à la culpabilité d'un flic. C'était la seule explication donnant quelque cohérence à toute cette incohérence. Et *si* c'était vrai, alors il était encore plus loin de résoudre ce puzzle qu'il ne l'avait pensé.

Mais Dai avait semé un doute dans son esprit. Un doute qui avait pris racine et ne cessait de croître. Pour un flic expérimenté, laisser des traces d'ADN capables de ruiner son subterfuge paraissait impensable. Pourtant, là encore, commettre une erreur dans le feu de l'action, en se livrant à ce meurtre vraisemblablement imprévu, ne l'était pas. De toute façon, LA question demeurait la même : *pourquoi ?*

Submergé par la fatigue, la confusion, le doute, Li sentit ses yeux se fermer, et soudain, la voiture qui le précédait – un taxi – ne fut plus qu'à quelques centimètres de son pare-chocs. Il écrasa la pédale de frein ; un coup de klaxon furieux retentit derrière lui. Sa Jeep fit une embardée, il manqua d'en perdre le contrôle mais réussit à la redresser et à revenir dans sa file. Son cœur battait la chamade. Chassée par la peur, sa fatigue avait disparu. C'était fou !

Il avait rendez-vous avec Margaret devant l'immeuble des Hart, en périphérie du quartier des affaires de Pékin.

Elle avait prévu de rentrer en taxi du laboratoire de pathologie et de déposer Li Jon au passage chez Mei Yuan – qui habitait une petite *siheyuan,* près du lac Qianhai.

Une invitation à dîner était bien la dernière des choses qui le tentait pour le moment. Il n'avait qu'une envie, dormir, fermer les yeux, poser la tête sur un oreiller et sombrer dans un monde de rêves d'où, quoi qu'il arrive, il était sûr de se réveiller. Mais il était trop tard pour décommander. Et, comme disaient les Américains, le changement est aussi bénéfique que le repos.

Il sortit du périphérique au pont Jinsong. La Maison internationale de la musique brillait de mille feux. Le centre commercial du rez-de-chaussée était encore ouvert. Li se gara dans la rue et retrouva Margaret qui l'attendait à l'entrée de la résidence. Il leva des sourcils interrogateurs sans poser de question.

— Elles correspondent, dit-elle. On aura le résultat du test ADN demain. Mais, franchement, ce n'est pas nécessaire.

Il n'y avait rien de plus à ajouter. Elle lui prit le bras, et ils entrèrent dans un gigantesque hall au parquet marqueté sous une voûte dorée. Un gardien posté derrière un bureau leur demanda poliment s'il pouvait les aider. Ils lui donnèrent leur nom, et il téléphona à l'appartement des Hart avant de les laisser pénétrer dans le jardin.

— Merde alors ! fit Margaret ; Lyang m'avait dit que c'était une concession de Bill au confort occidental, mais ce n'est pas du confort, c'est de l'opulence !

Enclavés entre les immeubles de la résidence et les deux tours qui se repéraient de loin, avec leurs couvercles de piano à queue, s'étalaient neuf mille mètres carrés de jardin paysager sur le thème des quatre saisons. Il y avait un bassin en forme de rein, des allées, des sentiers serpentant au milieu de bosquets d'arbres figurant l'été, l'automne, l'hiver et le printemps. Il y avait aussi un cours d'eau qu'enjambaient plusieurs petits ponts, et une cafétéria. Côté est, un complexe sportif abritait une piscine couverte et des courts de tennis. À chaque extrémité, des rampes conduisaient au parking souterrain. Maintenant, avec le vent froid de novembre qui, soufflant du nord, annonçait l'arrivée de l'hiver, les jardins étaient tristes et vides.

Li ne se sentait pas à l'aise. Comme s'il avait traversé un miroir sans tain donnant sur un autre monde. Ce n'était pas le Pékin qu'il connaissait. Cet endroit n'avait rien de chinois. Ce genre de résidence était construit pour la communauté du business, pour les trois cent mille étrangers plongés au cœur de l'effervescence commerciale de la ville, et les Chinois nouveaux riches qui achetaient des appartements neufs pour les louer et en retirer trente à quarante pour cent de bénéfice. C'était une bulle, isolée, séparée du monde réel qu'il connaissait – le monde où les Chinois travaillaient dur, menaient une vie dure, gagnaient peu, vivaient et mouraient dans des appartements minuscules avec des toilettes communes et un chauffage défaillant ; un monde où les prostituées se faisaient assassiner par un maniaque assouvissant un fantasme diabolique.

Ils se dirigèrent vers la tour nord-ouest. Un ascenseur les monta rapidement et sans bruit au vingt-troisième étage ; ses portes s'ouvrirent sur un vestibule au sol couvert de moquette. Lyang les attendait à l'autre bout.

— Salut ! Bienvenue dans notre modeste demeure,

dit-elle en souriant et en les embrassant tous les deux sur les joues.

Des pantoufles les attendaient sur une natte, dans l'entrée de l'appartement. Ils ôtèrent leurs chaussures pour les enfiler. Les parquets étaient en acajou sombre ciré. Un escalier menait à l'étage. Ils foulèrent de luxueux tapis chinois jusqu'à un salon ouvert dont le balcon offrait une vue remarquable sur la ville et les jardins. Les éclairages dissimulés tout autour du plafond étaient complétés par des lanternes chinoises. Des meubles anciens et des bibliothèques, ployant sous le poids de pièces de collection, bordaient les murs décorés de peintures originales sur rouleaux réalisées par de célèbres artistes chinois. Par les portes coulissantes ouvrant sur une salle à manger sans cloison, on apercevait la cuisine entièrement équipée, d'où s'échappaient des odeurs appétissantes. Il y avait un écran de télévision géant sur un mur et, à côté, une chaîne stéréo dernier cri jouant du jazz en sourdine. Bill préparait des cocktails.

— Salut, dit-il. Inutile de discuter. Vous devez goûter mon margarita pékinois breveté sur glace pilée.

— Je ne discuterai pas, dit Margaret.

Il l'embrassa sur les joues, lui tendit un verre, et serra la main de Li.

— Ça me fait plaisir de vous voir, Li Yan. Vous avez l'air crevé.

— Vous n'avez pas l'air très en forme non plus, répliqua Li avec un petit sourire en coin, tout en acceptant le verre que lui tendait l'Américain.

Margaret montra la pièce d'un geste de la main.

— Manifestement, je me suis trompée de métier. La sorcellerie paye mieux que la médecine.

Hart se mit à rire.

— Je croyais que c'était du vaudou.

— Ça revient au même.

Il tendit un verre à Lyang.

— En fait, cet argent est merdique.

Son sourire s'effaça.

— Lyang a dû vous raconter que j'ai hérité de la maison de Boston quand ma femme est morte.

Il haussa les épaules comme s'il était gêné.

— J'ai aussi ramassé un gros chèque de l'assurance que j'aurais volontiers déchiré en mille morceaux si, en échange, j'avais pu remonter le temps. Mais c'était impossible. Alors, autant le dépenser. Je ne m'y attendais pas, et si je ne l'avais pas eu, il ne m'aurait pas manqué.

Son regard fit le tour de la pièce.

— Voilà, nous vivons bien. Si jamais nous devons retourner aux États-Unis...

Il jeta un bref coup d'œil à Li.

— ... nous pourrons toujours louer cet appartement et en tirer une jolie somme.

— Vous voulez visiter ? proposa Lyang.

Elle mourait d'envie de le leur montrer.

— Absolument, dit Margaret.

Li aurait préféré s'effondrer dans l'un des fauteuils accueillants disposés autour d'une table basse, mais les bonnes manières l'obligeaient à manifester un minimum d'enthousiasme. Il hocha la tête et se força à sourire d'un air faussement intéressé.

Ils posèrent leurs verres sur la table. Lyang les précéda dans l'entrée et dans l'escalier, puis dans un long couloir. À une extrémité se trouvait la chambre d'amis, qui servait de bureau, à l'autre, leur chambre et la chambre du bébé. Il y avait aussi une grande pièce de rangement que le promoteur appelait la chambre de bonne. Sans fenêtre ni ventilation.

— Ces architectes étrangers ! Ils s'imaginent sans doute que ce serait du luxe pour nous autres, pauvres Chinois.

Ils jetèrent un coup d'œil furtif dans la chambre du bébé et entendirent une respiration lente, régulière d'enfant endormi. Il y avait partout de luxueux tapis chinois, épais, doux sous les pieds, et, dans la chambre principale, un étonnant lit à baldaquin. La vue donnait sur le nord, vers les lumières du World Trade Center chinois. Tout en bas, dans la rue, un restaurant traditionnel pékinois tournait à plein.

Li pensa à Mao qu'il imagina en train de se retourner dans son mausolée.

Lorsqu'ils redescendirent, Lyang s'excusa et disparut dans la cuisine. Li se laissa tomber avec béatitude dans le fauteuil qu'il avait repéré en arrivant et but une longue gorgée de margarita. Il sentit l'alcool lui monter directement au cerveau ; l'impression de détente fut immédiate. Peut-être que ce dîner n'était pas une mauvaise idée, après tout. Il lui permettait au moins de se soustraire pendant quelques heures aux horreurs de l'Éventreur de Pékin, à ses victimes, à l'idée que Lynn Pan avait été assassinée par quelqu'un qu'il connaissait.

— Du nouveau dans l'assassinat de Lynn Pan ? demanda alors Hart.

Li pesta en lui-même. Il aurait bien aimé lui dire d'aller se faire voir, que cela ne le regardait pas, mais c'était impossible.

— Hélas non, s'empressa-t-il de répondre avant que Margaret n'ait eu le temps d'ouvrir la bouche.

En même temps, il lança à cette dernière un regard d'intelligence. Désormais, il éviterait autant que possible de partager ses informations sur le tueur. Même avec Bill Hart – et la plupart des membres de la Section n° 1.

— C'est une honte, dit Hart. Je m'en veux à mort chaque fois que j'y pense. Si seulement je ne l'avais pas proposée pour ce boulot.

— Vous n'avez pas envie de travailler au MERMER ? demanda Li. Ils vont avoir besoin de quelqu'un pour le projet. Et si vous perdez le financement du polygraphe...

Hart posa un doigt sur ses lèvres en désignant d'un mouvement de tête la cuisine.

— Non, dit-il d'une voix normale destinée à donner le change. Je ne suis pas un expert en la matière. J'en comprends les principes, bien sûr, je sais lire les graphiques, mais je ne sais pas utiliser ce logiciel qui reste un mystère pour moi.

Margaret demanda :

— Li ne m'a jamais raconté comment vous vous étiez rencontrés. C'était au cours d'une réunion, n'est-ce pas ?

— Oui, il y a deux ans, Bill a réalisé un test pour nous. Sur un type qui avait tué sa femme, ses enfants et ses parents dans un appartement du district de Xuanwu. On était pratiquement sûr que c'était lui, mais on n'arrivait pas à le prouver. Tu devais être aux États-Unis à l'époque.

— Et alors, qu'est-ce que vous avez fait ? Vous l'avez pendu par les pieds à la fenêtre et menacé de le lâcher s'il n'avouait pas ?

Hart se mit à rire.

— Pas la peine. De toute façon, il était volontaire pour le polygraphe. Il se croyait plus malin que nous ; il pensait pouvoir prouver son innocence en déjouant le test.

— Je croyais qu'il y avait, à l'université de la Sécurité publique, un expert qui faisait passer les tests pour les flics ?

— Oui, dit Li, mais il est tellement demandé à travers tout le pays qu'il n'est pas souvent disponible.

— Donc vous avez fait appel à un sorcier américain.

— Attention, fit Hart. Ou dès ce soir je commence à planter des épingles dans la poupée à votre effigie que je garde là-haut.

Margaret sourit.

— Bon, alors, racontez !

— J'ai exécuté un de mes petits tours. Je lui ai fait choisir un chiffre, demandé de mentir, puis je lui ai montré le résultat, et l'affaire était dans le sac.

— Pardon ?

— Il n'a même pas eu besoin de lui faire passer le test, précisa Li. Le type a craqué, il s'est confessé.

— C'était avant ou après lui avoir tenu la tête sous l'eau ?

Hart secoua la tête.

— Je n'arriverai jamais à vous convaincre, n'est-ce pas ?

— Je ne pense pas.

Li demanda :

— Tu crois que tu pourrais déjouer le test du chiffre ?

— Je ne sais pas. Mais on ne le saura jamais, non ?

— J'ai un appareil, là-haut, dit Hart. Dans le bureau. Ça ne prendrait que quelques minutes.

— Pas question, dit Margaret.

— Allez, vas-y. Tu ne peux pas te moquer de son travail et lui refuser la chance de faire ses preuves.

— Ça ne marchera pas avec moi. Je me sentirais coupable même si je disais la vérité.

Hart sourit.

— Laissez-moi en juger. Chérie ! dans combien de temps on mange ?

— Encore dix minutes, cria Lyang.

— On a largement le temps, déclara Hart.

Dans le bureau deux tables repoussées contre les murs se faisaient face. Une baie vitrée occupait entièrement le troisième mur, et un futon était installé devant le quatrième. Des images cosmiques défilaient par séquences sur les écrans des ordinateurs, des iMac : planètes, lunes, nébuleuses, comètes et galaxies. Une unique lampe éclairait le polygraphe.

— Nerveuse ? demanda Hart.

— Tu parles ! répondit Margaret qui commençait à se demander si elle n'aurait pas mieux fait de tenir sa langue.

— Asseyez-vous.

Hart tira une chaise à roulettes de sous son bureau et la lui offrit. Il ouvrit ensuite un tiroir pour y prendre les fils, le brassard et les bandes qu'il attacherait sur elle avant sa petite démonstration.

Ils entendirent Lyang monter l'escalier.

— Ne commencez pas sans moi, cria-t-elle en courant dans le couloir. Je veux voir ça. Le dîner peut attendre.

Elle s'assit à son bureau, heurta son ordinateur et fit ainsi disparaître les images de l'économiseur d'écran.

En l'effleurant du regard, elle s'aperçut qu'elle avait un message.

— Oh, s'écria-t-elle, surprise, j'ai reçu un mail. Moi qui n'en reçois jamais.

Elle sourit à Margaret.

— Nous avons Internet, mais personne ne m'écrit.

Elle cliqua sur l'icône du timbre qui sautillait au bas de l'écran. Il était marqué d'un rond rouge à l'intérieur duquel le chiffre 1, en blanc, indiquait un nouveau message. Le navigateur de messagerie apparut sur l'écran et le message s'afficha. Lyang l'observa un long moment.

Tout en fixant le brassard au bras gauche de Margaret, Hart lui demanda :

— Qui t'écrit, chérie ?

D'une toute petite voix, Lyang annonça :

— Une morte.

Le temps sembla tout simplement s'arrêter. Personne ne bougea. Li eut l'impression que ce moment surnaturel durait une éternité. Il était en train de contempler la ville, les voitures, les camions, les bus graver des lignes de lumières colorées dans la nuit ; même la circulation parut se figer. Il finit par se retourner :

— Qu'est-ce que vous dites ?

— C'est Lynn Pan, murmura Lyang.

Li sentit ses cheveux se dresser sur sa tête.

Ils se pressèrent autour de l'ordinateur. L'e-mail, intitulé « Pour Bill », avait été envoyé la veille, à 17 h 03, moins de deux heures avant la mort de Lynn Pan.

— Ouvre-le, bon Dieu ! dit Hart.

Lyang cliqua deux fois sur le texte surligné. Le message s'ouvrit :

De : « Lynn Pan » lpan2323@sina.com

Date : lundi 12 novembre 2003 17:03:00

A : « Lyang Hart » lhart@earthmother.com
« Objet : Pour Bill

Bill,

Pas le temps d'expliquer. Impossible de t'envoyer un e-mail au bureau, il risque d'être intercepté. Je n'ai que l'adresse de Lyang chez toi. J'ai peur qu'il m'arrive quelque chose. Dans ce cas, ouvre mon dossier personnel sur le site de l'Académie. Mon nom d'utilisateur est « lynn.pan ». Mon mot de passe « gribouillis ». Si je vais bien quand tu reçois ce message, jette-le à la poubelle. Je t'expliquerai plus tard.

Lynn »

Il y avait quelque chose de troublant à lire les derniers mots d'une personne qui avait été assassinée si peu de temps après les avoir écrits. D'une personne qui savait qu'elle courait un danger, qui redoutait le pire. Lyang se tourna vers Li.

— Pourquoi avait-elle si peur que quelque chose lui arrive puisqu'elle pensait vous rencontrer ?

Li n'en avait aucune idée.

— Elle n'était peut-être pas sûre de pouvoir me faire confiance. Ou alors elle pensait que quelqu'un pouvait s'en prendre à elle avant.

— Mais pourquoi ? De quoi avait-elle peur ?

Li pencha la tête vers l'ordinateur.

— Nous trouverons peut-être la réponse dans le dossier personnel dont elle parle.

Il regarda Hart.

— Vous savez de quoi elle parle ?

Hart hocha la tête.

— Les sites web ne sont que des espaces reliés au réseau international de l'Internet. En général ce sont des dossiers auxquels tout le monde a accès, mais il existe aussi des espaces privés, d'accès réservé. Des espaces d'archivage, en fait. La plupart des institutions universitaires attribuent des espaces personnels à leurs collaborateurs et à leurs étudiants sur leurs sites web.

— Donc, maintenant qu'on a son nom d'utilisateur et son mot de passe, on peut y accéder d'ici ?

— Hélas non. Il faut un logiciel spécial. Que je n'ai pas à la maison.

— Et à l'Académie ?

Hart hocha la tête.

— On ferait mieux d'y aller, alors.

— Et le dîner ? demanda Lyang.

— J'avoue que ça m'a coupé l'appétit, déclara Li.

Ils descendirent chercher leurs manteaux.

— Eh bien, vous ne saurez jamais comme je mens bien, dit Margaret.

Mais personne n'écoutait.

3

Ils roulèrent en silence le long de l'avenue Changan bordée de falaises d'immeubles illuminés, dépassèrent la Cité interdite où les anciens dirigeants chinois vivaient autrefois entourés de leur cour, puis l'univers clos de Zhongnanhai où vivaient les dirigeants actuels de la Chine dans des villas réparties autour d'un lac étincelant. Ils dépassèrent le ministère du Commerce, le palais des Minorités. Au carrefour de Muxidi, ils tournèrent dans Sanlihi, puis dans une petite rue obscure où ils se garèrent, devant l'académie chinoise des Sciences. La plupart des fenêtres étaient encore éclairées – cours du soir, collaborateurs et étudiants travaillant tard sur des projets de recherche et des thèses.

Hart les précéda, monta les marches quatre à quatre, et brandit sa carte sous le nez du garde, bien que ce ne fût pas nécessaire. Il les guida ensuite vers l'ascenseur, puis, au quatrième étage, le long du couloir menant à son bureau. Les néons le firent cligner des yeux. Il contourna sa table encombrée pour s'asseoir devant son ordinateur qu'il se dépêcha de mettre en marche. L'ordinateur vrombit, grinça, chuinta et démarra son processus de chargement.

Hart se recula.

— Il faut attendre une minute ou deux.

Ils avaient à peine échangé une parole pendant les vingt minutes du trajet. Li était tendu à mort. Il n'avait aucune idée de ce qu'ils allaient trouver dans le dossier personnel de Lynn Pan, mais il savait que c'était crucial. Il sentit Margaret contre son épaule ; elle lui serra doucement le bras.

— Qu'est-ce que les gens gardent normalement dans leur dossier personnel ? demanda-t-elle.

— Des trucs qu'on ne veut pas montrer aux autres, dit Hart. Beaucoup de gens sont impliqués dans des recherches confidentielles. Ici, presque tous les ordinateurs sont en réseau. Il est difficile de garder des informations secrètes dans ces conditions.

L'écran de l'ordinateur était chargé maintenant. Hart déroula un menu et sélectionna Connecter, puis ouvrit un dossier nommé Applications où il cliqua deux fois sur Chercher. D'autres fenêtres apparurent ; Hart ouvrit une Boîte de dialogue qui l'invita à entrer une adresse ftp, un nom d'utilisateur et un mot de passe. Il entra l'adresse ftp du site de l'Académie, tapa « lynn.pan » puis « gribouillis ». Presque instantanément apparurent de nombreuses icônes représentant les dossiers que Pan avait archivés dans son espace privé.

— Merde, fit Hart. Qu'est-ce qu'on cherche ?

— Là, montra Li.

C'était un dossier intitulé « MSP Demo, Lundi 12 ».

— Ce sont sûrement les dossiers de la démonstration MERMER d'hier après-midi.

Hart cliqua sur l'icône et resta dessus. L'image se transforma en une ombre qu'il fit glisser sur l'écran, en dehors de la fenêtre du site web, puis sur le Bureau où il la relâcha. Le PC de Hart commença aussitôt à en faire la copie – ce qui dura moins d'une minute. Ensuite, il se déconnecta du site web et cliqua deux fois sur le dossier qu'il venait de charger. Une fenêtre s'ouvrit, remplie d'autres dossiers. Douze au total. Six étaient intitulés Graph A, Graph B... jusqu'à Graph F. Les autres étaient classés en Im A, Im B... jusqu'à Im F.

— Qu'est-ce que c'est ? demanda Margaret.

— À vue de nez, je dirais que les dossiers Graph contiennent les graphiques de l'activité cérébrale de chacun de ces messieurs du ministère qui ont passé le test hier, et que les dossiers Im renferment probablement les images qu'on leur a montrées pour stimuler cette activité.

— Qui est qui ? demanda Li.

— Aucune idée, dit Hart. Elle a dû vous étiqueter de A à F au lieu d'utiliser vos noms.

— Mais nous pourrions être identifiés par les images qu'on nous a montrées, dit Li. Il y avait des documents personnels parmi elles. J'ai vu des photos de mon immeuble, de ma ville natale. Pareil pour les autres, sûrement.

— On pourrait donc savoir qui est qui, dit Margaret.

— Ça risque de prendre un moment, fit observer Hart. Les étudiants qui ont fait les recherches se souviennent peut-être, mais leurs notes ont certainement été volées avec le reste.

— Regardons toujours quelques images, dit Li en se penchant en avant.

Hart cliqua deux fois sur l'un des dossiers Im.

Une fenêtre s'ouvrit.

— Merde ! jura Hart.

Le dossier était vide. Il ouvrit systématiquement les cinq autres. Tous vides.

— Qu'est-ce que c'est que ce bordel ?

— Pourquoi aurait-elle chargé six dossiers vides ? dit Lynn.

— Va savoir. Elle était probablement pressée. Peut-être que le logiciel MERMER classe les images ailleurs quand une démo est en cours, et elle ne les aura pas récupérées. Je n'en sais rien.

— Et si vous regardiez les dossiers Graph, suggéra Margaret.

Hart ouvrit le Graph A. Sa fenêtre contenait trois fichiers, des petites icônes représentant une feuille de papier au coin corné. Il y avait sous chaque icône un motif dessiné apparemment à partir des lettres MRM ; chaque fichier était souligné par une bande de couleur différente. Graph 1, Graph 2, Graph 3.

— Elle a dû faire trois essais, dit Hart.

— En effet, confirma Li. Vous pouvez les ouvrir ?

Hart secoua la tête.

— Je n'ai pas le logiciel MERMER.

Et pour le prouver, il cliqua deux fois sur une icône ; un message apparut dans une fenêtre au centre de l'écran : « Ce fichier ne peut être ouvert car l'application ayant servi à le créer est introuvable. »

— À quoi ça sert, alors ? demanda Lyang. On n'a aucune image. On ne sait pas à qui correspondent les graphiques...

— Et on ne sait pas quel rapport cela peut avoir avec sa mort, si toutefois il y en a un.

Li fixait l'écran d'un air sombre. Sa déception était immense.

— Ouvrez tous les dossiers, dit-il.

Hart haussa les épaules.

— À quoi bon ? On ne peut en ouvrir aucun.

— Faites-moi plaisir.

Hart commença à cliquer sur les dossiers les uns après les autres comme Li le lui avait demandé. Ils étaient tous identiques. Jusqu'au Graph D. Sa main se pétrifia alors sur la souris. Car au lieu d'être intitulés Graph 1, Graph 2, Graph 3, les fichiers étaient dénommés Menteur, Menteur, Menteur.

MERCREDI

Chapitre IX

1

Il faisait encore nuit quand Li sortit de chez lui. Margaret dormait, sa première nuit tranquille depuis des mois. L'appartement leur avait paru curieusement vide, la veille, lorsqu'ils étaient rentrés sans Li Jon, resté chez Mei Yuan. Étrange comme une présence à laquelle on est habitué peut prendre une telle importance dès qu'on ne la sent plus. Margaret avait sombré presque immédiatement dans le sommeil. Li s'était seulement assoupi une ou deux fois ; il avait passé de longues heures à contempler le plafond où se reflétait la lumière des réverbères. Il avait de sérieux ennuis, il le savait ; il s'était livré à un petit jeu que son oncle lui avait appris : prendre une succession de faits aboutissant à une conclusion, en changer l'ordre, les considérer à nouveau d'un œil neuf. Le nombre de fois où l'on parvenait à une conclusion différente était stupéfiant. Mais Li avait beau réarranger les événements des dernières quarante-huit heures dans tous les sens, la conclusion demeurait la même. Et elle lui glaçait le sang.

Quand il s'engagea sur l'avenue Changan, en suivant

le même trajet que le soir précédent, vers l'ouest, les premiers rayons de soleil jaillissant comme des flèches l'aveuglaient dès qu'il regardait le rétroviseur. Ils annonçaient le début d'une journée qui le remplissait d'effroi. Ils ne lui apportaient pas de lumière, juste un contraste avec la noirceur qui assaillait son esprit.

Arrivé au carrefour de Muxidi, il tourna vers le nord, laissa l'Académie sur sa droite, et le parc Yuyuantan sur sa gauche. Il y avait peu de circulation, mais les voies réservées aux cyclistes se remplissaient de grappes de silhouettes, bravant la température descendue au-dessous de zéro pour traverser cette ville de treize millions d'habitants en direction des usines et des bureaux situés en grande banlieue. En tournant dans Yuetan Nanjie, il aperçut devant lui les immeubles rose et blanc à quatre étages où résidaient les plus hauts fonctionnaires de la police chinoise.

Il montra sa carte au garde de faction à la grille et alla se garer sur le parking du premier immeuble. Il s'étira en descendant de voiture, respira à fond l'air froid, piquant, et cligna des yeux. Tout en resserrant son long manteau noir autour de lui, il leva les yeux vers les baies vitrées, les balcons ouverts où les privilégiés pouvaient dîner à l'ombre par les chaudes soirées d'été. Jamais il n'atteindrait ces hauteurs vertigineuses. Non pas parce qu'il n'était pas un bon flic ; il était meilleur que la plupart des habitants de ces appartements luxueux. Mais il avait une grande gueule, qu'il n'allait pas tarder à ouvrir de nouveau. Et cette fois, il était le premier à en redouter les conséquences.

Le préfet Zhu, en robe de chambre de soie noire brodée de dragons rouge et or, lui ouvrit la porte. Il avait été incapable de dissimuler sa surprise en entendant Li s'annoncer par l'interphone. Après un long silence, il avait dit :

— Vous feriez mieux de monter.

Il introduisit Li dans un salon spacieux. Des voilages arachnéens étaient tirés devant les baies vitrées coulissantes qui donnaient sur un balcon. Dans le lointain, au-delà de la cime des arbres dorés, on apercevait le toit de l'académie chinoise des Sciences. Li entendit la femme du préfet s'activer dans la cuisine où elle avait sûrement été envoyée avec l'ordre d'y rester. Le préfet se planta, bras croisés, jambes écartées, devant les baies vitrées. À cause du contre-jour, Li ne voyait pas son visage, juste le reflet de ses lunettes sans monture. Derrière lui, le ciel était d'un orange profond.

— J'espère que ça en vaut la peine, Li. Je n'ai pas l'habitude d'être tiré du lit par des subalternes.

Li respira à fond.

— Je crois que l'un des fonctionnaires soumis lundi après-midi au test MERMER est l'assassin de Lynn Pan.

Zhu demeura impassible. Li ne pouvait pas voir l'expression de son visage. Il lui sembla seulement que le préfet attendit un très long moment avant de parler. Il s'éclaircit la gorge et demanda calmement :

— Lequel ?

— Je ne sais pas.

— Qu'est-ce qui vous fait penser qu'il s'agit de l'un d'entre nous, alors ?

Li lui raconta : les ADN différents ; l'accès indispensable à des informations confidentielles pour pouvoir imiter aussi parfaitement l'Éventreur de Pékin ; le correspondant qui s'était fait passer pour lui et avait attiré Pan dans un piège mortel au monument du Millénaire ;

les craintes de Pan exprimées dans son e-mail à Hart et ses dossiers personnels sur le site de l'Académie, avec les trois fichiers intitulés Menteur, Menteur, Menteur.

— Mais vous ne savez pas à qui ils correspondent ?

— Non, préfet Zhu.

— Et comment suggérez-vous de le découvrir ?

— J'ai demandé à Bill Hart de rassembler toutes les informations nécessaires pour y parvenir. L'assistante de miss Pan et les étudiants qui ont participé à la démonstration devraient pouvoir nous fournir ce dont nous avons besoin.

Pour la première fois, le préfet décroisa les bras et se pencha pour prendre une cigarette dans un coffret en bois posé sur une table laquée. Il l'alluma, puis souffla la fumée vers le plafond. La fumée resta suspendue dans l'air immobile, éclairée par la lumière de l'aube.

— En supposant que vous réussissiez à identifier ce « Menteur ». Et alors ? En quoi cela prouve-t-il qu'il a tué Lynn Pan ?

— Ça ne prouve rien. Mais cela nous dirait où chercher.

— Et son mobile ?

— Le mensonge, vraisemblablement.

Le préfet fit entendre un petit ricanement.

— Quelle sorte de mensonge raconté au cours d'une innocente démonstration pourrait bien pousser quelqu'un au meurtre ? Et, de toute façon, comment pouvait-il mentir ? On ne nous a posé aucune question.

Li hocha la tête. C'était l'une des nombreuses choses qui l'avaient rongé pendant son insomnie. Comment était-il *possible* de mentir quand on n'avait à répondre à aucune question ? Et pourtant, Pan avait intitulé les fichiers, Menteur, Menteur, Menteur. D'une manière ou d'une autre, l'un d'entre eux avait été pris en flagrant délit de mensonge.

— Je n'ai pas encore la réponse, préfet Zhu.

Le préfet finit par s'éloigner de la fenêtre ; son visage était devenu très blanc. Il se mit à tourner autour de Li comme un chasseur traquant sa proie, et Li se souvint de leur conversation sur son enfance passée à chasser dans les forêts de la lointaine province du Xinjiang.

— Il me semble, chef de section Li, que vous êtes en train de soulever un grand nombre de questions auxquelles vous êtes incapable de répondre. Vous vous abaissez à des spéculations de la pire espèce. Cela va à l'encontre de tous les principes de l'enquête policière chinoise – des techniques qui ont fait leurs preuves, des techniques mises au point pendant des dizaines d'années par des hommes plus forts que vous. Des hommes comme votre oncle. Je suis persuadé qu'il se retournerait dans sa tombe s'il entendait cette conversation.

— Mon oncle s'est toujours fié à son instinct, préfet Zhu. Et il m'a appris à me fier au mien.

— Oh, je vois. Votre instinct vous dit que le vice-ministre de la Sécurité publique est peut-être un assassin. Et vraisemblablement, puisque vous vous fiez à votre instinct, vous me suggérez de l'arrêter ?

Le sarcasme du préfet atteignit Li de plein fouet. Sa fragile assurance se fissura. Mais il ne perdit pas pied.

— Nous étions six à passer le test MERMER, préfet Zhu.

Zhu agita sa cigarette en l'air.

— Eh bien, vous et moi sommes donc également suspects, je suppose.

— Je ne serais pas ici, préfet Zhu, si je doutais de vous.

— Ah, encore votre instinct, chef de section Li. Dois-je me sentir flatté ?

Li décida de ne pas répondre. Il valait mieux laisser le préfet jouer le coup suivant. Il garda donc le silence, et regarda à travers les voilages le soleil jeter des ombres sur le parc.

— Qu'attendez-vous exactement de moi ? finit par demander le préfet qui s'était arrêté de tourner en rond et soufflait maintenant sa fumée en direction de Li.

— Il y aurait un moyen de procéder au plus vite.

— Lequel ?

— De nous soumettre tous les six à un test ADN.

Il entendit le préfet bafouiller.

— Vous êtes fou, Li ? Pensez-vous réellement que je vais aller trouver le vice-ministre, le procureur général ou le directeur général du Département politique pour leur demander un échantillon de leur sang dans le but de les éliminer d'une enquête criminelle ?

Li ne dit rien. Le préfet recommença à faire les cent pas en fumant.

— Vous êtes vraiment sérieux, n'est-ce pas ?

— Oui, préfet Zhu.

Zhu s'arrêta et lui lança un regard noir.

— Alors, vous avez intérêt à trouver une preuve sacrément solide, parce que je ne bougerai pas le petit doigt tant que vous ne me la montrerez pas. Ce serait du suicide, Li. Pour nous deux. Vous le comprenez ?

— Oui, préfet Zhu.

Zhu poussa un grand soupir.

— Nous sommes en train de parler de gens extrêmement haut placés, Li. Nous parlons de pouvoir, de politique.

Il écrasa sa cigarette dans un cendrier. Li vit, à son

front plissé, qu'il était en train de réfléchir à toute allure.

— Je pourrais me risquer à un ou deux sondages informels. Juste pour voir comment procéder.

Puis il jeta un regard perçant à son subalterne.

— Mais en attendant, vous ne soufflez mot de ceci à personne, vous m'entendez ? Poursuivez votre enquête sur l'Éventreur de Pékin, mais gardez vos soupçons pour vous.

2

L'administration de l'Académie avait réussi à dénicher des bureaux, des chaises et deux vieux ordinateurs que Hart avait fait installer dans les locaux complètement dévalisés par les cambrioleurs. Hart s'y trouvait depuis 7 heures du matin ; il avait convoqué tous les collaborateurs et étudiants de Lynn Pan.

Li reconnut l'étudiante qui les avait briefés sur le meurtre pour le test MERMER. Elle était assise devant l'un des ordinateurs, en compagnie d'un garçon aux cheveux longs. Hart s'était installé à l'autre, avec le professeur Hu. Celle-ci leva la tête à l'entrée de Li ; elle avait l'air épuisée. De toute évidence, elle n'avait pas dormi davantage que lui. Elle avait attaché ses cheveux en queue-de-cheval, ce qui accentuait encore la maigreur de son visage. Aujourd'hui, elle portait un strict tailleur noir, comme si elle était en deuil. Elle l'était probablement, pensa Li.

— Attrapez une chaise, dit Hart. Nous progressons, mais lentement.

Li tira une chaise à lui et la fit rouler à côté de Hart et du professeur. Ils étaient en train de faire défiler un graphique sur l'écran.

— Vous avez réussi à ouvrir les fichiers, alors ?

— Le professeur Hu a pu télécharger le logiciel à partir d'un site Internet américain. Apparemment, Lynn avait apporté quelques modifications à sa version, mais c'est essentiellement la même chose. L'important, c'est qu'il nous a permis d'ouvrir les fichiers pour pouvoir lire les graphiques.

— On ne peut pas dire qu'ils nous apprennent grand-chose, dit le professeur Hu. On ne peut pas les déchiffrer sans les photos à l'origine des réactions enregistrées.

Li entendait encore les mots du préfet résonner à ses oreilles. *Vous avez intérêt à trouver une preuve sacrément solide.*

— Ils ne servent à rien, alors ?

— Ah, non. Pas tout à fait, dit Hart avec un sourire forcé. L'étudiante qui a assemblé les séquences d'images de chaque sujet testé a fait presque tout le travail chez elle, sur son ordinateur personnel. Elle pense en avoir gardé une copie sur zip. Je lui ai demandé d'aller le chercher.

— J'imagine qu'elle ne se souvient pas qui était « D » ?

Hart secoua la tête.

— Hélas, non. Pour elle, c'étaient juste des images qui se rapportaient à des gens qu'elle n'avait jamais rencontrés. Et ne rencontrerait jamais. Des images de villes prises sur Internet, à partir d'une liste. Un autre étudiant a fait des photos d'immeubles aux différentes adresses qu'on lui a données. Mais tout le travail a été partagé. Personne ne s'est occupé d'un dossier complet.

— Et comment les images peuvent-elles nous aider ?

Le professeur Hu répondit à Li :

— Si nous comparons les graphiques avec les images, nous pourrons au moins dire si « D » est l'un des sujets testés briefés sur le meurtre. Ou pas.

Li fronça les sourcils.

— Mais le professeur Pan m'a dit que l'ordinateur mélangeait les images au hasard. Comment savez-vous dans quel ordre nous les avons vues ?

— Apparemment, dit Hart, l'ordinateur les présente une première fois dans l'ordre dans lequel on les lui a données. Puis il les randomise pour les séquences suivantes.

— Il suffit donc de regarder la première série de graphiques de chaque sujet pour dire qui a été briefé sur le meurtre et qui ne l'a pas été, dit le professeur Hu.

— Parce que ceux qui ont été briefés sur le meurtre montreront une réponse MERMER à chacune des neuf photos qui s'y rapportent, ajouta Hart.

Li hocha la tête.

— D'accord, mais comment allons-nous identifier « D » ?

— En le reliant aux photos de son appartement et de sa ville natale, dit Hart. Un boulot pour vos gars quand nous aurons les images.

Il soupira.

— Mais de là à trouver le mensonge... C'est une autre paire de manches.

Li posa la question qui le taraudait depuis des heures. La question que Zhu avait tout de suite posée.

— Comment a-t-il pu mentir puisqu'on ne nous a posé aucune question ? Le MERMER n'est pas un détecteur de mensonge. Qu'est-ce qui a fait dire à Lynn Pan qu'il mentait ?

Hart haussa les épaules et écarta les mains.

— Ça me dépasse.

Il regarda le professeur Hu, mais elle fit une grimace en secouant la tête.

— Vous avez mon numéro de portable, dit Li. Appelez-moi pour me tenir au courant.

Li dévorait une *jian bing* au marché de Xidan quand son téléphone sonna. Il s'était arrêté pour remplir le creux qu'il ressentait à l'estomac. Il avait à peine mangé depuis vingt-quatre heures, rien depuis sa dernière *jian bing*, préparée par Mei Yuan. Il avait aussi besoin de réfléchir seul, pour voir comment il allait mener l'enquête. L'avertissement du préfet Zhu, de ne faire part de ses soupçons à personne, lui pesait énormément. Il savait qu'il lui était impossible d'enquêter sans les hommes et les moyens de la Section n° 1. En même temps, il avait peur que quelqu'un de sa section ne communique des informations au quartier général, ce qui réduisait sérieusement le nombre des policiers auxquels il pouvait faire entièrement confiance.

L'*Ode à la joie* interrompit ses pensées. Il fit passer sa *jian bing* dans l'autre main et sortit le téléphone de sa poche.

— *Wei ?*

C'était Shen Shuji, la secrétaire de Yan Bo, le directeur général du Département politique du ministère. Elle lui dit sur un ton glacial que le directeur général souhaitait le voir dans les plus brefs délais. Ce qui voulait dire en jargon ministériel : tout de suite.

Li ferma les yeux. Ça commençait.

— Je fais le maximum, dit-il.

— N'y manquez pas. Le directeur général a une réunion à 9 heures ; il aimerait vous voir avant.

Elle raccrocha brusquement. Parfois, les secrétaires étaient pires que leurs patrons. Li glissa le téléphone dans sa poche et regarda l'heure. À peine plus de 8 heures. Yan Bo arrivait très tôt à son bureau. Même en tenant compte de la circulation de l'heure de pointe, Li savait qu'il pouvait s'y rendre en dix ou quinze minutes ; il prit le temps de terminer sa *jian bing,* retardant le plus possible le moment fatidique. Il ne savait pas pourquoi Yan Bo voulait le voir, mais ce n'était certainement pas pour échanger des civilités. D'une façon ou d'une autre, il avait eu vent de ce qui se passait.

Li jeta à contrecœur le papier de sa *jian bing* à la poubelle et remonta en voiture. Il avait laissé le moteur tourner au ralenti pour garder la chaleur. Il se réinséra prudemment dans le flot de la circulation, en évitant les vélos, et fit une centaine de mètres avant de tourner dans l'avenue Changan. Le soleil aveuglant l'empêchait de voir à travers la saleté de son pare-brise. Il actionna l'essuie-glace ; tout se brouilla avant de s'éclaircir à nouveau pour révéler un bouchon à partir de la place Tiananmen où se déroulait la cérémonie du lever du drapeau. Le temps qu'il arrive à l'entrée de l'enceinte du ministère, à l'autre bout de la place, il était presque huit heures et demie.

Il montra sa carte et pénétra dans l'enceinte labyrinthique de l'ancienne ambassade du Royaume-Uni, maintenant occupée à la fois par le ministère de la Sécurité de l'État et le ministère de la Sécurité publique.

Curieusement, des enfants étaient en train de jouer sur la chaussée, les rejetons de quelque mandarin se sentant chez eux dans cet univers clos. Li les dépassa lentement et envia leur jeunesse et leur innocence – qu'ils perdraient bien trop tôt.

Il se gara à côté d'un parterre de fleurs, devant l'immeuble du Département politique, et prit l'ascenseur jusqu'au quatrième étage. Il fut étonné de découvrir en Shen Shuji une jolie jeune femme d'une vingtaine d'années. Séduisante, pensa-t-il l'espace de deux secondes. Paupières bleues, lèvres rouges, habillée pour un défilé de mode. Mais il n'y avait pas l'ombre d'un sourire sur son visage. Quand il s'annonça, elle lui ordonna, comme à un chien :

— Assis.

Puis elle décrocha le téléphone pour prévenir son patron que le chef de section Li Yan venait d'arriver. Voyant qu'il refusait d'obéir à son ordre et se mettait au contraire à déambuler dans son bureau en regardant les murs, elle lui lança un regard furibond puis reprit la tâche qu'elle avait interrompue – se peindre les ongles du même rouge que sa bouche. Au bout de plusieurs minutes, son téléphone sonna.

— Vous pouvez entrer, annonça-t-elle.

Li frappa et entra dans une vaste pièce, avec des boiseries aux murs et une moquette bleue au sol. Yan Bo paraissait minuscule derrière son énorme bureau étincelant, englouti par son fauteuil en cuir, écrasé par les drapeaux chinois suspendus de part et d'autre. Les stores vénitiens étaient baissés, à moitié fermés, cachant la vue de la fenêtre, mais laissant pénétrer de longs rais fins de lumière jaune.

Yan Bo gribouillait quelque chose sur un bloc-notes.

Il arracha la première feuille, la froissa, la jeta dans la corbeille, puis recommença sur une nouvelle. Il se comportait comme s'il n'avait pas entendu Li entrer. Il avait la tête penchée sur ses notes, offrant à la vue le sommet de son crâne dégarni sur lequel il rabattait soigneusement ses rares cheveux dans l'espoir de cacher sa calvitie. Li attendit dans un silence inconfortable que ce petit homme très puissant daigne s'apercevoir de sa présence. Quand, enfin, il termina ses gribouillis et leva les yeux, ce fut pour lui lancer un regard presque méprisant.

— Pour qui vous prenez-vous, Li ? Qu'essayez-vous de faire ?

Li fut interloqué par l'agressivité du ton.

— Mon travail, directeur général Yan.

— Ne faites pas le malin avec moi, fiston ! aboya le directeur politique. Jeter le discrédit sur ce ministère ne fait pas partie de votre boulot.

— Je ne suis pas certain de comprendre ce que vous voulez dire.

Yan Bo asséna une grande claque sur son bureau, laissant une trace humide sur sa surface brillante.

— Accuser un haut fonctionnaire de meurtre, voilà qui est excellent pour l'image du ministère !

Voilà en quoi avait consisté le sondage discret du préfet Zhu dans les hautes sphères de la bureaucratie, pensa Li. Il était allé directement chez Yan Bo à qui il avait habilement refilé la responsabilité de l'affaire.

— Sauf votre respect, directeur général Yan, il serait injuste de condamner le messager parce que vous n'aimez pas le message.

— Pas d'insolence, chef de section Li !

Yan Bo se leva, jeta un regard furieux à Li, puis, s'apercevant qu'il était plus petit que lui, se rassit aussitôt.

— Nous nous remettons juste du procès de Li Jizhou et des quatorze fonctionnaires exécutés à la suite de sa condamnation.

Li Jizhou était un ancien vice-ministre de la Sécurité publique condamné à mort pour son rôle dans une affaire de contrebande ayant fait entrer pour plus de huit milliards de dollars de marchandises illicites en Chine dans les années quatre-vingt-dix. Le scandale avait durement ébranlé le ministère. La corruption était un problème très sensible. Mais le meurtre était inconcevable.

— Nom de Dieu ! Si j'en crois Zhu, je suis moi aussi sur la liste des suspects. C'est vrai ?

Li se sentit très embarrassé.

— Chacun des six fonctionnaires ayant participé à la démonstration du MERMER doit être considéré comme un suspect.

— Y compris vous ?

— Je me suis déjà exclu, directeur général Yan.

Yan Bo lui jeta un regard soupçonneux mais ne décela aucun sarcasme dans l'expression impassible de Li.

— Et vous avez une preuve *solide* pour étayer vos soupçons ?

Li prit son courage à deux mains pour répondre.

— Pas encore.

— Pas encore, répéta Yan Bo. Pas encore ?

Il darda ses yeux noirs sur Li.

— Jamais. Je n'accepterai aucune accusation sans fondement portant sur un haut fonctionnaire de ce ministère. Sans parler du vice-ministre lui-même. Vous pensez peut-être, chef de section Li, que votre célébrité, votre récompense, vos louanges font de vous quelqu'un de spécial. Laissez-moi vous assurer que non. Vous n'êtes rien. Comme vous vous en rendrez compte très rapidement si vous continuez sur cette voie. Vous comprenez ?

Li ne répondit pas.

— VOUS COMPRENEZ ? tonna Yan Bo.

— Parfaitement.

— Bon. J'espère ne plus en entendre parler. Disparaissez de ma vue.

Il tira à lui son bloc-notes et reprit fiévreusement ses gribouillis. Li remarqua qu'il utilisait de l'encre rouge.

3

Margaret leva la jambe gauche ; elle sentit les muscles raides de sa fesse tirer sur le jarret quand elle la tendit. Lentement, elle pivota sur quatre-vingt-dix degrés, les bras levés à la hauteur des épaules, coudes pliés vers le haut, avant de rabaisser le pied et lever l'autre jambe. Elle sentit le même étirement et fut surprise de sa piètre condition physique. Le froid lui piquait le visage ; malgré ses gants, elle avait les doigts gelés. Sa respiration s'enroulait en volutes autour de sa tête comme de la fumée sortant de la gueule d'un dragon. Les tintements d'un orchestre traditionnel chinois émanant d'un gros radiocassette posé sur le mur accentuaient l'illusion.

L'autopsie de la veille l'avait brisée plus qu'elle ne l'aurait cru. Les muscles de ses bras et de ses épaules étaient raides, douloureux d'avoir manié les lourdes cisailles avec lesquelles on coupait les côtes, d'avoir retourné le corps plusieurs fois pendant la dissection. Elle avait mal aux reins et aux cuisses d'être restée penchée si longtemps dans la même position pour tailler la chair et retirer les organes. Même ses séances trihebdomadaires de *tai qi* au parc Zhongshan, avec Mei Yuan, n'avaient pas réussi à lui conserver assez de force et de souplesse pour une activité professionnelle qu'elle avait toujours considérée comme banale.

Bien sûr, le traumatisme de la césarienne, à la naissance de Li Jon, l'avait mise à plat. Elle n'avait jamais retrouvé la même énergie qu'avant, et les heures paresseuses passées dans l'appartement, à lire, donner à manger, changer les couches, avaient contribué à ce déclin dont elle s'était à peine aperçue. Jusqu'à maintenant. Elle se demanda si ce n'étaient pas les premiers signes de la vieillesse. Puis elle regarda autour d'elle et sourit. La plupart des femmes pratiquant le *tai qi* avaient le double de son âge. Certaines avaient même dans les quatre-vingts ans. Elle avait laissé la vie et les événements lui voler l'initiative. Il était temps de reprendre les choses en main.

— Tu es bien silencieuse ce matin.

Margaret tourna la tête ; Mei Yuan la surveillait de près, comme toujours. Une vraie mère poule.

— Je pensais à des trucs.

— Li Yan ?

— Non. J'ai bien peur d'être obsédée par moi-même.

Et elle ressentit une pointe de culpabilité. Li l'avait laissée dormir pour aller s'attaquer tout seul aux dragons. Ils avaient tous les deux parfaitement compris les implications des dossiers découverts la veille dans l'espace web personnel de Lynn Pan, mais ils n'en avaient pas discuté. Li s'était replié sur lui-même, comme il le faisait parfois, rechignant à partager ses problèmes les plus graves. Elle se sentait exclue, rejetée. Une ou deux fois au cours de la nuit, elle avait émergé brièvement du sommeil le plus profond et perçu sa respiration irrégulière et superficielle ; elle savait qu'il ne dormait pas. Mais chaque fois le sommeil l'avait rattrapée et replongée dans un oubli confortable. Quand elle avait fini par se réveiller pour de bon, il était déjà parti. Les draps, de son côté du lit, étaient froids depuis longtemps.

Dans sa poussette, Li Jon battait des mains en lui souriant, son petit nez rougi par le froid. Elle retrouvait Li dans ses yeux, son sourire, et se demanda ce qu'était devenue l'intimité qu'ils avaient autrefois partagée. Elle fut traversée d'une pointe de peur, comme une douleur, et s'interrogea sur l'avenir qui les attendait.

— Laisse-moi te poser une devinette, alors, dit Mei Yuan. Elle te soulagera peut-être du fardeau de ton examen de conscience.

Margaret lui jeta un coup d'œil en se demandant un instant si la vieille femme lisait dans ses pensées.

— D'accord.

Il était plus sain d'occuper son esprit. Il était trop facile de se focaliser sur le négatif.

— Il a fallu vingt-quatre heures à Li Yan pour trouver la solution, dit Mei Yuan.

— Ça devrait aller vite, alors.

Mei Yuan lui fit un grand sourire.

— Mais lui aussi était préoccupé.

Le givre fondait sur les arbres au fur et à mesure que le soleil perçait à travers les branches noueuses et les feuilles blanchies. Au-delà du grand pavillon aux piliers rouges, un groupe d'hommes et de femmes dansaient sur le rythme d'un orchestre latino-américain. De l'autre côté d'un bosquet de bambous, Margaret vit le soleil se refléter sur les lames des épées de cérémonie avec lesquelles les adeptes de *wushu* [1] fendaient l'air gelé.

— Deux sourds-muets plantent du riz dans une rizière... commença Mei Yuan qui lui posa la devinette exactement comme à Li Yan, deux jours plus tôt.

Margaret l'écouta tout en continuant ses exercices, portée par le rythme lent, régulier, du groupe. Elle ne parla pas tout de suite, puis haussa les épaules.

— Il était au moins dix heures du soir quand ils ont fini de planter leur riz, peut-être plus tard. Il faisait nuit. Ils ne pouvaient pas se voir.

— Trop facile, fit Mei Yuan en souriant.

Margaret se mit à rire.

— Li Yan a vraiment mis vingt-quatre heures à trouver ?

— Soyons justes, je crois qu'il n'y avait pas réfléchi une seconde quand je l'ai revu le lendemain matin. Mais je pense qu'il est plus doué pour les jeux pratiques que pour les jeux théoriques.

Par exemple, résoudre une affaire criminelle pour sauver des vies, pensa Margaret. C'était essentiellement ce qui les séparait. Elle ne s'occupait que des morts. Son but était de déterminer la façon dont ils étaient morts. Li avait une obligation envers les vivants – attraper le tueur avant qu'il ne tue encore. Et maintenant le meurtre de Lynn Pan, avec toutes ses implications

1. Nom chinois des arts martiaux.

politiques, le détournait des crimes de l'Éventreur qui demeurait libre de se livrer au pire. Elle secoua la tête pour se ressaisir. Elle ne pouvait rien faire – en attendant, peut-être, qu'il tue à nouveau.

— Il faut que j'aille au bureau des visas chercher mon passeport, dit-elle. Mais je vais d'abord passer au marché aux fleurs, voir si je peux trouver des fleurs fraîches pour égayer l'appartement. Il a l'air si triste et vétuste en ce moment.

— Tu devrais y mettre plus de plantes vertes. Plus de vie, plus de choses qui poussent. C'est bon pour le *feng shui.*

— Je vais peut-être acheter des plantes en pot, alors. Tu viens avec moi ?

— Du moment que je suis de retour à mon coin de rue à l'heure du déjeuner.

— Nous avons tout le temps, dit Margaret, contente d'avoir de la compagnie. On va prendre un taxi.

Le marché aux fleurs n'était pas loin du centre commercial You Yi, au bord de la rivière Liangma, dans le nord-est de Pékin. Il se tenait dans l'ombre de la tour du Tournesol, et juste à côté d'un pub irlandais, le *Durty Nellie's,* fier de sa fresque assez vulgaire représentant une jeune Irlandaise aux seins plantureux, une pinte de Guinness à la main. Des rangées de pots verts contenant des sapins minuscules étaient alignées à l'extérieur du marché, des sapins de Noël pour les « expats ». La saison commençait tôt à Pékin. Le hall voisin était consacré aux plantes en pot.

Margaret demanda à Mei Yuan de l'attendre dehors avec Li Jon pendant qu'elle allait acheter quelques fleurs coupées. Elles regarderaient les plantes en pot plus tard.

En haut d'une douzaine de marches, derrière des portes en verre, le marché proposait, dans une explosion de couleurs, des centaines de fleurs exotiques ; l'air était chargé de tous les parfums mélangés, et de l'odeur fraîche des tiges coupées. Il y faisait chaud et humide, mais les filles étaient emmitouflées dans des vestes d'hiver et des écharpes. Elles sourirent à Margaret quand elles aperçurent ses cheveux blonds et ses yeux bleus.

— Regadez, regardez, dirent-elles en agitant les mains vers de grosses marguerites jaunes et des orchidées tachetées de pourpre.

Il y avait des roses rouges, jaunes, blanches, des tulipes venues de Dieu sait où, des fleurs que Margaret n'avait jamais vues avant, des cônes bizarres gris et bleu. Des fleurs invraisemblables aux pétales aplatis, d'autres pareilles à des plumes. Un choix hallucinant. Margaret prit son temps, flâna dans les allées, promenant son regard de gauche à droite et de droite à gauche jusqu'à ce que quelque chose lui fasse envie. Finalement, elle se décida pour un gros bouquet de chrysanthèmes jaunes et blancs. Leur simplicité tranchait sur cette exubérance d'exotisme ; c'est ce qui lui plut.

Ils étaient ridiculement bon marché, bien sûr ; contente de son achat, elle se réjouit de leur frais parfum d'été dans cet air froid de novembre.

Elle poussait la porte par laquelle le soleil entrait à flot quand elle entendit le cri. C'était un cri grave, une sorte de gémissement primitif chargé de terreur. Il la transperça comme une flèche de glace. Elle se précipita dehors et s'arrêta sur la première marche. Mei Yuan était debout au milieu des sapins de Noël, les bras serrés contre le corps, le visage ruisselant de larmes. Margaret laissa tomber ses fleurs, courut vers elle, et l'attrapa aux épaules, les yeux écarquillés par la peur.

— Où est Li Jon ? hurla-t-elle. Mei Yuan, où est Li Jon ?

Le visage de Mei Yuan était inondé de larmes, ses yeux, grands comme des soucoupes.

— Il n'est plus là, réussit-elle à articuler entre deux sanglots déchirants.

— Comment ça, plus là ?

Devenue presque hystérique, Margaret regarda tout autour d'elle, cherchant frénétiquement la poussette.

— J'ai tourné la tête deux secondes, gémit Mei Yuan. Pour regarder les sapins de Noël. Quand je me suis retournée, il n'était plus là.

4

Li contemplait d'un air maussade l'ombre des arbres à feuilles persistantes sur la façade de marbre brun de la Fédération chinoise des Chinois d'outre-mer de retour en Chine, de l'autre côté du *hutong.* Il avait les mains profondément enfouies dans ses poches, comme s'il pensait pouvoir y trouver quelque chose qui lui donnerait le moyen de sortir de cette situation inextricable. Mais elles étaient aussi vides qu'il était dépourvu d'idées. Qu'un représentant supérieur de la loi, peut-être même un vice-ministre de la Sécurité publique, ait assassiné Lynn Pan, cela ne faisait aucun doute. Mais deux de ces hauts fonctionnaires lui avaient clairement fait comprendre qu'il ne devait sous aucun prétexte engager son enquête dans cette voie. Il ignorait si l'un des deux était coupable ; en tout cas, c'était possible. Rien, plus rien n'était impossible – si ce n'était la poursuite de l'enquête. Car il ne pouvait pas continuer sans que ses supérieurs, ceux-là mêmes qui le lui avaient interdit, le sachent. Il ne lui restait qu'un seul espoir : que Bill Hart puisse identifier « D ». S'il y parvenait, ils découvriraient peut-être le mensonge qui avait effrayé le professeur Pan au point de la pousser à se précipiter à ce faux rendez-vous invraisemblable avec Li, au monument du Millénaire. C'était à cause de ce mensonge que le « Menteur » l'avait tuée.

Il se détourna de la fenêtre et revint vers son bureau. Mais il y avait toujours le problème de l'Éventreur de Pékin, l'homme au long manteau et à la casquette de base-ball enregistré sur la bande vidéo de la poste. Il était toujours en liberté, en train de mijoter son prochain crime. En train de préparer la réplique de l'horrible assassinat de Mary Jane Kelly, dans tous ses détails les plus sordides. Il avait peut-être déjà choisi sa victime. Il était même possible qu'il ait déjà lu sa petite annonce dans l'un des guides de la vie nocturne de Pékin, qu'il l'ait repérée dans le hall d'un de ces grands hôtels pour touristes, ou suivie dans la rue, la nuit. Cette pensée le poussa à agir.

Il décrocha le téléphone et composa un numéro à trois chiffres.

— Qian, j'ai besoin de toi tout de suite. Viens avec Wu.

Ils étaient ses deux plus proches collaborateurs, des hommes avec qui il travaillait depuis des années. Wu lui avait même sauvé la vie. S'il ne pouvait pas leur faire confiance, alors il n'y avait plus une once d'espoir en ce bas monde.

Deux minutes plus tard, on frappa à la porte ; Qian

entra, suivi de Wu. Tous les deux avaient l'air inquiet. Tous les membres de la section savaient qu'il se passait quelque chose, mais personne ne savait quoi. Li leur fit signe de s'asseoir et demanda :

— Vous avez une cigarette ?

Ils lui lancèrent un regard étonné. Cela faisait plus d'un an que Li avait cessé de fumer. Un exemple pour eux, même si personne n'avait choisi de le suivre. Wu fit glisser un paquet sur le bureau.

— Il paraît que ça donne le cancer, chef. Que c'est pas bon pour le cœur. Et que ça baise les artères. Mais, bof, qui va s'arrêter pour si peu ?

Ignorant la plaisanterie, Li sortit une cigarette du paquet.

— Du feu ?

Qian frotta une allumette. Li se pencha en avant, aspira une bouffée de fumée dans ses poumons, et faillit s'étouffer. Quand il s'arrêta de tousser, il vit que Wu le regardait avec un grand sourire.

— Pas grave, tiens bon. La mort en vaut la peine.

Li voulut écraser sa cigarette dans le cendrier vide, mais Wu leva une main pour l'en empêcher.

— Ho, ho, fit-il en la lui retirant des doigts. C'est pas une raison pour gaspiller. De toute façon, je suis foutu.

— Que se passe-t-il, chef ? demanda Qian.

Li parut réfléchir à cette question un long moment avant de se décider à dire.

— Je vais vous confier, à tous les deux, un truc qui ne doit absolument pas sortir de cette pièce. Compris ?

Qian et Wu hochèrent la tête. Li ajouta :

— D'ailleurs, c'est une info qui pourrait mettre votre carrière en danger, peut-être même votre vie. Donc, si vous ne voulez pas l'entendre, vous êtes libres de partir, et cette conversation n'aura jamais eu lieu.

Il attendit, puis comme ni l'un ni l'autre ne bougeaient, il continua.

— Quand je suis allé à la démonstration du MER-MER, à l'académie chinoise des Sciences, lundi après-midi, il y avait cinq autres membres de la Sécurité publique avec moi. Il y avait le vice-ministre, le préfet de police et son adjoint, le chef du Département politique, et le procureur général.

Il se tut, et ajouta :

— L'un d'eux a assassiné Lynn Pan.

Aucun des deux inspecteurs ne réagit tout de suite. Puis Qian demanda :

— Et tu le sais... comment ?

Li leur raconta tout, comme il l'avait raconté au préfet Zhu, depuis la découverte de l'ADN différent jusqu'au fichier Menteur, Menteur, Menteur de Lynn Pan. Puis il se renfonça dans son fauteuil et les laissa réfléchir. S'il devait être descendu en flammes par quelqu'un, autant que ce soit par des inspecteurs de sa propre section réfutant sa théorie pleine de failles.

— Eh bien ? finit-il par demander.

Les deux inspecteurs échangèrent un coup d'œil.

— Merde, fit Wu. Si j'avais su ce que tu allais nous raconter, j'aurais peut-être accepté ta proposition, je me serais cassé.

Puis il sourit de toutes ses dents.

— Je blague.

Mais son sourire s'effaça très vite.

— On est vraiment dans la merde, non ?

Li acquiesça d'un signe de tête.

— Et on t'a dit de laisser tomber ? dit Qian.

— Tout.

— Et qu'est-ce que tu vas faire ?

Li frotta ses yeux fatigués.

— Celui qui l'a tuée ne peut pas se permettre de me laisser plus longtemps à la tête de cette section. Il doit bien comprendre que tôt ou tard je vais découvrir qui il est. Donc je n'ai pas trente-six solutions : je dois l'abattre avant qu'il ne me fasse tomber.

Un coup frappé à la porte les fit sursauter tous les trois.

— Plus tard, cria Li d'un ton sec.

Mais la porte s'ouvrit. C'était Elvis, rouge et confus.

— Désolé, chef. Mais je dois vous interrompre. Il faut que je vous dise quelque chose...

— Quoi ?

— Le standard vient de recevoir un appel du poste de police de Liangma. Un gamin dans une poussette a été enlevé devant le marché aux fleurs.

— Et alors, qu'est-ce que tu veux que ça me fasse ?

Visiblement, Elvis aurait préféré disparaître sous terre plutôt que de lui annoncer la nouvelle.

— Chef, c'est le vôtre.

5

Les deux gardiens surveillant le parking du marché aux fleurs soufflèrent de la fumée dans l'air glacé et secouèrent la tête. Ils n'avaient rien vu ni l'un ni l'autre. Ils avaient remarqué la *yangguizi* quand elle était arrivée en taxi avec la femme plus âgée parce qu'on ne voyait pas souvent des gens aux cheveux dorés et aux yeux bleus. Mais ils avaient été occupés par les voitures qui entraient et sortaient. L'un d'eux avait dû aller régler une dispute entre deux conducteurs qui se battaient pour la même place. Pendant ce temps-là, l'autre se réchauffait sur le petit poêle à pétrole de leur guérite, à côté de l'entrée.

Li se sentit désespéré. La présence de la police avait attiré une foule de curieux. Et la police de quartier n'était pas arrivée assez vite pour empêcher d'éventuels témoins de filer. C'était une heure d'affluence au marché aux fleurs. Des centaines de personnes allaient et venaient. Un petit marché de fruits et légumes, devant *Durty Nellie's,* attirait lui aussi du monde. Mei Yuan avait laissé la poussette au pied des marches, elle s'était avancée au milieu des sapins de Noël en se demandant si elle allait en offrir un à Margaret. Quand elle s'était retournée, la poussette avait disparu.

Li avait eu du mal à obtenir d'elle une histoire cohérente. Tout en sanglotant, elle avait réussi à lui raconter qu'elle avait couru dans la foule à la recherche de la poussette et que, craignant de l'avoir manquée, elle était revenue à l'endroit où elle l'avait laissée. C'est alors qu'elle avait hurlé, espérant à moitié que cela suffirait à arrêter tout le monde et à faire réapparaître la poussette, comme par enchantement. Elle n'avait attiré que les regards stupéfaits des gens qui l'avaient d'abord prise pour une folle, avant de voir, avec stupeur, une *yangguizi* dévaler les marches et la secouer par les épaules.

Lorsque Li était arrivé au marché, Margaret, en état de choc, était assise à l'arrière d'une voiture pie, les yeux rouges, brouillés de larmes, les doigts crispés sur un jouet de Li Jon qu'elle gardait dans son sac. Une petite souris grise que le bébé aimait balancer par la queue et jeter en l'air. Li avait réfréné sa colère ; une telle douleur se lisait sur son visage qu'il comprit vite qu'elle n'y était pour rien.

Il s'était glissé à côté d'elle, l'avait serrée longtemps contre lui, en lui tenant la tête contre sa poitrine, et avait laissé couler ses propres larmes. Le monde extérieur paraissait très loin, une sorte de film projeté sur un écran, au son à peine audible. Visible, mais irréel. Comme s'ils étaient isolés dans une bulle.

Li avait chargé Wu de s'occuper de la police de quartier, de l'interrogatoire des témoins, de la diffusion de l'alerte sur toutes les fréquences radio de la police. Un léger grattement sur la vitre le fit se retourner. Il vit le visage souriant de Wu penché vers lui. Surréaliste. La portière s'ouvrit.

— On l'a retrouvé, chef.

Des mots que Li ne s'attendait pas entendre. Il bondit hors de la voiture, suivi de Margaret agrippée à sa main. La foule s'écarta sur une Mei Yuan en larmes, mais souriante, poussant Li Jon devant elle. Margaret se rua sur son fils et le serra dans ses bras comme si elle ne voulait plus jamais le lâcher. Ses larmes étaient maintenant des larmes de joie.

Li entendit Wu dire, pointant un doigt jauni de nicotine vers un gigantesque panneau publicitaire monté sur tubes d'acier, au milieu d'un bouquet d'arbres rabougris :

— La poussette était là-bas, près d'un banc au bord de la rivière, sous les saules, peut-être à deux cents mètres.

Quelqu'un avait éloigné la poussette au milieu de la foule dès que Mei Yuan avait eu le dos tourné, dépassé le marché aux légumes et atteint le sentier longeant la rivière, pour l'abandonner ensuite sous les arbres. Li ressentit un profond malaise.

Wu le suivit, le regarda s'accroupir à côté de la poussette, l'examiner en détail, fouiller la sacoche suspendue aux poignées, retirer tout ce qu'il y avait sous le siège. Une couverture, un étui étanche contenant un biberon, des jouets en peluche.

— Il n'est pas à Li Jon.

Li leva les yeux. Margaret, son fils toujours serré contre elle, le regardait.

— Qu'est-ce qui n'est pas à lui ?

— Ce panda.

Li observa le panda. Les jouets de son fils ne lui étaient pas assez familiers pour savoir ce qui était à lui ou non. Il avait l'air neuf, comme sorti de son emballage. Il le retourna ; il avait une feuille de papier épinglée sur le dos. Li sentit la peur lui glacer les os. Il se tourna vers Wu, une main tendue.

— Gants, dit-il.

Wu lui tendit une paire de gants en latex. Li posa le panda dans la poussette, les enfila, puis retira l'épingle. Il déplia la feuille très soigneusement, et reçut un choc, comme une décharge électrique, quand il reconnut les caractères rouges.

« Chef,

Un petit cadeau pour bébé.

Bonne chasse,

Jack »

Il entendit la sonnerie d'un téléphone portable, vit des visages se presser autour de lui. Des visages pleins de curiosité. Un silence étrange régnait au cœur de cette foule qui se bousculait pour avoir un aperçu de cet étrange spectacle. Il entendit la voix de Wu parler au téléphone, puis il se releva et cria à la foule de reculer. Un mouvement ondulatoire se propagea comme une vague quand les badauds les plus proches de lui cherchèrent à se mettre hors de portée de sa colère. Il cria encore ; l'espace autour de lui grandit encore. Il prit sa femme et son bébé dans ses bras, et les serra de toutes ses forces, sans lâcher la lettre.

— Chef... Chef... insista la voix de Wu. Chef, il faut partir. On te demande au quartier général. Le bureau du commandant Hu.

Le commandant Hu Yisheng était le chef du Département des enquêtes criminelles de la police municipale de Pékin. Le patron de Li.

Li réclama un sachet dans lequel il laissa tomber la lettre et le remit à Wu. Puis il se tourna vers Margaret.

— Rentre directement à la maison en taxi. Reste là-bas. N'ouvre à personne, dit-il calmement.

Elle leva vers lui des yeux agrandis par la peur et la confusion.

— Li Yan, il faut que j'aille chercher mon passeport au bureau des visas.

— Tu iras un autre jour.

— Non, ils ont dit aujourd'hui. Ils se sont conduits comme des salauds. Je ne me sens pas en sécurité sans passeport.

Il soupira.

— Bon, demande au taxi de t'attendre devant la porte, et ensuite, rentre directement à l'appartement.

— Quand est-ce que je te revois ?

— Je ne sais pas. Je t'appellerai.

Et il partit en fendant la foule. Elle devina à sa

démarche la tension qui l'habitait. Li Jon gazouillait à son oreille ; elle le serra encore plus fort, sentant naître en elle un trouble proche de la panique.

6

Le quartier général du Département des enquêtes criminelles se trouvait dans le nouvel immeuble en marbre gris pris en sandwich entre le vieux bâtiment de briques rouges qui l'abritait autrefois et le musée de la Police. De hautes fenêtres cintrées flanquaient une entrée monumentale ornée de piliers. La façade était encore ombragée par les arbres poussiéreux bordant les deux côtés de la rue Jiaominxiang.

Li pénétra en voiture dans l'enceinte gardée par des policiers en arme. La mine sombre, il franchit les marches menant au hall et monta ensuite jusqu'au dernier étage.

Le nouveau bureau du commandant Hu était dominé par l'une de ces grandes fenêtres cintrées de la façade. Divisée en rectangles, elle s'élevait du sol au plafond et donnait, à travers les arbres, sur la Cour suprême – toujours habillée des filets verts des échafaudages. Assis derrière un bureau en acajou recouvert de cuir vert, Hu resplendissait dans son uniforme noir aux boutons et galons argentés orné du numéro 000023 sur le rabat de sa poche de poitrine – signifiant qu'il était le vingt-troisième dans la hiérarchie du ministère. Il n'était pas grand, mais imposant, avec son abondante chevelure striée de gris rejetée en arrière qui dégageait un front sans ride et un beau visage. Il n'invita pas Li à s'asseoir ; il se contenta de le regarder fixement avec l'expression d'un homme déçu par les échecs de son fils unique. Il secoua tristement la tête.

— Je suis heureux que Yifu n'ait pas vécu assez longtemps pour voir ce jour.

Li sentit l'angoisse lui serrer le ventre.

— Je ne sais pas ce qui se passe, Li, mais il y a des gens qui ne vous aiment pas beaucoup ici, et vous leur donnez toutes les munitions dont ils ont besoin pour vous abattre. Je regrette seulement qu'il m'incombe d'appuyer sur la détente.

— Commandant...

Hu leva une main pour l'arrêter.

— Je ne veux rien entendre, chef de section Li. Rien.

Il ouvrit un tiroir de son bureau et en sortit le *Quotidien de la jeunesse de Pékin* de la veille qu'il laissa tomber sur le cuir vert devant Li.

— Le journaliste qui a écrit ceci a fait une déposition vous impliquant dans la divulgation de cette histoire.

Li blêmit de colère.

— C'est un mensonge.

Hu le considéra un long moment d'un air pensif.

— À vrai dire, j'aurais tendance à vous croire. Mais cela ne change rien au fait que c'est votre parole contre la sienne.

— Et vous croiriez la parole d'un journaliste plus volontiers que celle d'un officier de police supérieur ?

Hu soupira.

— Si ce n'était que ça...

Il ouvrit un dossier posé sur son bureau.

— J'ai ici la copie d'une plainte officielle enregistrée

par un policier du district est de Pékin. Il déclare que vous l'avez agressé pendant l'exercice de ses fonctions.

Li fronça les sourcils, en se demandant de quoi il parlait. Puis il se rappela le flic arrogant du marché de Panjiayuan qui s'était conduit comme un goujat avec la mère de la fille assassinée par l'Éventreur, le dimanche précédent. *Estime-toi heureux que je ne te torde pas le cou*, lui avait dit Li ; il revit la casquette de l'agent rouler sur les pavés.

— Ce policier se mêlait d'une enquête criminelle qui ne le concernait pas, et en était venu aux mains avec l'un de mes inspecteurs.

— Lequel ?

— L'inspecteur Wu.

— Bien. Nous parlerons avec Wu en temps voulu, sûrement. En attendant, nous avons plusieurs déclarations sous serment de témoins affirmant que vous avez agressé physiquement le plaignant, fait tomber sa casquette et que vous l'avez menacé en public.

Hu souffla de l'air par le nez.

— Est-ce vrai, Li ?

Li soupira.

— Il avait dépassé les bornes, commandant.

— Non, chef de section. Vous avez dépassé les bornes. Si ce flic de quartier allait trop loin ou se comportait mal, vous pouviez recourir à des voies légales pour y remédier. Mais agresser un collègue devant tout le monde ne fait que jeter le discrédit sur la Sécurité publique et saper l'autorité des policiers aux yeux des masses.

Il referma le dossier et tendit une main.

— Je vais vous demander votre carte de la Sécurité publique.

— Pour quoi faire ? demanda Li, le cœur battant.

— Vous êtes suspendu, Li, le temps qu'un groupe d'officiers supérieurs enquêteurs examine votre cas. Votre carte.

Li ne bougea pas.

— Commandant, nous sommes en plein milieu d'une enquête sur un tueur en série. Un homme tue des jeunes femmes. Et il recommencera si nous ne l'arrêtons pas.

— Vous n'êtes pas un homme-orchestre, Li, même si vous pensez le contraire. Vous avez un adjoint parfaitement capable de prendre le relais.

— On se sert de vous, commandant. Vous l'avez dit vous-même. Il y a ici quelqu'un qui ne m'aime pas. Vous êtes-vous demandé pourquoi ?

— Je ne veux rien entendre.

— Parce que c'est un assassin, voilà pourquoi. Et il sait que s'il ne m'écarte pas, je vais le démasquer.

Le commandant Hu lui lança un regard teinté de pitié.

— Ne soyez pas ridicule, dit-il. Donnez-moi votre carte !

Perdant patience, il avait élevé la voix.

Li demeura un instant immobile, furieux, frustré. Impuissant. Puis il tira de sa poche le porte-cartes marron patiné qu'il laissa tomber sur le bureau du commandant, fit demi-tour sans ajouter un mot, et sortit de la pièce.

Il arpenta la cour de long en large pendant un bon moment, réfléchissant comme un forcené. Il savait avec certitude que l'enlèvement de son fils, bien que momentané, était un avertissement. On le menaçait, on le défiait à chaque pas. Ou le préfet Zhu s'était confié à quelqu'un d'autre que le directeur général du Département politique, ou – la pensée se coagula dans le cerveau de Li – ou le tueur était Zhu lui-même. Ou le directeur général. Il tendit les mains devant lui et les vit trembler. Le policier de garde à la porte lui jeta un regard curieux. Il se dépêcha de les remettre dans les poches de son manteau. Il n'avait aucune idée de ce qu'il allait faire. Il n'était plus le chef de section Li Yan. Il n'était qu'un policier tombé en disgrâce, en attendant une enquête interne. Le héros n'avait pas tardé à devenir le scélérat. En regardant les gardes, il comprit qu'une fois dehors, il ne pourrait plus rentrer sans carte. Il ne lui restait qu'une solution : affronter le dragon dans son repaire.

Il laissa sa colère alimenter sa détermination pendant qu'il traversait l'enceinte du ministère vers le bâtiment principal. Il prit l'ascenseur jusqu'au cinquième, puis parcourut à grandes enjambées le couloir moquetté conduisant au sanctuaire du préfet. La femme policier pressant son arme sur sa joue le regarda avancer d'un air sévère depuis le mur de la réception où elle était affichée. La formidable secrétaire du préfet Zhu montait la garde à l'entrée du repaire.

— Je dois voir le préfet, dit-il.

— Il est occupé.

Sa réponse était supposée mettre un terme à la conversation. Elle n'attendait aucune réplique.

— J'attendrai.

Elle le fusilla du regard.

— Non. La secrétaire de votre section doit demander un rendez-vous.

Li comprit qu'elle savait déjà qu'il avait été suspendu

et n'avait plus accès à la section. Il fit un pas vers la porte du préfet.

— Il est là ?

Elle bondit sur ses pieds pour se faire encore plus menaçante.

— Si vous entrez, je vous fais arrêter, dit-elle.

Il la regarda dans les yeux. Il n'y avait rien à faire. Il était battu. Il ne pouvait pas se permettre de leur fournir la moindre excuse pour le jeter en prison. Il fit demi-tour, dégoûté. Ses yeux tombèrent alors sur la poubelle. Il s'arrêta net. Au milieu des feuilles de papier froissées et des emballages de cellophane se distinguaient les couleurs rouge et or d'un paquet vide de cigarillos russes. Une main de glace se referma sur son cœur.

— Vous ne devriez pas fumer. C'est mauvais pour la santé, dit-il à la secrétaire.

Elle le regarda comme s'il était fou.

— Je ne fume pas.

— C'est bien ce que je pensais.

Chapitre X

1

Il y avait encore plus de monde que le lundi précédent au bureau des visas ; Margaret fut obligée d'attendre son tour derrière une longue file d'étrangers. Elle avait laissé la poussette dans le taxi ; Li Jon, endormi la tête sur son épaule, commençait à peser très lourd. Mais il n'était pas question qu'elle le lâche une seconde.

De loin, elle aperçut miss Pattes de poulet, la femme flic désagréable à la peau grêlée, qui levait justement les yeux et croisa son regard. Elle mit un petit moment avant de la remettre, et un sourire mauvais flotta alors sur ses lèvres. Margaret éprouva une vive appréhension. Elle détourna rapidement la tête tandis que les pensées les plus noires assaillaient son esprit. De plus en plus angoissée, elle avançait lentement et inexorablement vers le guichet. Et s'il y avait un problème ? Et si on ne lui rendait pas son passeport ? D'autres gens se pressaient derrière elle, à présent ; elle entendit des voix américaines discuter d'une bonne affaire qui nécessitait une prolongation de visa.

— C'est super, Pékin, disait l'une d'elles. Si on a du fric. Il y a dix ans, on ne pouvait rien acheter. Maintenant, tout ce qu'il y a chez nous, on le trouve ici. Encore dix ans et ils parleront tous anglais.

La personne qui précédait Margaret glissa son passeport dans son sac et s'en alla. Elle se retrouvait en tête de file. La bouche sèche, les mains tremblantes, elle poussa son reçu vers le policier. Il le prit sans lever la tête et entra les informations dans son ordinateur. Puis il regarda avec curiosité cette femme debout devant lui avec son bébé.

— Un instant, s'il vous plaît.

Il disparut par une porte, laissant Margaret dans l'incertitude. Li Jon pesait de plus en plus lourd sur ses bras. Elle avait l'impression de vivre un cauchemar. En jetant un coup d'œil de côté, elle vit miss Pattes de poulet la regarder. Le policier revint s'asseoir, et, à l'immense soulagement de Margaret, poussa son passeport sur le comptoir.

— Visa refusé, annonça-t-il.

— Quoi ?

— Adresse incorrecte. Trompé police. Visa expire samedi. Vous devez quitter le pays avant.

Le trajet en taxi jusqu'à l'appartement se déroula dans un brouillard irréel. La ville s'élevait au-dessus d'elle, la dominait, sur le Troisième périphérique les voitures affluaient de tous les côtés, pour empêcher son taxi d'avancer. Elle se sentait ridiculisée, trahie, spoliée. Il lui paraissait inimaginable de devoir quitter le pays sous trois jours, pour ne jamais revenir peut-être. Elle se sentait chez elle. C'était ici qu'elle avait fait sa vie, conçu et donné naissance à son enfant. C'était ici qu'habitait l'homme qu'elle aimait, ici qu'il travaillait. C'était son pays. Comment pouvaient-ils lui interdire de le partager avec lui ? Heureusement qu'elle avait eu la bonne idée de faire enregistrer Li Jon à l'ambassade américaine pour obtenir sa déclaration consulaire de naissance à l'étranger. Si, dans le pire des cas, elle était vraiment obligée de quitter la Chine, elle pourrait au moins l'emmener.

Mais au fond d'elle-même, elle ne pouvait pas croire qu'elle en serait réduite à cette extrémité. Li ne le permettrait pas. Il ferait quelque chose. C'était un haut fonctionnaire de la Sécurité publique ; il avait certainement de l'influence. Il était tout simplement impossible qu'elle soit réellement obligée de partir.

Quand son taxi arriva rue Zhengyi, elle avait fini par se persuader que tout s'arrangerait. Li y veillerait. Pourtant, la rue qu'elle connaissait si bien lui apparut sous un jour différent parce que, malgré tout, elle ne pouvait s'empêcher de redouter que cet univers familier lui soit bientôt enlevé. Elle en éprouva une sensation de vide et de malaise qu'elle essaya de refouler derrière l'optimisme qu'elle avait eu tant de mal à se forger.

Le taxi la laissa devant l'enceinte du ministère ; elle passa, avec Li Jon dans sa poussette, devant le garde armé de l'entrée, puis se dirigea vers l'immeuble rose et blanc qu'elle considérait comme sa maison – pour le meilleur et pour le pire. Une voiture de patrouille était garée à proximité. Cela n'avait rien d'extraordinaire à l'intérieur de l'enceinte, mais quand, en s'approchant, elle vit deux policiers en uniforme à l'intérieur, elle commença à avoir peur.

Elle fit comme s'ils n'étaient pas là, continua à avancer en regardant droit devant elle, et prit le chemin menant à l'entrée de son immeuble. Elle entendit alors les portières de la voiture s'ouvrir, puis se refermer en claquant. Une voix cria :

— Miss Cambo !

Elle avait presque atteint les marches. Elle mourait d'envie de les monter en courant, de s'engouffrer à l'intérieur, de refermer la porte sur le monde. Elle ne voulait pas entendre ce qu'ils avaient à lui dire. Mais elle s'arrêta et se retourna.

— Oui ?

Les deux policiers se rapprochèrent, le visage impassible, sans un sourire.

— Miss Magret Cambo ?

— Je viens de vous le dire, non ?

— Vous venez avec nous.

Le policier tendit la main, et des doigts d'acier se refermèrent autour de son bras.

Indignée, elle se dégagea brusquement.

— Pour quoi faire ?

— Vous en état arrestation, madame. Pas déclaré changement adresse à la police.

— Ne soyez pas ridicule ! Vous savez qui est le père de mon enfant ? dit-elle avec une assurance qui était loin de refléter ce qu'elle éprouvait.

— Ancien chef section Li Yan.

— Ancien...

Elle en resta sans voix. Autour d'elle, le monde s'écroulait.

— Chef Li disgracié. Placé culte personnalité au-dessus devoir envers pays.

On aurait dit une litanie.

— Vous venez avec nous.

Et il lui reprit le bras. Cette fois, Margaret ne résista pas. C'était inutile. Elle ne pouvait pas lutter contre le courant puissant qui l'entraînait. Ce devait être comme ça quand on se noyait, pensa-t-elle. On est attiré au fond de l'eau, on sait qu'on n'a aucune chance de remonter, on cesse de retenir sa respiration, on succombe à l'afflux d'eau qui envahit les poumons, on glisse dans un état d'inconscience qui vous berce avant la mort.

2

Li venait de passer une heure à rouler sans but dans la ville en se laissant porter par le flot des voitures. Il avait fait deux fois le tour de la place Tiananmen, puis enfilé Nanchang Jie vers le nord, entre la Cité interdite et Zhongnanhai. Les arbres plantés sur les trottoirs se rejoignaient au-dessus de la chaussée et formaient un tunnel qui l'abritait des derniers rayons du soleil. Les gens allaient et venaient dans la ville, à pied, à bicyclette ; ils bavardaient, faisaient des courses, jouaient aux échecs, s'amusaient avec des cerfs-volants. Leur monde continuait à tourner tandis que le sien tombait en poussière sous ses pieds. Son inertie, son incapacité à décider ce qu'il allait faire, faisait croître en lui une frustration prête à exploser. Il klaxonna furieusement contre un cycliste qui venait de déboucher sans regarder à l'intersection avec Xihuamen, et accéléra pour le dépasser dans Beichang Jie. Il n'avait aucun endroit où aller à part la Section n° 1. Il était peut-être réduit à l'impuissance, interdit d'initiative, mais Qian et Wu ne l'étaient pas, eux. Ils demeuraient activement impliqués dans l'affaire de l'Éventreur, dans le meurtre de Lynn Pan. C'était très important. Il fallait qu'il leur parle.

Quinze minutes plus tard, il roulait sur Dongzhimen, en direction de l'est, dépassait les lanternes rouges suspendues aux arbres, les vendeurs de rue préparant des plateaux de *jiaozi* fumants pour le déjeuner. Les immeubles de bureaux déversaient des vagues d'hommes et de femmes emmitouflés dans des manteaux à cause du froid, le nez chaussé de lunettes noires à cause des rayons aveuglants du soleil d'automne. En tournant dans Hepinglidong, il aperçut Mei Yuan en train de servir des clients, à sa place habituelle. Il revit son visage baigné de larmes, ses yeux rouges, sa détresse avant que Li Jon ne soit retrouvé. Noyés dans leur propre détresse, Margaret et lui n'avaient pas mesuré l'enfer qu'elle avait traversé, convaincue de sa culpabilité. Elle avait encore les yeux rouges et gonflés. Elle ne le vit pas tourner vers le nord, puis vers l'ouest dans Beixingqiao Santiao. Il gara sa voiture dans la rue, à l'extérieur de l'immeuble de la Section n° 1. Il avait déjà atteint le dernier étage, et se dirigeait à grandes enjambées vers son bureau quand le policier de garde le rattrapa.

— Chef, appela-t-il deux fois.

C'était un homme d'une cinquantaine d'années, responsable de la sécurité et des armes à feu.

— Oui, Tao ? dit Li, en se retournant et en sachant pertinemment ce qui allait suivre.

Tao était rouge de confusion, essoufflé d'avoir couru dans l'escalier.

— Je suis désolé, chef Li, dit-il très sincèrement. Mais je crains de ne pas pouvoir vous laisser pénétrer dans l'immeuble.

Il recula d'un pas, prêt à subir une rebuffade. Li était furieux et frustré, mais savait que Tao ne faisait que son boulot.

— J'ai juste besoin de prendre quelque chose dans mon bureau.

Tao paraissait presque honteux.

— Désolé de ne pas pouvoir vous laisser faire ça, chef. Vous ne pouvez toucher à rien ici. Et je regrette de vous dire que j'ai ordre de vous demander de rendre tous les dossiers et documents que vous avez pu emporter chez vous.

— Au nom du ciel, Tao, j'ai des affaires personnelles là-dedans.

Il indiqua du pouce son bureau et se rendit compte pour la première fois qu'un groupe s'était rassemblé à la porte de la salle des inspecteurs. Il reconnut, parmi eux, le visage sombre de Wu.

— Je suis désolé, chef.

Tao se racla la gorge et tendit la main.

— Je dois aussi vous demander les clés de votre voiture.

Li le fixa d'un air incrédule. On le dépouillait carrément de tout. Pas de bureau, pas de voiture, pas de boulot. Aucun moyen de se défendre. Il prit les clés dans sa poche et les jeta dans la paume ouverte de Tao.

— Et votre badge.

C'était un petit badge électronique de la taille d'un briquet, détecté par un rayon infrarouge à l'entrée principale du bâtiment. Li le sortit de sa poche de poitrine et le lui tendit. C'était tout simplement humiliant. Il regarda ses inspecteurs. Pas un ne prononça un mot. Il se détourna, frôla Tao et se dirigea vers l'escalier.

— Je suis vraiment désolé, chef, entendit-il Tao crier, avant que l'écho de ses pas sur les marches ne couvre tous les autres bruits.

Une fois dans la rue, il se mit à marcher en plissant les paupières pour empêcher les larmes d'envahir ses yeux. Aveuglé par la colère, la peur, l'impuissance et le sentiment aigu d'avoir tout perdu, il ne voyait plus rien autour de lui. C'était extraordinaire, la facilité avec laquelle ils avaient fait de lui un homme totalement impuissant. Et inoffensif.

Dans Hepinglidong, des drapeaux chinois claquaient au vent à l'extérieur d'une boutique de coiffeur, juste en face d'un énorme bâtiment en construction entouré de filets verts et d'échafaudages de bambou. Un ouvrier coiffé d'un casque rouge se tenait au sommet, un fanion vert levé dans une main, un rouge en équilibre dans l'autre, tandis qu'une grue soulevait lentement une énorme poutrelle d'acier. Son ombre la suivait à une distance respectueuse. Aussi loin qu'il pouvait voir, vers le nord de la ville, des immeubles enveloppés de filets verts s'élevaient à différents stades de construction. Li dépassa l'entrée d'une vieille *siheyuan* délabrée où des bicyclettes rouillées étaient garées sous un toit de tôle gondolé. Il y avait un arbre au centre de la cour ; au-delà, à travers les feuilles, on apercevait les fenêtres de la Section n° 1.

Soudain, quelqu'un tenta de le saisir par le bras.

— Chef.

Il se retourna et vit Wu qui essayait de le rattraper. Mais il ne ralentit pas son allure.

— Qu'est-ce qu'il y a, Wu ?

— On nous a interdit de te parler.

— Pourquoi désobéis-tu, alors ?

— Tu sais que je n'aime pas les ordres, chef. Sauf les tiens.

Li l'entendait mastiquer son chewing-gum, la bouche ouverte.

Un mur bleu et blanc avait été monté autour du vide laissé par la démolition d'un ancien marché couvert. Le vieux Pékin lui manquait ; il lui était si familier. Maintenant, il se sentait comme un étranger déplacé dans une cité inconnue.

— Chef, je n'arrive pas à te suivre.

Li s'arrêta et regarda Wu souffler comme un bœuf.

— J'ai couru pour te rattraper, expliqua-t-il.

— Tu devrais peut-être arrêter de fumer.

— Quoi, me priver du plaisir de cracher mes poumons tous les matins ?

Ils se regardèrent un moment, puis le sourire de Wu s'effaça. Il avait l'air gêné.

— Nous savons tous que tu n'as pas vendu cette histoire au *Quotidien de la jeunesse de Pékin*, chef.

— Tu es au courant ? demanda Li, stupéfait.

— Quelqu'un s'amuse à faire un joli boulot de diffamation.

Puis, il ajouta avec un clin d'œil :

— Il y a des gars de chez nous qui vont aller toucher deux mots à ce journaliste. Quant au petit flic de quartier de mes deux, j'ai déjà appelé le Département d'enquête pour leur dire qu'il s'est passé exactement l'inverse. Que c'est lui qui m'a agressé.

Il marqua un temps d'arrêt.

— D'ailleurs, les gars vont aller lui toucher deux mots, à lui aussi.

Li secoua la tête.

— Je ne veux pas que vous vous attiriez des ennuis.

— C'est toi qui a des ennuis, chef.

— Wu, je ne suis plus ton chef.

Wu mastiqua son chewing-gum de plus belle.

— Si, tu l'es. Qian te remplace, mais tout le monde sait que c'est provisoire. Il reste dans son bureau. Et personne n'a intérêt à toucher quoi que ce soit dans le tien avant ton retour.

Incroyablement ému, Li sentit ses yeux s'embuer.

— Merci, je suis très touché, dit-il, gêné, en enfonçant les mains dans les poches de son manteau et en regardant ses pieds. Bon, comment ça se passe ?

Le visage de Wu s'assombrit.

— Il faut que tu saches quelque chose.

Il hésita. Li leva les yeux, fronça les sourcils.

— Quoi ?

— Ils ont arrêté Margaret.

Li n'en crut pas ses oreilles.

— Quoi !

— C'est complètement stupide, dit Wu. Tout le monde sait qu'elle vit avec toi depuis un an. Mais, officiellement, elle est toujours censée habiter à l'autre bout de la ville, dans cet appartement de l'université de la Sécurité publique.

Li leva les yeux au ciel.

— Bon Dieu, mais il y a plus de six mois que cet appartement a été attribué à quelqu'un d'autre !

Wu haussa les épaules.

— Le problème, c'est qu'elle ne s'est jamais déclarée officiellement à son bureau local de la Sécurité publique. Théoriquement, elle est en infraction.

— Tout le monde est au courant. Du balayeur au putain de ministre !

— J'imagine que ce n'est qu'une manœuvre de plus pour t'abattre.

Li vit un taxi avancer au ralenti. Il lui fit signe.

— Où est-elle détenue ?

— Au poste de police de Yuetan. Le Q.G. du district de l'ouest. C'est là qu'elle est toujours enregistrée.

Li ouvrit la portière du taxi, puis se retourna.

— Merci, Wu.

— Hé, chef, n'oublie pas ma promotion quand tu reviendras.

Li monta à l'arrière du taxi et regarda la ville défiler sous ses yeux sans la voir. Quelqu'un essayait de démolir sa vie, pierre par pierre. Et y réussissait. Il n'avait plus de boulot, plus de voiture. La vie de son enfant avait été menacée, la femme qu'il aimait, arrêtée. Il se sentait comme un homme qui tombe d'une montagne, rebondit de rocher en rocher, incapable de se retenir par une main ou un pied pour stopper sa chute. Il ne cessait de tomber. Et chaque fois qu'il relevait la tête, un autre rocher le frappait en pleine face. Son téléphone sonna.

— *Wei ?*

— Li Yan ?

Il reconnut immédiatement la voix de son père. Et sut qu'il était arrivé quelque chose de grave car son père ne l'appelait jamais.

— Qu'y a-t-il, papa ?

L'appeler « papa » lui fit un drôle d'effet. En général, il ne disait rien quand il s'adressait à lui, « père » lui semblant absurdement formel. Mais il avait l'impression qu'au téléphone, il devait l'appeler comme ça. Il entendit un enfant pleurer dans le fond.

— Que se passe-t-il ?

Son père semblait perdu, la voix tremblante, hésitante.

— Je vais rater mon train pour le Sichuan. Ta sœur n'est pas rentrée. Je pensais qu'elle déjeunait dehors avec Xinxin et qu'elle avait oublié de me le dire. J'étais en train de me préparer quelque chose à manger quand l'école a téléphoné.

— Quelle école ?

— L'école de Xinxin, voyons. Quelle école veux-tu que ce soit ?

— Qu'est-ce qu'ils ont dit, papa ?

Il avait du mal à maîtriser son impatience.

— Ils ont dit que Xiao Ling n'était pas venue chercher Xinxin. Elle vient toujours la chercher à l'heure du déjeuner. Ils pensaient qu'il y avait peut-être un problème.

— Papa, dis-moi seulement ce qui s'est passé.

— Je suis allé à l'école. En taxi. Quand je suis rentré à la maison avec Xinxin, j'ai téléphoné à l'usine de Xiao Ling. Le voisin de palier m'a donné le numéro.

Li se mordit la langue. Il n'avait pas besoin de tous ces détails.

— Quand j'ai téléphoné, ils ont dit qu'elle avait été arrêtée.

Li eut l'impression d'étouffer. Quand, au bout d'une éternité, il put respirer à nouveau, c'est à peine s'il fut capable d'articuler.

— Quoi ?

— La police a fait une descente à l'usine de Jeeps ce matin, et fouillé tous les vestiaires. Dans celui de Xiao Ling, ils ont trouvé de la cocaïne.

— C'est impossible, dit Li.

— C'est une bonne fille, Li Yan. Elle ne prendrait pas de truc comme ça.

— Papa, elle n'a même pas les moyens d'en prendre.

Un autre élément de sa vie venait d'être broyé. Une démonstration supplémentaire de la puissance de son ennemi inconnu. Un nouveau rocher en pleine face. Ce n'était pas seulement Li qui était visé. C'était toute sa famille. Il avait envie de défoncer le toit du taxi à coups de poing de bourrer le siège du conducteur de coups de pied. Il avait envie de hurler. Mais il se retint et ravala sa rage.

— Papa, ne bouge pas. Reste avec Xinxin. N'ouvre à personne d'autre que moi.

Il sentit la peur dans la voix de son père quand ce dernier lui demanda :

— Que se passe-t-il, Li Yan ?

— Ne bouge pas, papa. J'arrive le plus vite possible. Mais ça va prendre un moment.

3

Le poste de police de Yuetan se trouvait à l'angle de Yuetan Nanjie et Yuetan Xijie, à un pâté de maisons du parc. C'était un immeuble moderne de six étages avec une façade en verre. Un drapeau chinois claquait au vent au-dessus de l'emblème rouge, bleu et or de la Sécurité publique.

Li grimpa les marches, poussa les portes de verre, et se retrouva dans un hall de marbre étincelant. Une femme en uniforme de la police était assise devant un standard téléphonique. Elle leva les yeux et reconnut aussitôt Li.

— Je dois parler au chef du poste, dit-il.

Elle tripota nerveusement les boutons, appela le bureau du chef, écouta, rougit légèrement, raccrocha, et dit :

— Désolée, le chef est occupé.

Li serra les dents.

— À quel étage est son bureau ?

Elle parut déroutée.

— Au cinquième. Mais il ne peut pas vous recevoir.

— On verra bien.

Li regarda autour de lui, sans voir d'escalier. À travers des doubles portes, il aperçut une salle où des policiers assis derrière des guichets vitrés enregistraient les déclarations individuelles et familiales. C'était là que Margaret aurait dû déclarer son changement d'adresse. Il partit dans la direction opposée.

— Vous ne pouvez pas pénétrer dans l'immeuble sans laissez-passer, cria la femme en courant derrière lui.

Le couloir qu'il avait emprunté faisait un coude. Li se retrouva devant une fenêtre donnant sur un terrain de basket couvert d'un dôme en verre. Il le reconnut ; c'était celui de la vidéo projetée au palais du Peuple. Un terrain de jeux pour les cent vingt-deux policiers basés ici. Trois d'entre eux, en tenue de sport, faisaient rebondir un ballon avant de le lancer à tour de rôle dans un panier. Dégoûté, Li se détourna, revint sur ses pas, et faillit heurter la femme qui le poursuivait.

— Où sont les escaliers ? gronda-t-il.

— Je suis désolée, chef de section Li. Vous ne pouvez pas monter.

— Vous croyez que vous allez m'en empêcher ?

Elle le regarda sans répondre.

— Alors, dites-moi où sont les escaliers.

— Il y a un ascenseur à l'autre bout du hall, dit-elle doucement.

— Merci.

Li se hâta vers le hall et se dirigea vers les portes en acier brossé de l'ascenseur. Lorsqu'il entra et enfonça le bouton du cinquième étage, il vit, de dos, la femme décrocher le téléphone. Les portes se refermèrent ; l'ascenseur monta rapidement au cinquième. Li déboucha sur un palier blanc où des caractères or sur fond bleu exhortaient les policiers à « S'efforcer d'être les meilleurs ». Des couloirs partaient à droite et à gauche. De celui de droite surgit un petit homme rond en uniforme d'officier de première classe sortant d'un bureau dont la plaque annonçait : Logistique. Derrière lui, Li aperçut une grande pièce et la porte du bureau du chef. Le préposé à la logistique lui barra la route.

— Le chef n'est pas là, aujourd'hui, dit-il.

Les présentations étaient inutiles. C'était à lui que la réceptionniste avait téléphoné.

— Je verrai son adjoint, dans ce cas.

Li jeta un coup d'œil sur les portes alignées dans le couloir. Au moins trois d'entre elles portaient une plaque Chef adjoint.

— Pas disponible.

— L'un d'eux l'est forcément.

Li repoussa le petit homme et ouvrit les portes les unes après les autres. Les deux premiers bureaux étaient vides. Le troisième aussi.

— Je vous l'avais dit.

— Il doit bien être quelque part. Il y a forcément un responsable dans les parages. Je ne partirai pas avant de l'avoir vu.

Le préposé à la logistique soupira.

— Il est au gymnase.

— Le gymnase ? Où ça ?

— Au dernier étage. Attendez une minute, je l'appelle.

— Pas le temps, dit Li en repartant à grands pas vers l'autre couloir. Il devait y avoir un escalier quelque part. Il le trouva à l'extrémité sud du bâtiment et grimpa les marches quatre à quatre. Sur le palier, la même femme policier qu'il commençait à connaître, pour l'avoir vue sur le mur de l'antichambre du bureau du préfet Zhu, le regardait du haut de son affiche. Il remarqua, chose absurde, qu'elle était jolie, et il se demanda si c'était une vraie, ou juste un mannequin déguisé en flic pour la photo.

Le gymnase occupait tout le dernier étage. Un téléphone sonnait dans le vide. Il y avait trois tables de ping-pong, un billard, et une rangée de confortables fauteuils en cuir alignés contre le mur du fond. Le soleil entrait à flot par les baies vitrées qui occupaient tout un côté. Les murs étaient couverts de photos d'équipes de football de la police. Au fond de la pièce, Li aperçut une collection impressionnante d'appareils de musculation. Li crut d'abord que la salle était déserte, puis un bruit métallique attira son attention. Le chef adjoint, en short et débardeur, était allongé sur le dos, sous un portique supportant une barre lestée de poids à chaque extrémité. Les bras tendus au-dessus de la tête, il soulevait la barre de son support, l'abaissait sur sa poitrine et la relevait cinq fois de suite. Il soufflait très fort, avec un bruit de freins pneumatiques de camion. Le téléphone arrêta de sonner.

Li marcha lentement sur le sol étincelant du gymnase, passa devant une affiche représentant une femme blonde au corps masculin dans un bikini ridiculement petit, puis devant un Arnold Schwarzenegger jeune qui avait l'air d'avoir été gonflé à la pompe à vélo. Le chef adjoint rêvait peut-être de lui ressembler. Li le regarda ; il en était loin. C'était un type maigre et nerveux, musclé mais plutôt court de bras et de jambes. Il ne deviendrait jamais un Schwarzenegger. Li attendit la fin de la série de cinq, se pencha en avant et l'empêcha de reposer la barre sur son support. Le chef adjoint en eut le souffle coupé ; ses bras déjà endoloris se mirent à trembler. Si jamais ils pliaient sous le poids de la barre, celle-ci lui écraserait la poitrine.

— Qu'est-ce que vous foutez, bon Dieu ! cria-t-il.

— Vous retenez ma compagne et mon fils. Libérez-les.

— Qui...

Il inclina la tête sur le côté pour mieux voir le visage de Li.

— Vous êtes suspendu, dit-il en haletant, sous l'effet de la douleur de ses bras qui devenait insupportable.

— Et vous croyez que ça vous donne le droit de foutre le bordel dans ma famille ?

— Vous êtes fini, Li. Fichu. Je vais lâcher, gémit-il.

— Vous vous trompez. Pas pour la barre. Vous allez la lâcher et il faudra des jours pour retirer tous les débris de côtes qui se seront plantés dans vos poumons. Mais vous vous trompez sur mon compte. Parce que les accusations qui pèsent sur moi sont fausses. Dans un jour, une semaine, un mois, on me restituera mon grade et mon poste. À ce moment-là, je vous rendrai la vie si infernale que vous regretterez de ne pas avoir lâché la barre sur votre putain de caboche.

— O.K., O.K., O.K. ! cria presque le chef adjoint.

Les veines de ses bras saillaient comme des cordes ; Li voyait ses coudes flancher. Il repoussa la barre dans son support ; le chef adjoint pivota sur lui-même, s'assit au bord du banc et, plié en deux, se frotta les bras en gémissant.

— Espèce de salaud !

— Sans blague.

— Si j'avais un témoin, je vous ferais tomber pour ça, dit-il en lui jetant un regard en biais.

— Je veux Margaret et Li Jon, maintenant. Ou je vous fais tomber cette putain de barre sur la tête. Et il n'y a pas de témoin.

Le chef adjoint se remit sur ses pieds, en se massant les muscles des bras.

— On ne les aurait gardés que quarante-huit heures. Après, on s'en fout. Elle quitte le pays.

— Quoi ? s'écria Li, complètement pris au dépourvu.

— Vous n'étiez pas au courant, chef de section Li ? fit l'autre avec un sale sourire. Votre petite amie américaine s'est vu refuser son visa. Elle doit quitter le pays avant samedi.

Une fois revêtu de son uniforme, le chef adjoint du poste de police de Yuetan retrouva un peu de sa dignité et de son sang-froid. Il n'avait pas l'intention d'empêcher Li d'emmener Margaret et Li Jon, mais il n'était pas prêt à oublier de sitôt. Li venait de se faire un ennemi supplémentaire. Très raide, il le précéda au rez-de-chaussée, dans la salle de commande. De l'autre côté d'une vitre, des policiers assis devant des écrans d'ordinateurs et des téléphones restaient en contact radio permanent avec toutes les voitures de patrouille du district.

Li regarda autour de lui.

— Où sont les cellules ?

Il s'imaginait Margaret, misérable, assise avec Li Jon dans les bras sur un banc de bois, derrière des barreaux de fer.

— Il n'y a pas de cellules ici. Les suspects sont détenus dans des salles d'interrogatoire surveillées par caméra vidéo. Personne n'est maltraité dans ce poste de police.

Ils dépassèrent une salle de détention vitrée et s'arrêtèrent devant une porte sur laquelle était écrit « Salle familiale ».

— Elle est là. Normalement, on utilise cet endroit pour arbitrer les conflits conjugaux. Approprié, non ?

Il ouvrit la porte.

Margaret était assise à une table hexagonale impeccablement cirée, en train de lire son livre sur Jack l'éventreur, son manteau pendu au dossier de sa chaise. Li Jon dormait dans sa poussette, à côté d'elle. Elle leva les yeux en entendant la porte s'ouvrir. Dès qu'elle vit Li, elle sauta sur ses pieds et se jeta dans ses bras avant qu'il n'ait pu faire un pas en avant.

— Oh, mon Dieu, Li Yan... J'ai eu si peur. Je savais que tu viendrais me chercher, je le savais.

Elle se recula et le regarda, les larmes aux yeux.

— Ils ont refusé de renouveler mon visa. Ils disent que je dois quitter le pays avant samedi.

Li hocha la tête d'un air sombre.

— Je sais.

— Tu ne peux rien faire ?

Il secoua la tête, une fois de plus paralysé par l'impuissance.

— Je ne sais pas. Dans le pire des cas, tu peux retourner aux États-Unis avec Li Jon. Pour quelques jours, le temps que la situation s'arrange.

Le chef adjoint n'avait pas perdu un mot de leur conversation. Li ignorait s'il parlait anglais. Mais il se mit à agiter un doigt dans leur direction.

— Non, non. Vous pouvez pas sortir bébé du pays.

Margaret le dévisagea.

— Bien sûr que si. Il a sa déclaration consulaire de naissance à l'étranger, délivrée par l'ambassade américaine. Elle lui tient lieu de passeport dans le monde entier. Même chez vous.

Mais le chef adjoint secoua la tête.

— Non. Bébé pas enregistré comme résident étranger à police de la Sécurité publique. C'est la loi. Vous devez enregistrer et payer taxe. Déclaration consulaire pas bonne maintenant. Bébé, chinois. Reste ici.

4

— Je ne partirai pas sans lui ! s'écria Margaret, presque hystérique, dans le taxi qui les ramenait. Tu ne peux pas t'occuper de lui. Bon sang, Li Yan, tu ne peux même pas t'occuper de toi-même. Et s'ils ne me laissent plus jamais entrer dans ce pays, et s'ils ne laissent pas Li Jon en sortir...

Mieux valait ne pas y penser. Elle risquait de ne plus jamais revoir son fils.

— Je ne partirai pas !

Pour arranger les choses, Li Jon se mit à pleurer.

Li ferma les yeux. Il avait mal dans la poitrine, comme s'il avait reçu des coups de poing. Mais ce n'était que le stress et le martèlement de son cœur. Pendant un bref instant, dans le gymnase, il avait eu l'impression de cesser de tomber, d'avoir trouvé un rebord sur lequel il pouvait se redresser avant de remonter jusqu'au sommet. Mais le rebord avait cédé, et il plongeait à nouveau dans l'abîme.

— Ils t'expulseront par la force, dit-il. Ils t'obligeront à monter dans un avion. Je ne peux rien empêcher.

— Je l'emmènerai à l'ambassade américaine, alors. Et une fois à l'intérieur, je refuserai de partir. Les Américains seront bien obligés d'agir. Après tout, nous sommes tous les deux citoyens américains.

— C'est de la folie. Ça pourrait déclencher un incident diplomatique. Ça durerait des mois. Et même s'ils te faisaient partir avec Li Jon, rien ne dit que tu pourrais revenir un jour.

— Je ne suis pas sûre d'en avoir envie.

Blessé, Li la regarda en se demandant si leur relation s'était à ce point dégradée. Les gémissements de Li Jon emplissaient la voiture ; le chauffeur leur lança un regard agacé et monta le son de la radio. Soudain, Margaret éclata en sanglots. Elle détestait donner l'image de quelqu'un de faible, larmoyant, mais elle était arrivée au bout du rouleau, elle ne pouvait plus se contrôler. Li passa un bras autour de ses épaules et l'attira contre lui.

— Mon Dieu, murmura-t-elle. Qu'est-ce qu'on va faire ? Mais qu'est-ce qu'on va faire ?

— Je ne sais pas, dit-il en essuyant ses larmes. Si seulement je le savais.

Margaret leva la tête vers lui.

— Ils ont dit que tu avais été suspendu.

Il hocha la tête.

— Pourquoi ?

— On m'accuse d'avoir vendu l'histoire de l'Éventreur au *Quotidien de la jeunesse de Pékin.*

Elle le regarda d'un air soupçonneux.

— Tu plaisantes.

Il haussa les épaules.

— On m'accuse aussi d'avoir agressé un policier.

— C'est vrai ?

— Juste un peu, répondit-il en se forçant à sourire à moitié.

Margaret sourit, elle aussi. Mais pas longtemps.

— Quelqu'un veut te faire plonger ?

— Ouais.

— Qui ?

— Celui qui a tué Lynn Pan.

— Et tu n'as toujours aucune idée de son identité ?

Il secoua la tête.

— Il est difficile d'enquêter sur un meurtre quand on n'a pas de bureau, pas de voiture, pas d'inspecteurs, et pas de pouvoir.

Ils restèrent silencieux. Les larmes de Margaret avaient séché, son moment d'apitoiement sur elle-même était passé. Li Yan était encore plus perturbé qu'elle.

Le taxi roulait sur Jinsong Lu, vers l'est, en direction de l'usine de Jeeps. Sur leur droite, des blocs d'immeubles des années soixante-dix faisaient figure de pustules sur le nouveau visage de Pékin.

— Où est-ce qu'on va ? demanda Margaret.

— Chez Xiao Ling.

— Pourquoi ?

— Elle a été arrêtée pour détention illégale de cocaïne. Mon père s'occupe de Xinxin. Je crois qu'il ne sait plus quoi faire.

Ils laissèrent le taxi dans la cour, au milieu de douzaines de bicyclettes serrées les unes contre les autres comme pour se tenir chaud. Des petits garçons étaient en train de jouer au ballon au milieu des éclats de verre qui jonchaient le sol. Li éprouvait toujours un sentiment de honte quand il voyait où vivait sa sœur. Mais elle n'avait pas les moyens d'habiter ailleurs. À l'intérieur, une vieille concierge édentée assise près d'une fenêtre grillagée leur dit que l'ascenseur était cassé. Ils devaient monter à pied. Pendant qu'ils se dirigeaient vers la cage de l'escalier, Margaret l'entendit se racler la gorge et cracher par terre. Elle serra Li Jon contre elle et suivit Li.

— Tu ne penses pas que Xiao Ling ait pu effectivement avoir de la cocaïne dans son vestiaire ? demanda-t-elle.

— Impossible. Même dans d'autres circonstances je ne l'aurais pas cru une seconde. Alors, le jour où Li Jon disparaît ? Le jour où on te refuse ton visa, où on t'arrête ? Le jour où on m'accuse de choses que je n'ai pas faites, où on me suspend de mes fonctions ?

Il marqua une pause.

— J'y crois encore moins.

Il s'arrêta sur le palier suivant pour reprendre son souffle. Des années de cigarettes se faisaient difficilement oublier.

— Il essaye de me détruire. À travers ma famille, ma

carrière. Tout ce qu'il peut trouver pour me discréditer, pour me neutraliser. Attends, laisse-moi...

Il prit Li Jon des bras de Margaret pour le porter à son tour.

— Je voulais l'abattre le premier. Mais je n'ai pas été assez rapide. C'est lui qui m'a eu.

Ils continuèrent à monter dans la cage d'escalier autrefois peinte en crème, à présent d'une couleur boueuse indéterminée, écaillée. Chaque palier était encombré de ce qui débordait des appartements. Bicyclettes, poubelles, cartons, rebuts. L'air empestait l'urine.

— Je n'ai pas eu l'occasion de parler avec toi de ton père, dit Margaret.

Li se retourna pour la regarder, en fronçant les sourcils.

— Nous avons eu une longue conversation hier après-midi, quand il est venu voir Li Jon. Il y a des choses dont vous devriez discuter tous les deux.

— Je ne pense pas que ce soit le moment, Margaret.

— Peut-être pas. Mais tu dis toujours ça. Ce ne sera jamais le moment, n'est-ce pas ? Ni pour l'un ni pour l'autre. Or tant que vous ne vous parlerez pas, vos relations en resteront là.

— Ce n'est pas moi qui les ai fait voler en éclats.

— Peut-être, mais tu n'as rien fait pour recoller les morceaux.

Li s'arrêta sur le palier suivant et se retourna.

— J'ai essayé, Margaret. Plusieurs fois. Mais je me suis toujours heurté à un mur.

Il se dirigea vers la porte la plus éloignée et frappa avec force. Ils entendirent courir, puis virent la porte s'entrouvrir sur les yeux rouges de Xinxin. Elle jeta ses bras autour de Li et fondit en larmes.

— Ils ont pris ma maman, cria-t-elle. Oncle Yan, ils ont pris ma maman.

Elle tendit le cou pour le regarder.

— Tu me ramèneras ma maman, oncle Yan, hein ?

— Bien sûr, ma chérie, dit Li avec une assurance qu'il était loin d'éprouver.

Margaret s'avança pour reprendre le bébé.

— Ton oncle va tout arranger, Xinxin. Ne t'inquiète pas, c'est seulement une erreur.

Xinxin enlaça Margaret, s'accrochant à elle avec désespoir.

— Je veux ma maman, Magret, je veux que ma maman revienne, gémit-elle.

Le père de Li apparut dans l'entrée. Blême, rétréci, fragile, il semblait avoir vieilli en vingt-quatre heures.

— Prends ton manteau et ton chapeau, dit Li. Tu as fait ta valise ?

Le vieil homme hocha la tête.

— Je m'apprêtais à prendre le train.

Il leva son poignet gauche ; sa montre semblait trop grande pour son poignet. Il la regarda.

— Je l'ai raté, maintenant.

Li s'accroupit à côté de sa nièce.

— Xinxin, il faut que tu mettes quelques affaires dans un sac. Vite. Tu vas rester avec Margaret et moi jusqu'à ce que ta maman revienne.

— Je vais l'aider, dit Margaret en prenant Xinxin par la main et en se hâtant vers la chambre de la petite fille.

Li et son père restèrent debout à se regarder. Ils étaient si proches qu'ils auraient pu se toucher, mais l'espace qui les séparait était infranchissable.

— Je vais te conduire à l'hôtel, dit Li.

Le vieil homme inspecta le plancher pendant un moment avant de dire :

— Tu ne peux même pas trouver de la place chez toi pour ton propre père.

Exaspéré, Li répliqua :

— C'est un appartement pour une personne, papa. Avec Margaret, le bébé et Xinxin, tu devrais dormir par terre. Je vais t'emmener dans un de ces grands hôtels internationaux. Tu y seras en sécurité, et à l'aise.

— Et tout seul. Comme d'habitude.

Li soupira. Il n'avait pas besoin de ce genre de complication sentimentale.

— Je te trouverai une place dans le train de demain.

Mais le vieil homme secoua la tête.

— Je ne partirai pas tant que je n'aurai pas la certitude que Xiao Ling ne risque rien et qu'elle a retrouvé Xinxin.

Le rush de l'heure du déjeuner était passé depuis longtemps, et il était encore trop tôt pour celui du soir, ainsi la circulation était-elle extraordinairement fluide sur Jianguomenwai Dajie. Un flic en gants blancs s'agitait au croisement avec Beijingzhan Jie en faisant des grands signes aux cyclistes. Au bout de la rue, les tours de la gare de Pékin reflétaient les derniers rayons du soleil. Au coin nord-est du carrefour s'élevaient les trois arches de l'Hôtel international de Pékin couronné par un restaurant pivotant au sommet de ses vingt-deux étages. Le taxi décrivit une courbe pour s'arrêter au pied du tapis rouge menant à l'entrée de verre, de marbre et d'acier. M. Li n'en croyait pas ses yeux. Son fils l'aida à descendre de voiture et prit son sac.

— Je n'ai pas les moyens d'aller dans un endroit pareil.

— Ne t'inquiète pas, dit Li.

Il paya le chauffeur et précéda son père dans le hall étincelant aussi grand qu'un terrain de football. La moindre surface reflétait la lumière qui pénétrait, du sol au plafond, par les baies immenses, et tombait directement sur d'énormes bureaux cirés où des employés en costumes immaculés taillaient des crayons en attendant d'être sollicités.

Le père de Li suivit son fils à travers le vaste hall en traînant les pieds. Une jeune réceptionniste en uniforme noir et chemisier blanc leur sourit, comme on le lui avait appris, mais ne put s'empêcher de jeter un rapide coup d'œil à la silhouette miteuse du vieil homme.

— Pas de problème, dit Li. Notre argent vaut celui de n'importe quel étranger.

— Puis-je vous aider ? demanda la fille qui cessa de sourire.

— Je voudrais une chambre pour une personne.

— Pour combien de temps ?

— Une nuit.

— Standard ou luxe ?

— Standard.

— Fumeur ou non-fumeur ?

— Non-fumeur, soupira Li.

La fille tapa les informations sur un clavier d'ordinateur. Puis elle glissa un formulaire sur le comptoir.

— Remplissez ceci, s'il vous plaît. Et il me faut une carte de crédit.

Li donna son stylo à son père pour qu'il remplisse le formulaire.

— C'est combien ? demanda-t-il.

Elle haussa les sourcils, comme si la question la surprenait.

— Quatre-vingt-un dollars US.

— Nous paierons quand il partira.

— J'ai quand même besoin de votre carte maintenant. Elle ne sera pas débitée avant son départ.

Li sortit son portefeuille et tendit sa carte. La fille la prit et partit à l'autre bout du comptoir pour l'insérer dans la machine.

— Quatre-vingt-un dollars ? chuchota le vieil homme, stupéfait. C'est de la folie.

C'était plus qu'il ne gagnait en un mois quand il enseignait à l'université.

— C'est l'hôtel le plus proche de la gare, dit Li. Même si je ne pouvais pas venir te chercher demain, tu pourrais y aller tout seul.

— Et si Xiao Ling n'est pas rentrée... ?

— Elle sera là, papa. Tu ne passeras qu'une nuit ici.

La réceptionniste revint et fit claquer la carte de Li sur le comptoir.

— Pas bonne, dit-elle d'un ton suffisant et avec une satisfaction évidente.

— Qu'est-ce que vous racontez ? grogna Li.

— La transaction a été refusée par la compagnie de votre carte de crédit.

— C'est ridicule ! Essayez encore.

— J'ai essayé deux fois, monsieur. Je suis navrée.

Elle ne l'était pas du tout.

Le père de Li se figea, le stylo en équilibre au-dessus du formulaire. Il n'avait pas encore signé.

— Puis-je utiliser un téléphone ? demanda Li.

La réceptionniste haussa les épaules et posa un téléphone sur le comptoir. Li composa le numéro qui figurait au dos de sa carte ; quand il eut quelqu'un en ligne, il voulut savoir pourquoi la transaction était refusée.

— Votre carte a été annulée, lui répondit-on.

— Annulée ?

Li n'en revenait pas. Il leva les yeux. La réceptionniste l'observait.

— Ce n'est pas possible. Qui a autorisé cette annulation ?

— Je suis désolé, je n'ai pas le droit de vous communiquer cette information. Bonne journée.

Et on raccrocha.

Li blêmit. Il se sentait humilié, furieux. Si quelqu'un avait pu faire annuler sa carte de crédit, il était probable que son compte en banque était bloqué. Ce qui voulait dire qu'il ne pouvait plus retirer d'argent liquide. Et il ne lui restait que quelques centaines de yuans en poche. La réceptionniste conservait son petit sourire narquois. Li prit le formulaire et le déchira en deux.

— Nous avons changé d'avis, dit-il.

Il prit son père par le bras pour lui faire retraverser toute cette débauche de marbre en direction des portes.

Le vieil homme était déconcerté.

— Je ne comprends pas, dit-il. Que se passe-t-il ?

— Ils sont en train de foutre ma vie en l'air, papa. Ils essayent de me détruire, de me discréditer, de me réduire à zéro.

Il respira à fond pour retrouver son sang-froid.

— Il faut que je te trouve un endroit pour cette nuit.

— Je sais ce que c'est, dit son père. Ils m'ont fait la même chose. Il y a très longtemps. Quand on m'a mis le bonnet et fait défiler en public pour me ridiculiser.

Il tira son fils par le bras, le força à s'arrêter, et le

regarda au fond des yeux, avec une franchise que Li n'y avait jamais vue.

— Ne les laisse pas te briser, fils. Pas comme moi. Il faut te battre. Je le sais maintenant. Ta mère est morte en se battant contre eux. Et je suis vivant parce que je n'ai pas fait comme elle. Je le regrette tous les jours.

Les branches noueuses des arbres étaient ourlées d'une lumière rose doré. Les visages des vieillards, d'habitude blafards, rougeoyaient dans le soleil couchant. Les joueurs de cartes et d'échecs n'allaient pas tarder à reprendre leurs bicyclettes entassées contre la clôture pour rentrer chez eux en bravant le froid.

Le vieux Dai n'eut pas l'air étonné de voir Li, mais complètement décontenancé, en revanche, de voir le frère de son meilleur ami devant lui, dans le parc, avec son chapeau de fourrure, son duffle-coat trop grand et son sac avachi. Il lui lança un regard appuyé, puis se retourna vers l'échiquier pour terminer sa partie.

— Vous n'êtes pas venus jouer aux échecs, dit-il.

— Non. Mon père a besoin d'un endroit où dormir cette nuit.

Dai hocha la tête sans lever les yeux de l'échiquier.

— Ton père ne peut pas parler lui-même ?

— Si, dit le père de Li.

Dai leva une main comme s'il allait avancer une pièce, puis se ravisa.

— J'ai entendu dire que tu avais été suspendu, Li Yan.

— Les nouvelles vont vite.

— Un mot susurré à l'oreille peut s'entendre à des kilomètres à la ronde.

Il déplaça son cavalier.

— *Jiang si le*, dit-il.

Son adversaire en eut le souffle coupé. Il se leva immédiatement, serra la main de Dai, salua Li et son père d'un signe de tête et se dirigea vers les bicyclettes.

— Mon appartement est très petit, dit Dai.

— Le mien aussi. Et il y a déjà Margaret, le bébé et ma nièce.

— Où est Xiao Ling ?

— Elle a été arrêtée pour détention illégale de cocaïne.

Lao Dai leva la tête et chercha le regard de Li.

— Donc ils essayent de te détruire, maintenant.

— Et ils réussissent.

Dai hocha à nouveau la tête.

— Le frère de Yifu est le bienvenu chez moi, bien sûr.

Puis il ajouta :

— Puis-je faire quelque chose pour toi ?

— Tu peux me dire ce que je dois faire ? demanda Li.

Lao Dai secoua la tête d'un air triste.

— Quand l'aveugle guide l'aveugle, ils tombent tous les deux à l'eau.

Il réfléchit un moment.

— Le Tao dit : « Vaincu par la soumission, redressé par la droiture, rempli par le vide. »

Pour la première fois, le père de Li prit la parole, les surprenant tous les deux.

— Ceux qui connaissent le Tao n'ont pas besoin d'en parler. Ceux qui en parlent ne le connaissent pas.

Li faillit sourire. Dans d'autres circonstances, il aurait aimé être, ce soir-là, une mouche sur un mur de l'appartement de Dai. Les deux hommes étaient comme l'huile et l'eau. Mais son père n'avait pas terminé. Il ajouta :

— L'homme sage prend ses propres décisions, l'homme faible se conforme à l'opinion publique.

Il tourna la tête pour regarder son fils ; Li vit pour la première de sa vie l'encouragement d'un père sur son visage. Et il sut que son père lui disait d'avoir confiance en lui-même.

Dai rangeait ses pièces d'échecs.

— Merci d'accueillir mon père. Je ne l'oublierai pas, lui dit Li.

Dai haussa les épaules, sans le regarder.

— Ne t'inquiète pas. Je ne te laisserai pas tomber.

Gêné, Li se retourna vers son père et ne trouva rien à lui dire. Puis il se surprit à serrer le vieil homme dans ses bras pour la première fois depuis qu'il était un petit garçon. Son père lui semblait un géant, alors. À présent, il lui faisait l'effet d'un enfant ; Li n'osa pas le serrer trop fort, de peur de le briser.

5

Xiao Ling était retenue au centre de détention de Pao Jü Hutong, un bâtiment blanc à plusieurs étages voisin de celui de la police scientifique. C'était là qu'œuvrait l'unité des interrogateurs de la Section n° 6. Le jour déclinait, en même temps que la confiance de Li, quand le taxi s'arrêta devant le centre. Il voyait des feux brûler dans les cours du *hutong* et sentait l'odeur sulfureuse des briquettes de charbon, moyen de chauffage courant des familles pékinoises. Il y avait une circulation dense dans le *hutong,* entre les cyclistes qui rentraient chez eux, les automobilistes qui traversaient au pas les rues encombrées, et les groupes d'écoliers qui bavardaient un peu partout, gênaient la circulation et provoquaient le déchaînement des sonnettes et des klaxons. Leur monde continuait à tourner ; celui de Li s'était figé sur son axe. Les autres lui rappelaient sans cesse qu'ils continuaient à mener une vie normale alors qu'il était devenu un fantôme au milieu d'eux, invisible, piégé quelque part entre le ciel et l'enfer.

Il s'était attendu à une hostilité implacable, un millier de raisons – légales et bureaucratiques – lui interdisant de voir sa sœur. Mais, sans marquer la moindre hésitation, le policier de garde le pria de descendre avec lui au sous-sol. On lui accordait un quart d'heure.

Xiao Ling se leva dès qu'elle le vit entrer dans sa cellule. Pourtant, la lueur d'espoir qui s'était allumée un instant dans ses yeux s'éteignit quand la porte se referma en claquant derrière lui. On lui avait donné une combinaison blanche et des chaussons noirs en coton. Elle n'était pas maquillée ; elle avait le teint blafard et les yeux cernés. Elle dévisagea son frère, pour tenter d'y déceler un signe, un espoir ; elle ne trouva rien.

— Pourquoi suis-je ici, Li Yan ? demanda-t-elle d'une voix calme.

— Tu sais pourquoi.

— Non.

Elle secoua vigoureusement la tête.

— Je sais qu'ils ont trouvé de la cocaïne dans mon casier, c'est ce qu'ils m'ont donné comme excuse. Mais ce n'est pas pour ça que je suis ici, hein ?

Li ne trouvait pas les mots pour lui répondre. Elle s'en chargea elle-même.

— On ne monte pas un coup pareil contre une ouvrière d'une chaîne de production de voitures sans une bonne raison.

Elle marqua une pause.

— Comme celle d'être la sœur du flic le plus en vue de Pékin, par exemple.

Une expression douloureuse assombrit son visage. Elle voulait comprendre.

— Pourquoi, Li Yan ? Qu'est-ce que tu as fait ? Qu'est-ce que j'ai fait, *moi* ?

— Est-ce qu'ils ont fouillé d'autres casiers que le tien ?

— C'était inutile. Ils avaient été prévenus.

Li hocha la tête.

— Je connais la réponse, mais je dois quand même te demander si...

— Non ! le coupa-t-elle, blessée. Bien sûr que non. Tu crois que je gaspillerais mon argent pour cette merde au détriment de ma petite fille ? J'ai déjà failli la perdre une fois. Je ne vais pas recommencer.

Son regard étincelait dans la lumière dure du néon ; elle cligna des yeux pour refouler ses larmes.

— Où est-elle ?

— Margaret l'a emmenée à la maison. Papa est chez Lao Dai.

Elle essuya ses joues humides avec sa manche. Le ressentiment se lisait sur son visage.

— Tu ne m'as toujours pas dit pourquoi.

Elle pointa le menton en avant d'un air de défi, résolue à ne plus se laisser déborder par ses émotions.

— Parce que je suis sur le point de découvrir l'identité d'un tueur très haut placé à la Sécurité publique. Il essaye de me détruire avant que je ne le rattrape.

Elle laissa échapper un profond soupir.

— Tout tourne toujours autour de toi, hein ? Il faut toujours que tu sois devant nous. Toujours.

— Ce n'est pas vrai, Xiao Ling.

Li se sentit d'autant plus cruellement blessé par son accusation qu'elle contenait peut-être une pointe de vérité.

— Tu es parti à Pékin pour ta carrière et tu m'as laissée m'occuper toute seule de papa.

— Et tu t'es mariée. Et tu l'as laissé pour aller vivre avec une brute épaisse.

— Ce n'était pas à moi de rester à la maison ! se rebiffa Xiao Ling avec indignation. C'était mon devoir de partir vivre avec les parents de mon mari.

Li se mordit la langue. Il aurait pu l'accuser d'avoir délaissé sa fille pour essayer d'avoir un fils. Il aurait pu l'accuser d'avoir quitté son mari, d'avoir abandonné son père. Il aurait pu l'accuser d'égoïsme et d'hypocrisie. Tout cela était vrai. Mais ce n'était pas pour ça qu'elle se retrouvait dans une cellule du centre de détention de Pao Jü Hutong. Il ravala sa colère.

— Je vais essayer de te faire sortir d'ici. Mais ce ne sera pas facile. J'ai été suspendu de mon poste ; ils essayent de me griller.

Elle lui jeta un regard incrédule.

— S'ils peuvent te faire ça, bon Dieu, qu'est-ce que je peux espérer, *moi* ?

— Pas grand-chose, dit-il en laissant sa colère reprendre le dessus.

Ils étaient aussi différents que peuvent l'être deux individus sortis du même ventre. Ils s'étaient toujours disputés ; elle l'avait toujours exaspéré.

— Mais je suis le seul putain d'espoir qui te reste.

Alors, ne me pousse pas à bout, Xiao Ling, ne me rejette pas tout sur le dos. Aide-moi plutôt !

Elle lui jeta un regard de défi avant que la petite fille en elle ne remonte à la surface. Sa lèvre inférieure se mit à trembler.

— Sors-moi d'ici, Li Yan. Sors-moi simplement d'ici.

Quand il ressortit dans le *hutong*, il faisait nuit. La température avait chuté, et une brume glacée montait du sol. Des phares le balayèrent, puis éclairèrent la petite rue bordée d'arbres, les cyclistes frigorifiés, les piétons emmitouflés. Li sortit son téléphone de sa poche et fit défiler ses numéros enregistrés. La batterie était faible, la lumière qui illuminait l'écran vacilla. Il trouva le numéro qu'il cherchait et appuya sur la touche d'appel. Il colla le téléphone contre son oreille, écouta s'égrener la succession de notes musicales composant le numéro, puis les longues sonneries. On lui répondit au bout de la troisième. Il demanda à parler à Pi Jiahong. La fille lui demanda son nom et lui dit de ne pas quitter. Au bout d'un long moment, il entendit la voix de Pi :

— Hé, Li Yan, ça fait longtemps.

Ils étaient de vieux amis. Mais la voix de Pi était dépourvue de toute chaleur amicale. Il paraissait tendu, méfiant. Ils avaient passé ensemble leurs deux premières années à l'université de la Sécurité publique avant que Pi ne laisse tomber pour faire son droit à Beida[1]. Maintenant, il était l'un des avocats les plus

1. Beijing Daxue : Université de Pékin.

dynamiques de la nouvelle génération de pénalistes de Pékin.

— J'ai besoin de ton aide, Pi.

— Quoi ? fit-il en essayant de prendre un ton enjoué. Le chef de la Section n° 1 a besoin de *mon* aide ?

— J'ai été suspendu, Pi.

Il y eut un bref silence.

— Je sais.

Li se demanda pourquoi il n'avait pas l'air surpris. Il se souvint de Dai, dans le parc, disant : *Un mot susurré à l'oreille peut s'entendre à des kilomètres à la ronde.*

— Ils ont arrêté ma sœur pour détention illégale de cocaïne. Ils en ont trouvé dans son casier, à l'usine. C'est un coup monté, Pi. Ils la détiennent à Pao Jü. Elle a besoin d'être représentée.

Il y eut un silence encore plus long à l'autre bout de la ligne.

— Je suis débordé en ce moment, Li. Un gros dossier.

— J'ai besoin de quelqu'un pour la faire sortir.

— Je peux te recommander quelqu'un...

— C'est à toi que je le demande.

Autre long silence.

— Li, je vais être franc avec toi. J'ai entendu des trucs sur toi. Je ne sais pas si c'est vrai ou pas. Probablement pas. Mais tu sais ce que c'est. La merde, ça colle. Et ça éclabousse.

Li eut l'impression d'avoir soudain la tête prise dans un étau. Sa gorge se serra.

— Je ne l'oublierai pas, mon pote.

— Oh, allez Li, ne fais pas...

La batterie de son téléphone rendit l'âme et coupa la

communication, épargnant à Li d'en entendre davantage. Il jeta le téléphone dans sa poche, rajusta son manteau autour de lui, et se dirigea vers le nord, en direction du temple des Lamas de Yonghegon. Il trouverait un taxi sur Andingmen Dajie. À pied, c'était assez loin, dans le froid et le noir. Assez loin pour avoir le temps de réfléchir aux amitiés trahies, perdues, aux larmes, au désespoir. Assez loin pour avoir le temps de réfléchir à l'expulsion de Margaret, à son fils, sa famille, sa propre impuissance face à ces événements. C'était loin, très loin, beaucoup trop loin.

Il lui fallut encore une demi-heure pour arriver à son appartement. Conscient de la limite de ses finances, il avait pris le métro à Yonghegong. Trois yuans au lieu de trente en taxi. Le métro était bondé. Agrippé à la poignée de plastique suspendue au-dessus de sa tête, bousculé de tous les côtés par d'autres Pékinois qui rentraient également chez eux – certains lisaient un livre ou un journal, d'autres écoutant de la musique sur un iPod – il ne les entendait pas plus qu'il ne les sentait. Il était isolé, piégé dans une bulle, exclu de la vie réelle. Il avait presque l'impression d'être invisible. Personne ne le regardait. Personne ne faisait attention à ce grand Chinois en manteau noir qui tanguait à l'unisson avec la foule du métro. Il n'était qu'un individu parmi les autres. Quelle différence ? Il aurait aussi bien pu ne pas exister.

Il descendit à Wangfujing et se dirigea vers le Grand Hôtel de Pékin. Le souterrain qui traversait l'avenue Changan était désert. Plusieurs lampes ne fonctionnaient pas ; il faisait très sombre. Soudain, il entendit du bruit derrière lui et se retourna rapidement. Mais il n'y avait personne. Il n'y avait que l'écho de l'escalier, au loin, et l'ombre pâle de son corps sur le mur. Pourtant, son cœur s'accéléra ; il mesura dans quel abîme il était tombé pour avoir peur de son ombre.

En pénétrant dans l'enceinte du ministère, juste après le restaurant Chung Fung, il trouva que le garde le regardait d'un air bizarre. Est-ce que tout le monde savait ? Même le plus subalterne des plantons de nuit ? Était-il devenu un paria ? Ou simplement paranoïaque ? Il leva les yeux vers son immeuble et aperçut une voiture d'aspect familier garée devant la porte. C'était une Jeep de la Section n° 1. La panique s'empara de lui ; il se mit à courir. Il ralentit une seconde en arrivant près de la voiture – il n'y avait personne à l'intérieur. Alors, il monta les marches quatre à quatre et fonça dans le hall. L'ascenseur était là, porte ouverte, le sol jonché de mégots de cigarettes ; il en sortait une odeur fétide de tabac froid. La montée jusqu'au quatrième lui parut interminable. Il fouilla sa poche à la recherche de sa clé, l'introduisit dans la serrure, et tomba sur Margaret.

— Qu'est-ce qu'il y a ? Qu'est-ce qui se passe ? demanda-t-il.

— Rien. Tout va bien. Qian est ici. Il vient d'arriver.

Li regarda par-dessus l'épaule de Margaret et vit Qian debout à côté de la fenêtre. Xinxin, assise par terre avec Li Jon entre ses jambes, regardait la télévision.

— Tu vas bien ? Ça fait une éternité que je t'attends.

Li hocha la tête.

— Ça va. Mon père est chez Lao Dai.

Il n'avait pas envie de lui raconter tout de suite le coup de la carte de crédit. Il regarda à nouveau Qian et avança dans la pièce.

— Que se passe-t-il ?

Qian avait l'air sombre.

— William Hart a été retrouvé mort dans le jardin de son immeuble. Apparemment, il est tombé par la fenêtre, du vingt-troisième étage.

Chapitre XI

1

Ils prirent le Troisième périphérique est à la hauteur du China World Trade Center. La vapeur qui s'échappait des grilles d'égout se dispersait sur la chaussée et se dissolvait dans les gaz d'échappement. La circulation en direction du sud était fluide, les feux des voitures décrivaient un arc de lumière dans la nuit. Assis sur le siège passager, à côté de Qian, Li était abasourdi.

— Ça risque de t'attirer de gros ennuis, Qian, dit-il.

Qian haussa les épaules.

— Depuis combien de temps on se connaît, chef ? Quinze ans ? Plus ? Je crois qu'on peut dire qu'on est de vieux amis. Officiellement, je ne suis pas en service pour l'instant. J'accompagne un vieil ami à l'appartement de l'une de ses relations qui vient d'être tuée.

Li plongea son regard dans la nuit. Il était très choqué par la mort de Hart. Non seulement parce qu'il le connaissait et l'appréciait, mais parce qu'il représentait son dernier espoir d'identifier l'assassin de Lynn Pan. Raison pour laquelle il était mort, évidemment. Il se sentait responsable. Il aurait dû le prévenir. Mais depuis le matin, le monde entier s'écroulait autour de lui, et il n'avait pas pensé une seule seconde à Hart.

Ils quittèrent le périphérique à Jinsong Qiao. Des policiers en uniforme firent signe à Qian d'entrer dans la résidence de la Maison de la musique. Les jardins que Li et Margaret avaient traversés vingt-quatre heures plus tôt étaient noirs de monde. Il y avait des véhicules de police au pied de la tour nord-ouest. Tout le secteur était éclairé par des projecteurs ; une foule de gens se massait derrière un cordon de policiers résolus à les refouler. Li et Qian abandonnèrent la Jeep et se frayèrent un chemin à travers la foule. Ils remontèrent le sentier d'un pas rapide, puis la passerelle qui enjambait le cours d'eau. Hart était tombé sur les dalles entourant un bassin rocailleux. Il y avait beaucoup de sang, très rouge sur le blanc du sol. Son torse était bizarrement tordu, ses bras et ses jambes écartelés. Sa main et son bras gauches manquaient. Il avait le crâne ouvert. Incapable de supporter ce spectacle, Li leva la tête vers les lumières de l'appartement, vingt-trois étages plus haut. Sacrée chute. Aucune chance d'y survivre. Quand il rabaissa la tête, il s'aperçut que tous les policiers présents le regardaient. Son arrivée avait interrompu les procédures en cours. Le photographe avait cessé de flasher. Le Dr Wang, accroupi à côté du corps, s'était retourné. Les inspecteurs de sa propre section le fixaient, bouche bée. Les techniciens en combinaison blanche de la police scientifique s'étaient immobilisés.

Le seul à bouger fut le chef de la police scientifique, Fu Qiwei, qui s'avança au milieu de cette scène figée comme si quelqu'un avait appuyé sur la touche pause.

Les yeux brillants, il souriait de toutes ses dents, la main tendue.

— Salut, chef. J'ai reçu aujourd'hui une putain de note disant que vous aviez été suspendu et que je ne devais pas « frayer » avec vous. Quelle idée d'utiliser un putain de mot comme « frayer ».

Il se gratta la tête.

— De toute façon, je n'ai pas eu le temps de la lire. Je verrai ça demain. Il y a plus important à faire dans l'immédiat.

Li hocha la tête et lui serra vigoureusement la main.

— Une note ? Quelle note ? lança Wang à son tour. Je n'ai même pas eu le temps de lire mon courrier aujourd'hui.

— Moi non plus, dit Wu en se détachant du groupe des inspecteurs.

Il jeta un coup d'œil à la ronde.

— Je crois que tout le monde était beaucoup trop occupé, non ?

Toutes les têtes firent signe que oui, et, comme si une autre touche avait été enfoncée, la scène se remit en mouvement. Seul Hart demeurait immobile.

Qian murmura à l'oreille de Li :

— Tout le monde est avec toi.

Sur le moment, Li se sentit incapable de parler. Puis, il se tourna enfin vers Wu et demanda :

— Alors, inspecteur, que s'est-il passé ?

— Tout laisse penser à un accident, ou un suicide. Hart était seul dans son appartement. La fenêtre donnant sur le balcon était grande ouverte. Sa femme était sortie faire des courses avec le bébé. C'est un voisin qui a entendu le cri en rentrant chez lui. Il a levé la tête, et vu Hart tomber comme une pierre.

— Le voisin a entendu un cri ?

— Exact.

— Avant ou après l'avoir vu tomber par la fenêtre ?

Wu secoua la tête.

— Il est incapable de le dire. Il a entendu le cri avant de voir Hart. Une chose est sûre, pourtant, c'est qu'il était vivant pendant sa chute. Le voisin dit l'avoir vu agiter les bras comme un dément.

Li ferma les yeux, imagina les pensées de Hart pendant sa chute vers une mort inéluctable. Ces quelques secondes lui avaient-elles paru durer une éternité ou étaient-elles passées en un éclair ? Il rouvrit les yeux.

— Ce n'est ni un suicide ni un accident. Hart a passé toute la journée à essayer de déchiffrer les graphiques de Lynn Pan. Ou il a découvert qui est le menteur, ou il brûlait.

— Alors, chef, si tu étais ici au titre de chef de Section, comment t'y prendrais-tu ? demanda Qian.

— Je ferais prendre les dépositions de tous les habitants de la résidence. Je trouverais qui était dans la cafétéria à cette heure-là, qui étaient les employés de service. J'interrogerais le gardien en poste dans le hall – comment l'assassin a-t-il pu entrer sans être contrôlé ? Je vérifierais le circuit de vidéo interne. J'interrogerais les compagnies de taxi au cas où l'assassin serait venu ou reparti en taxi. Quelqu'un, quelque part, a vu quelque chose, qu'il en soit conscient ou non. Peut-être un étranger dans l'ascenseur, un individu au comportement bizarre. La police scientifique doit passer l'appartement au peigne fin. À mon avis, le tueur est un vrai pro, on ne trouvera probablement rien. Mais les gens commettent souvent des erreurs.

Wu regarda Qian qui fit un signe de tête.

— Je m'en occupe, dit celui-ci.

— Wu.

Li lui posa la main sur le bras pour l'arrêter.

— Où est sa femme ?

— Dans l'appartement. Il y a une femme policier avec elle. Elle est complètement bouleversée.

— Je devrais peut-être identifier le corps pour le dossier, dit Li. Pour lui éviter ce traumatisme.

Wu haussa les épaules.

— Elle l'a déjà fait. Elle a insisté pour le voir.

Li hocha la tête ; Wu partit donner ses instructions aux autres inspecteurs.

— J'aimerais que Margaret fasse l'autopsie, dit-il à Qian.

Qian haussa les sourcils.

— Ça risque d'être difficile, chef.

— Les Américains vont probablement demander que ce soit l'un des leurs qui la réalise de toute façon. Et si nous accélérons le mouvement en la pratiquant ce soir, ce sera un fait accompli.

— O.K., fit Qian. Je m'en occupe.

— Autre chose, Qian. Je ne veux pas que mon fils et ma nièce restent seuls à l'appartement. Est-ce qu'on peut avoir un policier qui leur tienne compagnie jusqu'à la fin de l'autopsie ?

Qian secoua la tête.

— Officiellement, non. Je n'y arriverai jamais.

Il hésita, puis ajouta :

— Mais comme je te l'ai déjà dit, officiellement, je ne suis pas en service. Je resterai avec eux. Personne ne touchera un cheveu de leur tête tant que je serai là. Tu peux compter sur moi.

Li regarda son aîné dans les yeux et n'y lut que du

dévouement et de la confiance. Il aurait aimé le serrer dans ses bras, mais il lui dit simplement :

— Je sais.

Vidée de sa substance, presque transparente, Lyang n'était plus que l'ombre d'elle-même. Il la trouva assise, prostrée, à la table de la salle à manger où ils auraient dû dîner la veille, les mains devant elle, les doigts noués. Elle tourna vers Li des yeux gonflés, presque fermés, quand il tira une chaise pour s'asseoir en face d'elle. La femme policier se leva et sortit de la pièce. Les techniciens de la police scientifique étaient en train de fouiller l'appartement, d'examiner le balcon dans ses moindres détails. C'était de l'une de ses fenêtres que Hart était tombé. Ils avaient déjà trouvé des traces sur le rebord, des éraflures sur le parquet d'acajou ciré que Hart et Lyang tenaient tellement à protéger qu'ils demandaient à leurs invités d'enfiler des pantoufles. Rien ne paraissait avoir été dérangé, que ce soient les tapis chinois ou les peintures accrochées au mur ; la chaîne stéréo était allumée, mais sur pause. Il y avait une boisson prête sur le bar. Intacte. L'un des faux margaritas de Hart. La glace avait entièrement fondu. Il avait dû le préparer en arrivant. Ce n'était pas vraiment le comportement qu'on aurait pu attendre d'un homme sur le point de se jeter par la fenêtre. Peut-être avait-il mis de la musique et préparé son cocktail juste avant qu'on ne sonne à la porte. Il avait alors enfoncé la touche pause, posé son verre, et introduit son assassin.

Lyang se mit à parler spontanément d'une voix rauque, étouffée.

— Il m'a appelée il y a deux heures sur mon portable, dit-elle.

Li eut du mal à ne pas se sentir submergé par la culpabilité quand il croisa son regard, même s'il n'y lisait pas le moindre soupçon d'accusation.

— Il pensait avoir déchiffré les graphiques. C'est exactement ce qu'il a dit. Je ne savais pas ce que ça signifiait, mais il n'a pas voulu m'en dire plus au téléphone. Il a dit qu'il me raconterait quand nous nous retrouverions ici. J'étais au supermarché avec Ling. J'ai fini de faire mes courses et je suis rentrée directement.

Sa voix se perdit dans un murmure. Elle serra les lèvres, ferma les yeux, et retrouva son calme.

— Je l'ai raté à un quart d'heure près. La police était déjà là, et tous ces foutus fouinards de voisins.

Li se pencha en avant pour poser sa main sur les siennes. Elle attendit une minute, puis continua :

— J'aurais voulu... j'aurais voulu pouvoir le voir une dernière fois. Vous savez, juste pour prendre vraiment conscience de l'homme adorable qu'il était. Pour lui dire que je l'aimais.

Elle reprit sa respiration, ferma les yeux pour arrêter ses larmes.

— La dernière fois que je l'ai vu, c'était ce matin, quand nous avons quitté l'appartement. Vous savez comment c'est. On ne fait pas très attention. On ne s'attend pas à ne plus revoir quelqu'un. Je ne me souviens même pas de son expression quand nous nous sommes dit au revoir, s'il souriait... Tout ce dont je me souviens, c'est... c'est de lui par terre.

Elle inclina la tête presque imperceptiblement vers la fenêtre.

— Vous n'êtes pas obligée de parler, dit Li.

— Si, je le veux, insista-t-elle.

Une lueur subite de colère brûla dans ses yeux.

— Je suis remontée ici et j'ai pleuré comme jamais je n'avais pleuré de ma vie. J'ai pleuré à en avoir mal, physiquement.

Elle posa une main sur sa poitrine.

— Je le sens encore, comme si j'avais des côtes cassées.

Elle respira à fond.

— Mais il arrive un moment où on ne peut plus pleurer. Pas tout de suite, en tout cas. J'ai commencé à me demander ce que je pourrais faire de positif. Quelque chose que Bill aurait voulu que je fasse. Alors, j'ai fouillé l'appartement, pour voir s'il n'aurait pas rapporté quelque chose à la maison. Il n'y avait rien ici. Rien dans son bureau. Pas même sa mallette. Or il la gardait toujours avec lui. J'ai téléphoné à l'Académie ; on m'a dit qu'il avait tout emporté.

Elle agrippa la main de Li.

— On l'a tué, n'est-ce pas ? Quelqu'un est entré ici, l'a jeté du balcon, et lui a volé toutes ses affaires. Et on ne saura jamais ce qu'il avait découvert. Ce qu'il voulait dire quand il parlait d'avoir déchiffré les graphiques.

Li savait qu'elle avait raison. C'était sa dernière chance d'identifier le meurtrier de Lynn Pan, de comprendre pourquoi : la raison de sa mort s'était envolée par la fenêtre en même temps que Bill Hart. Le tueur était parti avec. Deux morts. La carrière de Li ruinée, son avenir et sa famille démolis. Et pas un seul moyen de riposter.

Pour la première fois, il laissa libre cours aux soupçons qu'il avait refoulés une grande partie de la journée. Une seule personne en savait autant que lui. Il n'avait parlé qu'à une seule personne, le préfet Zhu, le matin même, dans son appartement. Le préfet avait ensuite parlé au directeur général du Département politique,

Yan Bo. Que lui avait-il dit ? Assez pour qu'il veuille écarter Li. Mais que savait Yan Bo sur Hart ? Quand le préfet avait demandé à Li comment il avait l'intention de découvrir l'identité du menteur, il lui avait répondu : *J'ai demandé à Bill Hart de rassembler toutes les informations nécessaires pour y parvenir.* Li se sentit malade à l'idée que ses paroles aient pu sceller le destin de l'Américain.

Et puis, il y avait le paquet vide de cigarillos russes dans la corbeille de la secrétaire du préfet. De la même marque que ceux trouvés à côté des victimes de l'Éventreur, de la même marque que celui retrouvé au monument du Millénaire. Zhu avait accès aux dossiers des meurtres de l'Éventreur. N'avait-il pas demandé lui-même un rapport quotidien à Li ? Zhu connaissait la marque des cigarillos trouvés sur les scènes des crimes de l'Éventreur. Facile d'acheter un paquet dans un bureau de tabac, d'en laisser un à côté du corps de Pan, de se débarrasser des autres. Mais c'était une négligence de sa part d'avoir jeté le paquet vide dans la corbeille. Ou alors un signe de son arrogance, de son assurance suprême de ne jamais être inquiété ? À moins qu'il n'ait tout simplement pas envisagé la possibilité que quelqu'un l'y voie ?

Qui d'autre aurait eu le pouvoir de manigancer la suspension de Li, le démantèlement de sa vie privée ? Il n'y avait pas une seule chose qu'il ignorât sur Li. Il avait une taupe au sein de la section, un informateur, quelqu'un qui le renseignait sur tout ce qui se passait. Mais Li ne saurait probablement jamais qui.

Il y avait une autre chose qui le troublait. Un souvenir de cet après-midi-là, à l'Académie, quand ils avaient été briefés ensemble sur le meurtre, avant le test MERMER. Une image, dans la tête de Li, de l'aisance avec laquelle le préfet avait manié l'arme du crime, un grand couteau de chasse à la lame dentelée près du manche. *On dirait que vous êtes né avec un couteau comme celui-là entre les mains*, lui avait-il dit. Et le préfet lui avait raconté ses parties de chasse avec son père dans les forêts de la province du Xinjiang. *Nous tuions les animaux en leur tranchant la gorge. Mon père m'a appris à étriper un cerf en moins de dix minutes.* Il savait se servir d'un couteau. Quel mal aurait-il eu à enfoncer une lame dans la gorge de Lynn Pan ? Tout cela le ramena à la seule, à la plus troublante de toutes les questions : Pourquoi ?

La voix de Lyang le tira de ses pensées noires.

— Li Yan...

Il la regarda.

— Ne me laissez pas seule. S'il vous plaît. Je ne crois pas que je pourrais supporter de passer la nuit ici, toute seule.

— Lyang...

Il lui serra les mains.

— Nous avons besoin d'établir... nous avons besoin de prouver que Bill a été poussé.

— Vous voulez parler d'une autopsie ?

Elle semblait presque trouver ça normal. Li se souvint qu'elle avait été flic ; elle connaissait la procédure.

Li hocha la tête.

— Je vais demander à Margaret de s'en charger.

Ses yeux se remplirent de nouveau de larmes. Elle fut incapable de parler pendant un moment, puis articula :

— Je suis contente.

Même à travers sa douleur et ses larmes, elle trouvait

le moyen de sourire. Au souvenir du personnage qu'avait été son mari.

— Il aurait apprécié cette ironie du sort.

Mais son sourire s'effaça très vite et elle se mordit la lèvre.

— Nous reviendrons ici après, avec Li Jon et ma nièce, Xinxin. Nous passerons la nuit avec vous, si vous voulez.

— Oui, j'aimerais bien.

Et de la chambre leur parvinrent alors des pleurs de bébé. Ling pleurait – peut-être le père qu'elle ne connaîtrait jamais.

2

Debout en haut des marches de l'entrée du centre médico-légal, Li regardait les phares des véhicules trouer la brume sur l'autoroute de Badaling. Au-dessus de sa tête, le ciel était d'un noir d'encre, les étoiles plus brillantes qu'au centre de la ville, loin des lumières et de la pollution. Il devait avoir l'air un peu ridicule avec sa blouse verte et sa charlotte, mais il se fichait qu'on le voie dans cet accoutrement. Il y avait peu de voitures sur le parking et une ou deux fenêtres, seulement, allumées sur la façade sombre du bâtiment ; l'équipe de nuit du centre était réduite. Il avait besoin d'air frais avant d'affronter l'autopsie. Trop de visages connus l'avaient fixé de leurs yeux morts ces derniers temps. Lynn Pan avait été autopsiée la veille. À présent, c'était au tour de Bill Hart. Li se souvint de la voix douce, séduisante, soutirant la confession du violeur d'enfant. Hart lui-même avait décrit le polygraphe comme une matraque psychologique. Mais il ne s'en servait pas comme ça. Il comprenait ce que ressentaient ses sujets, il établissait une relation humaine avec eux. Il n'avait pas mérité de mourir de cette façon.

Li aspira une dernière bouffée d'air glacé avant de rentrer.

Margaret leva la tête quand elle entendit s'ouvrir la porte de la salle d'autopsie. Li et elle échangèrent un regard. Le Dr Wang se tenait de l'autre côté du corps brisé de Hart. Appuyé au mur, Wu observait de loin. Margaret avait déjà pratiqué des autopsies sur des gens qu'elle connaissait. Mais celle-ci était beaucoup plus pénible. Hart n'était pas un ami ; néanmoins, elle avait aimé son sens de l'humour. Vingt-quatre heures plus tôt, il était en train de lui brancher des électrodes pour un test au polygraphe qui ne se ferait jamais. Un duel intellectuel qui n'aurait jamais lieu. Elle se souvint des vannes qu'elle lui avait balancées au déjeuner, la première fois qu'ils s'étaient rencontrés. Quand il avait proposé de démontrer l'efficacité du polygraphe en la soumettant à un test, et qu'elle avait accepté à condition qu'elle puisse l'autopsier. Tout le monde avait hurlé de rire autour de la table. Il ne lui avait pas fait passer le test, mais elle était sur le point de l'autopsier. Quelle blague de mauvais goût !

Elle ferma les yeux un moment, le temps de faire remonter son professionnalisme du fond de son désespoir. Lorsqu'elle les rouvrit, elle considéra le corps démantelé allongé sur la table et effaça de son esprit tous ses souvenirs de Bill Hart. Il avait la tête déformée, des fractures comminutives [1] ouvertes sur tous les os du crâne, de larges déchirures sur le cuir chevelu. Traumatismes multiples, voilà comment elle les décrirait dans son rapport, mais les mots étaient impuissants à décrire les dégâts.

Ses dents, bien soignées, étaient remarquablement intactes, mais les os du maxillaire et de la mâchoire étaient fracturés. Il avait du sang dans la bouche et les narines, et ses lèvres étaient bleues. Elle parla devant le micro pour enregistrer son examen externe.

« Le cou a été rendu asymétrique par des fractures. Il y a de légères zones d'ecchymoses mal définies sur le cou, et une crépitation osseuse palpable à la rotation de la base de la tête. »

— Il a atterri sur la tête, on dirait, dit-elle en levant les yeux.

Elle surprit le regard affligé de Li.

« La poitrine est aussi nettement déformée par des fractures de toutes les côtes ; une large déchirure la traverse depuis la région de l'épaule gauche jusqu'à la région inférieure droite de la poitrine, avec avulsion du muscle, de fragments de côtes et de parties d'organes internes. »

Pendant la chute, il avait subi une amputation traumatique de l'avant-bras et de la main gauches. L'assistant les tendit à Margaret dans un sac en plastique.

« L'extrémité distale supérieure gauche est recueillie séparément dans un sac en plastique rouge ; elle comprend l'avant-bras et la main. L'aspect médian du

1. Fracture caractérisée par la présence de nombreux fragments osseux.

poignet porte une éraflure, la base des troisième et quatrième ongles porte un hématome subunguéal. Il y a, sous les ongles des troisième et quatrième doigts de la main gauche, une matière rose qui pourrait être de la peau. »

Margaret passa ensuite à la main droite.

« La base des ongles des premier et quatrième doigts de la main droite montre un hématome subunguéal violet-rouge, et l'ongle de l'index est arraché. »

— Qu'est-ce que ça signifie ? demanda Li, devinant que cela la préoccupait.

— Ça signifie qu'il s'est salement débattu pour ne pas être balancé par la fenêtre. Je pense qu'on trouvera l'ADN de son agresseur dans les particules incrustées sous ses ongles.

Elle ne voulait pas penser à la panique qu'il avait dû ressentir dans ces derniers instants, en luttant pour sauver sa peau. Elle passa vite aux jambes, y trouva encore plus d'indices de lutte. Elle livra elle-même un autre type de lutte pour contrôler sa voix.

« Il y a une contusion d'éraflure en travers de la face antérieure de la cuisse droite. Orientée horizontalement sur sept centimètres et demi par trois centimètres et demi, elle porte des striations verticales, et contient ce qui semble être des éclats de bois et de vernis. »

Il y avait presque les mêmes éraflures sur la cuisse gauche, au-dessus des fractures multiples du fémur, du tibia et du péroné. Elle se tourna vers Wang.

— Pas reçues pendant la chute. Vous êtes d'accord, docteur ?

Wang hocha la tête.

— Les contusions sont trop nettes, dit-il. Violet

foncé, comparée à l'autre contusion qui n'est pas si sombre, ni si nette.

— Et presque symétrique. Corroborerait l'idée qu'il ait été poussé par la fenêtre. Il s'est retenu au rebord, mais n'a pas eu la force de résister.

Ils passèrent à l'examen interne ; les blessures étaient encore plus atroces. Il ne restait pratiquement plus rien du cœur et des poumons, les cavités péricardiques et pleurales ayant été déchirées par les multiples fractures des côtes ; pareil pour le diaphragme et la cavité péritonéale. La colonne vertébrale était totalement sectionnée. Le corps était un catalogue de fractures – du crâne, de la face, des vertèbres, du bassin, des bras, des jambes. La plupart des organes avaient été déchirés par la violence de l'impact.

— Il n'y a aucun doute, alors ? demanda Li.

— Tu sais que les médecins légistes ne s'engagent jamais, dit Margaret en regardant les yeux clairs, ouverts, intacts de Bill Hart, et en se souvenant de leur malice, de leur vivacité.

Puis, elle releva la tête vers Li.

— Mais si tu me demandes mon avis personnel, je te dirai qu'il n'a pas sauté.

Elle se recula de la table, baissa son masque pour mieux respirer. Elle en avait assez ; elle était contente que Wang termine le travail.

— J'ai besoin de prendre une douche. Je te retrouve dans le hall, dit-elle à Li.

Elle laissa les jets d'eau chaude ruisseler sur son visage et son corps et relâcher la tension qui l'étreignait. C'était probablement la dernière autopsie qu'elle ferait en Chine. Elle ne savait pas encore si elle embarquerait dans un avion pour les États-Unis samedi, ou si elle s'enfermerait dans l'ambassade américaine avec son bébé. Ni l'un ni l'autre de ces scénarios ne la réjouissaient. Pas plus que l'idée de pratiquer d'autres autopsies dans son pays. Si elle était obligée d'y retourner. Elle avait vu assez de cadavres pour le restant de ses jours. Peut-être était-ce le fait d'avoir donné la vie qui l'avait changée. Quoi qu'il en soit, pour l'instant, elle ne s'en sentait pas le courage.

Elle toucha la cicatrice de sa césarienne. Il était dur d'imaginer qu'en ouvrant son corps, un chirurgien en avait sorti la vie. Son fils. Et ses pensées se tournèrent vers le père de son enfant. Confrontée à la perspective de le perdre, elle se rendait maintenant compte que c'était impensable. Même si leur vie n'était pas aussi satisfaisante qu'elle l'aurait souhaité ils étaient ensemble. C'était ça le plus important. Elle aurait tant aimé pouvoir l'aider davantage, mais comment, elle n'en avait aucune idée. Elle était sans pouvoir face à cet ennemi sans visage.

Elle se sécha vigoureusement, enfila son jean, son sweat-shirt, ses baskets, et s'enfonça dans la chaleur de son grand manteau matelassé. Li l'attendait dans le hall. Il la serra longuement, la berça contre lui. Elle se sentait minuscule dans ses bras, protégée du monde extérieur et de tout ce qui les menaçait. Mais elle savait que ce n'était qu'une illusion.

— Chef de section ?

La voix les fit sursauter. Li tourna la tête et vit le chef du laboratoire de pathologie venir vers eux, les doubles portes battant derrière lui. Le professeur Nie Rong était un homme grand, maigre, avec des petites lunettes en forme de losange perchées sur son nez extraordinairement long. Ses quelques mèches de cheveux étaient soigneusement peignées en travers de son grand crâne chauve. Sa blouse blanche ouverte flottait dans son sillage. Li se demanda ce qu'il faisait là, à une heure aussi avancée. Évitant bizarrement le regard de Li, il serra la main de Margaret, puis croisa les bras sur la poitrine, sans lâcher le dossier écorné qu'il serrait dans sa main gauche. Li essaya de deviner ce qui pouvait l'embarrasser. Il devait être au courant de sa suspension.

— Je suis désolé, commença le professeur. Ce n'est pas facile à dire...

— Si vous voulez me demander de partir, dit Li, rassurez-vous, nous partons.

— Non, non, se hâta de dire le professeur. Ce n'est pas ça. Je... Je crains que le labo n'ait foutu le bordel.

Il était extraordinaire d'entendre cet homme habituellement si doux et poli tenir ce genre de langage.

— Je suis désolé, répéta-t-il, en anglais cette fois, et en inclinant la tête vers Margaret. Vous avez demandé un test ADN d'urgence, hier.

Margaret fronça les sourcils.

— Vous voulez parler du mégot de cigare trouvé près du corps de Lynn Pan ?

Il hocha la tête.

— Nous vous avons dit que le résultat différait de celui des autres cigares.

— Et alors ?

— L'assistant de laboratoire a mélangé les échantillons. L'ADN est le même que celui des autres crimes.

Margaret regarda aussitôt Li.

— Merde alors, murmura-t-elle, mesurant les implications de cette révélation. Vous êtes sûr ?

— Oui. J'en suis sûr.

Li trouvait ça difficile à avaler.

— Alors, si c'est vrai, l'assassin de Lynn Pan est le même que celui des quatre prostituées. C'est l'Éventreur de Pékin.

Toutes les distinctions élaborées entre les crimes de l'Éventreur et l'assassinat de Pan s'écroulaient.

Espérant peut-être détourner l'attention de l'erreur épouvantable commise par son laboratoire, le professeur agita le dossier qu'il tenait à la main et se dépêcha de dire :

— Nous avons également une correspondance d'ADN entre le rein que vous nous avez envoyé et la victime n° 4. Et la comparaison des lettres – celles qui accompagnaient le rein et l'autre, les oreilles –, l'expert en calligraphie pense qu'elles ont été écrites par la même main. Mais peu importe. Nous avons fait des analyses chimiques de l'encre rouge. La même sur les deux. Le papier est également le même. Filigrane très particulier.

Sur les marches, Margaret prit le bras de Li et remarqua que le croissant de lune avait légèrement grossi.

— Donc, l'Éventreur de Pékin est un flic. Ça semble logique.

Un raz-de-marée de pensées, refoulées après le résultat du test ADN, envahit la tête de Li. L'Éventreur connaissait son nom, il connaissait l'adresse de la Section n° 1 où il avait envoyé le rein. Tout comme l'assassin de Pan connaissait son adresse personnelle et pouvait entrer dans l'enceinte du ministère. Il se souvint des paroles de Lao Dai, dans le parc, quand il lui avait parlé pour la première fois des meurtres. *Tu as un ennemi, Li Yan. Cet homme ne tue pas ces filles uniquement par plaisir. Il s'oblige à suivre un programme. Il a donc un but au-delà de l'acte lui-même. Tu dois t'interroger sur ce but. S'il ne connaît ni les filles ni leurs familles, qu'ont-elles d'autre en commun ?* La police. Voilà ce que Lao Dai avait dit. Et Li. Quelqu'un lui en voulait. Jalousie, ou vengeance. Ce qui ne leur était jamais venu à l'idée, c'était que le tueur puisse être lui-même un policier.

— Le préfet Zhu, dit Li.

— Quoi ?

Margaret ouvrit des grands yeux.

— Il a assisté à la conférence que Thomas Dowman, l'auteur du livre sur Jack l'éventreur, a donnée à Pékin il y a deux ans. Il connaissait tous les détails des meurtres originaux ; il m'a personnellement demandé un rapport quotidien sur les progrès de l'enquête.

Margaret fit la grimace.

— La moitié du ministère assistait probablement à cette conférence.

— C'est un expert en armes blanches. Il m'a dit que son père lui avait appris à étriper les cerfs. Ils piégeaient les animaux avec du sel et leur tranchaient la gorge.

Margaret haussa les sourcils.

— Voilà qui est un peu plus convaincant, admit-elle.

Elle se rappela le commentaire de Dai sur le préfet pendant le discours de celui-ci, au palais du Peuple. *Il n'aime pas beaucoup notre jeune ami. Il ne tarit pas d'éloges sur lui. Des éloges qui résonnent comme un tambour creux. Il ne dit que du bien de Li Yan. Sa voix est de miel, mais il a du vinaigre sur la langue.*

— Il est le seul à qui j'ai confié que Hart essayait

de déchiffrer les graphiques pour établir l'identité du menteur de Lynn Pan.

Margaret secouait la tête. Cela n'avait aucun sens.

— Mais quel est ce mensonge ? Qu'est-ce qu'elle aurait pu trouver sur lui pendant le test ? Qu'il était l'Éventreur de Pékin ? Comment ?

Li avait mal à tête. Il la secoua dans l'espoir de s'éclaircir les idées.

— Je ne sais pas. Je ne sais pas.

Malgré toutes ses années de formation aux méthodes policières traditionnelles chinoises, il avait besoin d'un mobile. Le meurtre de toutes ces jeunes prostituées. *Il poursuit un but au-delà de l'acte lui-même*, avait dit Dai. Quel but ? Celui de noyer Li dans un océan de crimes qu'il ne pourrait résoudre ? De le déstabiliser, de le discréditer ? Le préfet le détestait-il à ce point ? Li savait, car Zhu avait été très clair là-dessus, qu'il n'approuvait pas l'idée de la récompense, ni l'utilisation de son image pour l'affiche de la campagne du ministère. Mais ce n'était quand même pas une raison pour tuer.

Puis il revit l'image de la silhouette traversant le hall de la poste, sur la vidéo. Un homme grand, comme Zhu. Légèrement voûté. Comme Zhu. Il ferma les yeux et expira lentement l'air de ses poumons à travers ses lèvres pincées. Quel imbécile de lui avoir fait confiance...

3

L'accès aux abords de la fenêtre donnant sur le balcon avait été circonscrit par un ruban. On avait recommandé à Lyang de ne toucher à rien dans cette partie du salon. La police scientifique avait quitté l'appartement depuis longtemps. En bas, dans le jardin, la foule des curieux était partie, elle aussi. L'administration de la résidence avait envoyé quelqu'un nettoyer le sang sur les dalles. Une femme en salopette bleue, armée d'un balai, d'un seau et d'eau de Javel, frottait depuis près d'une heure. La tache avait pâli, mais elle était toujours visible. Ce qui n'allait pas du tout ; cela n'allait pas du tout de voir le sang de l'un de ses habitants entacher la réputation de la résidence, rappel permanent de la tragédie qui s'était déroulée à cet endroit. C'était le genre de choses qui pouvait faire baisser la valeur des appartements. Et personne ne le souhaitait.

Li s'écarta de la fenêtre de la cuisine, avec les trois verres dans lesquels il avait versé un peu d'eau pour diluer le scotch de Bill Hart. C'était ainsi que le vrai scotch devait être bu, disait Bill. Avec un peu d'eau pour diffuser l'arôme. Pas de glace. Ça tuait le goût. Lyang était effondrée à un bout du canapé, un bras passé autour de ses jambes repliées sur la poitrine, une cigarette se consumant dans sa main libre. Sa première cigarette depuis le jour où elle avait appris qu'elle était enceinte, avoua-t-elle. Elle avait trouvé très important d'arrêter de fumer, pour le bébé. Maintenant qu'elle était la seule à en pâtir, elle s'en fichait complètement.

— Bill aurait été horrifié, dit-elle en se mordant la main pour s'empêcher de pleurer.

Li lui tendit un scotch. C'était son troisième. Sur un estomac vide. Et les verres étaient grands. Ils subissaient tous les trois les effets de la fatigue et du stress ; ils se sentaient lessivés, épuisés. L'alcool leur procurait un peu de soulagement et la promesse de l'oubli. Sauf pour Li. Le whisky lui brûlait l'estomac, mais il gardait les idées claires. Il n'était pas loin de minuit. Une heure plus tôt, il avait du mal à garder les yeux ouverts. À présent, il avait surmonté sa fatigue. Il ne dormirait pas de la nuit, il en était certain.

Margaret s'était lovée dans l'un des fauteuils. En arrivant, elle avait serré Lyang dans ses bras, pleuré avec elle ; maintenant, elle aussi se sentait vidée. Complètement épuisée. Cette journée avait été un véritable cauchemar. En général on se réveillait d'un cauchemar. Mais seul le sommeil lui permettrait d'échapper à celui-là. L'alcool lui offrait une porte par où s'échapper, et elle n'était que trop heureuse de pouvoir s'y engouffrer. Xinxin partageait le lit de Ling ; Li Jon occupait l'ancien berceau de Ling. Ils avaient décidé que Margaret dormirait avec Lyang et que Li prendrait le canapé. Ils avaient parlé, parlé, d'abord de Bill et de l'affaire, puis de tout et de rien. Margaret leva son verre.

— Je vais me coucher dès que j'ai bu ça.

Elle l'avala d'une traite.

— C'est-à-dire tout de suite.

— Moi aussi, dit Lyang en vidant le sien.

Margaret s'extirpa de son fauteuil et attendit que Lyang se lève, trouve son équilibre. Ils savaient qu'elle avait déjà bu toute seule, et, malgré sa lucidité apparente, on voyait qu'elle tenait à peine sur ses jambes. Margaret lui passa un bras autour des épaules pour la guider vers l'escalier.

— Ça ira ? demanda-t-elle à Li.

Li acquiesça d'un signe de tête, but une gorgée de whisky et les écouta monter l'escalier à pas hésitants. Il les entendit marcher dans le couloir au-dessus de sa tête, puis parler au loin dans la chambre de Lyang. Au bout de quelques minutes, le silence retomba. Li se leva, éteignit les lumières, et contempla la ville. À une époque, pas si lointaine, l'approvisionnement en électricité était irrégulier, imprévisible. La demande plus forte que la production. À présent, on pouvait consommer sans limite. Gaspiller. Quand il était arrivé du Sichuan, il y avait près de vingt ans, Pékin était mort, la nuit. Il y avait peu de distractions pour un jeune homme en dehors des études. Maintenant, Pékin ne dormait jamais, et ce soir, Li savait qu'il lui tiendrait compagnie.

Il but une autre gorgée de whisky et regarda, à la lumière de la ville, toutes les choses que Bill Hart et Lyang avaient achetées pour transformer un espace vide en appartement chaleureux. Chaque peinture, chaque tapis, chaque meuble, avait été choisi. Chez tout le monde, les objets avaient presque toujours une histoire. Une histoire personnelle, une histoire de vie commune, de souvenirs partagés. Mais que signifiaient-ils une fois qu'on était mort ? Quand on disparaissait avec ces souvenirs, il ne restait plus qu'une présence matérielle, sans signification, excepté peut-être pour le partenaire qui avait partagé ces souvenirs, et dont ils ne faisaient que raviver la douleur.

Li se sentit plein de mélancolie. Il avait de la peine pour Bill et Lyang. Pour lui-même et sa vie en miettes. Pour Margaret et tous les rêves insatisfaits qui l'avaient finalement fait échouer dans le petit appartement d'un flic, avec un compagnon qui n'était jamais là, un bébé qui dépendait d'elle et lui avait volé son indépendance. Une vie qu'elle ne dirigeait plus.

Il pensa à sa sœur allongée, éveillée, sur une banquette dure dans une cellule, quelque part au nord de la ville, arrachée à sa vie, à sa fille. Et à Xinxin, étouffant ses larmes pour s'occuper de Ling et de son petit cousin, endossant une responsabilité pour laquelle elle était encore trop jeune.

Il pensa à son père. Dans une maison étrangère, chez un homme qui ne l'aimait pas beaucoup, le meilleur ami de son frère mort. Et il se souvint de ce moment inattendu où ils s'étaient embrassés, où Li avait eu peur de le serrer trop fort, de le broyer comme un oiseau.

Toutes ces pensées tournaient autour de lui comme des satellites en orbite autour d'une planète, maintenus par sa force de gravité, dépendant entièrement d'elle. C'était une responsabilité énorme. Il se sentait fatigué, abattu ; il ne savait pas s'il pourrait supporter cette situation plus longtemps. Il vida son verre, sentit la chaleur de l'alcool s'infiltrer en lui. Il vit les cigarettes sur la table, en sortit une du paquet, l'alluma avec le briquet de Lyang et résista cette fois à l'envie de tousser provoquée par la première bouffée. Il la fuma jusqu'au bout ; c'était comme s'il n'avait jamais arrêté. Il l'écrasa brutalement dans le cendrier, furieux de sa propre faiblesse, et s'allongea sur le canapé, les yeux rivés sur les ombres du plafond. Elles ne bougeaient pas, mais, en les regardant bien, il avait l'impression qu'elles prenaient forme. Une ombre d'homme, une tête d'éléphant, un visage. Il ferma les yeux pour les chasser et vit l'image numérisée de la haute silhouette voûtée du préfet Zhu traversant le hall de la poste. Une silhouette vue sous tous les angles, mais dont la figure restait cachée. Comment le prouver ? Comment donner un visage à cette silhouette ? Comment savoir quel mensonge l'avait fait repérer ?

Li se redressa brusquement. Il avait été certain de ne pas dormir, or il venait de rêver. Un rêve étrange plein de courses frénétiques dans des couloirs sans fin, de ferry-boat chassant sur son ancre, de passerelles s'écartant devant lui, de chutes. Il tombait. Et il se réveilla, le cœur battant, le front en sueur. C'était la peur de tomber, cette sensation de chute sans fin, qui l'avait réveillé. Mais il y avait autre chose, tapi dans un coin obscur de son esprit. L'avait-il rêvé ? Il ne savait pas. Comme le rêve lui-même, son souvenir s'effaçait au fur et à mesure qu'il essayait de se le rappeler. Il balança ses jambes hors du canapé et se frotta la figure avec les mains, en essayant de se vider l'esprit, de le libérer des contraintes de sa mémoire défaillante. *Se remplir par le vide*, disait Dai. Et soudain, le souvenir de ce que son subconscient essayait de lui faire savoir traversa sa conscience comme une lance.

— Merde ! s'écria-t-il en sautant sur ses pieds.

Il trouva un interrupteur au pied de l'escalier et grimpa les marches deux par deux. Ses pieds glissaient sur le parquet ciré. Il avança à pas de loup dans le couloir, hésita un moment, puis frappa doucement à la porte de la chambre de Lyang. Margaret se redressait au moment où il l'ouvrait. Couchée sur le ventre à côté d'elle, ivre morte, Lyang dormait.

— Qu'est-ce qu'il y a ? chuchota Margaret, inquiète.

Elle avait été aussi certaine de dormir que Li avait été certain de rester éveillé. Elle jeta un coup d'œil au réveil, 3 h 15 du matin. Elle n'avait pas fermé l'œil de la nuit.

— Il faut que je parle à Lyang, dit Li en s'avançant dans la pièce et en s'asseyant au bord du lit.

Il regarda le profil de la jeune Chinoise ; elle avait le visage détendu, la bouche légèrement ouverte ; il entendait sa respiration profonde, lente. Il faillit renoncer à la réveiller. Mais non, c'était impossible, il ne pouvait pas attendre le matin. Il lui secoua doucement l'épaule, et mit presque une minute à la sortir de sa torpeur.

— Qu'y a-t-il de si urgent, bon sang ? chuchota Margaret.

— Crois-moi, c'est important, répondit Li.

Lyang se souleva sur un coude, en clignant des yeux pour en chasser le sommeil. Li vit sur son visage le souvenir des événements de la veille lui revenir à la mémoire, le chagrin monter en elle, la migraine lui tenailler la tête.

— Quoi... ? fit-elle, à peine consciente.

— Lyang, il faut vous réveiller. C'est très important.

Il la vit faire un effort.

— Qu'est-ce qu'il y a ?

— Lynn Pan avait son propre espace privé sur le site web de l'Académie. Et Bill ? Il devait aussi avoir le sien.

Lyang essayait toujours de s'éclaircir les idées. Mais même dans le brouillard de son ivresse, le déclic se fit.

— Bon Dieu ! Bien sûr. Peut-être qu'il y a mis ses dossiers en sécurité.

Li regarda Margaret et vit l'espoir briller dans ses yeux.

Lyang s'assit au bureau de Hart, éclairé par une lampe unique. Sa chemise de nuit en satin blanc flottait sur ses épaules. Ses cheveux étaient emmêlés, son visage brouillé, bouffi. Debout derrière elle, Margaret n'avait pas meilleure mine. Li tira la chaise de l'autre bureau pour s'installer à côté de Lyang.

— Comment pouvez-vous accéder à l'espace privé de Bill d'ici ? demanda-t-il. Hier soir, il a fallu aller à l'Académie pour entrer dans celui de Lynn.

— Il a rapporté une copie du logiciel ftp la nuit dernière.

Lyang fouilla les tiroirs à la recherche du CD, puis le glissa dans le lecteur que l'iMac venait de cracher pour le recevoir. Elle cliqua deux fois sur l'icône et chargea le logiciel sur le disque dur.

— O.K.

Elle appuya ses mains sur ses tempes et soupira.

— Bon Dieu, quelle gueule de bois. Est-ce que quelqu'un pourrait m'apporter un verre d'eau ?

— J'y vais, dit Margaret en disparaissant dans le couloir.

Lyang ouvrit le programme Rechercher et tapa l'adresse ftp de l'Académie dans la boîte de dialogue.

— Vous connaissez son nom d'utilisateur et son mot de passe ?

— Bien sûr. C'est « bill.hart ».

Elle le tapa, passa au mot de passe, les doigts tremblant sur les touches du clavier. Li entendit sa respiration se précipiter et vit des larmes dans ses yeux.

— Il avait choisi « Ling » comme mot de passe après sa naissance, dit-elle avant de pouvoir se résoudre à le taper et à appuyer sur la touche retour.

Margaret revint de la salle de bains avec un verre d'eau que Lyang but avidement, d'un trait. Ils observaient maintenant l'écran plein d'icônes, tous les dossiers personnels et privés de Hart. Lyang poussa la flèche sur l'écran jusqu'à un dossier intitulé Fichiers Pan. Elle le fit glisser sur le bureau et le copia sur l'ordinateur de Hart. Elle cliqua ensuite deux fois dessus pour l'ouvrir. Il y avait treize dossiers à l'intérieur, et une icône en forme d'ordinateur avec le sigle bleu MRM. Douze des dossiers avaient l'air de copies de ceux qu'ils avaient trouvés la nuit précédente dans les fichiers de Lynn Pan. Graph A à F, et Im A à F.

Lyang déplaça la flèche à une vitesse hallucinante sur l'écran, ouvrant et fermant les dossiers. Il y avait trois fichiers de graphiques dans chaque dossier Graph, mais au lieu d'être vides, les dossiers Im contenaient maintenant les images Jpeg de toutes les photographies montrées pendant la démonstration MERMER.

— Bill m'avait dit que l'une des étudiantes de Pan pensait en avoir gardé un zip chez elle, dit Li.

— On dirait qu'elle l'a trouvé, dit Lyang. On peut les regarder.

Margaret se pencha sur l'écran.

— Mais vous ne pourrez pas voir les graphiques, si ? Pas sans le logiciel.

La flèche traversa l'écran ; Lyang cliqua deux fois sur l'icône MRM.

— On dirait que Bill avait pensé à tout, dit-elle.

L'ordinateur ronronna et des images apparurent sur l'écran tandis que le logiciel MERMER se chargeait.

— Il savait qu'il aurait besoin d'une copie pour travailler sur les graphiques à la maison.

— Qu'est-ce que c'est ? demanda Li en tapant du doigt sur le treizième dossier, intitulé Rapport.

Lyang l'ouvrit ; il contenait un document texte. Elle cliqua deux fois. Un titre apparut : Découvertes préliminaires, Démo MERMER – Bill Hart.

— On dirait qu'il avait déjà commencé à rédiger ce qu'il avait trouvé, dit Lyang.

Sa voix se brisa sur le dernier mot. Elle plaqua sa main sur sa bouche pour contenir son émotion et se mordit le doigt.

— Typique de Bill, dit-elle.

Li rapprocha sa chaise pour lire ce que Hart avait écrit.

« Une comparaison minutieuse du premier des trois graphiques de chaque dossier avec la série connue des photographies présentées à chaque sujet nous a permis de savoir qui avait été briefé sur le meurtre pour les besoins de la démonstration. Les réponses MERMER aux photographies “ sondes ”, toutes en relation avec le meurtre, ont été facilement identifiées sur les graphiques. Résultat, nous avons pu établir que A, B et C étaient les “ meurtriers ” et les écarter ainsi de nos tentatives d'identifier le sujet D, catalogué comme “ Menteur ” par le professeur Pan. »

Li en fut abasourdi. Il savait qui avait été briefé sur le meurtre puisqu'il faisait partie de ceux-là. Or le procureur général et le préfet Zhu étaient les deux autres. Ce qui voulait dire que Zhu n'était pas le menteur, donc certainement pas le tueur.

— Ta théorie sur le préfet vole en éclats. Qui reste-t-il ?

— Son adjoint, Cao Xu, le vice-ministre, et Yan Bo, le directeur général du Département politique.

Et il revit Yan Bo en train de gribouiller à l'encre rouge sur son bloc-notes.

— Bon Dieu, dit Margaret. On grimpe de plus en plus haut.

Li se retourna vers l'écran, très perturbé. Il y avait autre chose.

« Déterminer les raisons pour lesquelles le professeur Pan a catalogué le sujet D comme " Menteur " s'est révélé beaucoup plus difficile. En dehors d'une continuité de réponses aux images " sondes " – c'est-à-dire aucune réponse MERMER – les graphiques correspondant à la " cible " et aux images " non pertinentes " laissent apparaître des anomalies. »

Hart s'était arrêté là.

— C'est tout ? dit Li.

Lyang secoua la tête tout en faisant défiler le texte vers le haut et vers le bas. Il n'y avait rien d'autre. Si Bill en savait davantage, il l'avait emporté avec lui.

— Mais qu'est-ce que ça veut dire, « anomalies » ? demanda Li.

— Attendez, l'interrompit Margaret. Je ne vous suis plus. Quelqu'un voudrait-il m'expliquer ce que signifient « cibles », « sondes » et « non pertinentes » ? Je ne comprends rien à ce langage.

Lyang se tourna vers elle.

— Trois des six sujets ont été briefés sur un meurtre, pour les besoins de la démonstration. Au moment de passer le test, on a montré aux six sujets neuf photos en rapport avec ce meurtre – des choses que seuls ceux qui avaient été briefés pouvaient reconnaître. Ce sont les photos « sondes ». On leur a également montré neuf photos de choses personnelles les concernant – leur maison, leur chien, leur voiture. Ce sont les photos

« cibles ». L'idée étant que la réponse du cerveau à ces choses qu'ils connaissent obligatoirement sera la même qu'aux photos « sondes ». Pour ceux qui ont été briefés, bien sûr. Pas pour les trois autres.

Margaret hochait la tête.

— D'accord, laissez-moi deviner la suite. Les photos « non pertinentes » sont donc celles qui ne leur évoquent rien ; ils donnent des réponses négatives que l'on peut comparer aux réponses positives.

— C'est ça, dit Lyang. On leur a montré trente-six images « non pertinentes ».

— Alors, que veut dire Bill par « anomalies » ? demanda à nouveau Li.

Lyang frotta ses yeux gonflés et fatigués.

— Je ne sais pas. Peut-être qu'ils ont obtenu des réponses MERMER à des images « non pertinentes ».

— Vous voulez dire qu'un sujet aurait reconnu des choses qu'il n'aurait pas dû ? dit Margaret.

— Exactement, dit Lyang. Cela peut arriver. Parfois, un sujet connaît par hasard une image « non pertinente ». Habituellement, on soumet une liste à l'avance au sujet, de façon à pouvoir la changer avant de lui faire passer le test s'il risque d'y reconnaître quelque chose. Cela n'a pas dû être fait pour la démo.

Li était de plus en plus déconcerté.

— Comment Lynn Pan pouvait-elle déduire de ces réponses que quelqu'un mentait ? Mentir à quel sujet ? Mentir comment ? On n'a fait que regarder des images.

— Une minute, une minute, dit soudain Margaret.

Elle s'adressa à Li.

— Tu te souviens de la devinette de Mei Yuan ?

Il la regarda sans comprendre.

— Celle des deux sourds-muets dans la rizière.

— Ah, elle l'a essayée sur toi aussi, finalement.

Mais Margaret ne l'écoutait pas. Elle réfléchissait à toute vitesse.

— Chacun d'eux croyait que l'autre l'avait laissé et s'était éclipsé en douce pour boire ou manger tout seul.

— Je suis perdue, dit Lyang en leur jetant tour à tour un regard lourd de fatigue.

Margaret lui raconta la devinette, mais n'attendit pas qu'elle trouve la solution.

— Il faisait nuit, dit-elle. C'est pour ça qu'ils ne pouvaient pas se voir. Ils étaient là tous les deux, ni l'un ni l'autre ne mentaient. Ils disaient chacun la vérité, mais ils ne le savaient pas.

— Moi aussi, je suis perdu, dit Li.

Margaret cherchait un moyen de démêler ses idées, de s'exprimer clairement. Elle agita une main vers l'ordinateur.

— Ce truc MERMER. Il ne peut pas vous dire si vous mentez, hein ? Votre cerveau voit quelque chose qu'il reconnaît et donne une réponse involontaire. C'est enregistré sur le graphique, c'est visible. Vous voyez quelque chose que vous ne reconnaissez pas, vous n'avez pas de réponse. C'est aussi sur le graphique. Donc, ça n'a rien à voir avec le fait de mentir. Au contraire, ça a tout à voir avec le fait de dire la vérité.

Ils la dévisageaient tous les deux, attentifs, concentrés, mais ne voyant toujours pas où elle voulait en venir.

— Vous ne voyez pas ? Vous ne pouvez pas vous empêcher de dire la vérité puisque vous n'avez aucun contrôle sur les réponses de votre cerveau. Lynn Pan a dû remarquer des anomalies dans les images « non pertinentes ». Mais ça n'a aucun rapport. Si vous donnez une réponse MERMER alors que vous n'êtes pas supposé en donner une, cela montre simplement que le test n'a pas été réalisé dans les meilleures conditions. Mais si vous *ne donnez pas* de réponse MERMER alors que vous devriez en donner une, alors là, ce n'est pas normal. C'est vraiment bizarre. Ce n'est pas logique.

Li commençait à comprendre.

— C'est l'une des « cibles ». Il n'a pas reconnu quelque chose qu'il aurait dû reconnaître.

Il fronça les sourcils.

— Mais quoi ?

— Il faut regarder les neuf photos correspondant au graphique pour le trouver, dit Lyang.

Elle alla sur le dossier Graph D, cliqua deux fois sur la première des icônes, et le logiciel MRM décoda le document. Une fenêtre s'ouvrit sur l'écran de l'ordinateur montrant une ligne en dents de scie courant de gauche à droite. Avec la souris, Lyang fit descendre la barre de défilement au bas de la fenêtre pour révéler tout le graphique. Ses pics et ses dépressions se rapportaient à une barre, en haut de l'écran, contenant les minuscules icônes des images montrées au sujet. Chaque image était cataloguée « sonde », « cible », ou « non pertinente ». Il suffisait donc de comparer les réponses graphiques aux images « cibles », ce qui permettait d'ignorer les quarante-cinq autres.

Li concentra toute son attention sur le graphique. Les réponses MERMER, indiquant la reconnaissance, étaient représentées par des pics caractéristiques dépassant nettement la moyenne, assez plate, des réponses. Les images des petites icônes étaient difficiles à distinguer. Li vit une voiture, ressemblant à n'importe quelle voiture ministérielle. Le sujet D aurait forcément reconnu sa plaque d'immatriculation. Il vit les immeubles rose et blanc où il était allé rendre visite au préfet Zhu à la première heure, le matin précédent. Mais cela ne donnait aucune indication sur l'identité du sujet D. Les cinq hauts fonctionnaires ayant participé à la démonstration avec Li avaient chacun un appartement dans ces immeubles. Seul Li, le plus subalterne d'entre eux, vivait dans l'enceinte du ministère. Il y avait la photo d'un jeune homme d'à peine vingt ans. Un fils, peut-être. Li ne le reconnut pas. Il y avait la photo d'une façade de restaurant. Li ne le connaissait pas. Une autre montrait l'entrée principale du quartier général de la police de Pékin sur Qianmendong Dajie. N'importe qui l'aurait reconnue. Rien qui puisse mettre Li sur la voie de l'identité du sujet D, c'était exaspérant.

Soudain, Lyang s'arrêta de faire défiler la barre.

— Là, dit-elle.

Et elle pointa le doigt sur l'écran, d'un air presque triomphant.

— Pas de MERMER.

Le graphique montrait une réponse plate à une image clairement cataloguée « cible », là où il aurait dû y avoir une réponse MERMER.

— Qu'est-ce que c'est ? dit Margaret en plissant les yeux.

Mais l'image était trop petite pour être identifiable.

Lyang cliqua deux fois sur l'icône, la photo s'ouvrit en plus grand, révélant un ciel orange de coucher de soleil, encadré par des branches d'arbres, et sur lequel se détachaient en ombre, sur un fond de nuages ourlés d'or, deux tours dentelées.

— Qu'est-ce que c'est ? répéta Margaret.

Li fronça les sourcils.

— Aucune idée. On dirait des pagodes.

— C'est le temple de la Pagode double, dit Lyang.

Surpris, ils la regardèrent et virent des larmes rouler sur ses joues.

— On l'appelle aussi le temple Yongzuo. Je le sais parce que la première fois qu'il est venu ici, Bill a joué le touriste à fond. Il m'a fait visiter tout ce qu'il y a à voir à Pékin. Et on a fait des excursions. Dans des endroits comme Xian et Taiyuan.

Elle fit un signe de tête vers l'écran en essuyant ses larmes du dos de la main.

— C'est là.

Elle se força à sourire.

— C'était typique de Bill. Il en connaissait plus sur la Chine que les Chinois. Les tours jumelles du temple de la Pagode double sont le symbole de Taiyuan. Mais si on ne vient pas de là, il est probable qu'on ne peut pas le savoir.

— Visiblement, le sujet D ne le savait pas, dit Margaret en haussant les épaules. Mais je ne vois pas le rapport. Pourquoi lui a-t-on montré cette photo, d'abord ?

Li frappa du plat de la main sur le bureau.

— C'est sûrement sa ville natale. C'est la seule catégorie d'images cibles dans laquelle elle peut entrer. Nous avons tous vu une photo de notre ville natale.

Margaret passa une main dans ses cheveux ébouriffés.

— Mais pour quelle raison ne reconnaîtrait-il pas sa ville natale ? Si ces pagodes sont symboles de paix...

Les yeux dans le vide, Li réfléchissait à toute allure.

— Il n'y en a qu'une seule, finit-il par dire. Ce n'est pas sa ville natale.

Margaret fronça les sourcils.

— Tu veux dire qu'ils ont fait une erreur ?

— Non. Je veux dire qu'il n'est pas celui qu'il prétend.

— Et nous ne savons même pas qui il prétend être, dit Margaret en levant les mains d'un air désespéré.

Li pressa ses doigts sur ses tempes, plissa les yeux dans un effort de concentration maximale.

— Ça ne fait rien, dit-il. Nous pouvons le découvrir facilement maintenant.

Il repensait au test MERMER. Lynn Pan avait montré à Li la liste de ses images « cibles ». Il savait qu'il allait voir une photo de sa ville natale du Sichuan. Elle avait montré à l'homme qui l'avait tuée une liste similaire. Celui-ci avait compris qu'il ne reconnaîtrait pas l'endroit censé être sa ville natale. Avant même qu'elle ne la lui montre. Et il ne pouvait rien faire. Son cerveau répondrait sans qu'il puisse le contrôler. Il dirait la vérité, révélerait son mensonge. Et elle détecterait instantanément l'anomalie. Il l'avait certainement surveillée, prévoyant déjà avant la fin du test la façon dont il se débarrasserait d'elle.

Mais s'il n'était pas celui qu'il prétendait être – un haut fonctionnaire du ministère de la Sécurité publique – qui était-il, bon Dieu ?

Il ferma les yeux, essaya de se représenter les trois hommes. Le vice-ministre Wei Peng, une tête de grenouille sur un corps trapu, arrogant, à cheval sur le protocole. Le sous-préfet Cao Xu, grand, nonchalant, imprévisible. Le directeur général Yan Bo, plus âgé, ratatiné, adorant user de son pouvoir.

— Mon Dieu ! s'exclama Li. C'est Cao Xu ! C'est le sous-préfet.

Rouvrant les yeux, il vit Margaret et Lyang le regarder avec des yeux ronds.

— Comment le savez-vous ? demanda vivement Lyang.

Elle se sentait directement concernée. C'était lui qui avait tué son mari, ou l'avait fait tuer.

— À cause de la silhouette sur la vidéo. L'homme filmé dans le hall de la poste, avec le paquet sous le bras, était grand.

Cent soixante-dix-sept centimètres virgule cinq, avait annoncé Qin, de la police scientifique, à partir du graphique d'AutoCAD.

— Et il chausse du quarante-trois. Ni le vice-ministre ni le directeur général ne correspondent à ce profil. C'est forcément Cao.

— Comment pouvez-vous le prouver ? demanda Lyang.

— En découvrant l'endroit où il prétend être né. Si c'est Taiyuan, son compte est bon.

Margaret ne suivait pas très bien. Elle se rappela ce que Mei Yuan lui avait dit sur Li, et elle avait raison. Son esprit était en effet plus pragmatique qu'abstractif. Il était capable de résoudre un problème réel plus vite qu'une devinette.

— Mais s'il n'est pas le sous-préfet, qui est-il ?

— Oh, c'est bien lui, le sous-préfet. Mais ce n'est pas Cao Xu.

MERCREDI À JEUDI

Chapitre XII

1

Il était 6 h 07 à l'horloge de la tour ouest. À l'horizon, le ciel commençait à se colorer en jaune, chassant le bleu profond de la nuit. Li frissonna, de fatigue plus que de froid. Il était bien couvert, avec son manteau long, sa grosse écharpe rouge, ses gants de cuir et sa casquette bleu marine. Son haleine s'élevait autour de lui en volutes dans le vent froid du petit matin. Des centaines de gens traversaient le vaste parvis de la gare de Pékin, tous protégés contre l'air hivernal venu tout droit des plaines glacées du désert de Gobi. Le dernier souffle de l'automne avant que l'hiver ne s'installe pour de bon.

Li semblait la seule personne immobile. Grande silhouette sombre, cernée par le mouvement des créatures anonymes se hâtant tête baissée vers la gare ou le métro, les arrêts de bus ou les stations de taxi. Le flot des gens collés à leur téléphone portable, ou considérant d'un œil morne la journée qui les attendait, le contournait comme le courant d'une rivière contourne un rocher. Des femmes en blouse bleue et masque blanc étaient déjà à l'ouvrage avec leurs pelles et leurs balais, enlevant les détritus, soulevant la poussière qui volait dans les yeux endormis des passants. Assis sur d'énormes piles de bagages éculés, des paysans à la peau foncée, venus de leur campagne, fumaient, riaient, observaient le monde du petit matin.

Li sentit qu'on lui tapait sur le bras. C'était Wu, l'air aussi éreinté que lui, sinon pire. Ses cheveux mal peignés fouettaient son visage pâle et bouffi. Sa moustache paraissait encore plus clairsemée que d'habitude. Quand Li lui avait téléphoné peu après 4 heures du matin pour lui demander un service, il n'avait pas eu l'air trop content. Li avait entendu une voix de femme derrière lui. Mais il était là, à l'aube, comme convenu, un dossier écorné à la main. Ses doigts jaunis étaient encore plus tachés de nicotine que d'habitude. Li présuma qu'il avait passé le reste de la nuit une cigarette à la main.

— Tu as quelque chose ? demanda Li.

— Tout ce que tu voulais.

— C'est lui ?

Wu hocha la tête.

— Ouais. Né à Taiyuan en 1948, élevé dans un orphelinat de la banlieue sud de la ville. Tout est là.

Il tendit le dossier à Li.

— Tout ce que tu as toujours voulu savoir sur le sous-préfet Cao Xu sans jamais oser le demander.

— Où est-ce que tu l'as eu ?

Wu sourit :

— Surtout sur Internet. Le site du ministère.

Puis son sourire s'effaça.

— Et le site de la police. Si quelqu'un prend la peine de vérifier, on saura que je l'ai visité. Alors, tu as intérêt à avoir ce mec ou je me retrouve dans le même merdier que toi.

— Je l'aurai, déclara Li d'un air sombre.

Il ne se battait plus contre un fantôme, un ennemi insaisissable, sans visage. Il connaissait son homme. Et le terrain de jeu s'était stabilisé.

— Pourquoi tu vas à Taiyuan ? demanda Wu. Ça ne te suffit pas ?

Li secoua la tête.

— En temps ordinaire, je serais allé directement chez le préfet Zhu. Mais Cao a si bien réussi à me discréditer que j'ai besoin d'une preuve plus solide qu'une poignée de graphiques, maintenant. Il reste trop de questions sans réponse.

— Et tu crois que tu vas les trouver à Taiyuan ?

— Aucune idée. Mais ça me semble le meilleur endroit pour commencer. Un début.

Li se dirigeait déjà vers le hall des billets quand Wu lui posa la main sur le bras.

— Il y a autre chose que tu dois savoir, chef. On a réussi à contacter ce type, Thomas Dowman, celui qui a écrit le livre sur Jack l'éventreur. Apparemment, il a dîné deux ou trois fois avec Cao et sa femme quand il était ici pour cet échange, il y a deux ans. Il est très copain avec Cao, ils correspondent par e-mails.

Il se colla une cigarette entre les lèvres et arrondit ses mains autour pour l'allumer. De la fumée s'échappa de sa bouche.

— Dowman lui a envoyé une épreuve de la traduction chinoise du livre il y a huit semaines.

Le train émergeait lentement de la banlieue industrielle sud de la capitale chinoise quand une jolie fille en veste rouge vint contrôler son billet et lui donner, en échange, un jeton de plastique. Li sortit une petite flasque de sa sacoche, vida dedans un sachet de feuilles sèches, se pencha ensuite pour prendre la grande bouteille Thermos, sous la tablette de la fenêtre, et versa de l'eau bouillante sur le thé vert. Puis il reboucha sa flasque et le laissa infuser.

Il y avait deux autres passagers dans son compartiment de classe molle [1]. Apparemment des hommes d'affaires, en costume sombre et cravate. Au grand soulagement de Li, ni l'un ni l'autre ne semblaient avoir envie de parler. Le premier s'était plongé dans un journal, le deuxième s'était endormi presque tout de suite. Li ouvrit le dossier de Wu et se mit à lire tout ce qui concernait le sous-préfet de police de Pékin, Cao Xu.

Le numéro deux à la tête des forces de l'ordre de la capitale avait des origines modestes. Abandonné par sa tante, une veuve d'un certain âge, après la mort de ses parents décédés dans un accident agricole, il avait été placé par les autorités locales dans un orphelinat d'État, à l'âge de deux ans.

Il n'avait jamais terminé sa scolarité, ayant été enrôlé, comme beaucoup d'autres jeunes de sa génération, dans les Gardes rouges au moment de la Révolution culturelle. Les missionnaires adolescents de la folie idéologique de Mao avaient parcouru toute la Chine pendant ces années de chaos et de persécutions. Comme les autres, Cao avait vécu dans différentes provinces du Sud

1. En Chine, les classes des trains (places assises et couchettes) sont réparties en « classe molle » et « classe dure ».

avant de venir rejoindre, à Pékin, les foules en liesse de la place Tiananmen, que Mao exhortait régulièrement à faire des efforts toujours plus grands pour dénicher les ennemis du peuple. Par la suite, Mao, puis la Bande des Quatre, étaient entrés dans l'Histoire, et la Chine était sortie du gouffre pour se réinventer. Comme les autres, Cao avait évacué ces années pour repartir de zéro. Il avait passé les examens d'entrée à l'université de la Sécurité publique où Li avait lui-même fait ses études. Une fois diplômé, il avait épousé Tie Ning, une fille rencontrée chez les Gardes rouges. Leur premier enfant était mort à l'âge de trois ans ; plus tard, Ning avait donné naissance à un garçon, aujourd'hui étudiant à l'université chinoise de Hong Kong.

Li dévissa le bouchon de sa flasque ; les feuilles de thé avaient absorbé suffisamment d'eau pour se déployer, s'alourdir, et tomber au fond. Il but une gorgée en se demandant à quel moment l'homme connu sous le nom de Cao Xu avait usurpé son identité. Quelque part entre l'orphelinat et l'université, sans doute. Il avait certainement profité de l'anarchie de la Révolution culturelle, quand presque toutes les facettes d'une société autrefois civilisée avaient été brisées, et la bureaucratie, ciment de la Chine pendant des milliers d'années, désintégrée. Li se replongea dans sa lecture.

Cao s'était rapidement élevé dans les rangs du Département des enquêtes criminelles avant d'être affecté à la brigade de répression criminelle de la Section n° 1. Li fut frappé par la similitude de leurs carrières respectives. Cao avait quinze ans de plus que lui, mais Li n'était qu'un adolescent quand il était entré à l'université de la Sécurité publique. Il ne l'avait pas suivi de très loin.

Comme Li, Cao était devenu chef de section adjoint avant de prendre la tête du Département. Il avait obtenu des succès fracassants dans une ville en pleine mutation. La nature même des crimes et des criminels, en République populaire de Chine, se métamorphosait. Avec les transformations économiques, le chômage augmentait, et le crime couvait parmi une population grandissante de travailleurs migrants parcourant le pays à la recherche de travail. Cao avait introduit des changements dans la police, modernisé les méthodes des enquêteurs, pris de plus en plus appui sur la science et la technologie. Il avait été un grand administrateur, politisé, membre du Parti. Il n'avait pas tardé à gravir les échelons de la hiérarchie. Lorsqu'il avait été nommé sous-préfet, son ascension vers le sommet semblait garantie.

Puis, une affaire résolue une dizaine d'années plus tôt était revenue le hanter. Li but une autre gorgée de thé et posa le dossier sur la tablette. Il s'en souvenait parfaitement. Un jeune homme suspecté d'avoir violé et assassiné plusieurs femmes avait fini par être arrêté. Les preuves contre lui étaient minces, mais suffisantes pour convaincre les juges de sa culpabilité au cours d'un procès retentissant. Les autorités avaient monté ce procès en épingle dans le but de renforcer l'estime du public envers la police, qu'il fallait présenter comme une police moderne et efficace protégeant le citoyen ordinaire contre le crime et les criminels. L'enquête avait été menée par le chef de section Cao Xu. Le jeune homme avait été condamné à mort, et exécuté.

Sept ans plus tard, un nouveau chef de section adjoint culotté avait mené une enquête sur une vague de crimes similaires, traqué et arrêté son auteur – un débile mental d'un certain âge vivant avec sa vieille mère dans une *siheyuan* du nord de la ville. On avait trouvé des preuves chez lui ; et un test ADN avait révélé qu'il était également coupable des meurtres commis sept ans plus tôt. Cao Xu avait donc envoyé un innocent à la mort. Entre-temps, les médias avaient beaucoup évolué ; il avait été impossible de passer la nouvelle sous silence. L'étoile étincelante de Cao s'était ternie. Le chef de section adjoint qui avait mené l'enquête responsable de son discrédit n'était autre que Li Yan.

Li se tourna vers la fenêtre et regarda défiler les plaines agricoles monotones du nord de la Chine. Un petit groupe de maisons délabrées en briques rouges au bord d'un canal boueux. Des bouts de champs vides, en jachère, éclairés par les rayons obliques du soleil matinal. Il ne lui était jamais venu à l'esprit que Cao Xu pût lui en vouloir. Il n'avait pas eu l'intention de jeter le discrédit sur le sous-préfet. L'erreur de Cao Xu avait surgi presque accidentellement au cours de l'enquête. Mais il pouvait effectivement tenir Li pour responsable de ses malheurs. Il avait été fauché en plein vol. Or, un homme ambitieux frustré, de même qu'une femme plaquée, peut devenir très dangereux.

Quelque temps après, Li avait quitté la police de Pékin pour occuper un poste d'officier de liaison à l'ambassade chinoise de Washington DC. Il y était resté plus d'un an avant de rentrer en Chine où on l'avait nommé chef de son ancienne section. Cela faisait maintenant dix-huit mois, et il pouvait compter sur les doigts d'une main le nombre de fois où il avait rencontré Cao. Il ne se souvenait d'aucune rancœur manifestée à son égard. Était-il possible que, sous ses dehors décontractés et nonchalants, Cao ait couvé en silence une jalousie et un désir de vengeance qui aient pris des proportions monstrueuses ?

Mais massacrer aussi horriblement des femmes innocentes afin d'assouvir cette vengeance semblait totalement disproportionné. Il y avait sûrement autre chose.

Li but un peu plus de thé vert et reboucha sa flasque. La tête tournée vers la vitre, le regard dans le vide, il revit le beau visage de Lynn Pan, le sourire qui l'illuminait, la chaleur qui irradiait de ses yeux, de ses lèvres, de ses doigts. Puis il se rappela son visage pâle souillé de sang sur la table d'autopsie, la blessure béante de sa gorge. Quel horrible coup du sort. C'était un pur hasard si une photo de Taiyuan avait été choisie pour la démonstration. Un hasard, si un assassin sanguinaire impitoyable s'était trouvé parmi les sujets du tests, si elle avait été alertée par un mensonge. Pas un mensonge, une vérité. Il n'avait pas pu reconnaître sa ville natale. Toute sa vie était un mensonge. Et elle était morte pour que cela reste secret.

Une silhouette solitaire à vélo avançait lentement sur le chemin de halage, en ombre chinoise sur le soleil levant. C'était une petite fille. Sept ou huit ans peut-être, avec un cartable en bandoulière. Elle traversa la fenêtre du wagon en une seconde, image fugace qui s'imprima dans l'esprit de Li. Une enfant. Une vie. Disparue, comme les vies de ces jeunes femmes que Cao avait assassinées. Comme la vie de Lynn Pan. Et il se souvint du vieux dicton : « L'étoile qui brille deux fois plus dure deux fois moins. »

2

Située à six cent vingt kilomètres au sud-ouest de Pékin, Taiyuan, capitale de la province du Shanxi, était nichée sur les bords de la rivière Feng, au milieu des montagnes. Progressivement, le paysage avait changé. Il était devenu plus luxuriant, plus tempéré à l'abri des pics enneigés qui se dressaient dans le bleu limpide du ciel d'automne. Chaque pente avait été terrassée pour y planter des cultures, la plaine irriguée pour y faire pousser du riz, un riz délicieux, légèrement sucré, d'un blanc de neige.

Li arriva en début d'après-midi. Le parvis de la gare était encombré de voyageurs et de colporteurs vendant à peu près de tout, des plans de la ville comme des petites pommes caramélisées piquées sur un bâton. Il faisait plus chaud qu'à Pékin. Le soleil lui caressa agréablement le visage. Il acheta un plan à l'un des colporteurs et se dirigea à pied vers l'est, par Yingze Jie, en s'éloignant de la vieille porte sud de l'ancien rempart de la ville. Les bâtiments du gouvernement régional de la province se trouvaient quelque part avant le pont. Il passa devant un étal proposant la bière locale, la Yingze, pour trois yuans, et traversa une place. Dans le parc Yingze, beaucoup de gens profitaient du soleil d'automne en flânant autour du lac ; d'ici trois ou quatre semaines, ils y feraient probablement du patin à glace. La place Wuyi était entourée d'hôtels et de bâtiments officiels – le musée d'Histoire, le bureau des douanes, le quartier général du bureau local de la Sécurité publique. Li fut tenté de s'y faire connaître pour gagner du temps en leur demandant leur aide. Mais il était suspendu. Il n'avait plus sa carte de la Sécurité publique. Il n'était plus qu'un citoyen ordinaire, sans droits ni privilèges spéciaux.

Sur Yingze Jie, les boutiques attiraient un monde fou ; Li avait du mal à avancer. Personne ne semblait pressé. Le rythme de vie était vraiment plus lent qu'à Pékin. Il dépassa un centre commercial bondé, puis le siège du Parti communiste chinois du Shanxi, avant d'arriver aux bâtiments du gouvernement. Le quartier avait été complètement rénové et des immeubles modernes s'élevaient des décombres des vieilles maisons. Devant le bâtiment principal, un vaste espace était en grande partie occupé par un parking. Li grimpa les marches et pénétra dans le hall.

Il lui fallut environ une heure, pendant laquelle on le renvoya d'un bureau à l'autre, d'un service à l'autre, avant d'être enfin dirigé vers le bureau d'état civil des citoyens de la mairie de Taiyuan. Li découvrit un autre ensemble impressionnant de bâtiments, plus anciens, de style européen, précédés d'une cour gigantesque. Cette fois, il trouva assez vite le bureau d'état civil où il fut reçu par une vieille dame aux cheveux courts argentés. Elle semblait sortir d'une autre époque, dans son costume Mao en coton bleu et ses pantoufles noires. Mais elle l'accueillit avec le sourire et lui demanda si elle pouvait l'aider.

— Ah oui, fit-elle quand il lui parla de l'orphelinat de Wutaishan. Il se trouvait au sud de la ville, tout près du temple Yongzuo.

— Vous voulez dire le temple de la Pagode double ?

— C'est ça.

— Vous avez dit « se trouvait ». Il a déménagé ?

— Oh, non. Il est toujours là. Enfin, ce qu'il en reste. Il a entièrement brûlé il y a une trentaine d'années. On ne l'a jamais reconstruit ; on voit encore les ruines. Même si la végétation a tout envahi.

Elle inclina la tête et le regarda avec curiosité.

— On est déjà venu me demander des renseignements sur cet endroit. Surtout des gens qui y avaient grandi, qui se demandaient ce qui s'était passé. Moins, maintenant.

— Que s'est-il passé ? demanda Li.

— Personne ne le sait. Une nuit, il s'est embrasé. Tous les enfants ont été évacués, mais le temps que les pompiers arrivent, il était trop tard pour sauver le bâtiment. Il était vieux, vous savez. Presque entièrement en bois. Il a été détruit en une heure.

— Et les dossiers ? Sur les enfants qui sont passés par cet orphelinat. Vous les avez ici ?

La vieille dame secoua la tête tristement.

— Malheureusement, non. À cette époque, tous les dossiers étaient conservés à l'orphelinat. Tous rédigés à la main. Je le sais parce que je travaillais ici quand il a brûlé. Nos dossiers aussi étaient écrits à la main. On les garde au sous-sol. Mais les dossiers de Wutaishan ont été détruits avec tout le reste. La seule chose qui brûle plus vite que le bois, c'est le papier.

Elle se gratta la tête.

— Quel dommage. Des générations d'enfants dont l'histoire est perdue à jamais. Et dont l'orphelinat était la seule famille.

Li se sentit envahi par le désespoir. Si l'orphelinat avait disparu, et ses archives aussi, il n'y avait aucun moyen de prouver que Cao Xu n'était pas celui qu'il prétendait. Il avait soigneusement effacé ses traces.

— Pourquoi vous y intéressez-vous ? demanda la vieille dame en le dévisageant.

Li décida de tenter sa chance.

— Je suis policier. Je viens de Pékin. Nous enquêtons sur quelqu'un qui a grandi dans cet orphelinat.

La vieille dame sourit.

— Je m'en doutais. Je reconnais toujours les policiers. Vous êtes trop grand pour être autre chose. Et trop sûr de vous.

Elle se tut un instant, puis demanda :

— Quand cette personne a-t-elle quitté l'orphelinat ?

Li haussa les épaules.

— Je ne sais pas trop.

— Approximativement ?

— Je dirais qu'il devait avoir seize ou dix-sept ans. Peut-être dix-huit. Comme il est né en 1948, ce devait être entre 1967 et 1969.

La vieille dame réfléchit un bon moment.

— Le vieux M. Meng y était à l'époque.

— M. Meng ?

Elle sortit de sa rêverie.

— Oui. Il nettoie le hall et le bureau d'état-civil après la fermeture, à 5 heures. Il faisait office d'homme à tout faire à l'orphelinat, du milieu des années cinquante jusqu'au début des années soixante-dix, quand il y a eu l'incendie. On s'est demandé pendant un moment si ce n'était pas lui le responsable. Mais je ne crois pas. Ce n'était qu'une rumeur sans fondement. Ensuite, la municipalité l'a embauché. Maintenant, il est à la retraite, bien sûr. Mais il vient encore une heure par jour pour se faire un peu d'argent.

Elle regarda sa montre.

— Si vous revenez dans deux heures, vous pourrez lui parler.

Les tours jumelles du temple de la Pagode double se voyaient de très loin. Le chauffeur de taxi, un type bavard, essaya d'engager la conversation avec Li. Était-ce la première fois qu'il venait à Taiyuan ? Qu'en pensait-il ? D'où venait-il ? Voulait-il faire un détour par le temple Yongzuo ? Li déclina l'offre, à la grande déception du chauffeur qui se mit alors à raconter l'histoire de la pagode.

— Les tours ont été construites à l'époque de la dynastie Ming, dit-il. Sous l'empereur Waili. Elles mesurent cinquante-trois mètres de haut. Treize étages de briques et de pierres.

Li regarda les tours qu'ils étaient en train de contourner. De près, elles étaient imposantes, structures octogonales, effilées, dressées vers le ciel. Il n'était pas étonnant qu'elles aient été choisies comme symbole de la ville. Dans les siècles passés, lorsque les maisons de la ville n'avaient pas plus d'un étage, on devait les voir à des kilomètres à la ronde.

— Vous êtes sûr que vous ne voulez pas vous arrêter ? demanda le chauffeur. Vous pourrez y voir les stèles de calligraphes célèbres, Wang Xizhi, Yan Zheqing et Su Dongpo.

— C'est sûrement à voir, dit Li. La prochaine fois.

Le chauffeur haussa les épaules.

— Comme vous voudrez.

L'orphelinat de Wutaishan se trouvait sur l'ancienne voie menant du sud de la ville aux grandes rizières de la plaine du Shanxi. Ils dépassèrent des rangées de maisons d'ouvriers en briques, bâties au milieu des bambous et des eucalyptus, des ballots de tiges de maïs séchées empilés le long de la route, et virent le mur, toujours debout, qui entourait une vaste friche. Des portes en fer rouillé pendaient sur leurs gonds. Li demanda au chauffeur de l'attendre et entra. L'endroit s'était transformé en décharge, rempli de vieilles carcasses de toutes sortes, voitures et vélos. On voyait encore au milieu des herbes folles les fondations des constructions originales de plain-pied transformées en orphelinat. Le pantalon de Li se prit dans des épines d'églantiers quand il voulut s'avancer jusqu'au cœur du site où s'élevait autrefois le bâtiment principal. Il n'en restait que des bouts de poutres calcinées et des briques noircies éparpillées dans les mauvaises herbes. Il essaya d'imaginer l'incendie, les flammes qui s'élevaient dans la nuit, les craquements du bois qui brûlait, les cris des enfants qui se sauvaient dans le noir et voyaient leur maison partir en fumée.

Il donna un coup de pied dans une boîte de conserve qui racla le sol desséché, puis il leva les yeux vers les tours jumelles du temple de la Pagode double dominant l'horizon. Il était impossible d'avoir vécu ici et de ne pas les reconnaître.

Mais il ne trouverait rien. À part des fantômes et des souvenirs. Les souvenirs des autres.

Le taxi le ramena à Taiyuan en vingt minutes ; il tua l'heure suivante dans le parc Yingze, en buvant une bière à trois yuans, et en regardant des petits garçons faire naviguer de minuscules bateaux à voile sur le lac. Il laissa le monde tourner autour de lui en essayant de ne penser à rien, de garder l'esprit libre, de le vider pour pouvoir le remplir uniquement de choses importantes. Mais le désespoir persistait à s'y infiltrer.

Il retourna à pied à la mairie où il arriva peu après

5 heures. La femme de l'état civil l'attendait en haut des marches, enveloppée dans une grande veste à carreaux, un sac en toile de jean sur l'épaule. D'un signe de tête, elle lui montra l'intérieur du hall.

— C'est lui. Je lui ai dit que vous le cherchiez.

Li vit un vieil homme ratatiné en bleu de travail décoloré, armé d'un seau et d'un balai à franges, en train de laver les dalles de marbre du vaste hall.

— Merci, dit-il en poussant les portes.

Quand Li s'approcha, le vieil homme lui jeta un coup d'œil et se remit à passer son balai sur le sol étincelant.

— Monsieur Meng ?

— Vous êtes le flic de Pékin, dit le vieux Meng.

De l'autre côté des portes en verre, la vieille dame du bureau d'état civil les regardait avec une curiosité non dissimulée.

— C'est ça.

— J'ai rien à voir avec ce feu, dit l'homme sans relever la tête.

— Je n'en doute pas.

Le vieil homme lui lança alors un long regard appuyé en se mordant la joue.

— Qu'est-ce que vous voulez, donc ?

— La dame du bureau d'état civil m'a dit que l'orphelinat vous avait engagé dans les années cinquante.

— Vieille fouineuse de merde ! C'est pas ses oignons.

— Mais c'est vrai ?

Le vieil homme hocha la tête.

— J'aimais cet endroit. J'connaissais tous les gamins comme si c'étaient les miens. Pauvres petits bâtards. La maison était dirigée par des femmes. Y avait pratiquement pas un homme là-bas. Pas d'image de père, rien que des matrones. Ça m'a brisé le cœur quand il a brûlé.

Li hésita, puis demanda :

— Est-ce que vous pourriez vous souvenir de l'un de ces enfants, par hasard ? Je sais que ça fait longtemps, et je n'ai qu'un nom...

— Dites toujours.

Le vieux Meng versa de l'eau par terre, elle sentait l'eau de Javel.

— Cao Xu.

Il s'interrompit dans sa tâche et regarda Li avec une étrange lueur dans les yeux.

— Pourquoi vous voulez savoir quelque chose sur le petit Xu ?

— Vous vous souvenez de lui ?

— Pour sûr. C'était un sacré gamin. Un des chouchous de l'orphelinat. Tout le monde l'adorait. Il m'appelait *baba*[1].

Li essaya de maîtriser son excitation. Ses espoirs avaient été trop souvent anéantis ces derniers temps.

— Toujours une étincelle dans les yeux et le sourire aux lèvres.

Ça ne ressemblait guère au Cao Xu qu'il connaissait.

— Vous l'avez revu, après ?

— Oui, dit le vieux.

— Vous savez où je peux le trouver ?

— Bien sûr.

Le vieux Meng regarda la grosse pendule sur le mur.

— Mais il faudra attendre 6 heures. Je finis et je vous emmène.

1. Mot chinois pour papa.

Li n'avait jamais vu une heure passer aussi lentement. Il s'assit sur un muret, dans la cour, et fuma cigarette sur cigarette. Histoire de s'occuper, il avait traversé la rue, et était allé s'en acheter à la petite épicerie du coin. La moitié du paquet y était passée, et il avait la langue comme du carton. À 6 h 10, Meng poussa enfin la porte et descendit les marches, engoncé dans un gros manteau et un bonnet de ski. Li pensa à son père en le voyant ; son cœur se serra au souvenir du vieil homme abandonné dans l'appartement de Dai. Il devait se demander ce qu'était devenu son fils.

— Vous avez une voiture ? demanda Meng.

Li secoua la tête.

— On va prendre un taxi, alors.

Le trajet dura moins d'un quart d'heure. Li s'était installé à l'arrière, laissant son compagnon s'asseoir devant, à côté du chauffeur, et discuter du meilleur itinéraire à suivre – un dialogue sans fin. Li regarda la nuit tomber sur la ville. Il faisait plus sombre qu'à Pékin. Moins de lumières. Moins d'électricité à gaspiller. Il ne savait pas du tout où ils étaient, ni où ils allaient. Il entendit plusieurs fois le nom *Taigang*, mais il lui était inconnu. Puis, à travers le pare-brise, il vit soudain surgir de la nuit une tour illuminée, une sorte de Washington Monument en plus petit. Le taxi s'arrêta sur une place dominée par cette aiguille de pierre ; le vieux Meng descendit péniblement de voiture. Li le suivit et regarda autour de lui. Ce n'était pas un quartier d'habitations, mais une zone d'espaces verts protégés par une haute clôture.

— On a intérêt à se dépêcher. Ils vont pas tarder à fermer, dit Meng.

Li lui emboîta le pas sur une longue avenue bordée

d'arbres, éclairée par des réverbères monumentaux, d'où partaient, de chaque côté, des petits chemins perpendiculaires.

— Où diable sommes-nous ? demanda Li.

— Cimetière, dit le vieux en désignant devant eux un grand monument éclairé.

En approchant, Li vit que c'était un monument funéraire à la mémoire des soldats morts au combat pour libérer Taiyuan du contrôle des nationalistes en 1948. Il détourna les yeux et essaya de distinguer quelque chose dans la pénombre. Dans les villes, on n'enterrait plus les morts. Il n'y avait plus assez de place. On les incinérait.

— Par ici, dit Meng en empruntant un chemin sur la gauche. Des lampes encastrées dans des piquets jetaient de temps en temps une faible lumière sur le sol jonché de feuilles. Li apercevait, de chaque côté, des monticules et des stèles de pierre érigées à la mémoire des morts. Il avait déjà vu des tombes à la campagne, où les paysans enterraient encore leurs morts dans la terre. Il avait assisté à de nombreuses crémations. Mais il n'était jamais entré dans un cimetière citadin comme celui-ci, où des centaines, peut-être des milliers de corps étaient enterrés autour de lui. Il referma son manteau pour se protéger de l'humidité froide et chagrine de l'endroit. Meng s'arrêta bientôt et sortit d'un sac qu'il avait en bandoulière sur l'épaule une petite lampe torche dont il promena le rayon de pierre en pierre.

— C'est quelque part par là, marmonna-t-il.

Puis :

— Ah, voilà.

Li avait la bouche sèche. Il sentit son sang battre dans sa gorge quand il s'agenouilla à côté d'une petite pierre tombale très simple fichée de travers au bout d'un monticule de terre. Les autorités municipales s'efforçaient de sauver le cimetière de l'abandon, mais malgré tout, l'herbe poussait autour de la stèle et la cachait presque. Il l'écarta ; à la lumière de la lampe de Meng, il gratta la couche de mousse masquant l'inscription.

— La scarlatine, dit Meng. Parti en quelques jours.

Li lui prit la torche des mains et lut les caractères gravés qui disaient simplement : *Cao Xu 1948-1962.*

Il n'avait que quatorze ans quand il mourut.

Chapitre XIII

1

Des files de gens attendaient devant la salle d'attente des classes dures. Une voix de femme haut perchée et nasillarde annonça, par-dessus le brouhaha de la gare, le départ du train à destination de Shanghai, puis le retard du train en provenance de Xian. Des lignes de caractères électroniques rouges traversaient les tableaux d'information. Une femme en blouse blanche vendait des nouilles chaudes dans des barquettes de polystyrène.

Li se présenta à la salle d'attente des classes molles et consulta le tableau des départs. Pour l'instant, son train n'avait pas de retard. Départ à 19 h 30, arrivée à Pékin dans la nuit, à 2 h 30. Sept heures ! Il ferma les yeux et respira à fond. Autant dire une éternité.

Le vrai Cao Xu était mort. Emporté dans son enfance par la scarlatine. Il avait le témoignage du vieil homme, et savait que d'autres employés de l'orphelinat, encore en vie, ne l'avaient pas oublié. En outre, il devait pouvoir retrouver des orphelins qui avaient vécu là-bas en même temps que le vrai Cao Xu, qui se souviendraient de lui – et de sa mort.

Mais Li était le seul à savoir tout cela. Le seul à pouvoir discréditer d'une manière convaincante l'homme qui avait volé l'identité d'un enfant mort et vécu dans le mensonge pendant plus de quarante ans. Ce qui mettait Li, et ses proches, en danger. Il sortit de sa poche le téléphone que Margaret lui avait prêté le matin – au moment de partir, il s'était aperçu qu'il avait oublié de recharger la batterie du sien – et composa le numéro de l'appartement de Hart. Lyang répondit, d'une voix terne.

— Tout va bien ? demanda Li.

— Oui. Vous voulez parler à Margaret ?

— Ça va ? demanda Margaret avec inquiétude.

— Oui, oui.

— Tu as trouvé quelque chose ?

— J'ai trouvé Cao Xu.

Il y eut un moment de silence abasourdi à l'autre bout de la ligne.

— Comment ça ?

— Il est mort, Margaret. Mort de la scarlatine à l'âge de quatorze ans. J'ai vu sa tombe. L'orphelinat où il a grandi a été détruit par un incendie au début des années soixante-dix, avec tous les dossiers. Il a dû y mettre le feu pour camoufler ses traces.

Margaret ne réagit pas tout de suite. Puis elle dit :

— Mais s'il ne vient pas de Taiyuan, comment a-t-il connu l'existence de ce garçon ? Comment a-t-il pu lui voler son identité ? Et s'il a mis le feu à cet endroit, il a bien été obligé de s'y rendre. Pourquoi n'a-t-il pas reconnu les pagodes jumelles ?

Li pensa aux ruines envahies de végétation de l'orphelinat de Wutaishan, presque à l'ombre des deux pagodes. Il était effectivement impossible d'aller là-bas sans les voir. Et si Cao, ou celui qui se faisait passer pour Cao, les avait vues, il aurait donné une réponse MERMER pendant la démonstration. Un nuage noir obscurcit son esprit, chassant la clarté qu'il pensait avoir retrouvée à Taiyuan.

— Je ne sais pas. Ou l'incendie de l'orphelinat était un hasard dont il s'est servi, ou...

Il osait à peine y penser.

— Ou quelqu'un d'autre a mis le feu pour lui.

— Ce qui voudrait dire que quelqu'un d'autre sait qu'il n'est pas celui qu'il prétend.

— Ou *savait*, dit Li. Il semble que les gens ne restent pas très longtemps en vie dès qu'ils entrevoient la vérité.

— Oh, Li Yan.

Il perçut la peur dans la voix de Margaret.

— Pour l'amour du ciel, fais attention à toi.

— Ne t'inquiète pas. Je serai de retour avant 3 heures du matin.

Il referma le téléphone et se laissa tomber dans un siège en cuir confortable d'où il surveilla le tableau électronique des départs et des arrivées, bouillant de la colère rentrée qui s'accumulait en lui depuis quelques jours, déterminé à faire cesser les massacres, à retrouver sa vie d'avant, à faire traduire en justice l'homme qui se faisait appeler Cao Xu.

Mais il n'avait aucune idée de ce qu'il allait faire pendant les sept heures à venir.

2

Les phares d'un avion percèrent la vaste étendue de ciel noir visible entre les rideaux ouverts. Margaret était allongée sur le lit, entortillée dans sa chemise de nuit. Il faisait chaud dans l'appartement, malgré la température extérieure inférieure à zéro, et elle avait repoussé la couette pour se rafraîchir. Cela faisait deux nuits qu'elle ne pouvait pas dormir, trop de pensées se bousculaient dans son esprit déjà encombré. Elle n'avait pas arrêté de se retourner dans tous les sens ; elle avait trop chaud sous la couette, trop froid sans la couette. Elle ressassait ce que Li lui avait raconté. Mais il y avait toujours quelque chose qui clochait, quelque chose d'illogique. Et en toile de fond, la peur de ce qui l'attendait dans vingt-quatre heures : son expulsion de Chine ; la peur d'être séparée de son fils ; la peur de ne jamais le revoir.

Lyang, elle, s'était endormie dès que sa tête avait touché l'oreiller ; le dos tourné, elle respirait fort. Elle avait été une piètre compagne tout au long de la journée, morose, ne s'exprimant que par monosyllabes. Une attitude compréhensible dans des circonstances pareilles. Margaret la soupçonnait d'avoir pris un calmant. Elle avait le regard éteint, sans la moindre étincelle de la vie qu'elle y avait vue quatre jours plus tôt, quand elles s'étaient rencontrées. Elle mettait un temps fou à réagir à ce que Margaret lui disait et n'avait apparemment rien mangé de la journée. Margaret avait fait de son mieux pour amuser les enfants, une rude épreuve. Et maintenant, elle aurait bien voulu dormir, mais le sommeil se dérobait.

Le réveil digital lui apprit qu'il était 1 h 14 du matin. Elle ferma les yeux, sentit la douleur poindre derrière ses paupières. Elle essaya de faire le vide dans sa tête, de laisser le sommeil s'emparer d'elle. Mais soudain, elle sursauta. Le téléphone sonnait sur la table de nuit.

Lyang grogna et se retourna sans se réveiller. Le téléphone sonna trois, quatre fois. De longues sonneries. Margaret lui secoua l'épaule.

— Lyang, réveillez-vous, bon Dieu !

Elle ouvrit des yeux larmoyants.

— Quoi...

— Le téléphone ! cria presque Margaret.

Elle avait peur de répondre elle-même au cas où le correspondant parlerait chinois.

Lyang jeta un coup d'œil au réveil, sans pouvoir distinguer les chiffres rouges.

— Quelle heure est-il ?

— Une heure et quart.

— Mais qui peut appeler à une heure pareille ?

Elle tendit la main pour décrocher l'appareil.

— *Wei ?*

Elle écouta un moment, en fronçant les sourcils, puis lança le téléphone vers Margaret.

— C'est pour vous.

— Moi ? fit-elle, le cœur battant.

Qui savait qu'elle était là, à part Li ?

— Qui est-ce ?

— Quelqu'un qui s'appelle Dai. Il dit que vous le connaissez.

— Dai ?

Elle avait peur maintenant. Elle saisit le téléphone.

— Allô ?

— Magret, dit Dai. Désolé téléphoner à cette heure

de la nuit. Je veux pas effrayer vous, mais le père de Li Yan, il n'est pas bien. Son cœur, peut-être. Je demande une ambulance, mais qui sait quand arrive. S'il vous plaît, venez. Vous êtes doctah, non ? Besoin d'aide.

— Seigneur... Couvrez-le, qu'il n'ait pas froid. O.K. ? Allongez-le à plat, avec une couverture sur lui. Surveillez-le, qu'il n'arrête pas de respirer. Vous connaissez la RCP[1] ?

— Sûr. Partie entraînement de police.

— Bon, faites-lui en attendant que j'arrive. Combien de temps en taxi ?

— Quinze minutes, peut-être. Pas long.

— O.K. Donnez-moi votre adresse...

Elle fouilla rapidement le tiroir de la table de nuit et trouva un crayon et un bout de papier. Elle gribouilla l'adresse et raccrocha.

— Qu'est-ce qui se passe ? demanda Lyang.

Complètement réveillée à présent, elle regardait Margaret avec des yeux inquiets.

— Je crois que le père de Li a eu un infarctus. J'y vais au cas où l'ambulance n'arriverait pas assez vite. Vous pouvez rester seule avec les enfants ?

— Bien sûr. Ils sont dans les vaps de toute façon.

Elle balança les jambes en dehors du lit.

— Je vais vous appeler un taxi. Vous risquez d'attendre longtemps avant d'en trouver un dans la rue à cette heure-ci.

Dehors, le froid était mordant. Margaret se dépêcha de traverser le jardin par le sentier qui longeait le petit

1. Réanimation cardio-pulmonaire.

cours d'eau. Elle serra son manteau matelassé autour d'elle. Les dalles blanches tachées du sang de Bill Hart avaient été remplacées à la première heure, la veille, par une équipe d'ouvriers. L'éclairage du jardin était en veilleuse. Margaret y voyait juste assez pour s'orienter. Elle traversa un pont et franchit les marches qui menaient au hall de l'entrée sud. Assis derrière son bureau, plongé dans la lecture d'un magazine à sensation, la tête enveloppée d'un nuage de fumée, le gardien de nuit leva les yeux à son passage. Elle lui jeta un coup d'œil rapide et franchit rapidement la porte donnant sur la rue. Un taxi attendait. Margaret monta à l'avant, à côté du chauffeur, isolé dans une cage en métal. Elle glissa, à travers les barreaux, le papier sur lequel Lyang avait noté en chinois l'adresse du vieux Dai. Le chauffeur renifla, cracha par la vitre ouverte.

— O.K., dit-il.

Il remonta sa vitre, lui rendit son papier, et la voiture partit en vibrant.

Les rues étaient pratiquement désertes. Le taxi s'engagea sur le Troisième périphérique en direction du sud. Margaret sentait que le chauffeur la regardait avec curiosité. Ce n'était pas fréquent de prendre en charge, au milieu de la nuit, une diablesse étrangère blonde aux yeux bleus qui demandait à être conduite au cœur d'un quartier chinois.

La panique de Margaret s'apaisa. Plus elle réfléchissait, plus un sentiment de malaise l'envahissait. Comment Dai avait-il su où la joindre ? Li avait pu le lui dire. Mais il avait confié son père à Dai avant d'apprendre la mort de Bill Hart. Il lui avait peut-être téléphoné plus tard et laissé le numéro.

Elle repensa au coup de téléphone. Elle n'avait rencontré Dai qu'en de rares occasions, mais, chaque fois, elle avait été frappée par la perfection de son anglais. Or, ce soir, il l'avait appelée Magret. Il avait oublié des mots, fait des fautes. Peut-être à cause du stress. Nerveuse, elle regarda sa montre. Si elle avait su comment le dire, elle aurait demandé au chauffeur de se dépêcher. Il avançait comme une tortue.

Ils roulaient maintenant au milieu d'une forêt de tours plus hautes que les arbres. Le chauffeur l'arrêta à l'angle opposé de celui de l'immeuble de Dai et le montra du doigt.

Elle lui donna vingt yuans.

— *Xiexie* [1], dit-elle.

Elle traversa la rue en courant. Le vent s'engouffra dans son manteau. Le froid lui fit pleurer les yeux.

Elle monta les marches qui conduisaient au hall d'entrée. Il était sombre et sentait à la fois la cuisine et la sueur. L'ascenseur ne marchait pas. La porte de l'escalier était fermée. Elle jura, regarda autour d'elle, à la recherche d'un interphone, ne vit rien. Elle essaya quand même de tirer la porte, qui s'ouvrit. Ou quelqu'un avait oublié de la verrouiller, ou la serrure était cassée. Elle s'en fichait. Elle monta les marches deux par deux, et s'arrêta sur le palier du troisième étage pour reprendre sa respiration avant de continuer jusqu'au cinquième. Là, elle s'appuya contre le mur, les poumons en feu, puis longea le couloir en cherchant la porte numéro 504.

1. Merci.

C'était la dernière, bien sûr. Il n'y avait pas de sonnette. Elle cogna avec le plat de la main. Pas de réponse. Elle frappa plus fort, en appelant Dai. Une porte s'ouvrit dans son dos et une voix d'homme lui cria des injures. Elle l'ignora, continua à frapper de toutes ses forces jusqu'à ce qu'elle entende, finalement, le raclement d'une chaîne. La porte s'entrouvrit.

— Monsieur Dai, c'est moi, laissez-moi entrer !

La porte s'ouvrit en grand, et elle vit Dai, le visage pâle, cligner des yeux à la lumière du palier. Il était en pyjama, une robe de chambre en soie usée jetée sur les épaules. Il lui lança un regard apeuré, étonné.

— Margaret... Qu'est-ce que vous faites là ?

La panique s'empara à nouveau de Margaret.

— Vous m'avez téléphoné ! cria-t-elle.

— Quoi ?

Le vieillard la regardait comme si elle était folle.

— Oh, mon Dieu. Mon Dieu. M. Li n'a rien ?

Dai secouait la tête.

— Bien sûr que non. Il dort. Enfin, il dormait. Qu'est-ce... ?

Mais Margaret le repoussa à l'intérieur de l'appartement.

— Où est le téléphone ?

Lao Dai referma la porte derrière eux et la guida vers un petit salon bien rangé.

— Le voilà, dit-il sans poser de question, en lui désignant l'appareil posé sur une table basse, à côté du canapé.

Margaret chercha le morceau de papier où était écrit l'adresse de Dai. Dieu merci, Lyang avait eu la présence d'esprit de noter son propre numéro de téléphone au dos, au cas où Margaret aurait besoin de l'appeler. Elle le composa.

Le téléphone sonna. Trois, quatre, cinq fois.

— Allez, allez, fit Margaret, les dents serrées. Réponds, bon Dieu !

Le téléphone continua à sonner dans le vide. À la dixième sonnerie, elle eut l'impression que tout son sang se retirait de son corps. Comment avait-elle pu être aussi stupide ! Elle raccrocha, regarda Dai, espérant qu'il lui dirait ce qu'elle devait faire. Mais il avait l'air perplexe et effrayé.

Li Yan, pensa-t-elle. Il avait son portable. Il saurait ce qu'il fallait faire. Elle décrocha à nouveau le téléphone et l'appela. Mais à peine avait-elle fini de composer le numéro que le service de messagerie prit le relais. Ou le téléphone était éteint, ou il n'y avait pas de signal. Elle raccrocha. Elle savait qu'elle devait retourner chez Lyang. Li Jon et Xinxin étaient là-bas. Elle ne se le pardonnerait jamais si quelque chose leur arrivait. Et justement, n'était-ce pas pour ça qu'on l'avait éloignée si habilement ? Elle en eut la nausée.

— Je suis désolée, murmura-t-elle en sautant sur ses pieds. Monsieur Dai, appelez la police pour moi. S'il vous plaît. La vie de mon bébé est en danger.

Et elle le bouscula pour se précipiter dehors. Elle était déjà sur le palier quand il lui cria :

— Où ? Où doivent-ils aller ?

Elle s'arrêta, se concentra.

— La résidence de la musique... Je ne sais plus comment ça s'appelle. Il y a des couvercles de piano à queue géants sur les toits. C'est là qu'habitait Bill Hart.

Elle faillit tomber deux fois dans les escaliers, traversa le hall d'un pas chancelant et se jeta dans l'air glacial de la nuit.

La rue était déserte. Pas un taxi en vue. Elle se souvint des paroles de Lyang. *Vous risquez d'attendre longtemps avant d'en trouver un dans la rue à cette heure-ci.*

Elle se mit à courir en direction de l'est en écrasant les feuilles mortes sous ses pas, en trébuchant sur les pavés inégaux. Vers le sud, au-delà du complexe sportif, les lumières du centre commercial Feng Chung brillaient dans la nuit. Chaque pas la plongeait davantage dans le désespoir. Il lui faudrait une heure, sinon plus, à cette allure, et dans quel état arriverait-elle ? Ses yeux se remplirent de larmes qui gelèrent presque en ruisselant sur ses joues. Au coin de Fangxing Lu, le poste de police était éclairé. Margaret hésita en bas des marches qui conduisaient, entre des piliers d'acier, jusqu'aux portes en verre. Elle apercevait, sur le mur, un grand tableau avec les photos de tous les policiers attachés à ce poste. Elle savait que pas un ne parlerait anglais. Comment se ferait-elle comprendre ? S'ils voyaient surgir de la nuit une étrangère démente en larmes bredouillant des choses incompréhensibles, ils l'enfermeraient.

Les phares d'une voiture balayèrent la façade de l'immeuble et Margaret se tourna juste à temps pour voir un taxi tourner dans Pufang Lu. Elle faillit lui crier de s'arrêter, mais se mit plutôt à courir en agitant les bras en l'air. Elle aperçut le visage du chauffeur à la lueur d'un réverbère. Il eut un instant d'hésitation à la vue de cette *yangguizi* complètement dingue qui traversait la rue en courant. Mais, au grand soulagement de Margaret, il s'arrêta. Ses jambes se dérobèrent presque sous elle quand elle ouvrit à toute volée la portière du côté passager et se laissa tomber sur le siège. Il lui jeta un regard inquiet.

— Oh, mon Dieu... murmura-t-elle en prenant conscience qu'elle ne savait pas comment lui dire où la conduire.

Lyang n'avait pas écrit son adresse. Elle essaya d'empêcher son esprit de se noyer dans la panique. Réfléchis, réfléchis, se dit-elle.

Puis, se souvenant soudain de l'endroit où il fallait sortir du périphérique, elle dit :

— Le pont Jinsong.

Le chauffeur la regarda, sans comprendre.

— *Jin Song*, répéta-t-elle en essayant de mettre le ton approprié sur chaque syllabe, comme elle entendait les Chinois le faire. Quel était le mot pour pont, déjà ?

— *Jin Song Qiao.*

Le chauffeur hocha la tête.

— Ah, dit-il, en passant la première.

Il fonça vers l'est, puis tourna vers le nord.

Margaret baissa les yeux sur ses mains crispées aux articulations blanchies. Elle essaya de se détendre, de se raisonner, de se convaincre qu'elle se faisait une montagne de rien. Mais c'était impossible. Le fait qu'un homme lui ait téléphoné en se faisant passer pour Dai, dans le seul but de l'éloigner de l'appartement, la remplissait tout simplement de terreur. Elle se souvint de Linn Pan, attirée au monument du Millénaire par quelqu'un qui s'était fait passer pour Li. Ça ne pouvait être que Cao. Et ce soir, ça ne pouvait être que lui, encore.

Le trajet du retour à la Maison internationale de la musique – le nom lui revenait maintenant – semblait interminable. La ville défilait au ralenti tandis qu'ils roulaient en direction du nord, sur le Troisième périphérique. Enfin, elle aperçut les couvercles des pianos à queue au sommet des deux tours.

— Là, cria-t-elle au chauffeur en pointant le doigt sur le pare-brise. Je veux aller là.

Il regarda dans la direction qu'elle indiquait, hocha la tête, mit son clignotant et sortit à Jinsong Qiao pour rejoindre Jinsong Lu. Il s'arrêta devant l'entrée principale de la résidence. Margaret lui jeta une liasse de billets, claqua la porte et se rua dans le hall au plafond doré. Le bureau du gardien de nuit était vide, le magazine qu'il lisait, jeté dessus. Le cendrier débordait de mégots, à côté d'un paquet de cigarettes à moitié plein. Son briquet était tombé par terre. Margaret se pencha pour le ramasser, et elle comprit qu'il s'était passé quelque chose d'épouvantable.

Un gémissement s'échappa de sa gorge, une plainte involontaire, animale. Elle se jeta sur les portes qui s'ouvrirent sous sa poussée, courut dans le jardin sans vraiment regarder où elle posait les pieds, franchit le premier pont, martela de ses pas l'endroit où Bill Hart était tombé du vingt-troisième étage. Elle revoyait les photos que le Dr Wang lui avait montrées de ces pauvres prostituées horriblement mutilées par l'Éventreur de Pékin. Par le sous-préfet de police Cao Xu. Dans le hall de la tour nord-ouest, elle appuya comme une folle sur le bouton de l'ascenseur. À bout de souffle, suffoquant, les poumons en feu, elle attendit une éternité que les chiffres aient terminé leur descente lumineuse. Leur descente du vingt-troisième étage.

Chapitre XIV

1

Il y eut, dans le noir, un bref éclat de lumière aussitôt renvoyé vers la porte. Quelqu'un se cachait au milieu des ombres. Un souffle chaud. Le craquement du parquet. Une lame jaillit dans le rayon lumineux qui tombait en oblique de la fenêtre. Impossible de l'éviter. Impossible de fuir. Li hurla et ouvrit les yeux, le souffle court, le visage inondé de sueur. Furieux d'avoir été tirés d'un sommeil paisible, ses trois compagnons de voyage le fusillèrent du regard. Le bourdonnement de ses oreilles cessa dans un sifflement quand le train émergea d'un long tunnel dans la nuit étoilée.

— Désolé, bafouilla-t-il, gêné.

Il se tourna vers la fenêtre. Le croissant de lune, couché sur le dos, ressemblait à un sourire dans le ciel, amusé de son embarras.

Son rêve l'avait secoué. Il regarda sa montre. Un peu plus de 2 h 15. Dans un quart d'heure, le train arriverait à Pékin. Il sortit un mouchoir, s'essuya le front, chercha à tâtons le téléphone dans sa poche. Il recomposa le numéro de l'appartement des Hart. Le laissa sonner,

sonner, sonner encore. Pas de réponse. Il sentit la panique resserrer autour de lui son étau paralysant.

Margaret entendit la sonnerie du téléphone dès qu'elle sortit de l'ascenseur. Elle s'avança vers l'appartement des Hart, en réfrénant sa hâte. Elle devait se montrer prudente. Son cœur fit un bond quand elle vit la porte entrouverte. La lumière du palier s'infiltrait un peu dans l'entrée obscure. Elle poussa doucement la porte, chercha l'interrupteur, et le baissa. Il ne se passa rien. La peur la glaça de la tête aux pieds. Le téléphone sonnait toujours. Elle ouvrit la porte en grand, attendit un moment que ses yeux s'habituent à la pénombre avant d'avancer, puis se mit courir à l'autre bout du salon pour décrocher. Elle n'entendit que la tonalité de la ligne. Celui qui appelait avait fini par renoncer. Elle reposa vite le combiné et pivota sur elle-même. Il n'y avait personne. La lumière de la ville qui se reflétait à travers les baies vitrées sur les murs et le plafond lui permettait d'y voir suffisamment.

— Lyang ? appela-t-elle.

Sa propre voix sembla se perdre dans le silence qui suivit. Puis une autre voix, comme un cri étouffé, lui parvint du haut de l'escalier. Elle se mit à trembler sans pouvoir se contrôler.

Elle avança vers les marches, l'oreille tendue, et trébucha sur quelque chose de mou, par terre. Elle se baissa ; c'était l'une des peluches qu'elle laissait en général dans la poussette de Li Jon. Elle plaqua vivement une main contre sa bouche pour s'empêcher de crier, puis elle se releva, en pressant le jouet sur son sein. Elle s'aperçut alors qu'elle n'avait rien pour se défendre, pour défendre son enfant. Elle jeta la peluche sur le canapé et passa rapidement dans la cuisine. Sur le plan de travail, à côté de la plaque de cuisson, se trouvait un bloc de couteaux. Elle tira le plus grand – une lame d'une vingtaine de centimètres fixée sur un manche en bois. Le poids du couteau dans sa main la rassura un peu. Pour les autopsies, son préféré était un couteau à découper français. Elle savait manier une lame comme celle-ci, et n'hésiterait pas à s'en servir si on avait touché à son bébé.

Elle se déplaça comme une ombre à travers la salle à manger et revint dans l'entrée où elle posa avec précaution le pied sur la première marche de l'escalier. Elle monta doucement, une marche à la fois.

Arrivée sur le palier, une odeur étrange lui rappela celle de la salle d'autopsie. Elle aperçut sur le sol une trace sombre menant à la chambre de Lyang. Elle s'agenouilla, la toucha du bout des doigts. C'était mouillé, légèrement collant. Elle porta la main à son nez, la renifla et reconnut immédiatement l'odeur du sang. Pendant un instant, la peur la vida de ses forces. Tremblant comme une feuille, elle longea lentement le couloir dans le silence de mort qui avait englouti l'appartement, en essayant d'éviter de marcher sur le sang. Arrivée devant la chambre, elle tendit la main, et poussa la porte en grand.

Là, sur le lit où elle avait si désespérément cherché le sommeil une heure plus tôt, Margaret vit le contour d'un corps allongé sur le dos, à moitié enveloppé dans des draps noirs. Elle jeta un coup d'œil derrière elle, entra dans la pièce, et perdit l'équilibre quand son pied glissa sur une flaque visqueuse. À cet instant, elle comprit que les draps n'étaient pas noirs. Ils étaient imbibés de sang. Elle se redressa, fit un pas en avant et faillit hurler. Lyang gisait nue, sur le dos, au milieu du lit, les épaules à plat, le reste du corps incliné vers la gauche. Sa tête était tournée sur la joue gauche, son bras gauche près du corps, l'avant-bras replié à angle droit en travers de l'abdomen. Son bras droit reposait sur le matelas, le coude plié, les doigts crispés sur le drap ensanglanté. Ses jambes étaient écartées. Toute la surface de son abdomen et de ses cuisses avait disparu, de même que ses viscères ; sa cavité abdominale était vide. Ses seins avaient été découpés et placés, l'un sous la tête, avec l'utérus et les reins, l'autre à côté de son pied droit. Son foie était posé entre ses pieds, ses intestins à droite de son corps, sa rate à gauche.

Margaret n'avait pas besoin de regarder pour savoir que les pans de chair arrachés à l'abdomen et aux cuisses se trouvaient sur la table de nuit. La description du Dr Thomas Bond lui revint aussitôt en mémoire. Des mots qu'elle avait lus deux jours plus tôt.

Les seins étaient découpés, les bras mutilés par plusieurs blessures aux bords déchiquetés, et le visage tailladé de façon à être méconnaissable, et les tissus du cou tranchés jusqu'à l'os.

Elle se détourna, en essayant de retenir son envie de vomir. Cet homme était complètement dément. Il avait répliqué point par point le meurtre de Mary Jane Kelly, la cinquième et la plus horriblement mutilée des victimes de Jack l'éventreur. Il s'était amusé à la découper en respectant le modèle de son mentor et avait disposé les morceaux autour du corps, exactement aux emplacements où on les avait trouvés cent quinze ans plus tôt. C'était un festival de sauvagerie comme elle n'en avait jamais vu. Il avait sûrement sombré dans des abysses où la lumière de la bonté humaine n'avait jamais brillé.

Où seul le mal rayonnait sous sa forme la plus pure, la plus noire. Et s'il avait été capable de ça, quel sort avait-il réservé aux enfants ?

2

Ils émergèrent des quais par une rampe abrupte. L'air était saturé de fumée, de vapeur, du sifflement des vieilles locomotives et des cris des porteurs poussant à grand bruit de ferraille les chariots où s'entassaient les masses de courrier enfermées dans des sacs en toile.

Le flot des voyageurs qui venaient de débarquer du train avançait lentement, comme en transe, amorphe, à moitié endormi. Li bouscula les gens qui l'empêchaient d'avancer, sans se soucier des injures qui fusaient dans son dos. Quand il avait renoncé à appeler l'appartement des Hart, il avait téléphoné à Wu qu'il avait sorti de son lit pour la deuxième nuit consécutive.

En haut de la rampe, des contrôleurs en uniforme ramassaient les billets des passagers. Li jeta le sien à l'employé le plus proche et se rua dans le hall des arrivées. Wu l'attendait près de la porte, mastiquant machinalement son chewing-gum, tout en scrutant les visages qui apparaissaient. Il leva un bras pour attirer l'attention de Li qui courut vers lui. Wu avait une tête épouvantable.

— Des voitures sont en route. J'ai laissé tourner le moteur de la mienne.

Li le suivit en bas des marches dans le froid glacial

de la nuit ; des flots de nouveaux arrivants se déversaient derrière eux en quête de bus et de taxis. La Santana de Wu attendait au milieu du parvis, un gyrophare bleu allumé sur le toit.

— J'espère que tu ne te goures pas, chef. Ou je ne donne pas cher de ma tête.

Pour la première fois de sa vie, Li espéra de tout son cœur se tromper complètement.

C'est avec un horrible sentiment d'appréhension que Margaret poussa la porte de la chambre des enfants. Les rideaux étaient tirés ; il y faisait très sombre. Mais pas assez pour ne pas voir que le lit que Xinxin partageait avec la petite Ling était vide. De même que le berceau.

Elle pivota sur elle-même. À l'autre bout du couloir, la porte du bureau de Bill était fermée. Elle s'était trompée sur la direction de la trace de sang ; elle partait de la chambre vers le bureau. Elle la suivit lentement, la main crispée autour du couteau de cuisine. Bizarrement, sa peur avait disparu. Mue par une détermination rageuse, elle avançait comme un automate. Il était là. Elle le savait. Et Li Jon était là aussi. Et Xinxin. Avec ce monstre. Les tentures que Bill et Lyang avaient choisies ensemble pour décorer les murs se soulevèrent légèrement dans son sillage, leurs baguettes de bois tintant en douceur sur le mur. Elle hésita une seconde avant de pousser la porte.

Ses yeux tombèrent immédiatement sur deux paquets de chiffons calés contre les coussins du canapé. Pas de trace de sang, juste un doux bruit de respiration. Le bruit de la vie. Miraculeusement, Ling et Li Jon dormaient, inconscients de l'enfer qui les entourait. Sains et saufs. Margaret faillit lâcher son couteau de soulagement. Elle avança dans la pièce. Un son, sur sa droite, la fit se retourner. Un cri étouffé s'échappa de derrière la main qui bâillonnait la bouche de Xinxin. Frappée d'horreur, Margaret se figea sur place.

Le sous-préfet Cao Xu avait fait rouler l'une des chaises de bureau devant la fenêtre et s'était assis, le dos à la ville. Il avait coincé Xinxin, en petite chemise de nuit rose, entre ses jambes ; une main recouvrait presque entièrement son visage, l'autre pointait un long couteau sur sa gorge. La petite fille avait les yeux écarquillés de terreur.

Dans ceux de Cao Xu brillait une lueur sombre, diabolique, sauvage ; ils n'avaient presque rien d'humain. Cao était couvert de sang, il en avait sur les mains, sur le visage, comme s'il s'était gorgé de celui de la pauvre Lyang.

— Laissez-la partir ! dit Margaret.

Cao sourit. Il bougea la tête de gauche à droite, et Margaret entendit craquer les vertèbres de son cou.

— Comment va ce cher Li ?

— Laissez-la partir, répéta Margaret en avançant d'un pas.

Xinxin poussa un cri perçant quand la lame s'enfonça dans sa peau. Margaret s'immobilisa.

— Vous l'avez reconnue ? demanda Cao en se détendant.

Margaret fronça les sourcils.

— Ma Mary Jane.

Et elle comprit qu'il parlait de Lyang. Sauf qu'il ne la voyait, dans son esprit dément, que sous les traits de Mary Jane Kelly. Elle hocha la tête. Il sourit de satisfaction.

— Je suis bon, dit-il. Aussi bon que lui.

— Laissez-la partir.

Margaret avait presque crié cette fois.

— Bien sûr. On fait échange. Petite fille contre vous. Vous êtes ma sixième. Ma Alice. Je ne fais pas mal à petite fille. Elle a innocence encore. Seulement quand elle perd innocence, je prends sa vie.

Margaret se rendit compte que son seul espoir était d'essayer de gagner du temps en attendant de trouver une solution. Elle devait le faire parler, parler sans arrêt.

— C'est fini, dit-elle. Li Yan arrive. Nous savons qui vous êtes.

Il sourit.

— Non. Peut-être vous savez qui je ne suis pas. Mais vous ne savez pas qui je suis.

— Qui êtes-vous donc ?

— Je suis l'homme qui va vous tuer. Et cher Li Yan ne peut pas empêcher. Lui, un imbécile. Jamais il m'attrape, sans le stupide test MERMER. Et professeur Pan, une idiote. Si sûre de pouvoir séduire tous les hommes.

— Comment avez-vous fait ? demanda Margaret.

— Fait quoi ?

— Entrer dans l'Académie. Voler tous ces ordinateurs. Pénétrer chez elle.

Il secoua la tête en souriant d'un air suffisant.

— Non, non, non. Je ne fais pas ces choses. Je suis policier pendant trente ans. Je connais des gens. Peut-être ces gens doivent service à moi. Vous savez. *Guanxi.* Pas poser de question.

Il appuya un peu plus la lame contre la gorge de Xinxin, et Margaret vit un filet de sang couler. Paralysée par la peur, Xinxin ne bougeait pas, comme un lapin pris dans les phares d'une voiture.

— C'est bon, dit Cao. Cette lame affûtée, quand elle s'enfonce dans chair tendre.

Margaret sentit la panique la submerger de nouveau. Mais elle se força à parler d'une voix pleine d'un sang-froid qu'elle était loin de posséder.

— Si vous touchez un cheveu de la tête de cette enfant, je vous tue.

Et elle raffermit sa prise sur le couteau.

— Ce ne sera pas nécessaire, dit une voix derrière elle.

Margaret sursauta et se retourna. Une petite silhouette de femme se tenait dans l'encadrement de la porte. Elle eut l'impression de la reconnaître, sans en être certaine. La femme avait les cheveux courts, argentés ; elle portait une grosse veste noire boutonnée jusqu'au cou, et un pantalon gris serré aux chevilles au-dessus de chaussures noires à talons plats. Elle donnait une impression de petitesse et d'énergie. Sa peau sans ride paraissait presque trop tendue sur ses os.

— Tie Ning !

Le son de la voix de Cao fit pivoter Margaret dans sa direction ; la stupéfaction qu'elle lut sur son visage lui fit comprendre que cette femme était son épouse : la dame silencieuse, si mal à l'aise dans sa robe du soir lors de la cérémonie en l'honneur de Li. Son anglais était meilleur que celui de son mari, et ce qu'elle dit s'adressait plus à Margaret qu'à Cao.

— Je suis restée assise dans ma voiture sur Jinsong Lu depuis qu'il est entré. En essayant de trouver le courage de le suivre. Effrayée de ce que je trouverais si je le suivais. Si seulement je n'avais pas été aussi effrayée pendant toutes ces années, toutes ces jeunes femmes seraient peut-être encore en vie.

— Tu m'as suivi ? dit Cao en chinois, l'air sceptique.

— Tu t'imagines que je ne sais pas ? continua-t-elle en anglais. Depuis le jour où je t'ai protégé, quand tu as violé et tué cette pauvre fille, je sais que j'ai fait une erreur. Je voulais te croire quand tu disais que c'était un accident. J'étais folle d'amour pour toi. J'aurais fait n'importe quoi.

Elle regarda Margaret.

— Elle était Garde rouge. Comme nous. Elle était mon amie. Mais je l'aimais, lui. Ils l'auraient tué. Nous nous sommes sauvés. Nous sommes partis nous cacher au Henan, à la campagne. Et je suis allée à Taiyuan pour brûler l'orphelinat, pour voler l'identité d'un garçon qui était mort.

Elle reprit sa respiration. Des souvenirs lointains lui revenaient en mémoire.

— Je le connaissais, Cao Xu. Un gentil garçon. Nous avons été élevés ensemble.

Elle fixa à nouveau son mari.

— Je t'ai poussé, je sais que je t'ai poussé. Vers le succès. Vers le pouvoir. Tout le temps je voulais croire. Que c'était un accident. Que c'était arrivé une seule fois. Qu'avec le temps, tu deviendrais comme le garçon dont tu avais pris le nom.

Elle soupira.

— Mais chaque fois qu'une fille était assassinée et qu'on ne trouvait pas son meurtrier, je me posais des questions. Je me demandais s'il y avait en toi quelque chose que je ne pourrais jamais atteindre, jamais toucher. Quelque chose de sombre, de caché, qui me dépassait. Qui te dépassait.

— Ils... ils savent, murmura Cao. Ils savent tout.

Elle ne fit pas attention et se rapprocha d'un pas.

— Je n'étais pas certaine, jusqu'à ce que je découvre du sang sur ta chemise quand la première fille a été tuée. Mais c'est seulement à la troisième que je suis entrée dans ton bureau, et que j'ai trouvé le livre et les petites annonces découpées dans les journaux. Alors, j'ai compris.

Margaret vit sa lèvre inférieure trembler.

— Et pourtant je n'ai rien fait.

Elle se tourna vers Margaret. Les larmes coulaient lentement sur ses joues parcheminées.

— J'ai tellement honte. Quand j'ai lu l'article dans le journal, sur ces horribles meurtres... J'ai su que j'étais responsable. Et qu'il fallait que ça s'arrête.

Cao l'écoutait, bouche bée, sans pouvoir y croire. Ses yeux trahissaient la peur, maintenant. Il avait peur de sa femme, Margaret en était sûre. Elle avait toujours été plus forte que lui, l'avait mené où elle voulait, l'avait poussé. Mais en fin de compte, la faiblesse de Cao avait dominé sa force.

Quelque part, en bas, dans la rue, des hurlements de sirènes de police déchirèrent l'air de la nuit, suivies de crissements de pneus.

— Laisse-la partir, dit soudain Tie Ning.

Cao tressaillit.

— LAISSE-LA PARTIR !

Il obéit d'un air penaud, sans la regarder, ôtant sa main de la bouche de Xinxin et éloignant docilement le couteau de son cou. Xinxin laissa échapper un long gémissement et se précipita à l'autre bout de la pièce, dans les bras de Margaret qui la serra de toutes ses forces, puis l'obligea à la lâcher.

— Va-t'en ! lui dit-elle. Sors d'ici. Tout de suite !

— Toi aussi, Magret, toi aussi tu viens, pleura Xin-xin, secouée de sanglots convulsifs.

Margaret l'attrapa rudement par les épaules et la secoua.

— Va-t'en ! cria-t-elle. Prends l'ascenseur. Ne t'arrête pas avant d'être sortie de l'immeuble.

Margaret la poussa vers la porte et entendit ses pieds nus claquer sur le parquet tandis qu'elle descendait les marches en courant. Elle ne partirait pas sans les bébés.

Tie Ning se tourna vers elle.

— Partez, vous aussi.

Margaret secoua la tête.

— Nous attendrons ensemble la police.

Tie Ning secoua tristement la tête.

— Il n'y aura pas de police.

Elle arracha le couteau de la main de Margaret, et traversa le bureau en quelques enjambées. Figé par la peur et l'incrédulité, Cao resta assis tandis qu'elle balançait violemment la lame de gauche à droite. Sa gorge s'ouvrit en un large sourire noir. Le sang gicla des artères tranchées et gargouilla dans sa trachée béante. Il laissa tomber son couteau, ses mains se portèrent à son cou, cherchant à tâtons sa blessure comme s'il pouvait retenir le sang qui en jaillissait.

Debout devant lui, Tie Ning regarda la vie le quitter. Sa peur d'elle, sa peur de la mort, sa peur de l'au-delà, tout cela se lisait dans ses yeux. Il glissa de la chaise qui recula brusquement sur ses roulettes et heurta le bureau de Lyang. Une flaque de sang se forma sur le parquet ciré.

Tie Ning se retourna, le dos à la fenêtre. Sa silhouette se découpait sur la baie vitrée qui, du sol au plafond, offrait un panorama magnifique sur Pékin. D'autres sirènes retentirent dans la nuit. Margaret vit le sang couler sur la lame du couteau quand Tie Ning la leva.

— Je suis désolée, dit-elle.

3

Il y avait plusieurs voitures de police dans la rue, une affluence de policiers devant les portes, et à l'intérieur du hall principal de la résidence. Wu braqua le volant à gauche, coupa par une rue latérale pour gagner l'arrière des tours. Il y avait déjà trois autres véhicules de police. La porte arrière de la tour nord-ouest offrait l'accès le plus direct.

Quand Wu s'arrêta au bord du trottoir, en face du restaurant désert plongé dans le noir, plusieurs policiers rassemblés sur le trottoir levèrent les yeux. Li entendit l'un d'eux pousser un juron. Il regarda par la vitre de sa portière et vit un oiseau géant descendre sur eux en piqué. Il eut à peine le temps d'enregistrer le fait que ce n'était pas un oiseau, mais un être humain, bras et jambes étendus, son manteau ouvert comme les ailes d'un aigle, avant qu'il ne s'écrase sur le capot de la Santana. La voiture tangua et le pare-brise fut immédiatement éclaboussé de sang. Ils ne voyaient plus rien. Li se précipita dehors. Wu jura sous le choc. L'un des policiers cria :

— C'est une femme !

Le cœur de Li sembla s'arrêter de battre. Il n'osait pas regarder. Une pluie d'éclats de verre minuscules s'abattit sur eux.

En se retournant, il aperçut des cheveux argent et des yeux grands ouverts qui le fixaient.

— Merde. C'est la femme de Cao Xu, dit Wu.

Une radio grésilla. L'un des policiers annonça :

— On a trouvé le gardien. La gorge tranchée.

Li franchit d'un bond les marches de la tour nord-ouest, donna de grands coups de pied dans la porte jusqu'à ce que le verre éclate et qu'elle cède. Il traversa le hall en dérapant sur les bouts de verre et se retrouva face aux portes de l'ascenseur au moment où elles s'ouvraient sur une enfant debout dans la lumière. Il ne se rendit pas tout de suite compte que c'était Xinxin, qui se jeta sur lui en hurlant. Il la souleva dans ses bras et la serra à l'étouffer.

— Où est Margaret ?

— Là-haut.

Elle s'efforçait de retrouver son souffle au milieu des sanglots qui la secouaient.

— Oncle Yan, un homme a voulu me couper la gorge...

Li se tourna vers les policiers accourus derrière lui.

— Vite, un médecin, pour elle.

Il poussa Xinxin dans les bras d'un jeune agent en uniforme et se faufila dans l'ascenseur comme les portes se refermaient. Il entendit la petite fille crier son nom quand il enfonça le bouton du vingt-troisième étage. L'ascenseur commença son ascension rapide.

Des résidents curieux, alertés par le remue-ménage, sortaient des appartements voisins, en robe de chambre, en se grattant la tête. Li leur cria de dégager et se précipita dans l'appartement des Hart.

— Margaret !

Il hurla son nom dans le noir et, à son immense soulagement, entendit sa voix lui répondre d'en haut.

Il grimpa les marches quatre à quatre. La porte du bureau était ouverte. Assise sur le canapé, Margaret berçait Li Jon, toujours endormi.

— Dieu merci, murmura-t-il, offrant ses remerciements à tous les dieux qui avaient veillé sur elle, même s'il ne croyait en aucun.

Dès qu'elle le vit entrer dans la pièce, elle reposa doucement le bébé sur les coussins et se jeta dans ses bras pour qu'il la serre, l'enveloppe, l'absorbe. Li jeta un coup d'œil autour de lui et vit Cao étendu dans son sang, tordu, à moitié appuyé contre la fenêtre brisée, la gorge et la bouche béantes. La nuit glaciale de novembre pénétrait par les brèches de la vitre encadrant la vue sur le nord de la ville.

— Qu'est-ce qui s'est passé ?

— Lyang est morte.

Elle ferma les yeux, submergée par le désespoir.

— Cao a été tué par sa femme. Et ensuite, elle s'est jetée par la fenêtre.

Margaret leva les yeux vers Li.

— C'est elle qui a incendié l'orphelinat. C'est elle qui connaissait le vrai Cao Xu. Elle aussi était orpheline.

Il l'embrassa sur le front.

— C'est fini, Margaret. C'est fini.

Elle se laissa aller contre sa poitrine.

— Li Yan, qui était-il ? Qui était-il vraiment ? murmura-t-elle.

Li regarda le cadavre ensanglanté du sous-préfet de police.

— Aucune idée. Comme Jack l'éventreur, on ne le saura probablement jamais.

Il secoua la tête.

— Il y a des chances pour qu'on ne lui connaisse jamais d'autre nom que celui qu'il s'était lui-même donné. L'Éventreur de Pékin.

Achevé d'imprimer par GGP Media GmbH, Pößneck
en avril 2006
pour le compte de France Loisirs,
Paris

N° d'éditeur: 45287
Dépôt légal: mai 2006